Willkommen in Rodderbach –
Frühlingsmorgen

Petra Schier, Jahrgang 1978, lebt mit ihrem Mann und ihrem Hund in der Eifel. Nach ihrem Geschichts- und Literaturstudium beschloss sie, sich ganz dem Schreiben zu widmen. Mit ihren historischen Romanen und mit ihren Hundegeschichten hat sie seitdem großen Erfolg. Das Eifelstädtchen Rodderbach ist ihr jetzt schon zur zweiten Heimat geworden.

Margrith

Petra Schier

Willkommen in Rodderbach – Frühlingsmorgen

Roman

Weltbild

Playlist zur Pfingstkirmes in Rodderbach
YouTube: https://tinyurl.com/pfingstkirmes
Spotify: https://sptfy.com/pfingstkirmes

MIX
Papier | Fördert gute Waldnutzung
FSC® C083411

Besuchen Sie uns im Internet:
www.weltbild.de

Genehmigte Lizenzausgabe für Weltbild GmbH & Co. KG,
Ohmstraße 8a, 86199 Augsburg
Projektleitung und Redaktion: usb bücherbüro, Friedberg/Bay.
Umschlaggestaltung: Alexandra Dohse, www.grafikkiosk.de, München
Umschlagmotiv: Coverartwork Alexandra Dohse unter Verwendung eigener Bilder und einem Bild von Shutterstock Images © merrymuuu
Satz: Datagroup int. SRL, Timisoara
Druck und Bindung: CPI Moravia Books s.r.o., Pohorelice
Printed in the EU
ISBN 978-3-96377-683-0

Prolog

Kurz vor der Autobahnabfahrt lenkte sie ihren Wagen auf einen Rastplatz, auf dem kein anderes Auto parkte. Ihr war übel, und je länger sie fuhr, desto schlimmer wurde es. Sie war erschöpft von der langen Fahrt, müde von dem inneren Kampf, den sie seit Stunden mit sich ausfocht. Sie wollte gar nicht hier sein! Was hatte sie sich nur dabei gedacht, so Hals über Kopf aufzubrechen?

Warum in drei Teufels Namen hatte sie nicht auf ihr Bauchgefühl gehört, sondern auf ihre Angst? Jetzt saß sie hier in ihrem Auto auf einem Rastplatz kurz vor dem Ziel und hätte sich am liebsten übergeben.

Sie war ein Feigling. Sie hatte ihre Heimat verlassen und Menschen, die ihr viel bedeuteten, um sich zu einem Ort zu begeben, der für ihr Gefühl auf einem anderen Stern, in einer anderen Welt lag.

Warum tat sie das? Mit einem Mal kam es ihr so vor, als würde sie über sich selbst schweben und sich beobachten, wie sie hinter dem Steuer ihres Wagens saß und durch die Windschutzscheibe starrte, hinter der alles durch den Regen verschwamm. Es regnete schon seit ihrem Aufbruch, fast so, als wolle das Wetter ihren Gemütszustand widerspiegeln.

Sie war dumm, sie war feige und ihr Herz schmerzte auf diese unerträgliche Weise, die nur einen Schluss zuließ: Es war gebrochen. Warum nur fügte sie sich selbst solche Schmerzen zu? Warum hörte sie nicht auf ihr Bauchgefühl – auf ihr Herz? Würde sie diesen beiden Ratgebern folgen, dann gäbe es nur eins für sie zu tun: nach Hause zurückkehren. Auf der Stelle.

Wenn sie noch einen Funken Verstand besaß, dann würde sie ihrer Angst die Stirn bieten und, indem sie das Richtige tat – und das Verrückte! –, dem Teufelskreis entfliehen, in dem sie sich seit Wochen, nein, Monaten befand.

Sie würde neu anfangen.

Doch eines musste sie zuvor noch erledigen, auch wenn es ihr zutiefst widerstrebte, den Weg, den sie eingeschlagen hatte, bis zu seinem Ziel fortzusetzen.

Sie atmete tief durch, ließ den Motor wieder an und fuhr weiter.

Kapitel 1

Stöhnend bog Larissa von der Autobahn ab und drückte kurz ihren Rücken durch. Ihr Navigationsgerät zeigte an, dass es nur noch zwölf Kilometer bis Rodderbach waren. Vorsorglich drehte sie das Radio leiser, damit sie keine Ansage der elektronischen Frauenstimme verpasste. Eine kluge Entscheidung, denn nach drei Kilometern Bundesstraße lotste das Navi sie auf eine gewundene Landstraße, die sich immer wieder durch enge, dicht bewaldete Täler schlängelte, ließ sie zwei Dörfer passieren und mehrmals abbiegen. Zwar war ihr Zielort bereits seit der Autobahn ausgeschildert, doch die Regenwolken hingen tief und schwer über der Eifellandschaft und machten den späten Nachmittag dunkler als gewöhnlich im Mai. Daher verließ Larissa sich lieber auf die Errungenschaften der Technik, anstatt an jeder Kreuzung mühsam die Straßenschilder zu entziffern. Hinter einer weiteren Ortschaft, die nur aus einer Durchgangsstraße zu bestehen schien, an der wie auf einer Perlenschnur links und rechts mehrere Wohnhäuser aufgereiht standen, tauchte sie erneut in das satte Hellgrün eines dicht belaubten Mischwaldes ein, das auch noch den Rest des Tageslichts verschluckte.

Sicherheitshalber unterschritt Larissa die in regelmäßigen Abständen angezeigte Höchstgeschwindigkeit von sechzig Kilometern pro Stunde deutlich, denn zweimal waren ihr bereits große Traktoren mit erschreckend riesenhaften Güllefässern entgegengekommen, die in den Kurven gefährlich weit auf ihre Fahrbahnseite ragten und sie zu Ausweichmanövern zwangen, die bei höherer Geschwindigkeit böse hätten enden können.

Endlich, nach drei weiteren Kilometern, lichtete sich der Wald unvermittelt. Bisher war ihr Weg beständig bergauf gegangen, sodass sie sich nun auf einer Anhöhe befand, von der aus sie ein weites Tal überblicken konnte. Grau in Grau mit braunen und schwarzen Schattierungen lag sie vor ihr, die Gemeinde Rodderbach.

Larissa lenkte ihren Golf nach links auf einen breiten Randstreifen und ließ das Bild eine Weile auf sich wirken. Der Ort war nicht besonders groß; im Internet hatte sie gelesen, dass er weniger als siebentausend Einwohner zählte. Von ihrem Aussichtspunkt aus überblickte sie Rodderbach fast zur Gänze. Sie erkannte die dichte Bebauung im Ortskern, konnte sogar sehen, wo die alte Stadtmauer entlangführte. An drei Stellen ragten mittelalterliche Türme empor. Rodderbach war vor Jahrhunderten einmal eine befestigte und wehrhafte Stadt gewesen. Der gotische Kirchturm reckte sich stolz empor und schien das höchste Gebäude der Ortschaft zu sein – und neben der Burg auch das älteste, wenn man den Artikeln im Internet glauben durfte.

Etwas jünger, jedoch ebenfalls von historischer Bedeutung, war das ehemalige Rodderbacher Zisterzienserinnenkloster, dessen Grundmauern aus dem frühen vierzehnten Jahrhundert stammten und dessentwegen Larissa unter anderem den Weg hierher auf sich genommen hatte. Da es immer trüber wurde, konnte sie es leider nicht erkennen. Die alte Burg jedoch war auch jetzt noch zu sehen, wenn sie den Kopf ein wenig nach rechts drehte. Sie thronte stolz auf dem Rodderberg und trotzte dort ebenfalls schon seit über siebenhundert Jahren dem Wetter und der wechselhaften Geschichte der Eifel.

Entschlossen riss sich Larissa von dem Anblick los und fuhr weiter. Wenig später passierte sie das Ortsschild und gleich darauf eine große Holztafel, die mit den geschwungenen Lettern »Willkommen in Rodderbach« grüßte. Linker Hand führte eine breit ausgebaute Straße auf ein Gewerbegebiet zu. Hinweisschilder zeigten an, dass es dort neben einer Autowerkstatt auch zwei Supermärkte, zwei Discounter sowie einen Bau- und Gartenmarkt gab und noch diverse weitere Firmen, deren Namen sie nicht weiter beachtete. Sie ließ sich von der elektronischen Stimme an gepflegten Ein- und Mehrfamilienhäusern vorbei bis zum Ortskern leiten. Kurz vor der Stadtmauer bog sie links ab. Ein paar Minuten später wurde die Bebauung wieder großzügiger, die Gärten weitläufiger. Stirnrunzelnd musterte sie das Ortsschild, das ihr verkündete, sie habe Rodderbach nun wieder verlassen. War sie noch auf dem richtigen Weg?

Ihr Navigationsgerät gab keinen Mucks von sich, also folgte sie der Straße im Schritttempo, bis nach fast zweihundert Metern unvermittelt die Ansage kam, sie solle nun links abbiegen und habe damit ihr Ziel erreicht.

Larissa zog die Stirn in Falten und hielt an. Linker Hand blickte sie auf eine übermannshohe, dichte Hecke; keine Straße und kein Weg weit und breit.

»Mist«, grummelte sie und sah sich nach einer Wendemöglichkeit um. Langsam ließ sie den Wagen wieder anrollen und bremste unvermittelt, als sie die Zufahrt doch noch entdeckte. Dann atmete sie auf. Sie hatte ihr Ziel tatsächlich erreicht. Vor ihr lag die breite Einfahrt eines Bauerngehöfts. Das hölzerne Schild auf der rechten Seite hieß sie auf dem Lärchenhof willkommen. Darunter schaukelte ein weiteres Schild an zwei Ketten und verkündete: *Zimmer und Ferienwohnung frei.* Dabei war das Wort *Ferienwohnung* mit einem schwarzen Klebestreifen durchgestrichen.

Erleichtert lenkte Larissa ihren Golf in den großen Hof und parkte neben einem in die Jahre gekommenen Opel Astra Kombi und einem riesenhaften Geländewagen wesentlich neueren Jahrgangs direkt neben der dreistufigen Treppe, die zum Eingang des Wohnhauses hinaufführte.

Bevor sie ausstieg, blickte sie sich um. Ein riesiges beleuchtetes Gebäude zur rechten Hand war eindeutig ein Stall. Auf der linken Seite erhob sich ebenfalls ein Gebäude, dessen großes Rolltor verschlossen war. Auch die Fensterscheiben waren dunkel, sodass sie nicht erkennen konnte, welchem Zweck es diente. Aber sie würde es schon noch herausfinden, denn immerhin wollte sie ganze drei Monate hier verbringen. Zeit genug also, den Hof und die Umgebung kennenzulernen.

Rasch schaltete sie die Innenbeleuchtung ein und warf einen prüfenden Blick in den Spiegel. Ihre Augen wirkten nach der wegen vieler Staus mehr als sechsstündigen Fahrt von Hannover müde, um den Mund lag ein angestrengter Zug, doch ansonsten fand sie ihren Anblick ganz passabel. Sie zupfte mehr aus Gewohnheit denn Notwendigkeit an ihrem honigblonden, etwas mehr als schulterlangen Haar herum, das sie für die lange Autofahrt mit einer silbernen Spange im Nacken zusammengefasst hatte. Dann zwickte sie sich kurz in die Wangen, streckte sich die Zunge heraus und stieg aus.

Sogleich schlug ihr unverkennbare Landluft entgegen. Aus dem Stall vernahm sie vereinzeltes Muhen und ein Scharren wie von einer Schaufel. Überlagert wurde das Ganze von einem sonoren Brummen, das sie nicht einordnen konnte.

Ohne weiter darauf zu achten, strich sie ihren dunkelblauen Hosenanzug glatt und steuerte auf die Eingangstür zu, die sich bereits öffnete, noch bevor sie die letzte der drei Stufen betreten hatte. Eine leicht rundliche Frau mit blondem Haar und entzückenden Apfelbäckchen strahlte sie an. »Frau Weiß, nicht wahr? Willkommen bei uns auf dem Lärchenhof! Haben Sie gut hergefunden? Kommen Sie doch herein.«

Larissa schätzte die Frau auf Mitte fünfzig und vermutete, dass es sich um die Hausherrin handelte. Lächelnd streckte sie ihr die Hand entgegen, die auch sogleich mit festem Druck ergriffen wurde. »Frau Mahler? Vielen Dank für die herzliche Begrüßung. Ja, ich habe sehr gut hergefunden. Zwar musste ich mich durch drei Staus quälen, aber …«

»Ja, ja, wir haben es in den Verkehrsnachrichten gehört. Schlimm, diese Unfälle immer!« Frau Mahler lächelte unvermindert weiter und lotste Larissa ins Haus. »Nennen Sie mich doch bitte Erika, das tun alle. Und wenn Sie schon so lange bei uns wohnen möchten, ist es doch so viel persönlicher, nicht wahr? Kommen Sie, Sie müssen ja völlig erschöpft sein nach der langen Fahrt. Ich zeige Ihnen Ihre Wohnung, und dann ruhen Sie sich erst einmal aus.«

Dagegen hatte Larissa nichts einzuwenden und folgte der resoluten Frau eine Treppe hinauf in den ersten Stock.

»Hier ist es schon.« Erika Mahler schloss eine Tür auf, die dem Treppenabsatz genau gegenüber lag, und führte Larissa in ein hübsches kleines Apartment mit Doppelbett, zwei großen Wandschränken und einer Couch mit Sessel und Tisch. An der Wand hing ein Flachbildfernseher. Unter einem der beiden Fenster stand ein großer Schreibtisch mit einem Telefon und einer langen Steckdosenleiste. Neben der Tür hing ein riesiger Spiegel, daneben führte ein Durchgang ins Badezimmer.

»Sie haben Glück, momentan beherbergen wir keine weiteren Gäste, sodass Sie vorerst garantiert Ihre Ruhe haben. Der Blick über den Garten und die Felder ist wunderschön. Nun ja, wenn das Wetter besser ist.« Erika wies lachend auf die beiden großen Fenster, hinter denen die Landschaft in einem tristen Einheitsgrau dalag. »Im Bad gibt es sowohl eine Dusche als auch eine Badewanne sowie Waschmaschine und Trockner, und in der Kochnische können Sie sich, wenn Sie mögen, selbst versorgen. Ich habe mir erlaubt, Ihnen ein frisches Brot hinzulegen. Im Kühlschrank sind zehn Eier, Butter, ein Glas Marmelade und Aufschnitt und Käse. Aber Sie dürfen selbstverständlich auch die Mahlzeiten unten mit uns zusammen einnehmen, wenn Ihnen das lieber ist. Kostet auch nichts extra.«

Larissa hob überrascht den Kopf. »Das ist doch nicht nötig. Ich kann mir wirklich selbst etwas zusammenbrutzeln.« Oder es zumindest versuchen, denn Kochen gehörte nicht unbedingt zu ihren Stärken.

»Zusammenbrutzeln?« Erika lachte. »O je, mein Kind. Sie wollen sich doch nicht drei Monate lang von Fastfood und Schnellgerichten ernähren! Und es macht mir wirklich keinerlei Umstände. Früher habe ich jeden Tag für sechs oder mehr Personen gekocht, das steckt mir noch in den Knochen. Wissen Sie, jetzt, wo die Kinder alle groß sind, muss ich mich regelrecht bremsen, um nicht zu viel in die Töpfe zu werfen. Eine Esserin mehr ist mir immer herzlich willkommen.« Damit schien für Erika Mahler das Thema erledigt zu sein, denn sie ging zur Tür. »Mein Mann hilft Ihnen gerne, Ihr Gepäck heraufzutragen. Sagen Sie nur kurz Bescheid. Abendessen gibt es um acht, also haben Sie noch reichlich Zeit, sich einzurichten und auszuruhen. Wir essen abends immer so spät, weil vorher die Tiere versorgt werden müssen. Kommen und gehen Sie bitte, wie es Ihnen beliebt, und fühlen Sie sich ganz wie zu Hause. Ich wünsche Ihnen einen schönen Aufenthalt bei uns!« Sie drückte Larissa Zimmer- und Haustürschlüssel in die Hand und war schon zur Tür hinaus.

Kaum hatte sich besagte Tür hinter ihr geschlossen, da legte Larissa die Schlüssel auch schon rasch auf den Couchtisch und warf sich erst einmal mit einem tiefen Seufzen auf das Bett.

* * *

Sie war eingeschlafen, wachte jedoch gegen kurz vor acht wieder auf. Da ihr Magen vernehmlich knurrte, beschloss sie spontan, Erikas Angebot anzunehmen. An der Tür zögerte sie kurz, doch dann befahl sie sich, nach unten zu gehen und die Familie ihrer Gastgeberin kennenzulernen. Sie wollte ihr Leben wieder in den Griff bekommen. Das funktionierte aber nicht, wenn sie sich in ihrer Ferienwohnung verkroch.

Verführerische Düfte zogen durch das Haus und führten Larissa schnurgerade zu der großen Wohnküche im vorderen rechten Flügel des Hauses, in der Erika bereits eifrig an einer riesigen buchefarbenen, sich über zwei Wände erstreckenden Küchenzeile werkelte. Der Tisch, der zu einer großen Essecke mit Eckbank und vier Stühlen gehörte, war bereits für vier Personen gedeckt und mit einem hübschen Frühlingsgesteck geschmückt, das farblich mit den hellblau, weiß und violett gemusterten Vorhängen harmonierte.

»Da sind Sie ja!« Erika winkte sie zu sich heran. »Ich hoffe, Sie mögen Jägerschnitzel mit Kartoffeln und Gemüse? Ich habe gar nicht überlegt, ob sie vielleicht Vegetarierin oder Veganerin sind. In dem Fall kann ich Ihnen ganz schnell etwas anderes zu den Kartoffeln und dem Gemüse zaubern. Setzen Sie sich doch schon mal. Die Männer werden gleich aus dem Stall kommen, dann können wir essen.«

»Nein, schon gut, ich esse so gut wie alles.« Larissa lächelte ihrer Wirtin zu. »Sie brauchen sich keine Umstände zu machen.«

In diesem Moment klappte die Haustür, Augenblicke später betraten zwei hochgewachsene Männer den Raum. Obwohl der Jüngere um die Dreißig und der ältere mindestens fünfundzwanzig Jahre älter war, sahen sie einander verblüffend ähnlich. Beide waren breitschultrig und kräftig, wobei der ältere jedoch nicht mehr ganz so schlank wirkte, sondern einen leichten Bauchansatz nicht verbergen konnte. Beide Männer hatten dunkelbraunes kurzes Haar, das bei dem Älteren an den Schläfen bereits ergraut war, und ein kantiges, markantes Kinn. Ohne Frage waren dies Vater und Sohn, die von der Stallarbeit hereinkamen. Die Ähnlichkeit wurde noch dadurch unterstrichen, dass beide dunkle Arbeitshosen, Stiefel und karierte Holzfällerhemden trugen. Lediglich ihre Augenfarbe unterschied sie frappierend. Während die des Vaters dunkelbraun war, hatte der Sohn offensichtlich die blauen Augen seiner Mutter geerbt.

»Stiefel aus!«, fuhr Erika die beiden grob an. »Wie oft muss ich euch das eigentlich noch sagen? Ich will keinen Stallmist in meiner Küche.« Sofort machten die beiden kehrt und kamen Augenblicke später auf Socken zurück.

»Na bitte, geht doch.« Mit einem beifälligen Nicken stellte Erika eine Platte mit panierten Schnitzeln und eine Schüssel mit gemischtem Gemüse auf den Tisch zu den anderen Speisen. »Mein Mann Jochen und mein Sohn Thorben«, stellte sie die beiden Larissa vor. »Dies ist unser Frühlingsgast, Frau Weiß«, erklärte sie den Männern und setzte sich auf ihren Platz.

»Larissa bitte«, antwortete diese mit einem Lächeln, das ihr leichter fiel als gedacht.

Die beiden Männer nickten ihr zu und machten sich ohne Umstände über das Essen her.

»Nehmen Sie sich«, forderte Erika sie freundlich auf. »Die Raubtiere werden erst gesprächig, wenn sie satt sind.«

Larissa suchte sich das kleinste Schnitzel heraus, nahm sich eine Portion Kartoffeln, Soße und Gemüse.

Zuvorkommend schenkte Erika ihr Apfelwein aus einer Flasche ein. »Wir waren sehr erstaunt, als wir die E-Mail mit Ihrer Anfrage wegen der Ferienwohnung bekamen«, erzählte sie. »So prominente Gäste haben wir sonst nie. Und als Sie mir dann schrieben, dass Sie hier für Ihr neues Buch recherchieren wollen, bin ich fast vom Stuhl gefallen. Ich habe nämlich alle Ihre Bücher gelesen, müssen Sie wissen. Und als Sie im Frühjahr in Koblenz diese Lesung hatten, wollte ich unbedingt hinfahren, aber es ging nicht, weil meine Schwiegermutter sich den Fuß gebrochen hatte, und … Ach was, jetzt sind Sie ja hier. Ich habe noch nie eine Schriftstellerin persönlich kennengelernt.«

Larissa lächelte. »Ich bin auch nur ein ganz normaler Mensch.«

»Aber mit ein bisschen mehr Fantasie als die anderen«, brummte Jochen Mahler zwischen zwei Bissen.

»Da hast du recht«, stimmte Erika zu. »Ich lese ja für mein Leben gern, aber selbst eine Geschichte schreiben? Nein, das könnte ich nicht.«

»Sie wollen also Ihr nächstes Buch über Rodderbach schreiben?«, mischte sich nun der Sohn des Hauses ins Gespräch. Neugierig musterte er sie und nahm sich dann ein zweites Schnitzel von der Platte.

Larissa nickte vage. »Ich habe es vor. Aber zuerst muss ich die historischen Hintergründe recherchieren und ein Konzept erstellen. Das wird eine ganze Weile dauern, weil ich gleichzeitig noch an anderen Projekten arbeite und natürlich auch den ganzen alltäglichen Kram nicht vernachlässigen darf. Vor dem Sommer werde ich wahrscheinlich nicht mit dem Schreiben beginnen können.«

»Und da reisen Sie also an die Orte des Geschehens und mieten sich dort ein, um zu recherchieren?«, hakte Jochen nach.

Larissa nippte an ihrem Wein und nickte. »Ja. Das heißt, normalerweise reicht es, wenn ich ein paar Tage an den Schauplätzen verbringe und die Fakten in Archiven und Bibliotheken recherchiere. Es ist nur so …« Sie zögerte kurz, entschied sich dann aber, die Wahrheit zu sagen, zumindest in abgespeckter Version. »Ich musste nach meiner Scheidung meine Wohnung in Hannover verlassen, und mein neues Apartment liegt in einem Haus, das gerade grundsaniert wird. Zwar ist es während der Bauarbeiten bewohnbar, aber der Lärm ging mir scheußlich auf die Nerven. Ich hätte zwar auch vorübergehend bei meinen Eltern bleiben können, aber das wollte ich nicht.«

»Warum nicht?« Thorben hob erneut den Kopf und musterte sie fragend.

Larissa lachte. »Mit achtundzwanzig wieder bei den Eltern einziehen? Das würde mir im Leben nicht einfallen.«

Nun fiel auch Erika in ihr Lachen mit ein. »Sie würden sich wundern, wie viele junge Leute hier in der Gegend in Ihrem Alter noch zu Hause wohnen. Thorben ist schon zweiunddreißig und auch noch nicht ausgezogen. Ich warte schon mit Schmerzen darauf, dass er endlich eine Frau findet, die ihn mir abnimmt, aber es hat sich noch keine erbarmt.«

»Mama!« Entrüstet runzelte Thorben die Stirn. »Ich habe doch wohl meine eigene Wohnung drüben, oder etwa nicht?«

Wieder lachte Erika. »Ja, zu deiner Ehrenrettung kann man das sagen. Aber zum Essen kommst du noch immer hierher.« Sie wandte sich an Larissa. »Thorben ist nach seiner Prüfung zum Landwirtschaftsmeister als Partner bei uns auf dem Hof mit eingestiegen und wird ihn später einmal ganz übernehmen. Also wird er wohl auch zukünftig hier leben und vielleicht auch mal eine Familie gründen. Platz dafür ist hier im Haus genug. Drüben auf der anderen Hofseite haben wir einen sehr schönen Bauplatz. Eines Tages werden Jochen und ich uns dort ein kleines Häuschen bauen, wenn es hier mit der nächsten Generation weitergeht. Aber erst einmal muss Thorben natürlich sein Fernstudium abschließen. Er studiert Agrarmanagement, wissen Sie? Und er hat viele Pläne mit unserem schönen Hof hinsichtlich ökologischer Landwirtschaft und so. Man muss mit der Zeit gehen, wenn man in der Landwirtschaft bestehen und konkurrenzfähig bleiben will. Aber da mache ich mir gar keine Sorgen, denn Thorben hat einen hellen Kopf und nicht nur ein ansehnliches Äußeres.«

»Mama!« Diesmal klang Thorbens Stimme wesentlich ruppiger. »Versuchst du gerade, mich anzupreisen?« Er schüttelte den Kopf. »Hören Sie nicht auf meine Mutter«, bat er Larissa. »Sie glaubt, wer über dreißig und noch unverheiratet ist, wird zum Ladenhüter.«

Erika tat beleidigt. »Darüber würde ich mir bei dir ja gar keine Sorgen machen, Junge. Du siehst gut aus, bist ein guter Fang …« Wieder wandte sie sich an Larissa. »Er ist halt ein Landwirt. Nicht viele Frauen wollen auf einen Bauernhof einheiraten. Es gibt ja nicht umsonst diese unsäglichen Verkupplungsshows im Fernsehen.«

Larissa schmunzelte, sagte jedoch nichts.

»Kommt Heinz später noch rüber?«, wechselte Jochen das Thema.

Erika nickte. »Gegen neun, sagte er.« Sie bot Larissa noch von dem Gemüse an, doch diese wehrte ab. »Wir lassen das Fremdenzimmer neben Ihrer Wohnung renovieren«, erklärte sie. »Leider kann der Zimmermann – unser Nachbar Heinz – diese Woche nur abends herkommen. Es könnte ein bisschen laut werden; ich hoffe, das stört Sie nicht. Immerhin sind Sie gerade auf der Flucht vor Baulärm. Wenn ich das gewusst hätte … Aber lange dauert die Renovierung nicht mehr, versprochen!«

Larissa schüttelte den Kopf. »Machen Sie sich bitte keine Gedanken. Solange er die Wand zu mir nicht einreißt, werde ich es überleben. Jetzt sollte ich aber langsam meine Sachen aus dem Auto holen.« Sie legte ihr Besteck beiseite. »Vielen Dank für das ausgezeichnete Essen.«

»Sie sind schon satt?« Erika schmunzelte. »Sie essen ja wie ein Vögelchen! Kein Wunder, dass Sie so schlank sind. Thorben, hilf unserem Gast mit dem Gepäck.«

»Aber nein, das kann ich auch selbst, so viel ist es gar nicht«, wehrte Larissa ab, doch Thorben war bereits aufgestanden.

Grinsend bedeutete er ihr mit Gesten, voranzugehen. »Anordnung des Feldwebels«, sagte er und fing sich von seiner Mutter einen Klaps gegen den Arm ein. »Kommen Sie, bevor sie mit der Bratpfanne zuschlägt.«

* * *

Kaum hatten die beiden die Küche verlassen, ließ Jochen ebenfalls sein Besteck sinken und sah seine Frau strafend an. »Hör auf, den Jungen in Verlegenheit zu bringen. Er ist schon selbst imstande, sich eine Frau zu suchen, wenn er eine haben will.«

»Larissa Weiß ist ein hübsches Mädel«, antwortete Erika, ohne auf die Worte ihres Mannes einzugehen. »Und sie wirkt nett. Ein bisschen reserviert vielleicht oder schüchtern, aber das kann auch daran liegen, dass sie hier noch fremd ist.«

»Sie ist Schriftstellerin, vergiss das nicht.«

»Wie könnte ich!« Erika lachte. »Ich weiß schon, was du sagen willst. Eine Frau, die Bücher schreibt, wird keinen Mann wollen, der die meiste Zeit des Tages Mist an den Stiefeln kleben hat. Aber Thorben hat ihre Bücher auch gelesen.«

»Das macht die beiden noch nicht zum idealen Paar«, gab Jochen zu bedenken.

»Ist ja schon gut, ich werde nichts mehr sagen und den Dingen ihren Lauf lassen.« Erika stand auf und trug die leeren Schüsseln und Teller zur Spüle. »Ich mag sie jedenfalls. Sie hat allerdings etwas Trauriges um sich, wie eine dunkle Aura. Vielleicht liegt das an ihrer Scheidung. Ich wusste zwar, dass sie sich von ihrem Mann getrennt hat, weil sie das mal in ihrem Blog erwähnt hat, aber ich hätte nicht gedacht, dass sie das noch so belasten könnte. Immerhin ist das schon fast ein Jahr her.«

»Eine traurige Aura?« Jochen runzelte halb skeptisch, halb amüsiert die Stirn. »Fällt das nicht in den Bereich deiner Schwester? Überlass den Psychokram lieber ihr, sie hat das studiert.« Die letzten Worte hatte er mit einem gutmütigen Grinsen ausgesprochen.

Prompt traf auch ihn ein Klaps gegen den Arm. »Ich

muss nicht Psychologie studiert haben, um zu erkennen, wenn jemand traurig oder einsam ist. Sie ist so sympathisch, da mache ich mir nun mal so meine Gedanken.«

Jochen lehnte sich auf der Eckbank bequem zurück. »Die junge Frau ist gerade mal zwei Stunden hier, von denen du sie vielleicht eine dreiviertel Stunde erlebt hast. Was ist, wenn sie ein paar Leichen im Keller hat, die dir nicht gefallen?«

»Ach was, Leichen im Keller! Du schaust dir zu viele Krimis im Fernsehen an!« Erika kicherte. »Sie ist ein nettes Mädchen und damit basta. Mein erster Eindruck täuscht mich nie, das weißt du ganz genau.«

Kapitel 2

Irgendwo hatte Larissa gelesen, dass der Traum, den man in der ersten Nacht in einem neuen Heim oder an einem fremden Ort hatte, in Erfüllung gehen würde. Als sie am Morgen vom Brummen eines Traktormotors erwachte, konnte sie sich nur daran erinnern, von Hannover und ihrer Fahrt hierher geträumt zu haben. Und von Bäumen, vielen frühlingshaft grünen Bäumen. Dem Blick auf Rodderbach von der Anhöhe aus. Was bitte sollte ihr dieser Traum sagen? Benommen starrte sie in die Dunkelheit. Sie wurde nur von einzelnen Lichtstrahlen durchbrochen, die durch die Ritzen der Rollläden fielen. Wie gerne hätte sie im Traum einen kleinen Hinweis darauf erhalten, wie ihr Leben weitergehen sollte.

Offiziell befand sie sich auf einer Rechercheriese für ihren nächsten Roman, vielleicht gar eine ganze Romanreihe. Nebenher würde sie, um ihren Lebensunterhalt zu finanzieren, unter einem streng geschlossenen Pseudonym an einer romantischen Thrillerserie arbeiten müssen, die sie für einen großen Verlag schrieb und in der pro Jahr bis zu vier Bände erschienen. Glücklicherweise musste sie sich hierbei um nichts weiter kümmern, weil der Verlag die komplette Werbung übernahm. Die Serie lief ausgesprochen gut, und sie war ihrer Agentin dankbar, dass er sie auf diese zusätzliche Einkommensmöglichkeit aufmerksam gemacht hatte. Mit nur einem Standbein konnte sie als Autorin trotz ihres Erfolgs nicht überleben, zumindest nicht, seit sie geschieden war und keinen Partner mehr an ihrer Seite hatte, der die laufenden Kosten mittrug.

Der Gedanke an ihre Scheidung ließ ihr Herz wie immer kurz schneller schlagen; hinzu gesellte sich ein ungutes, flaues Gefühl tief in der Magengrube. Es fiel ihr auch nach einem dreiviertel Jahr immer noch schwer, sich mit dem Scheitern ihrer Ehe auseinanderzusetzen. Felix hatte die Schuld daran ausschließlich ihr in die Schuhe geschoben. Sie hatte ihn verlassen. Sie hatte die Scheidung eingereicht. Sie war nicht in der Lage gewesen, seine Erwartungen zu erfüllen. Sie hatte sich auf die faule Haut gelegt und sich von ihm aushalten lassen. Sie hatte seine wohlmeinenden Ratschläge bezüglich ihrer unglücklichen Berufswahl stets in den Wind geschlagen. Sie hatte es nicht einmal geschafft, den Haushalt ordentlich zu führen, obwohl sie doch den ganzen lieben langen Tag zu Hause hockte. Sie … Sie … Sie …

»Nein!« Entschlossen setzte Larissa sich im Bett auf und schüttelte den Kopf, um diese zerstörerischen Gedanken zu vertreiben. »Hör sofort auf damit!« Sie schwang ihre Beine über die Bettkante, schaltete gleichzeitig die Nachttischlampe an, dann stand sie auf, tappte zu einem der beiden großen Fenster und zog die Rollläden hoch.

Gleißendes Licht flutete das Zimmer und ließ sie mehrmals blinzeln. Als sich ihre Augen an die neuen Lichtverhältnisse gewöhnt hatten, betrachtete sie still den Ausblick, der sich ihr bot. Vor ihr lag ein großer Bauerngarten wie aus dem Bilderbuch mit diversen Beeten und Hochbeeten, die von Sträuchern, Natursteinwegen und Blühstauden unterteilt wurden. Jetzt, Mitte Mai, waren die Stauden noch nicht sehr hoch und auch noch nicht erblüht, dafür ließ der frühmorgendliche Sonnenschein die bunten Polsterstauden in der Trockenmauer, die den Garten umgab, lieblich erstrahlen.

Hier und da wuchsen Birken und Kastanien, deren Blattwerk gerade in frühlingshaftem Hellgrün die Blicke auf sich zog. Hinter dem Garten lagen Felder und Wiesen sowie eine große Weide, auf der Kühe grasten. Als Larissa das Fenster öffnete, drang vielstimmiges Vogelgezwitscher an ihr Ohr, unterlegt vom leisen Gebrumm eines Traktors, der sich im Stall oder auf dem Hof befinden musste.

Der Anblick dieses pittoresken Frühlingsmorgens vertrieb umgehend alle negativen Gedanken und rief stattdessen einen wohligen Schauer in Larissa hervor, der sich in Unternehmungslust verwandelte sowie in etwas, das sich wie Hoffnung anfühlte.

Fast schon automatisch ging sie zum Nachttisch, nahm ihr Smartphone in die Hand, rief eine App auf und diktierte ihre Eindrücke, um sie später vielleicht irgendwann einmal in einer Geschichte zu verwenden– oder in einem Blogartikel über ihre Rechercheeise. Danach blieb sie noch eine Weile still am Fenster stehen und lauschte dem Vogelkonzert.

Ein Blick auf ihre Armbanduhr sagte ihr, dass es kurz vor sieben war. Eigentlich noch zu früh, um etwas zu unternehmen. Larissa war kein ausgemachter Morgenmensch und schlief gerne länger, insbesondere wenn sie abends noch gearbeitet hatte. Heute war es jedoch anders. Die frische Morgenluft und der warme, golden schimmernde Sonnenschein lockten sie. Vielleicht sollte sie sich einfach auf eine erste Besichtigungstour durch Rodderbach begeben, um ein Gefühl für den Ort und die Atmosphäre zu bekommen. Dazu eignete sich ein früher Morgen recht gut, wenn, wie sie vermutete, im Ort noch nicht viel los sein würde.

Später konnte Erika ihr bestimmt sagen, ob die Burg besichtigt werden konnte und an wen sie sich wegen des Klosters wenden musste. Auch standen diverse Besuche in Bibliotheken, dem Kreis- sowie dem Landeshauptarchiv in Koblenz auf ihrem Plan. Aber alles der Reihe nach.

Sie überlegte, ob sie erst noch duschen sollte, da sie dies aber schon am Vorabend getan hatte, entschied sie sich stattdessen für eine Katzenwäsche nebst Zähneputzen, band ihr Haar zu einem lockeren Knoten auf, schlüpfte in Jeans, einen hellroten Pulli und farblich passende Sneakers, schnappte sich Zimmer- und Hausschlüssel sowie ihr Handy und verließ ihr Apartment.

Bevor sie die Tür hinter sich schloss, fiel ihr Blick auf die noch nicht ausgepackten Koffer und Taschen. Sie hatte sie am Abend einfach mitten im Raum liegen lassen und stattdessen an ihrem Laptop einen Blogartikel für ihre Website verfasst. Sie wollte ihre Recherchereise auch für ihre Leserinnen und Leser dokumentieren und eine Art Tagebuch darüber führen. Danach hatte sie keine Lust mehr gehabt, sich um das Gepäck zu kümmern. Nun bildete sie sich ein, Felix' Stimme zu hören, der sich genervt darüber ausließ, dass man solche lästigen Arbeiten am besten sofort erledigte, dann waren sie vom Tisch. Oder vielmehr sie sollte diese lästigen Arbeiten erledigen, denn er selbst fühlte sich dafür nicht zuständig.

Larissa fletschte die Zähne, dann streckte sie dem Gepäck die Zunge heraus und zog energisch die Tür ins Schloss. Im nächsten Moment zuckte sie heftig zusammen, als sie Erikas Stimme vom unteren Treppenabsatz vernahm.

»Larissa? Guten Morgen! Sie sind aber schon früh auf den Beinen. Haben Sie gut geschlafen? Ist alles zu Ihrer Zufriedenheit?«

Eilig stieg sie die Treppe hinab. »Guten Morgen, Erika. Ja, danke, ich habe ausgezeichnet geschlafen. Das Apartment ist genau richtig.«

»Wie schön.« Erika strahlte sie an. »Möchten Sie vielleicht nachher mit uns frühstücken?«

Erneut zögerte Larissa kurz und ärgerte sich über sich selbst, weil sie sich doch vorgenommen hatte, spontaner zu werden. »Ich möchte einen Morgenspaziergang machen, dann verpasse ich das Frühstück doch bestimmt.«

»Ach was, da müssten Sie aber eine lange Wanderung machen. Wir frühstücken so gegen halb neun, wenn die Kühe gemolken sind und der Stall fertig ist. Ich gehe auch gleich raus, um den Männern zu helfen. Jochen und Thorben sind schon seit halb sechs draußen und unsere Aushilfen seit halb sieben. Normalerweise fangen wir erst um sechs im Stall an, aber heute früh hat eine Kuh gekalbt, da mussten die beiden früher raus.« Erika musterte Larissa wohlwollend, dann lächelte sie erneut. »Sie sehen wirklich ausgeschlafen aus. Viel besser als gestern Abend nach der langen Autofahrt. Genießen Sie den Spaziergang. Das Wetter soll sich heute halten und auch schon richtig warm werden. Im Augenblick ist es aber noch kühl, dieser Pulli ist also genau richtig, der sieht schön kuschelig aus. Also … Wie gesagt, gegen halb neun, wenn Sie dann Frühstückshunger haben sollten.« Während sie sprach, war Erika zur Tür gegangen und in ein Paar hoher graugrüner Gummistiefel geschlüpft. Erst jetzt bemerkte Larissa, dass ihre Wirtin ähnliche grauschwarze Arbeitshosen trug wie die Männer am Vorabend, dazu ein graues Poloshirt und eine ebenfalls grauschwarze Arbeitsjacke. »Sie brauchen übrigens nicht abzuschließen, das tun wir so gut wie nie oder nur, wenn wir, was selten genug vorkommt, alle gleichzeitig den Hof verlassen. Bis später!« Erika winkte kurz und verließ das Haus.

Larissa folgte ihr eilig und sah ihr nach, wie sie hinüber zum Stall ging und im Inneren verschwand. Für einen kurzen Moment war sie versucht, Erika zu folgen und sich die Stallungen von innen anzusehen, doch sie verwarf den Gedanken sofort wieder. Die Mahlers waren jetzt mit ihrer Morgenroutine beschäftigt, da wollte sie nicht im Weg herumstehen. Außerdem lockte sie der Sonnenschein noch mehr, deshalb begab sie sich rasch zum Hoftor und blickte sich aufmerksam um, bevor sie den Weg in den Ort einschlug.

Ihr gestriger Eindruck von Rodderbach bestätigte sich. Es handelte sich um eine hübsche Kleinstadt mit überwiegend sehr gepflegten Ein- und Mehrfamilienhäusern, Vorgärten, in denen bereits die ersten Frühlingsblumen blühten, und einer gemächlichen, ruhigen Ausstrahlung. Zu dieser frühen Stunde entdeckte sie wie erwartet nur vereinzelt Menschen auf den Straßen, doch das war ihr gerade recht.

Sie konnte genau erkennen, dass am Ortsrand Neubaugebiete erschlossen worden waren, während die Häuser, die sich näher am Ortskern befanden, offensichtlich zu unterschiedlichen Zeiten gebaut worden waren. Sie sah Baustile aus den Neunziger-, Achtziger- und Siebzigerjahren ebenso wie noch ältere Gebäude und Wohnhäuser aus Fachwerk, die teilweise bereits weit über hundert Jahre alt sein mussten. An manchen dieser alten Häuser entdeckte sie Schilder oder Plaketten mit dem Jahr ihrer Erbauung. Zu ihrem Staunen und ihrer Freude stammten die ältesten dieser Gebäude bereits aus dem siebzehnten Jahrhundert. Diese Epoche lag zwar nicht in der Zeitspanne, in der ihr geplanter Roman spielen sollte, dennoch interessierten sie solche alten Häuser sehr. Später würde sie den historischen Stadtkern erkunden, denn sie hatte bereits im Internet gelesen, dass es dort sogar Bauwerke aus dem Spätmittelalter gab. Sie liebte es, historische Orte zu besichtigen, sich in ihre Geschichte hineinziehen zu lassen und sich ganz und gar in den Details vergangener Epochen zu verlieren.

Doch zunächst wollte sie sich nur orientieren und ein erstes Bild von Rodderbach machen. Deshalb bemühte sie sich, als sie das Eifeltor, eines der alten Stadttore, durchquerte, ihren Blick nicht zu sehr auf die Details zu richten, sondern auf das große Ganze. Sie ließ die Atmosphäre der engen Gassen, die zu Fußgängerzonen umfunktioniert worden waren, auf sich wirken, ebenso wie den fröhlichen Blumenschmuck an vielen Fenstern und die teilweise aufwendig restaurierten Fassaden und Wandmalereien aus verschiedenen Epochen. Rodderbach war das, was ihre Mutter vermutlich als entzückendes Urlaubsstädtchen bezeichnet hätte. Es gab viele Cafés, Restaurants und Kneipen, diverse

Einzelhandelsgeschäfte, die von Postkarten über Büro- und Schulbedarf, Wolle, Kleidung und Souvenirs bis hin zu Elektronik- und Computerbedarf so gut wie alles boten, was man im Alltag brauchte. Auch einen kleinen Lebensmittelladen gab es, vermutlich für den schnellen Einkauf der direkten Anwohner zwischendurch. Ganz sicher erledigten die meisten Rodderbacher ihre regelmäßigen Lebensmitteleinkäufe drüben im Gewerbegebiet.

Während sie über das uralte Kopfsteinpflaster der Innenstadtgassen streifte, entdeckte sie auch eine Buchhandlung, einen Juwelier, zwei Optiker, die Namensschilder mehrerer Arzt- und Anwaltspraxen und eines Notars. Es gab eine Postfiliale, einen Handyshop, in dem man ebenfalls Pakete über einen bekannten Versanddienstleister versenden konnte, gleich drei Friseursalons – in einem davon gab es anscheinend auch ein Kosmetik- und Tattoo-Studio – und mehrere Bäckereien. Ein typisches Touristenstädtchen also. Nichts Ungewöhnliches, sah man einmal von der besonderen Schönheit der historischen Altstadt ab, die wiederum sicherlich für jede Menge Tourismus sorgte.

Die Bäckereien hatten bereits geöffnet, und durch die offenen Türen drangen verführerische Düfte nach allerlei Gebäck und frischem Kaffee an Larissas Nase. Zu ihrer Überraschung waren hier in der Ortsmitte schon mehr Leute unterwegs. Alles in allem war es aber noch recht ruhig, sodass sie ihren Morgenspaziergang ungestört genießen konnte.

Als sie den Marktplatz im Herzen Rodderbachs erreichte, blieb sie beeindruckt stehen. Rechter Hand ragte die große gotische Kirche empor, genau gegenüber lag das historische

Rathaus, in dem auch heute noch die Stadtverwaltung untergebracht war. Dazwischen lag ein großer, ovaler Platz, der von überwiegend historischen Gebäuden mit Gastronomie gesäumt wurde. Vor den Lokalen waren Tische und Stühle oder Bänke aufgestellt, die zum Verweilen einluden. Auch um den großen Marktbrunnen standen steinerne Bänke, und überall gab es Hochbeete, Kübel und Rabatten voller Azaleen, Freesien, Bartnelken und sogar, an sehr geschützten Stellen, früher Hortensien. Auch Pfingstrosenbüsche entdeckte sie, doch deren Knospen würden wohl noch ein Weilchen brauchen, bis sie erblühten.

Für eine geraume Weile blieb Larissa einfach nur mitten auf dem Platz stehen und schaute sich um. Ein seltsames Gefühl ergriff sie. Fast war es, als sähe sie das alles nicht zum ersten Mal, obwohl sie noch nie zuvor in Rodderbach gewesen war. Es war eine Empfindung, die sie an ein Déjà-vu erinnerte. Gleichzeitig war alles neu, fremd und dennoch seltsam vertraut. Vielleicht lag es daran, dass sie schon viele historische Altstädte besucht hatte, um für ihre Romane zu recherchieren. Allerdings hatte sie dort nie dieses eigenartige Kribbeln in der Magengrube verspürt, diese unterschwellige Vorfreude – auf was eigentlich? Ihren Roman? Ihre Recherche? Ganz früher, als Kind, hatte sie ein ähnliches Gefühl gehabt, wenn sich die Sommerferien dem Ende zuneigten und ein neues Schuljahr bevorstand. Auch dann hatte sie stets so ein gewisses Kribbeln und eine angenehme Aufregung empfunden, weil ein neuer Lebensabschnitt, ein neues Schuljahr vor ihr lag.

Ein neuer Lebensabschnitt – war es das vielleicht? War ihr Aufenthalt in Rodderbach der Beginn von etwas

Neuem, Besserem? Sie hoffte es, denn sie wollte nichts lieber, als die Vergangenheit hinter sich lassen. Ihre Recherchen hätte sie ganz sicher auch in wesentlich kürzerer Zeit durchführen können, doch sie hatte sich entschlossen, sich ganze drei Monate aus ihrem alten Leben zurückzuziehen, aus ihrer alten Umgebung, um wieder zu sich selbst zu finden und zu entscheiden, wie ihr zukünftiges Leben aussehen sollte.

Viel zu lange hatte sie sich fremdbestimmen lassen und es eine geraume Zeit lang nicht einmal wirklich bemerkt. Sie war erst zweiundzwanzig gewesen, als sie Felix geheiratet hatte. Zu dem Zeitpunkt waren sie bereits seit mehr als vier Jahren ein Paar gewesen. Eine typische Jugendliebe, die zu mehr geworden war. Dabei war sie immer davon ausgegangen, dass es gerade ihre unterschiedlichen Persönlichkeiten gewesen waren, die sie gegenseitig angezogen und fasziniert hatten. Erst nach mehreren Jahren war ihr nach und nach bewusst geworden, dass Felix und sie nicht nur sehr unterschiedliche Ansichten zum Leben hatten, sondern in manchen Bereichen gänzlich inkompatibel waren. Dennoch hatte sie immer gehofft, dass er sie irgendwann besser verstehen würde. Er liebte sie doch! Zumindest hatte er das immer gesagt. Offenbar hatte er gehofft, dass sie sich für ihn ändern würde. Doch das war nicht geschehen; sie war nicht fähig dazu.

Inzwischen war sie weit genug, um für sich zu entscheiden, dass sie sich gar nicht ändern wollte. Sie war sie, mit allen guten und weniger guten Eigenschaften, ihren Ecken, Kanten und Schrullen. Sie ertrug es nicht mehr, dass jemand ihr vorschreiben wollte, wie sie zu leben oder zu arbeiten hatte. Und schon gar nicht wollte sie sich wegen ihres Lebensentwurfs ein schlechtes Gewissen machen oder einreden lassen, dass sie die alleinige Schuld am Scheitern ihrer Ehe trug.

Ganz sicher hatte sie Fehler gemacht, der größte war vermutlich gewesen, zu hoffen und zu erwarten, dass der Mann, den sie liebte und den sie geheiratet hatte, sie so lieben würde, wie sie war, ohne sie ändern oder verbiegen zu wollen. Aus diesem Grunde hatte sie sich geschworen, niemals wieder einem Menschen so viel Macht über sich zu gewähren. Lieber blieb sie für den Rest ihres Lebens allein, als sich noch einmal so eingeengt, so unverstanden und am Ende sogar missachtet zu fühlen.

All diese Gedanken streiften sie in nicht mehr als ein, zwei Atemzügen, verflüchtigten sich jedoch gleich wieder. Zurück blieb nur weiterhin dieses verheißungsvolle Kribbeln. Nicht schlecht für den Anfang.

Langsam ging sie den Weg zurück, auf dem sie gekommen war, und blieb für einen Moment sinnierend vor der geöffneten Eingangstür der Bäckerei Adams stehen. Der Duft ließ ihren Magen knurren.

Sie schrak zusammen, als hinter ihr eine Fahrradklingel ertönte und gleich darauf die Stimme eines Mannes.

»Tuut, tuuut! Achtung, du stehst auf meinem Parkplatz!«

Hastig sprang sie zur Seite, bevor ein großes Dreirad sie streifen konnte. Ein untersetzter Mann mit hellbraunem, leicht verstrubbeltem Haar, den sie auf Mitte oder Ende dreißig schätzte, sprang behänd vom Sattel und lächelte sie ebenso freundlich wie neugierig an. »Guten Morgen. Du musst aufpassen, ich parke jeden Morgen da vor der Bäckerei.

Fast hätte ich dich umgefahren.« Zu ihrer Überraschung streckte er ihr leutselig die rechte Hand hin. »Ich bin der Franz-Josef. Und du? Bist du auf Urlaub hier? Ich hab dich noch nie in Rodderbach gesehen.«

Höflich ergriff sie seine Hand und hätte beinahe über seinen festen, aber extrem kurzen Handschlag gelacht. »Guten Morgen. Ich heiße Larissa und bin für drei Monate in Rodderbach, um für mein neues Buch zu recherchieren.«

»Oh, du bist eine Schriftstellerin?« Franz-Josef machte große Augen. »Dann bist du bestimmt die, die bei den Mahlers eingezogen ist, oder? In die Ferienwohnung? Die Jessie und der Thorben und der Holger haben davon erzählt, als wir letzte Woche den Tag der offenen Tür bei der Feuerwehr hatten. Und die Erika hat gemeint, du wärst sogar ganz berühmt. Stimmt das?«

Larissa schmunzelte. »Na ja, berühmt vielleicht nicht, aber auch nicht ganz unbekannt.«

»Ich lese auch manchmal, aber nur Comics und die Zeitung. Bücher sind mir zu lang und zu anstrengend.« Franz-Josef schien es nicht eilig zu haben, denn er lehnte sich bequem gegen sein Dreirad und musterte sie aufmerksam. »Aber schon cool, wenn wer so was schreiben kann. Das ist bestimmt schwer, oder? Und jetzt schreibst du also ein Buch über Rodderbach? Was steht denn da drin?«

Larissa hob die Schultern. »Im Moment habe ich erst nur eine grobe Idee. Es soll ein historischer Roman werden, der zum Teil im alten Rodderbacher Kloster spielt. Im Mittelalter«, setzte sie hinzu, als er die Stirn runzelte.

»Das alte Kloster ist gar kein Kloster mehr«, antwortete

er schließlich. »Das war ganz, ganz früher mal eine Herberge oder so und jetzt steht es leer, weil niemand weiß, wem es richtig gehört. Die Deckers sagen, es ist ihres, weil sie es vom alten Napoleon gekauft haben oder so. Das ist schon ziemlich lange her, aber es gibt keine Kaufurkunde. So was braucht man ja, sonst sagt der Staat, das gehört dir nicht. Blöd, oder? Dabei kümmern sie sich schon seit immer um den Grund und halten alles sauber und so. Und der Ben Decker, der will eigentlich ein Hotel oder so was draus machen. Aber das geht ja nicht, wenn er keine Kaufurkunde hat.« Franz-Josef rieb sich übers Kinn. Ihm war deutlich anzusehen, was er von solch einer Ungerechtigkeit hielt. »›Ist wahrscheinlich alles im Krieg verschwunden‹, sagt Richard, das ist der Vater von Ben. Und jetzt können sie sehen, wo sie bleiben. Aber sie haben ja noch den Rodderbacher Hof hinten beim Kloster am Markt. Das ist eine Wirtschaft und da gibt es die besten Bratkartoffeln der Welt.« Grinsend rieb Franz-Josef sich über den Bauch. »Musste mal probieren, wenn du so lange hier bist.«

»Das werde ich bestimmt tun«, versprach Larissa.

»Wenn du übers Mittelalter schreiben willst, hättest du mal vor drei Jahren hier sein müssen, da hatten wir nämlich unsere große Tausendjahrfeier. So lange gibt es Rodderbach nämlich schon, also mindestens. Da war vielleicht was los hier!« Seine hellblauen Augen leuchteten bei der Erinnerung an dieses Großereignis. »Da war Kirmes und ein großer Festumzug mit Wagen und historischen Kostümen und all so was. Und der Bürgermeister hat damals eine dicke Chronik rausgeben lassen, die steht bei uns im Regal. Martin hat sie, glaube ich, ganz gelesen. Er liest total gerne. Also

Martin, das ist mein Bruder, der … Ach, da kommt er ja!« Heftig winkte Franz-Josef jemandem hinter Larissa zu. »Hey, Martin, bist du nicht arbeiten? Guck mal, ich hab Larissa getroffen. Sie ist Schriftstellerin und schreibt ein Buch über Rodderbach.«

Noch ehe Larissa sich umdrehen konnte, tauchte der Bruder bereits neben ihr auf und gab Franz-Josef ein kumpelhaftes High-Five. »Guten Morgen, großer Bruder. Na, bist du auf dem Weg in die Bäckerei?«

»Klar, wie immer. Die Bäckerei Adams hat die besten Hörnchen und Schoko-Croissants«, vertraute er Larissa an. »Ich hole jeden Morgen welche für die Mutter und mich. Und am Wochenende auch für Martin, wenn er nicht arbeiten muss.«

»Übertreib es nicht mit den Schoko-Croissants.« Martin klang wie ein besorgter Vater. »Du weißt, dass du mit deinem Zucker aufpassen musst.«

»Ich nehm jeden Tag meine Medikamente. Gestern hatte ich nur Brot, und die Frau Dr. Klöppel hat gesagt, dass ich jeden zweiten Tag ein Schoko-Croissant darf.« Erneut streckte Franz-Josef Larissa seine Rechte hin, und als sie sie ergriff, schüttelte er sie wie zuvor kräftig, aber überaus kurz. »Ich geh dann mal rein, bevor es nix mehr gibt. Tschö, Larissa!«

»Tschüss.« Larissa sah ihm lächelnd nach.

»Entschuldigung, äh … Larissa?« Martin wandte sich ihr mit einem verlegenen Lächeln zu. »Ich hoffe, mein Bruder hat Sie nicht aufgehalten. Er kann sehr anhänglich und redselig sein, wenn er jemanden sympathisch findet.«

»Nein, schon gut, wir haben uns sehr nett unterhalten.« Sie musterte ihn aufmerksam. Er war größer und schlanker als sein Bruder, mit breiten Schultern und schmalen Hüften. Sein Haar war eine Spur dunkler, seine Augen hinter der silbern gerahmten Brille mehr grau als blau und im rechten Ohrläppchen trug er einen winzigen dunkelblauen Ohrstecker. »Ich bin Larissa Weiß.«

»Martin Schmittbauer.« Er schüttelte ihre Hand mit angenehmem festem Druck. »Ich war eigentlich nur auf dem Weg zum Optiker, um meine neue Brille abzuholen. Die hier tut es nicht mehr lange. Hab mich neulich mal draufgesetzt, das ist nicht zu empfehlen.« Wie zum Beweis rüttelte er leicht an einem der Brillenbügel, sodass das ganze Gestell heftig wackelte. Er grinste und ähnelte plötzlich seinem Bruder deutlich mehr. »Sorry, vollkommen uninteressant, oder? Sie sind also Schriftstellerin? Dann sind Sie diejenige, die jetzt bei Mahlers in der Ferienwohnung wohnt?«

Larissa gluckste. »Das scheint sich ja bereits herumgesprochen zu haben.«

»Das ist in Rodderbach kein großes Kunststück. Immerhin wohnen Sie bei der Schwester der frischgebackenen Bürgermeisterin. Und die beiden wiederum sind beste Freundinnen von Heidi Decker, unserer neuen Presse- und Social-Media-Frau.« Er lachte. »Seit die drei im Rathaus das Zepter übernommen haben, wird Rodderbach modern. Wir haben jetzt sogar eine Seite auf Facebook und eine auf Instagram und eine Handy-Chatgruppe für den ganzen Ort. Irre, oder? Das hat Heidi alles mit programmiert. Hätte ich nie gedacht, dass sie so was kann. Aber ich rede und rede, dabei haben Sie bestimmt Besseres zu tun, als mir zuzuhören.«

»Nein, also …« Larissa warf einen Blick in die Bäckerei,

wo Franz-Josef nun heftig gestikulierend mit der Verkäuferin plauderte. »Ich habe nur einen ersten Morgenspaziergang durch den Ort gemacht. Weder Sie noch Ihr Bruder haben mich aufgehalten oder gestört.«

»Franz-Josef kann schon manchmal wie eine Klette sein.« Martin zuckte mit den Achseln. »Meistens, wie gesagt, wenn er jemanden wirklich nett findet. Zögern Sie bitte nicht, ihn in die Schranken zu weisen, falls er es mal übertreiben sollte. Er wird es Ihnen nicht übel nehmen. Er kennt nur einfach seine Grenzen nicht – oder die anderer Menschen.«

»Sie kümmern sich um ihn?« Larissa hüstelte. »Entschuldigen Sie bitte, da spricht die neugierige Autorin aus mir.«

»Schon gut.« Martin winkte ab. »Es ist ja kein Geheimnis. Ich habe schon immer auf ihn aufgepasst. Das hat sich einfach so ergeben nach dem Tod unseres Vaters. Unsere Mutter war auch lange krank und so … Jetzt geht es ihr so weit wieder gut, aber sie ist nicht belastbar. Einer muss ja alles zusammenhalten, so ist das in einer Familie.« Er lächelte leicht. »Er ist nun mal mein großer Bruder.« Diese schlichte Feststellung enthielt mehr Zuneigung, als Martin vielleicht selbst bewusst war, denn er wechselte übergangslos das Thema. »Sie schreiben also wieder einen historischen Roman? Ich habe schon zwei von Ihnen gelesen. Die sind wirklich gut. Drüben im Rathaus können Sie sich unsere Ortschronik holen. Hochinteressant. Der frühere Bürgermeister hat zur Erstellung mit dem Heimatverein und zwei Historikern zusammengearbeitet.« Er hüstelte. »Eines der wenigen Projekte, für die wir ihm dankbar sein können. Ansonsten … Nun ja, es gibt gute Gründe dafür, dass jetzt Hanne Mahler das Bürgermeisteramt innehat. Wenn Sie wirklich drei Monate hier verbringen wollen, werden Sie bestimmt eine Menge von allem mitbekommen, was hier so hinter den Kulissen abläuft.«

Larissa runzelte die Stirn. »So schlimm?«

»Ach nein.« Beschwichtigend hob Martin die Hände. »Nicht schlimm, nur manchmal kurios. Auf Hanne liegen viele Hoffnungen, dass Sie wieder eine gerade Linie in unsere Stadtpolitik bringt. In den letzten Jahren gab es einfach zu viel Kuddelmuddel, wie man so schön sagt. Oft hört man so etwas ja eher aus den großen Städten, aber wir hier in der schönen Eifel können das auch ziemlich gut.« Nun lachte er doch wieder. »Wie gesagt, Sie werden es noch selbst erleben. Ich wünsche Ihnen auf jeden Fall eine schöne Zeit bei uns in Rodderbach. Und auf Ihr neues Buch bin ich schon sehr gespannt.«

Larissa erwiderte sein Lächeln. »Erst einmal muss ich recherchieren. Noch habe ich nicht ein Wort geschrieben. Aber was ich bisher vom Ort gesehen habe, gefällt mir sehr gut. Inklusive der Bewohner«, setzte sie mutig hinzu. Sie war sonst nicht so geradeheraus, aber Martin und auch Franz-Josef waren ihr beide sehr sympathisch, und sie hatte sich ja vorgenommen, ein neues, freieres Leben zu beginnen.

Martin lachte auf. »Ich hoffe, das messen Sie nicht nur an den Schmittbauer-Brüdern. Immerhin sind wir schon ein bisschen … eigen.« Er zwinkerte ihr zu. »Allerdings trifft das auch auf ein paar andere Rodderbacher zu, insofern warten Sie vielleicht mit Ihrem Urteil noch eine Weile ab und leben sich erst einmal ein.«

Larissa kicherte. »Wollen Sie mir Rodderbach nun ans Herz legen oder madigmachen?«

»Ersteres natürlich.« Er grinste jungenhaft. »Aber ich nehme an, Sie haben noch nie in einem Eifelkaff gelebt. Machen Sie sich einfach auf ein buntes Völkchen gefasst. Alles in allem sind wir aber ganz gut genießbar.« Er hob die Hand zum Abschied. »Ich muss jetzt wirklich los, sonst setzen sie in meinem Betrieb noch eine Suchmeldung ab, wenn ich nicht bald wieder dort bin. Man sieht sich.« Er zwinkerte noch einmal. »Das meine ich wörtlich. Rodderbach ist so klein, da sieht man sich zwangsläufig. Also, bis dann!« Er wandte sich ab und ging mit ausholenden Schritten auf das linke der beiden gleich nebeneinanderliegenden Optikergeschäfte zu.

Larissa sah ihm erheitert nach, dann warf sie einen Blick zur Bäckerei. Gerade kam Franz-Josef wieder heraus und ging zielstrebig zu seinem Dreirad. »Ich muss los«, sagte er zusammenhanglos zu Larissa. »Die Mutter wartet auf die Frühstücksbrötchen.« Schon stieg er auf und radelte in flottem Tempo davon.

Larissa drehte sich unschlüssig einmal im Kreis, dann beschloss sie, Martins Rat zu folgen, sich im Rathaus diese Chronik zu besorgen und danach in ihre Ferienwohnung zurückzukehren. Der Glockenschlag am Kirchturm gemahnte sie daran, dass sie sich beeilen musste, wenn sie Erikas Angebot mit dem Frühstück wahrnehmen wollte.

Kapitel 3

Es war gerade kurz vor halb neun, als Larissa durch das Hoftor trat. Sie wollte nicht gleich am ersten Morgen zu spät kommen, wenn man sie schon so freundlich eingeladen hatte, und war deshalb außer Atem. Als Erstes hastete sie hinauf in ihre Wohnung, um die fast fünfhundert Seiten starke Ortschronik von Rodderbach auf den Schreibtisch zu legen. Das Buch war bleischwer, weil es unzählige farbige Fotoseiten und einen sehr dicken Einband besaß. Kurz warf Larissa noch einen Blick in den Badezimmerspiegel, rein aus Gewohnheit, und zupfte an ihrem Zopf herum. Erst jetzt wurde ihr bewusst, dass sie vollkommen ungeschminkt losgezogen war. Sie trug sowieso meist nur wenig Make-up, und wenn sie zu Hause in ihrer Arbeit versunken war, kümmerte sie sich um solche Details auch nicht regelmäßig. Es störte ja auch niemanden, wenn sie im Schlafanzug am Schreibtisch saß. Wenn sie jedoch ausging – und sei es auch nur einkaufen oder spazieren – bemühte sie sich normalerweise doch um ein gepflegtes Äußeres inklusive Make-up und einem Hauch Blush und Lippenstift. Tja, nun hatte Rodderbach sie also schon mal ungeschminkt gesehen. Das war bestimmt kein Beinbruch, doch wenn sie sich beeilte, konnte sie noch getönte Tagescreme und einen Hauch Puder auflegen, bevor sie hinunter in die Küche ging.

Fünf Minuten später blieb sie vor der Küchentür stehen, als sie zwei Frauenstimmen vernahm, die offenbar über sie redeten.

»Nun sag schon, wie ist sie? Kommt sie zum Frühstück runter oder bin ich ganz umsonst an meinem freien Freitag so früh aufgestanden?«

»Zumindest hat sie gesagt, dass sie mit uns frühstücken möchte.« Larissa erkannte Erikas Stimme. »Sie ist spazieren gegangen. Das Wetter ist doch geradezu einmalig dafür. Nett ist sie auch, soweit ich es nach der kurzen Bekanntschaft sagen kann. Sie ist doch gestern Abend erst angekommen. Aber sie wird bestimmt nicht erpicht darauf sein, noch vor dem Frühstück von dir mit Fragen überfallen zu werden, also lass sie bitte in Ruhe.«

»Ich will sie doch nicht überfallen, Mama. Aber wann hat man schon mal das Glück, jemanden, der so spannende Romane schreibt, ganze drei Monate in der Nähe zu haben?«

»Eben«, antwortete Erika. »Sie ist drei Monate hier. Kein Grund, sie schon am ersten Tag zu vergraulen. Gieß bitte den Kaffee in die große Kanne um und stell die Brötchen auf den Tisch.«

Larissa schmunzelte und öffnete leise die Tür. Sogleich nickte Erika ihr lächelnd zu. »Da sind Sie ja, pünktlich wie die Maurer! Setzen Sie sich doch bitte, wir sind hier so gut wie fertig.«

»Danke sehr.« Larissa wandte sich an die zierliche junge Frau, die eben den Brötchenkorb auf dem Tisch abgestellt hatte, und reichte ihr die Hand. »Wir kennen uns noch nicht.«

»Doch.« Die Frau lachte und ihre dunkelbraunen Augen funkelten vergnügt. »Oder besser gesagt, kenne ich Sie und Ihre Bücher schon lange. Mein Name ist Jessica. Als meine

Mutter mir erzählte, dass Sie die nächsten drei Monate hier wohnen würden, konnte ich es erst kaum glauben. Eine so bekannte Schriftstellerin bei uns im Haus …« Wieder lachte sie und schüttelte dabei ihre langen dunkelbraunen Locken. »Ich habe alle Ihre Romane geradezu verschlungen und warte jetzt sehnlichst auf den nächsten. Auf Ihrer Website steht, er soll im nächsten Herbst erscheinen. Stimmt das?«

»Ja, das ist richtig, mein nächstes Buch kommt im September heraus. Ich werde in Kürze das Manuskript von meiner Lektorin bekommen, um es noch einmal zu überarbeiten.« Sie blickte zu Erika hinüber. »Außerdem habe ich bei der Post einen Nachsendeantrag gestellt; ich hoffe, das ist in Ordnung.«

Erika nickte. »Aber selbstverständlich, Sie müssen doch Ihre Briefe und Pakete bekommen.«

Jessica ließ sich neben Larissa nieder, nahm sich ein Brötchen und brach es in der Mitte durch. Erika räusperte sich vernehmlich und schüttelte tadelnd den Kopf. Sofort legte Jessica das Brötchen auf ihren Teller und griff stattdessen nach der Kaffeekanne. »Kaffee?«, fragte sie und schenkte Larissa auf deren Nicken hin ein.

Im gleichen Augenblick erschienen Jochen und Thorben in der Küche, wiederum auf Socken und mit fast identischer schwarzgrauer Arbeitskleidung. Sie setzten sich zu den Frauen. Nach einem kurzen Gruß in die Runde blickte Thorben Jessica abschätzend an. »Seit wann bist du denn hier?«

Jessica zuckte mit den Schultern. »Knappe halbe Stunde.«

Auf seinen Lippen erschien ein herausforderndes Grinsen. »Also hast du heute frei? Wenn du schon freiwillig vor neun Uhr aufstehst, hättest du auch ruhig im Stall mit anpacken können. Zwei unserer Aushilfen sind krank. Wir können von Glück sagen, dass Mirko und Jan noch da sind und helfen. Aber wenn sie im Herbst zur Uni gehen, fehlen uns vier Arme und Hände.«

Jessica grinste keck zurück. »Nee, Schätzchen, aus der Sache bin ich raus. Sieh zu, dass du einen Auszubildenden bekommst, den du schikanieren kannst. Oder eine Frau.«

»Ich schikaniere niemanden!«, erwiderte Thorben gespielt beleidigt. »Ich leite an.«

Lachend winkte Jessica ab. »Hör bloß auf. Mit dir zusammenzuarbeiten ist wie ein Spaziergang im Minenfeld. Die Einzige, die das länger als zehn Minuten am Stück aushält, ist Isabella. Und das auch nur, weil sie dir die Mistgabel an den Kopf wirft, wenn es ihr zu viel wird.«

Thorben tippte sich nur bedeutungsvoll an die Stirn. Jessica wandte sich wieder Larissa zu. »Lassen Sie sich bloß nie überreden, im Stall mitzuhelfen. Thorben ist der reinste Sklaventreiber. Ich habe das jahrelang mitgemacht. Am Ende hat nur noch die Flucht geholfen.«

Larissa lachte herzlich. »Davon lasse ich lieber die Finger. Ich bin ja schon froh, wenn ich bei einer Kuh vorne und hinten unterscheiden kann.«

»Sie wohnen in Hannover, nicht wahr?«

»Ja, seit frühester Kindheit«, bestätigte Larissa. »Geboren bin ich zwar nicht weit von hier, in Adenau …«

»Ach was!« Jochen blickte sie überrascht an. »Dann sind Sie ja ein echtes Eifler Mädchen!«

»Na ja, nicht wirklich.« Larissa hob abwehrend die Hände. »Meine Mutter ist mit mir von hier weggezogen, als ich noch ganz klein war.«

»Dann haben Sie keine Verwandten hier in der Gegend?«, hakte Erika interessiert nach.

Larissa schüttelte den Kopf. »Damit kann ich leider nicht dienen. Inzwischen gibt es nur noch meine Mutter und mich und natürlich meinen Stiefvater.«

»Ist ja nicht Ihre Schuld«, brummelte Jochen und begann ohne Übergang ein Gespräch mit Thorben über irgendwelche Melksysteme.

»Was machen Sie denn beruflich?«, fragte Larissa an Jessica gewandt.

»Ich arbeite in der Tourist-Info in der Hauptstraße, und nebenbei organisiere ich für die Touristen Führungen durch den historischen Ortskern und rauf zur Burg.«

Larissas Interesse war schlagartig geweckt. »Das ist ja ein glücklicher Zufall. Ich hatte gerade überlegt, wen ich wohl wegen einer Führung ansprechen muss. Da sitze ich ja genau an der Quelle.«

»Aber ja doch!« Jessica strahlte sie begeistert an. »Wenn Sie möchten, mache ich mit Ihnen eine private Führung durch Rodderbach und eine durch die Burg. Beides an einem Tag könnte allerdings ein bisschen viel werden.«

»Und das Kloster?« Erwartungsvoll sah Larissa Jessica an.

Die runzelte kurz die Stirn. »Da müssen wir bei der Stadtverwaltung nachfragen, aber ich denke, das lässt sich einrichten, oder, Mama?«

Erika nickte. »Ganz bestimmt. Hanne freut sich garantiert, dass jemand sich für unsere Stadtgeschichte interessiert und sogar ein Buch darüber schreiben will.«

»Soweit ich gehört habe, sind die Besitzverhältnisse des Klosters nicht geklärt«, hakte Larissa nach. Ihr Recherchegeist, wie sie es bei sich nannte, war geweckt.

»So ist es leider«, bestätigte Erika und beugte sich ein Stück vor. »Während der Säkularisation nach der Französischen Revolution kaufte ein Vorfahr der Familie Decker das Kloster und baute es zu einer Gastwirtschaft mit Fremdenzimmern um. Während des Zweiten Weltkrieges ging jedoch die Besitzurkunde verloren und die Grundbücher wurden fast vollständig zerstört, deshalb können die Deckers, so absurd es sich anhört, leider bis heute ihre Besitzansprüche nicht mehr korrekt nachweisen. Denn auch ihre notariell beglaubigte Kopie der Besitzurkunde ist seit dem Krieg nicht auffindbar – vermutlich auch zerstört. Nach dem Krieg fiel das Kloster deshalb zur Verwaltung bis auf Weiteres an die Gemeinde. Leider wird die alte Bausubstanz nur so weit erhalten, dass sie nicht verfällt. Eine Schande ist das, wo doch die Deckers seit so vielen Generationen eine Wirtschaft am Ort führen und das Hotel im Kloster so gerne modernisiert und weitergeführt hätten. Aber ihnen gehört leider rein rechtlich nur noch der Gasthof vor dem Kloster, der Rodderbacher Hof.«

»Die letzten beiden Bürgermeister haben sich aber auch zusätzlich quergestellt«, fügte Jessica hinzu. »Vater und Sohn, beide … na ja.« Sie verdrehte die Augen. »Sie wollten immer wieder versuchen, das alte Gemäuer zu verkaufen, allerdings an irgendwelche Investoren von außen. Zum Glück hat der Stadtrat sich dagegen ausgesprochen, weil eben auch die Stadt nur das Verwaltungsrecht besitzt, nicht das Veräußerungsrecht, aber für die Deckers war und ist das natürlich zusätzlich zermürbend.«

»Hanne hat schon versprochen, sich dieser Sache anzunehmen«, übernahm Erika das Wort. »Vielleicht lässt sich über Erbpacht oder dergleichen etwas arrangieren, damit Richard und Heidi das Kloster bewirtschaften können. Oder Ben, falls er irgendwann aus der Schweiz zurückkehren sollte. Er managt ein großes Vier-Sterne-Hotel in Zürich«, fügte sie erklärend an Larissa gewandt an. »Früher hat er immer gesagt, dass er hier in Rodderbach ein Hotel eröffnen will, aber jetzt ist er dort unten so erfolgreich … Das muss er wirklich selbst wissen, ob er diese gute Stellung gegen so ein Projekt wie das alte Kloster eintauschen will. Richard und Heidi werden sich das auch gut überlegen, denn Isabella hat bestimmt auch andere Pläne, und nur zu zweit wird das doch ziemlich viel. Immerhin haben sie ja den Rodderbacher Hof und sind damit schon voll ausgelastet.« Sie seufzte. »Sie hätten eben so gerne ihren Familienbesitz wieder vollständig in der Hand, das kann man natürlich verstehen. Darum kämpfen ja nun schon Generationen von Deckers.«

Larissa nickte verständnisvoll. »Besichtigen kann man das Kloster aber?«

»Hin und wieder kriegen wir in der Tourist-Info Anfragen«, antwortete Jessica. »Ich führe die Leute dann nur außen herum. Innen ist das Gemäuer leider teilweise in keinem sehr schönen Zustand. Es müsste dringend grundsaniert und renoviert werden, dann könnte man eine Menge daraus machen. Zumindest wurde der Denkmalschutz durch die Nichtnutzung des Gebäudes und die undurchsichtigen Besitzverhältnisse aufgehoben, sodass es nicht allzu viele Auflagen gibt. Leider hat das auch dazu geführt, dass die Stadt in den letzten Jahrzehnten nicht viel an der Substanz gemacht hat.« Sie wandte sich an ihre Mutter. »Ben wollte das immer angehen, aber ganz allein wird ihm das vielleicht auch zu viel, oder meinst du nicht, Mama?«

»Na, er wird doch wohl allmählich eine nette, tüchtige Frau finden, die ihn dabei unterstützt, oder? Es gibt doch so viele Frauen in der Schweiz.«

Jessica gluckste. »Ben und heiraten? Da stürzt eher der Himmel ein. Und die Tussis, mit denen er sich meistens umgibt, werden beim Anblick des alten Klosters garantiert kreischend Reißaus nehmen.« Sie richtete ihre Aufmerksamkeit wieder auf Larissa. »Für den Anfang kann ich Ihnen eine historische Führung durch den Ort anbieten, die hat es in sich. Jede Menge pikante Details aus mindestens fünf Jahrhunderten. Was meinen Sie?« Sie trank einen Schluck Kaffee und stellte die Tasse schwungvoll auf den Tisch zurück. »Wie wäre es gleich heute? Ich habe ja frei und hätte Zeit.« Sie schielte zu ihrem Bruder. »Außerdem muss ich mich bald aus dem Staub machen, bevor der Peitschenschwinger noch mal versucht, mich einzufangen.«

* * *

»Sehr beeindruckend«, befand Larissa und schob ihr Smartphone zurück in ihre Gesäßtasche. Sie hatte den gesamten Vormittag damit verbracht, sich von Jessica durch die Straßen und Gassen des Rodderbacher Ortskerns führen zu lassen, und inzwischen mindestens zweihundert Fotos geschossen. Zu manchen der alten Gebäude hatte sie auch gleich vor Ort Notizen in dem kleinen in Leder gebundenen Buch festgehalten, das sie ständig mit sich herumtrug. Durch Jessicas fundierte und spannende Erzählungen hatte sie nun ein noch viel intensiveres Bild von der mittelalterlichen Stadt gewonnen als am Morgen bei ihrem ersten Rundgang. »Mit so vielen historischen Details hatte ich gar nicht gerechnet. Ich fürchte, das wird meine Recherchen ins Uferlose treiben.« Sie schmunzelte. »Ich liebe es, in vergangenen Epochen zu versinken.« Sie verzog das Gesicht, als ihr Magen vernehmlich knurrte. »Aber ich fürchte, wenn ich nicht bald etwas zu essen bekomme, falle ich um.«

Jessica nickte verständnisvoll. »Wenn Sie Lust haben, können wir uns die besten Bratkartoffeln diesseits der Milchstraße antun.«

Erfreut hob Larissa den Kopf. »Im Rodderbacher Hof? Diese Empfehlung habe ich heute tatsächlich schon einmal bekommen.«

»Ja, genau«, bestätigte Jessica und winkte Larissa, ihr zu folgen. »Von hier aus sind es nur fünf Minuten zu Fuß, drüben am Marktplatz. Dann können Sie auch gleich noch einen Blick auf das Kloster werfen, wenn auch nur von außen.«

Bereitwillig ließ sich Larissa erneut führen, und als sie schließlich die historische Gaststätte erreichten, war für einen Moment ihr Hunger vergessen. Rasch holte sie ihr Smartphone wieder hervor und machte zahllose Bilder von dem gepflegten Fachwerkgebäude mit den Kübeln voller

Frühlingsblumen vor dem Eingang. Auch die etwa handgroßen Igel aus Kunststein, die jemand zwischen den Blumen platziert hatte, und die große Vogelscheuche aus Stroh mit Augenklappe, die hinter dem Treppengeländer hervorlugte, hielt sie fest.

Ein Stück hinter dem Wirtshaus erhob sich ein zweistöckiges, von einer Bruchsteinmauer umgebenes Gebäude, bei dem es sich unverkennbar um das Kloster Rodderbach handelte. Auch hier knipste Larissa beherzt drauflos, bis plötzlich ein Piepsen ertönte und eine Warnmeldung auf dem Display des Smartphones erschien. »Mist«, knurrte sie enttäuscht. »Der Speicher ist voll.«

Jessica schmunzelte. »Sie haben ja noch öfter Gelegenheit, hier zu fotografieren. Aber ich dachte, Sie hätten Hunger?«

»Und wie!« Larissa strich sich lächelnd eine Haarsträhne hinters Ohr. »Entschuldigen Sie, aber bei einem solchen Anblick kann ich alles um mich herum vergessen.«

»Macht ja nichts. Dann kommen Sie mal mit.«

Als Larissa die Wirtsstube betrat, blickte sie sich bewundernd um. Die weiß gestrichenen hölzernen Decken waren vergleichsweise niedrig und wurden von mit wunderschönem Schnitzwerk versehenen dunklen Holzbalken gehalten. Die Wände waren bis auf Brusthöhe cremefarben vertäfelt und darüber lediglich verputzt und weiß gestrichen. In Abständen zierten Aquarelle und Ölbilder mit Motiven aus dem Ort und der Umgebung die Wandflächen. Das Mobiliar bestand aus dunklem Holz, jedoch wirkte der Raum durch die cremefarbenen Tischdecken und Sitzpolster trotzdem hell und freundlich. Auf der rechten Seite gab es einen Schanktresen mit der obligatorischen Bierzapfanlage und mehreren Barhockern. Geradeaus stand ein langer Tisch mit zwei Bänken und acht Stühlen, auf dem ein großes verschnörkeltes Messingschild verkündete, dass es sich um den Stammtisch handelte. Zwei weitere Tische für je vier Personen rundeten die Einrichtung ab; auf der linken Seite führte ein Durchgang in einen weiteren Gastraum. Larissa warf nur einen kurzen Blick hinein und schätzte, dass sich dort noch mindestens zehn weitere Tische unterschiedlicher Größe befanden, von denen drei mit Mittagsgästen belegt waren. Überall gab es üppige Grünpflanzen und Sträuße aus Getreide und Strohblumen. Aus dezent versteckten Lautsprechern erklang leise Musik von ABBA.

Jessica ließ sich an einem kleinen Tisch im vorderen Raum nieder, dicht am Fenster; Larissa setzte sich ihr gegenüber.

»Hübsch, nicht wahr?«, fragte Jessica, und in ihrer Stimme schwang unverkennbar Stolz mit. »Heidi und Richard geben sich wirklich Mühe mit der Wirtschaft. Heidi hat alle Tischdecken und Sitzpolster selbst genäht und bestickt. Weiß der Himmel, wann sie dazu die Zeit findet. Sie ist übrigens auch ein Computergenie, zumindest nach meinen Maßstäben. Sogar beim Programmieren der städtischen Website hat sie geholfen und wurde zur Pressesprecherin und Social-Media-Frau gewählt. Toll, nicht wahr?« Unvermittelt klopfte sie heftig mit den Fingerknöcheln auf die Tischplatte. »Bedienung! Wir verhungern!«

Larissa zuckte erschrocken zusammen ob des barschen Tonfalls, den ihre Begleiterin angeschlagen hatte. Deren breites Lächeln strafte ihren Befehlston jedoch Lügen, als im Durchgang hinter dem Tresen ein Bär von einem Mann in den Fünfzigern auftauchte. Sein Haar war lockig und von einem kräftigen Rotblond, das im Licht der Tresenbeleuchtung kupfern aufleuchtete. Er trug einen kurz gestutzten Oberlippen- und Kinnbart, und seine leuchtend blauen Augen funkelten vergnügt.

»Wer brüllt denn da nach mir?«, fragte er mit brummig tiefer Stimme, dann lächelte er erfreut. »Jessie, Mädchen, Sonne meines Lebens! Das du dich auch mal wieder hierher verläufst. Lass dich umarmen!« Er trat an den Tisch und drückte Jessica kurz, aber heftig an sich. Dann blickte er neugierig auf Larissa. »Und noch eine hübsche junge Frau in meiner bescheidenen Hütte. Ich bin begeistert!« Er streckte Larissa die Hand hin. »Ich bin Richard Decker. Richard, für meine Freundinnen und Freunde.«

Automatisch ergriff Larissa die Hand und staunte, wie fest und doch zugleich sanft der Händedruck dieses kräftigen Mannes war. »Larissa Weiß.«

»Ah, die Schriftstellerin! Ich habe schon von dir gehört und dass du dich bei Erika und Jochen eingemietet hast. Meine Frau liest alle deine Bücher. Herzlich willkommen, Larissa.«

»Danke.« Larissa lächelte leicht und versuchte, sich nicht über das trauliche Du zu wundern. »Wenn sie möchte, kann ich Ihrer Frau gerne ein Buch signieren.«

»Das wird sie auf jeden Fall wollen.« Richard nickte ihr wohlwollend zu. »Aber wenn du mich noch einmal siezt, muss ich den Schnaps rausholen und so lange mit dir trinken, bis du den Quatsch vergisst.«

»Äh …« Verblüfft starrte Larissa ihn an, doch er zwinkerte ihr nur schelmisch zu.

»Was kann ich denn nun für euch tun, Mädels?«

Jessica lehnte sich bequem auf ihrem Stuhl zurück. »Wir haben Hunger, was dachtest du denn? Genau genommen lechzen wir geradezu nach einer Riesenportion Bratkartoffeln mit Zwiebeln, Speck und Spiegelei. Glaubst du, das kriegst du hin?«

Richard legte betont nachdenklich den Kopf auf die Seite. »Mal sehen, was sich machen lässt. Ich werd mal in meinen Kochbüchern nachschlagen, ob ich ein Rezept dafür finde. Wollt ihr inzwischen was trinken?«

»Apfelsaft«, kam es von Jessica wie aus der Pistole geschossen. »Einen großen, wenn's geht.«

»Kommt sofort. Und du?«

Larissa hob die Schultern. »Also …«

»Nehmen Sie auch den Saft«, empfahl Jessica. »Der ist so frisch, wie es nur geht. Von der Presse direkt ins Glas, nicht wahr, Richard?«

»So ist es«, bestätigte er, schränkte dann aber ein: »Zumindest fast.«

Also nickte Larissa und sah dem kräftigen Mann zu, wie er hinter dem Tresen verschwand und nur Augenblicke später mit zwei großen Gläsern Apfelsaft zurückkam. Er stellte sie auf dem Tisch ab und verbeugte sich leicht. »Wohl bekomm's. Essen dauert ein Viertelstündchen.«

Als er verschwunden war, prostete Jessica Larissa fröhlich zu. »Richard ist ein Schatz und ein ganz toller Koch. Sein Sohn Ben und ich sind gleich alt, und wir hingen während der Schulzeit praktisch ständig zusammen. Und Bens kleine Schwester … Ah, da ist sie ja. Wenn man von der Hexe spricht …« Im Durchgang hinter dem Tresen war eine junge Frau von etwa achtzehn oder neunzehn Jahren erschienen und steuerte mit großen Schritten und einem breiten Lächeln auf die beiden Frauen zu. Sie war etwa eins fünfundsiebzig groß und besaß eine üppig gerundete Figur, die sicher so manchen Mann zweimal hinsehen ließ. Ihre Augen waren leuchtend blau wie die ihres Vaters, und ihr Haar war ebenso rotblond und lockig. Sie hatte es zu einem dicken Zopf geflochten, aus dem sich ein paar Strähnen gelöst hatten, die ihr ebenmäßiges ovales Gesicht umspielten. Beim Lächeln bildeten sich zwei neckische Grübchen neben ihren Mundwinkeln und ließen sie jünger wirken.

»Hab ich doch richtig gehört!« Sie umarmte Jessica kurz, aber herzlich. »Jessie, Mensch, dich hab ich ja schon seit Wochen nicht mehr gesehen. Wo treibst du dich denn ständig herum?«

»Hallo Isabella«, grüßte Jessica zurück und klopfte auf den Stuhl neben sich, woraufhin die junge Frau sich bereitwillig setzte und Larissa freundlich zunickte. »Guten Tag. Sie müssen die Schriftstellerin sein. Ich hab Ihr Foto im Internet gesehen.« Sie streckte die Hand über den Tisch aus. »Ich bin Isabella Decker.«

Larissa ergriff die Hand. »Sie haben richtig geraten. Larissa Weiß.« Sie musterte Isabella neugierig. »Sie sind also die Einzige, die es mit Thorben Mahler länger als zehn Minuten aushält, ohne ihn erwürgen zu wollen?« Ein bisschen erschrak sie selbst darüber, dass ihr diese Bemerkung herausgerutscht war, besonders, weil Isabella prompt irritiert blinzelte.

»Wie bitte?«

Jessica prustete und stellte rasch ihr Glas wieder ab, das sie gerade an die Lippen gehoben hatte. »Das haben Sie sich gemerkt?« Sie kicherte. »Darauf sollten wir anstoßen. Isa, hol dir was zu trinken, wir müssen unbedingt auf die Schwesternschaft trinken.«

Nun war es an Larissa, irritiert dreinzublicken, was Jessica zu einem erneuten Lachanfall reizte.

»Kann mich mal jemand aufklären?« Isabella stand auf und schenkte sich am Tresen ein Glas Cola ein. »Was soll ich mit Thorben zu schaffen haben? Oder hat er sich etwa wieder über mich beschwert?« In ihren Tonfall trat eine deutliche Schärfe.

Jessica schüttelte den Kopf. »Nein, keine Sorge. Setz dich bitte.« Sie hob das Glas und sah erst Larissa, dann Isabella an. »Ich finde, wir sollten uns ab sofort duzen. Das tun hier im Ort sowieso fast alle. Und wenn Larissa schon drei Monate hier verbringen will, müssen wir sie doch in unsere Gemeinschaft aufnehmen, meinst du nicht? Außerdem wird ihr nächstes Buch hier in Rodderbach spielen, vielleicht sogar im Kloster. Also wird sie von Hanne wahrscheinlich sogar zur Ehrenbürgerin ernannt.«

Isabella lächelte. »Das ist wirklich ein guter Grund. Falls du etwas über unsere Besitzurkunde herausfinden solltest, sag uns Bescheid.«

Larissa nickte. »Das werde ich. Obwohl meine Recherchen mich mehr ins Mittelalter führen werden. Aber ich halte die Augen offen, versprochen.« Die drei stießen mit ihren Getränken an.

Kaum hatte Isabella an ihrer Cola genippt, als sie sich

noch einmal vorbeugte und Jessica ins Auge fasste. »Jetzt will ich aber wissen, was du über mich und Thorben erzählt hast. Was soll ich angeblich schon wieder verbrochen haben?«

»Gar nichts«, beruhigte Jessica sie. »Ich habe Larissa nur nahcgelegt, sich niemals von ihm für den Stalldienst einspannen zu lassen. Du weißt schon, wegen seiner Sklaventreibermanieren.«

»Und was hat das mit mir zu tun?«

Jessica grinste. »Ich habe ihr erzählt, dass du die Einzige bist, die es mit ihm aufnehmen kann, weil du ihm eine Mistgabel über den Schädel ziehst, wenn er es übertreibt.«

»Über den Schädel?« Isabella lachte grimmig. »In den Hintern jage ich sie ihm, wenn er mich nicht in Ruhe lässt. Er hat gefälligst froh zu sein, dass ich ihm helfe. Soll er doch das nächste Silo allein einfahren, wenn ihm meine Arbeit nicht passt. Mir tun nur die Kühe leid, die elendig verhungern müssen, wenn er es nicht schafft, sein Grünfutter zu ernten. Ich bin nun mal die Einzige, die das Gras im Silo mit dem großen Trecker vernünftig festfahren kann. Dementsprechend sollte er meine Arbeit wertschätzen und nicht ständig herummeckern.«

Bedeutungsvoll verdrehte Jessica die Augen und beugte sich übertrieben vertraulich zu Larissa hinüber. »Die beiden sind ein Herz und eine Seele.«

»Nur, solange wir uns in zwei verschiedenen Räumen aufhalten!«, knurrte Isabella aufgebracht.

»Onkel Thorben war Isabellas Firmpate«, erklärte Jessica feixend, was die junge Frau offenbar noch mehr in Rage brachte.

»Können wir bitte das Thema wechseln?«

»Aber das ist noch nicht alles«, fuhr Jessica unbeirrt fort. »Dich als Autorin wird die Geschichte bestimmt interessieren. Vielleicht kannst du sie ja in einem deiner Bücher verwenden. Es war nämlich so.« Bedeutungsvoll senkte sie die Stimme, obgleich Isabella stöhnend die Augen verdrehte. »Da seine Eltern mit Heidi und Richard eng befreundet sind, war er natürlich schon zur Stelle, um ihr im zartesten Säuglingsalter die Windeln zu wechseln. Damals ging es noch recht friedlich zwischen den beiden zu, nicht wahr, Isa? Ich weiß noch, dass du Thorben als Kind geradezu angebetet hast. Wie alt warst du – vier? Und er war siebzehn. Ein Bild für die Götter, sag ich dir, Larissa.«

Isabella stöhnte. »Muss das sein?«

»Wenn sie ihn gesehen hat, hing sie an ihm dran wie eine Klette. Und das schien ihm gar nichts auszumachen. Ständig hat er sie auf den Schultern rumgetragen. Oder sie saß auf seinem Schoß und er hat ihr vorgelesen. Er war sozusagen Wahlonkel aus Leidenschaft. Aber als sie dann in die Grundschule kam, war es plötzlich vorbei mit der großen Liebe. Warum eigentlich, Isa?« Jessica lächelte süffisant und Larissa ahnte, dass dies eine Geschichte war, die immer wieder gerne zum Besten gegeben wurde.

Isabella grummelte etwas Unverständliches, antwortete jedoch nicht. Deshalb sprach Jessica einfach weiter: »Isabella konnte schon lesen, bevor sie in die Schule kam, hat es Thorben aber nicht verraten. Sie wollte ihn verblüffen, indem sie nach dem ersten Schultag in der Grundschule zu ihm gehen und ihm weismachen wollte, dass sie innerhalb eines Tages lesen gelernt habe. Blöderweise hatte er damals gerade eine neue Freundin, war also frisch verliebt und hatte deswegen nicht besonders viel Lust, sich mit einer aufgedrehten Sechsjährigen abzugeben. Also hörte er ihr nur halbherzig zu und begriff gar nicht, dass sie ihm einen Text vorlas, den sie eigentlich gar nicht hätte lesen können dürfen. Er war mit den Gedanken bei seiner Flamme, und das hat Isabella natürlich total enttäuscht, weil ihre Überraschung dadurch nicht angekommen war. Sie war schon immer – mhm – sagen wir temperamentvoll.« Jessica verdrehte vielsagend die Augen. »Sie hat ihn vor lauter Wut ins Bein gebissen. Seither … nun ja.«

Larissa lachte. »Du hast ihm das bis heute nicht verziehen?«

Isabella schnaubte. »So ein Blödsinn!«

Jessica zwinkerte Larissa zu. »Hat sie nicht. Onkel Thorben ist seither für sie ein rotes Tuch.«

In diesem Moment kam Richard mit zwei großen Tellern voll dampfender und herrlich duftender Bratkartoffeln herein. »Bitte sehr, die Damen. Lasst es euch schmecken.« Er musterte Isabella streng. »Wolltest du nicht irgendwas für die Uni vorbereiten?«

Isabella seufzte und stand auf. »Ich weiß noch nicht mal, ob ich da hinwill.« Sie nickte Larissa noch einmal zu. »War nett, dich kennenzulernen. Glaub aber bitte nicht alles, was Jessie dir über mich erzählt. Ganz so schlimm bin ich nämlich gar nicht.«

»Tschüss, Isa.« Jessica winkte ihr zu und beugte sich gleich darauf verschwörerisch zu Larissa. »Doch, ist sie. Aber wir lieben sie sehr.« Ohne Übergang machte sie sich über ihre Bratkartoffeln her. Nach einigen Bissen hob sie den Kopf wieder. »Isabella ist unheimlich nett und eine gute Freundin. Aber sieh dich vor. Wenn du ihren Zorn weckst, kann es Tote geben. Unzählige unschuldige Opfer säumen bereits ihren Weg.«

»Ich werde es mir merken.« Schmunzelnd schob sich Larissa eine Gabel voll Kartoffeln mit Spiegelei in den Mund und verdrehte genießerisch die Augen. »Lecker!«

Kapitel 4

Prüfend ließ Holger Mahler seinen Blick über die Werkzeuge wandern, die säuberlich über der Werkbank an einer überdimensionierten Metalltafel aufgereiht hingen. Dann nahm er einen Schraubenschlüssel, riss ein Stück Papierhandtuch von einer Rolle, die ebenfalls an der Wand über der Werkbank angebracht war, und beugte sich wieder über den uralten Traktormotor, den er in seine Einzelteile zerlegt hatte. Er löste vorsichtig eine Schraubenmutter, säuberte sie sorgfältig von Fett und Öl und legte sie neben sich auf ein Tablett, auf dem noch unzählige weitere Kleinteile lagen. Er wollte den Motor wieder auf Vordermann bringen und dann in die alte Zugmaschine einbauen, die er kürzlich zufällig auf einem Schrottplatz gefunden hatte. Er liebte es, Traktoren von anno dazumal zu reparieren und wieder in neuem Glanz erstrahlen zu lassen.

Kurz warf er einen Blick auf die Wanduhr. In zwei Stunden wollte Heinz herkommen, um das Gästezimmer weiter zu renovieren. Holger seufzte innerlich. Er hatte sich von seiner Mutter wieder einmal breitschlagen lassen, bei der Arbeit zu helfen. Dabei hätte er heute eigentlich ein Date mit Babsi gehabt. Der üppigen Blondine war er vor zwei Wochen in einem Club in Koblenz begegnet, und nach den letzten Treffen hatte er nun den Eindruck gewonnen, mit ihr die nächste Ebene ihrer Bekanntschaft erforschen zu können. Ein Essen beim Italiener, ein guter Film … Etwas Romantisches möglichst, das würde die Stimmung für ihn positiv beeinflussen. Und mit ein bisschen Glück würde sie seine Einladung zu ihm nach Hause diesmal annehmen.

Vorsichtig setzte er den Schraubenschlüssel erneut an, doch diesmal rührte sich die Mutter nicht, sondern schien festgewachsen zu sein. Beherzt wandte er mehr Kraft an, rutschte jedoch ab und riss versehentlich einen Schlauch ab. Öl spritzte ihm entgegen.

Fluchend warf er den Schraubenschlüssel beiseite, packte den Schlauch und setzte ihn wieder ein. Eilig riss er ein weiteres Stück Papierhandtuch ab und reinigte seine Hände notdürftig von der schwarzen Schmiere. Dann strich er sich mit dem Handrücken eine Strähne seines dichten dunkelbraunen Haars aus der Stirn und widmete sich erneut der widerspenstigen Schraubenmutter. Den dunkelroten Golf, der auf den Hof fuhr, nahm er nur am Rande wahr. Erst als er die Stimme seiner Schwester Jessica vernahm, die sich mit einer anderen Frau unterhielt, merkte er auf, ohne jedoch seine Arbeit zu unterbrechen.

* * *

»Vielen Dank für die großartige Führung.« Larissa lächelte Jessica herzlich zu. »Du bist für die Zukunft engagiert.«

Jessica lächelte. »Aber gerne doch. Wenn du Fragen hast oder Hilfe bei deinen Recherchen benötigst, stehe ich zu deiner Verfügung. Ich bin ja schon so gespannt, was für eine Geschichte du am Ende aus diesen ganzen historischen Fakten machst.«

»Ich auch.« Amüsiert gluckste Larissa. »Am besten werde

ich jetzt die ganzen Informationen sofort in meinen Laptop hacken.« Als sie ganz aus der Nähe das helle Klingen von Metall auf Metall vernahm, hob sie überrascht den Kopf.

Jessica sah sich ebenfalls um. »Das ist bestimmt Holger, mein Bruder, drüben in der Werkstatt.« Sie deutete auf das Gebäude links neben dem Wohnhaus, über dessen Verwendung sich Larissa bisher noch nicht im Klaren gewesen war, und ging darauf zu. »Komm, ich mache euch mal bekannt. Aber Vorsicht, sein Charme kann gefährlich werden. Verrat ihm aber bloß nie, dass ich das gesagt habe, sonst hält er sich am Ende noch für den Nabel der Welt und wird völlig ungenießbar.«

»Keine Sorge.« Schmunzelnd folgte Larissa ihr. »Ich kann schweigen.«

* * *

Als die beiden Frauen die Werkstatt betraten, war es Holger gerade endlich gelungen, die festsitzende Mutter zu lockern. Sorgsam drehte er sie los, wischte sie sauber und musterte sie eingehend. Dann legte er sie zu den anderen auf das Tablett und trat hinter dem aufgebockten Traktor hervor. »Tag Jessie. Vielen Dank, dass du mich deiner Freundin derart unvorteilhaft vorgestellt hast. Ich weiß gleich gar nicht, ob ich mich geehrt fühlen oder beleidigt sein soll.«

»Stets gerne zu Diensten, vielgeliebter Bruder.« Jessica prustete aus unerfindlichem Grund los. »So viel zum Thema Charme.«

»Ha, ha.« Da nun auch die Begleiterin seiner Schwester sichtlich ein Lachen unterdrücken musste, warf er Jessie einen strafenden Blick zu, wandte sich dann aber sogleich neugierig der Besucherin zu. Mittelgroß, schlank, hübsches honigblondes Haar, graublaue Augen. Nicht bildschön auf den ersten Blick, aber durchaus höchst attraktiv auf den zweiten, konstatierte er bei sich. Vermutlich der neue Dauergast seiner Mutter, also tabu hinsichtlich jeglicher romantischen Annäherung. Dieses Versprechen hatte er seiner Mutter schon vor Jahren geben müssen: Von weiblichen Feriengästen hatten er und seine Brüder sich tunlichst fernzuhalten. Zumindest wenn sie nur auf einen unverbindlichen Flirt aus waren. Gebrochene Herzen und Ferienstimmung passten nicht gut zusammen, so Erika Mahlers Philosophie. Holger war mit dieser Regelung einverstanden, denn auf die meist sowieso eher magere Auswahl an Feriendomizilbewohnerinnen war er ganz sicher nicht angewiesen, wenn ihm nach anregender Gesellschaft zumute war.

Entschlossen, sich dennoch von seiner besten Seite zu zeigen, immerhin war er ein höflicher Mensch, trat er auf die Frau zu und wischte sich gleichzeitig die Hände an seiner fleckigen Arbeitshose sauber, bevor er ihr die Rechte entgegenstreckte. »Holger Mahler. Willkommen auf dem Lärchenhof.«

»Larissa Weiß.« Ihm fiel auf, dass sie einen Moment zögerte, bevor sie seine Hand ergriff. Woran das wohl lag? Gegen seinen Willen war sein Interesse geweckt.

»Die Schriftstellerin«, stellte er fest, was er sich bereits gedacht hatte. Ihre Ankunft hatte sich natürlich längst in der gesamten Familie Mahler herumgesprochen. »Irgendwie hatte ich Sie mir anders vorgestellt.«

»Ach, und wie?«

Holger betrachtete sie eingehend und bemerkte, dass sie seinem Blick auswich. War sie schüchtern? »Nicht ganz so hübsch, mehr in Richtung langweiliger Bücherwurm, würde ich sagen.« Er zwinkerte ihr versuchsweise zu, doch sie reagierte nur, indem sie den Blick gleich wieder senkte.

Jessica schnaubte tadelnd. »Es fängt schon an.« Sie schüttelte sich übertrieben. »Was weißt du schon von Schriftstellerinnen, Holger? Du liest doch kaum jemals ein Buch.«

»Nicht viel, aber das lässt sich nun ja ändern, nicht wahr?« Er sah seine jüngere Schwester übertrieben vielsagend an, weil er wusste, dass er sie damit ärgern konnte.

»Untersteh dich!« Sie legte Larissa wie zum Schutz eine Hand auf den Arm. »Gehen wir. Ich habe euch bekannt gemacht, das muss erst mal reichen. Wir sollten uns aus dem Staub machen, ehe Holgers Charme an Fahrt aufnimmt. Ich weiß zwar nicht, was die Frauen an ihm finden …«

»Freches Gör!« Holger machte einen Schritt auf Jessica zu und tat, als wollte er nach ihr greifen.

Lachend sprang sie zurück. »Und schneller warst du auch schon mal, Brüderlein fein.« Sie tippte sich an die Stirn. »Schöner übrigens auch.« Damit machte sie einfach kehrt und verließ mit ausholenden Schritten die Werkstatt.

Larissa sah Jessica kurz nach, dann wandte sie sich sichtlich verunsichert wieder an Holger. »Ich werde dann auch mal reingehen.«

Holger lächelte ihr noch einmal freundlich zu. »Hat mich gefreut.«

»Gleichfalls.« Sie nickte ihm kurz zu, machte eilig kehrt und ließ ihn stehen.

Er folgte ihr mit Blicken, bis sie durch die Haustür verschwunden war, und überlegte dabei, ob es sich lohnen würde, Larissa Weiß aus der Reserve zu locken. Hässlich war sie jedenfalls nicht, und es reizte ihn herauszufinden, was hinter ihrer offensichtlichen Reserviertheit steckte. Die Tatsache, dass sie ausgesprochen spannende und auch durchaus leidenschaftliche Romane zu verfassen wusste, ließen jedenfalls auf noch andere Seiten an ihr schließen, die nicht mit dem ersten Eindruck, den er von ihr gewonnen hatte, zusammenpassen wollten. Entgegen Jessicas Behauptung hatte Holger nämlich sehr wohl schon den einen oder anderen Blick in Larissas Bücher geworfen und sich dabei regelmäßig festgelesen. Warum sollte er also nicht nett zu ihr sein und sehen, was sich daraus ergeben mochte? Mehr hatte er auch überhaupt nicht vor, denn die Warnung seiner Mutter, was ihm widerfahren würde, falls er sich nicht an ihre Abmachung bezüglich weiblicher Feriengäste hielt, war durchaus ernst zu nehmen. Und eigentlich war er doch gar kein so ein übler Kerl. Er war kein Kostverächter, legte es aber nicht darauf an, mit allem, was weiblich war, anzubandeln. Eher war er auf der Suche – wonach, wusste er allerdings selbst nicht so genau. Wenn er es – oder sie – gefunden hatte, würde er das schon erkennen.

Als er sich wieder dem Motor zuwandte, fiel sein Blick zufällig in den ovalen Außenspiegel des Traktors. Quer über seine Stirn verlief ein breiter schwarzer Ölstreifen. Schmunzelnd wischte er mit dem Ärmel seines Pullovers darüber, verschmierte den Fleck jedoch nur noch mehr. Also verzichtete er auf einen weiteren Reinigungsversuch und widmete sich wieder seiner Arbeit.

* * *

Nachdem sie sich von Jessica verabschiedet hatte, war Larissa auf direktem Weg in das Apartment gegangen und hatte sich an ihren Laptop gesetzt. Sie prüfte, ob alle Fotos von ihrem Smartphone bereits automatisch in ihrer Cloud gesichert worden waren, ordnete die Bilder dort in diverse Ordner und leerte den internen Speicher des Handys, um für weitere Fotosessions gerüstet zu sein. Dann öffnete sie ihr Schreibprogramm und begann die Informationen, die Jessica ihr heute gegeben hatte, aus dem Kopf in ein Dokument zu tippen. Irgendwann klopfte Erika und fragte, ob sie wieder mit zu Abend essen wolle, doch diesmal lehnte sie ab. Wenn sie gerade so gut in Fahrt war wie jetzt, ließ sie sich nicht gern unterbrechen. Deshalb schnitt sie sich nur eine Scheibe von dem kräftigen Bauernbrot ab, belegte sie dick mit Käse und aß, während sie weiterschrieb.

Gegen halb neun wurde sie von einem Poltern aus den Gedanken gerissen. Im Zimmer nebenan rumorte jemand, dann hörte sie leise Männerstimmen und noch leiser das Gedudel eines Radios. Einen Moment lang lauschte sie, doch die Geräuschkulisse war nicht weiter störend. Schnell vertiefte sie sich wieder in die Betrachtung der Fotos vom Kloster, machte sich noch ein paar Notizen darüber, was sie am kommenden Montag zuerst erledigen wollte, und schaltete danach den Laptop in den Energiesparmodus.

Für heute hatte sie erst einmal genug gearbeitet, befand sie nach einem Blick auf ihre Armbanduhr, die inzwischen Viertel nach neun anzeigte.

Es regnete wieder, nachdem es den ganzen Tag über trocken geblieben war. Larissa kramte einen kuscheligen Jogginganzug aus einer ihrer Reisetaschen und zog sich rasch um. Dann bearbeitete sie ihr Gesicht sorgfältig mit Make-up-Entferner und cremte sich ein.

Dabei überlegte sie, ob sie den Fernseher einschalten sollte, entschied sich jedoch dagegen und machte sich erst einmal seufzend daran, ihre Taschen und Koffer auszupacken und deren Inhalt ordentlich in den Schränken und im Badezimmer zu verstauen. Nicht auszudenken, wenn Erika einmal zufällig hereinschneien würde und dieses Chaos vorfände! Andererseits: Warum sollte sie denn nicht chaotisch sein? Felix hatte sich daran immer gestört, denn er war ein Pedant gewesen, aber sie waren nicht mehr verheiratet. Sie konnte tun und lassen, was ihr beliebte. Wenn sie ihre Koffer und Reisetaschen erst nach einer Woche auspacken wollte – oder nach einem Monat –, hatte das niemanden etwas anzugehen.

Allerdings fühlte sie sich selbst um einiges besser, als sie sich richtig eingerichtet hatte. Sie mochte Ordnung ja ebenfalls, konnte sie bloß nie allzu lange halten. Ihre Mutter war genauso und sie hatten schon oft darüber gelacht, wie solche Eigenschaften sich offensichtlich vererbten.

Das brachte Larissa auf einen anderen Gedanken. Morgen würde sie ihre Eltern anrufen. Sie hatte ihrer Mutter natürlich längst eine Textnachricht geschickt, dass sie gut angekommen war. Doch mit einem ausführlicheren Bericht hatte sie sich mehr Zeit lassen wollen. Ihre Mutter würde ebenso Verständnis dafür haben wie Volker, Larissas Stiefvater. Die beiden unterstützten sie stets in allem, was sie tat, und hatten ihr besonders in der Zeit kurz vor, während und nach der Scheidung manchmal rund um die Uhr beigestanden. Larissa war froh, die beiden nun endlich wieder entlasten und sich wieder ganz und gar selbst um ihre Angelegenheiten kümmern zu können. Manchmal hätte sie die harten Monate, die hinter ihr lagen, gerne vergessen, aber sie war sich bewusst, dass das kontraproduktiv wäre. Sie musste sich mit dem Geschehenen auseinandersetzen, um eines Tages Frieden damit schließen zu können. Dass sie ihre Eltern und ihren Halbbruder an ihrer Seite wusste, war ihr dabei ein großer Trost.

Volker und Evelyne Weiß waren nun seit dreiundzwanzig Jahren verheiratet. Volker war der Inhaber des kleinen, aber renommierten Bankhauses Weiß in Hannover, seine Frau führte ihm ganz altmodisch den Haushalt, war zudem in mehreren Wohltätigkeitsorganisationen und in der Flüchtlingshilfe aktiv. Manchmal dachte Larissa amüsiert, dass diese Ehe einem einzigen Klischee gleichen könnte, wenn die beiden nicht so bodenständig gewesen wären. Das Bild der exaltierten Bankiersgattin, die glamouröse Dinnerpartys schmiss und bei hocheleganten Events Geld für gute Zwecke einsammelte, passte so gar nicht auf Evelyne Weiß. Sie war mehr die Frau fürs Praktische und packte überall selbst mit an. Auch Volker machte sich gerne und oft selbst die Hände schmutzig, ob im eigenen Garten, seinem Hobbykeller, in dem er Flugzeug-, Auto- und

Schiffsmodelle baute, oder bei der Renovierung einer Obdachlosenunterkunft.

Larissa war theoretisch wegen des Geldes, das Volker an seinem Hochzeitstag für sie angelegt hatte, finanziell unabhängig. Sie griff jedoch kaum darauf zurück – lieber war es ihr, wenn sie ihre Rechnungen durch ihre eigene Arbeit begleichen konnte. Während des Studiums und noch danach war ihr das schwergefallen. Ihre Eltern hatten sie in ihrem Wunsch, als freiberufliche Schriftstellerin zu arbeiten, von Anfang an bestärkt und auch finanziell unterstützen wollen. Doch das hatte Larissa abgelehnt. Sie wollte sich nicht auf einem Geldpolster ausruhen, für das sie selbst nichts geleistet hatte.

Mit Nachhilfe und Putzstellen hatte sie sich über Wasser gehalten und nur ganz selten ihr Sparkonto angezapft. Nachdem sie auf einer Wohltätigkeitsveranstaltung zufällig eine bekannte Literaturagentin kennengelernt hatte, wendete sich das Blatt jedoch sehr schnell. Nach Einsicht in ihre bisherigen Werke hatte die Agentin sie unter Vertrag genommen und nur ein paar Wochen später bei einem großen Publikumsverlag untergebracht.

Larissas erster Roman hatte sich zunächst eher mittelmäßig verkauft, bis ein regionaler TV-Sender auf sie aufmerksam geworden war und eine Reportage über sie gedreht hatte. Vom Tag der Ausstrahlung an kümmerte sich der Verlag plötzlich mehr um die Vermarktung und prompt stiegen ihre Verkaufszahlen kontinuierlich an; sie schaffte es sogar auf Platz zwölf der Bestsellerliste. Ihre nächsten Bücher – es waren seither vier erschienen – hatten dieses Ergebnis alle in kürzester Zeit übertroffen. Ihre Verkaufszahlen waren wirklich beachtlich, die Lizenzen für Übersetzungen, Hörbücher und diverse andere Zweitverwertungen häuften sich, und dank weiterer Projekte war ihr Bankkonto nun auch ohne Zugriff auf ihre Rücklagen immer ausgeglichen.

Sie hatte das geschafft, was die meisten ihrer Kolleginnen und Kollegen sich sehnlichst wünschten, und dazu vor ihrem dreißigsten Lebensjahr, was als einigermaßen ungewöhnlich galt. Dennoch verspürte sie vor jeder Neuveröffentlichung noch immer ein gehöriges Maß an Nervosität und Selbstzweifeln. Sie wusste, wie wankelmütig der Literaturmarkt sein konnte, und hoffte gleichzeitig, dass Fortuna sie nicht verlassen würde. Immerhin hatte ihr Leben nicht eben vielversprechend begonnen, als Tochter einer arbeitslosen Kellnerin und eines Kleinkriminellen, der später einfach abgetaucht und nie wieder zurückgekehrt war. Ihr Glück war gewesen, dass ihre Mutter, als sie dann doch endlich wieder Arbeit fand, einem gut aussehenden Bankierssohn versehentlich den Kaffee, den sie ihm servieren sollte, über das Hemd gegossen hatte.

Larissa verstaute die leeren Koffer und Reisetaschen unter dem Bett und streckte sich auf der Matratze aus. Sie lächelte vor sich hin, als sie an die Geschichte dachte, die ihr Stiefvater schon unzählige Male erzählt hatte. Auf den ersten Blick hatte er sich in das nervöse und scheue kleine Geschöpf verliebt, dass unter tausend Entschuldigungen versucht hatte, den Kaffeefleck mit einem Handtuch trocken zu tupfen. Nach den unschönen Erfahrungen, die Evelyne mit Larissas Vater gemacht hatte, war sie zunächst nicht willens gewesen, auf die Annäherungsversuche des reichen

Schnösels, wie sie ihn nannte, einzugehen. Doch Volker Weiß war ein geduldiger und beharrlicher Mann. Er kümmerte sich um sie, sorgte dafür, dass Larissa eine Tagesmutter bekam, damit Evelyne regelmäßig arbeiten konnte, beschenkte Mutter und Tochter mit Blumen und Spielzeug, bis Evelyne irgendwann nicht mehr standhaft bleiben konnte. Ein Jahr später fand eine rauschende Hochzeit statt, und von da an war das Leben von Mutter und Tochter überaus glücklich verlaufen.

Selbst Larissas Beziehung mit Felix war anfangs wirklich harmonisch gewesen, obgleich sie charakterlich sehr verschieden gewesen waren. Weder Larissas Mutter noch Volker hatten Einspruch erhoben, als Larissa sich verlobt und nur ein halbes Jahr später geheiratet hatte. Felix war grundsätzlich bestimmt ein angenehmer Schwiegersohn: hilfsbereit, zupackend und nett. Erst mit der Zeit hatte Larissa erkennen müssen, dass er zwar durchaus ein guter Mensch war, jedoch für sie die vollkommen falsche Wahl als Lebenspartner. Seine Vorstellungen davon, wie ein gutes und vernünftiges Leben auszusehen hatte, waren mit ihrer eigenen Lebensphilosophie immer häufiger kollidiert, die Auseinandersetzungen darüber immer verbissener und unfreundlicher geworden. Felix hatte schlicht und ergreifend kein Verständnis für Künstlerinnen und Künstler an sich und für seine Romane schreibende Ehefrau erst recht nicht. Höchstens als Hobby hätte er ihr diese alberne Zeitverschwendung, wie er das Schreiben bald nannte, zugestanden. Jedoch auch nur dann, wenn sie darüber nicht ihren möglichst krisensicheren und gerne auch stinklangweiligen Tagesjob nicht vernachlässigte und, seiner Vorstellung nach, zusätzlich noch zwei bis drei Kinder großzog und den Haushalt schmiss.

Wie sie die Augen so lange davor hatte verschließen können, dass Felix im Herzen ein absoluter Macho mit Ansichten von vorvorgestern war und ein derart erzkonservatives Familienbild befürwortete, dass ihr selbst jetzt immer noch schauderte, war ihr schleierhaft.

Selbstverständlich hätte er es befürwortet, dass sie einen Job annahm, sogar in Vollzeit, jedoch nur, so hatte sie inzwischen begriffen, weil das einfach dazugehörte, mehr Geld in die Haushaltskasse brachte und ihr außerdem zeigte, wie das echte Leben da draußen war. Künstlerisches Schaffen war für ihn keine richtige, keine echte Arbeit, sondern bestenfalls ein Zeitvertreib, wenn man wirklich nichts Besseres zu tun hatte.

Er selbst war Ingenieur in einer Baufirma und stand ständig unter Stress, nicht nur was seine eigene Arbeitsleistung anging, sondern auch hinsichtlich der Leute, die ihm in seiner Abteilung unterstellt waren. Dies, so hatte er Larissa in unzähligen Diskussionen auseinandergesetzt, war das reale Leben, von dem sie keinerlei Ahnung hatte. Wie auch, wenn sie dauernd allein vor dem Computer saß, ein bisschen schrieb, wie er es ausdrückte, hin und wieder mal auf eine Lesereise ging und sich ansonsten meist nur online mit anderen Autorinnen und Autoren umgab. Seiner Meinung nach hätte es ihr mehr als gutgetan, mal einen ordentlichen Achtstundenjob anzunehmen, um zu sehen, wie es normalen, vernünftigen Menschen ging, und zu lernen, sich mit den alltäglichen Problemen der hart arbeitenden Bevölkerung herumzuschlagen.

Dass Larissa ebenfalls hart arbeitete, manchmal bis zu zwölf und mehr Stunden am Tag, galt für ihn nichts, denn alles, was mit ihrem Beruf zu tun hatte, war in seinen Augen schlicht und ergreifend keine Arbeit. Weder das Schreiben und Recherchieren noch ihr Blog oder die vielen Aktivitäten, die sie betrieb, um das Marketing ihrer Bücher voranzutreiben. Dazu gehörten ihre Präsenzen in den sozialen Netzwerken, ihr Engagement in Autorengruppen oder ihre Lesereisen. Er hatte bestenfalls mit mildem Spott darauf herabgesehen und ihr schlimmstenfalls schlichtweg Faulheit unterstellt, weil sie nicht jeden Tag pünktlich zu einer Arbeitsstelle ging oder fuhr, sich dort der wahren Welt stellte und dann abends abgehetzt noch dafür sorgte, dass Kinder und Haushalt versorgt wurden.

Das mit den Kindern hatte sie wohlweislich vermieden, denn kurz nach ihrer Hochzeit hatte sie sich zunächst für zu jung gehalten und mit der Zeit dann instinktiv gespürt, dass ihr Leben an Felix' Seite mit Kindern nur schwieriger werden würde, keinesfalls besser. Er hatte Kinder gewollt, das wusste sie, doch als ihr bewusst geworden war, dass er bei der Erziehung und den alltäglichen Problemen kaum eine Hilfe sein würde, war sie innerlich zu dem Schluss gekommen, dass es für alle Seiten besser war, wenn ihre Ehe kinderlos blieb. Auch dies war einer der Gründe gewesen, die schließlich zum Eklat geführt hatten, dessen war Larissa sich vollkommen bewusst. Zwar hatte Felix sie nicht gedrängt, schwanger zu werden, doch er wusste um ihre Einstellung und schob diese wiederum auf ihren Egoismus, der sich, wie er fand, in ihrer gesamten Lebenseinstellung manifestierte. In seinen Augen hatte sie schlicht und ergreifend keine Ahnung vom Leben und seinen Realitäten.

Unwirsch rieb Larissa ihre Füße aneinander, die in dicken Wollsocken steckten, und verschränkte die Hände hinter dem Kopf. Inzwischen fiel es ihr deutlich leichter als noch vor ein paar Monaten, über diese Dinge nachzudenken und das Scheitern ihrer Ehe zu analysieren. Der Schmerz hatte nachgelassen, das Gefühl der Ohnmacht und Verzweiflung, weil der Mann, den sie einmal geliebt hatte, sie so wenig verstand oder auch nur versuchen wollte, sie zu verstehen, wich allmählich einer neuen Zuversicht. Sie brauchte keinen Mann, um zu überleben. Sie verdiente mit ihrer Arbeit – und harte Arbeit war es allemal! – gutes Geld, liebte, was sie tat, und genoss überdies den Kontakt zu ihren Leserinnen und Lesern sowie Kolleginnen und Kollegen, ob online oder auch bei öffentlichen Lesungen, Buchmessen oder Autorentreffen.

Sie durfte ihr Leben damit verbringen, Geschichten zu erzählen, mal spannende, mal anrührende, mal witzige oder auch leidenschaftliche. Sie hatte die Gelegenheit, durch ihre Romanfiguren viele verschiedene Leben zu leben, neue Dinge und Orte kennenzulernen und gleichzeitig auch noch Menschen mit diesen Geschichten zu erfreuen oder sogar glücklich zu machen. In ihren Augen war das Schreiben der schönste Beruf überhaupt. Nein, nicht nur ein Beruf, befand sie bei sich, sondern ihre Berufung. Sie hatte nur recht lange gebraucht, um zu begreifen, dass es Menschen gab, die diese Liebe nicht nur nicht teilten, sondern sogar verurteilten. Möglicherweise einfach deshalb, weil sie sie nicht verstanden.

Niemals, so hatte Larissa sich geschworen, würde sie noch einmal mit jemandem zusammen sein wollen, der sie nicht so akzeptierte, wie sie war. Und schon gar nicht wollte sie einen Partner, der ihren Beruf weder verstand noch guthieß. Sie wollte endlich so leben, wie es ihr entsprach. Wenn das bedeuten sollte, dass sie allein bleiben musste, dann konnte sie es auch nicht ändern. Vielleicht würde sie sich irgendwann Katzen anschaffen, wie so viele ihrer Kolleginnen und Kollegen. Oder einen Hund. Oder beides. Tiere verurteilten nicht, sondern nahmen ihre Menschen einfach hin.

Der Regen rauschte inzwischen monoton vom Himmel und pladderte, vom aufkommenden Wind angetrieben, gegen die Fensterscheiben. Larissa atmete tief ein und wieder aus und spürte ein seltenes Gefühl von Ruhe durch ihren Körper strömen. Der Regen an den Fenstern mischte sich mit den Geräuschen der Handwerker nebenan und dem leisen Quäken des Radios. Larissa schloss die Augen und genoss dieses akustische Stillleben.

Einer der beiden Männer nebenan – sie vermutete jedenfalls, dass es zwei waren – begann unmelodisch zu pfeifen, woraufhin der andere etwas sagte. Herzliches Lachen erklang, dann pfiffen plötzlich alle beide. Um Larissas Mundwinkel zuckte es. In diesem Moment gab ihr Handy einen fiependen Ton von sich, der signalisierte, dass der Akku fast leer war.

Unwillig öffnete Larissa ein Auge und schielte zum Couchtisch, auf dem der Störenfried lag. Dann fiel ihr ein, dass sie das Ladegerät im Auto liegen gelassen hatte. Sie öffnete auch noch das andere Auge und blickte ungehalten zur Decke und dann an sich hinab. In diesem Schlabberlook wollte sie eigentlich nicht nach draußen gehen. Außerdem war sie müde. Als jedoch nur Minuten später ein erneutes Piepsen erklang, richtete sie sich auf und fuhr sich ordnend durch die Haare. Bis zu ihrem Auto war es ja nicht weit und die beiden Männer nebenan waren sicher schwer beschäftigt und würden sie gar nicht bemerken. Außerdem brauchte es sie wohl nicht zu kümmern, was irgendein fremder Handwerker von ihr dachte.

Leise ging sie zur Tür und lauschte, öffnete sie einen Spalt weit und linste hinaus. Der Flur und das Treppenhaus waren nur von einem kleinen Nachtlicht beleuchtet, die Tür zum Nebenzimmer geschlossen.

Rasch schnappte Larissa sich ihren Schlüsselbund, schlüpfte in ihre bequemen Birkenstock-Latschen und eilte die Treppe hinab.

* * *

»Sieht gut aus«, lobte Holger und meinte damit die neue Tür des Wandschranks, die Heinz soeben eingesetzt hatte. Prüfend trat Heinz einen Schritt zurück und betrachtete sein Werk. Dabei fuhr er sich mit den Fingerspitzen mehrfach durch den dichten grauen Kinnbart, dann nickte er. »Kann so bleiben«, bestätigte er.

Holger nickte zustimmend. »Bierchen?«

»Da fragst du noch?«

»Bin gleich wieder da.« Holger verließ die Baustelle und ging hinunter in die Küche, um zwei Flaschen kühlschrankkaltes Pils zu besorgen. Auf dem Rückweg wäre er an der

Treppe beinahe mit Larissa zusammengestoßen. Ihr erschrockener Gesichtsausdruck reizte ihn zum Lachen, doch er beherrschte sich und bedeutete ihr nur schweigend voranzugehen. Auf diese Weise hatte er das Vergnügen, ihre nicht unansehnliche Kehrseite zu betrachten.

Als sie im Obergeschoss angekommen waren und sie bereits die Türklinke zu ihrer Ferienwohnung in der Hand hatte, fragte er unvermittelt: »Arbeiten Sie oft so lange?«

Überrascht drehte sie sich zu ihm um.

Er lächelte. »Ich konnte das Klappern der Tastatur hören.«

»Ja, oft.« Sie verschränkte die Arme vor dem Körper, als müsse sie in Abwehrhaltung gehen, und prompt fragte er sich, weshalb. Immerhin hatte er nur eine ganz normale Frage gestellt. Ihre nächsten Worte überraschten ihn noch mehr. »Ein Buch schreibt sich nicht von selbst. Allein die Recherche und alle Vorbereitungen sind schon jede Menge Arbeit und oft langwierig und anstrengend. Vom Schreiben selbst ganz zu schweigen und allem … drumherum.«

»Drumherum?«, hakte er vorsichtig nach, obwohl er sich nicht sicher war, ob dies klug war. Aus irgendeinem Grund schien sie sich angegriffen zu fühlen.

»Mein Blog, die Website, Werbung, all das.« Sie zog die Schultern hoch. »Wer mit meinem Metier nicht vertraut ist, unterschätzt oft, was alles damit zusammenhängt.«

»Da haben Sie sicher recht.« Holger versuchte es mit einem freundlichen Lächeln. »Ich habe mir noch nie viele Gedanken darüber gemacht, wie ein Buch entsteht. Vielleicht erzählen Sie mir irgendwann mal mehr darüber.«

Ein skeptischer Ausdruck huschte über ihre Miene,

machte dann aber einem gleichmütigen Ausdruck Platz. »Ja, vielleicht, irgendwann. Wenn es Sie interessiert.«

»Das tut es«, bestätigte er und stellte fest, dass er die Wahrheit sagte. Seine Neugier war geweckt. »Ich hoffe, wir haben Sie nicht gestört?«

Zaghaft schüttelte Larissa den Kopf. »Nein, haben Sie nicht. Wenn ich arbeite und nicht gerade neben mir eine Kreissäge anspringt, schalte ich meistens vollkommen ab.«

»Sollte es Ihnen dennoch zu laut werden, sagen Sie bitte Bescheid. Wir werden noch zwei oder drei Abende hier zu tun haben.«

Larissa hob die Schultern. »Wie gesagt, es stört mich nicht. Wenn Sie mich jetzt entschuldigen würden …«

»Ungern.« Holger wurde wieder mutiger und schenkte ihr sein charmantestes Lächeln. »Wir haben hier selten so … interessante Gäste wie Sie. Wenn Sie mal eine Pause von Ihrer Schreiberei machen möchten, wäre es mir ein Vergnügen, Ihnen Gesellschaft zu leisten. Zum Beispiel bei einem guten Essen im Rodderbacher Hof. Ich verspreche Ihnen, wenn Sie einmal Richard Deckers Kochkunst genossen haben, werden Sie dort Stammgast.«

Abschätzend sah Larissa ihm ins Gesicht, dann lächelte sie schmal. »Sie wollten eigentlich etwas anderes als interessant sagen, oder?«

Verblüfft sah er sie an und grinste dann schief. »Ich habe gerade noch die Kurve gekriegt. Dafür müsste ich doch Punkte bekommen, oder?«

Seiner jungenhaften Miene konnte sie nun doch nicht widerstehen. »Höchstens einen halben.« Sie lächelte leicht. »Mit der Schreiberei, wie Sie es nennen, habe ich noch gar nicht angefangen, und selbst wenn, können Sie sicher sein, dass es mir in meiner freien Zeit nicht an Beschäftigung fehlt. Außerdem hatte ich bereits das Vergnügen, im Rodderbacher Hof zu speisen.«

Holger nickte ihr anerkennend zu. »Also gut, ich erkenne einen Korb, wenn man mir einen überreicht. Dennoch werde ich mein Angebot nicht zurücknehmen. Es könnte ja sein …«

»Hey Holger, wo bleibst du denn?« Die Neugier stand Heinz deutlich ins Gesicht geschrieben, als er den Kopf in den Flur herausstreckte. Dann sah er Larissa und trat ganz durch die Tür. »Aber holla! Wen haben wir denn da? Sind Sie Holgers neue Freundin?« Er stieß Holger den Ellenbogen in die Seite. »Du hast mir ja noch gar nichts von dem hübschen Frollein erzählt.« Eingehend betrachtete er Larissa von Kopf bis Fuß. »Alles dran, was dran sein muss«, befand er schließlich, nahm Holger eine Bierflasche aus der Hand und öffnete sie mit seinem Zollstock. Den Kronkorken, der dabei zu Boden fiel, hob er auf und schob ihn in die Hosentasche. Gleich darauf streckte er ihr die Hand hin, die sie zögernd ergriff. »Heinz Gilles«, stellte er sich vor. »Allzeit zu Ihren Diensten, junge Frau. Wenn Sie den hier«, er wies mit dem Kinn auf Holger, »über haben, sagen Sie mir Bescheid. Ich übernehme es liebend gern, Sie zu verwöhnen. Sagen Sie mir nur, wann und wo, und ich bin zur Stelle.«

Er hielt ihre Hand länger als notwendig fest, und als er sie dann doch losließ, wich sie einen Schritt zurück. »Vielen Dank für das Angebot, Herr Gilles, aber ich glaube nicht, dass ich …«

»Das ist Larissa Weiß, die Schriftstellerin, die sich für drei Monate hier eingemietet hat«, unterbrach Holger sie und warf Heinz einen strafenden Blick zu. »Du weißt schon, Gerda liest doch ihre Bücher so gerne.«

Heinz wirkte erfreut. »Ach, Sie sind das! Nix für ungut, meine Frau liebt Ihre Bücher. Vielleicht können Sie mir mal eines für sie signieren?«

Sichtlich verunsichert nickte Larissa. »Warum nicht.«

»Ha, da wird sie sich aber freuen.« Er zwinkerte ihr zu. »Und über das andere sprechen wir, wenn der hier weg ist.« Wieder deutete er mit dem Kinn auf Holger, nahm einen tiefen Schluck aus der Bierflasche und ging zurück an seine Arbeit.

Holger blickte ihm kurz nach, dann wandte er sich wieder an Larissa. »Heinz ist … eben Heinz. Aber keine Sorge, er ist harmlos. Flirtet nur gerne, ist seiner Frau aber treu wie Gold.« Er zuckte mit den Schultern. »Ich werde ihm besser mal wieder helfen. Gute Nacht, Larissa. Schlafen Sie gut.«

»Ja. Gute Nacht.« Fast schon fluchtartig riss sie die Tür zu ihrer Ferienwohnung auf und schloss sie genauso rasch wieder hinter sich.

Holger ging zurück in das halb renovierte Zimmer und zog Heinz den Zollstock aus der Beintasche, um seine Bierflasche ebenfalls zu öffnen. »Musstest du sie mir so verschrecken?«

»Verschrecken, ich?« Überrascht hob Heinz den Kopf. »Wie käme ich denn dazu? Hast du etwa Absichten bei dem Mädel?« Seine Lippen verzogen sich spöttisch. »Das kannst du vergessen. An die kommst du nicht ran.«

»So? Und warum nicht, wenn ich fragen darf?«

Heinz nahm Holger den Zollstock wieder ab und begann seelenruhig, die Wand neben dem neuen Schrank zu vermessen. »Weil sie 'ne Nummer zu groß für dich ist, mein Junge. Die hat doch im kleinen Finger mehr Klasse, als du auch nur im Entferntesten aufbringen könntest.«

»Hat sie das?«

»Na klar, sie schreibt Bücher! Also hat sie mächtig was auf dem Kasten. Ich habe sie heute Mittag bei Richard gesehen. War mit Gerda dort Essen, weil sie doch heute Geburtstag hat. Die Kleine hat was drauf, das sieht man auf den ersten Blick. Bisschen schüchtern vielleicht, aber blitzgescheit.«

»Du hältst mich also für dumm?« Holger runzelte verblüfft die Stirn.

»Ganz und gar nicht. Aber sie ist keins dieser Häschen, die du sonst manchmal abschleppst.«

»Ich hatte gar nicht vor, sie abzuschleppen.«

»Was denn dann?« Neugierig blickte Heinz ihn über die Schulter an.

»Das weiß ich selbst noch nicht«, gab Holger nach kurzem Überlegen zu.

Heinz griff nach der Wasserwaage. »Dann überleg dir das gut. Bei der Frau brauchst du mehr als Glück und süße Worte. Auf dein Lächeln fällt sie schon mal nicht rein.« Er lachte heiser. »Ich sag's ja, ein kluges Kind.«

Kapitel 5

Der Samstag begann so regnerisch, wie der Freitag geendet hatte. Deshalb blieb Larissa länger als sonst im Bett, kuschelte sich in die dicke Daunendecke und träumte vor sich hin. In ihrem Kopf tummelten sich unzählige Ideen für ihr neues Buch; in diesem frühen Stadium nahm sie sich gerne die Zeit, ihre Fantasie schweifen zu lassen und zuzusehen, wie sich Steinchen um Steinchen zu einem Mosaik an Figuren, Schauplätzen und Motiven zusammensetzte. Ihr wurde jedoch bald klar, dass ihr noch viel zu viele Details fehlten, um eine schlüssige Geschichte zu entwickeln. Das Kloster war der Dreh- und Angelpunkt. Sie war fest entschlossen, alles darüber in Erfahrung zu bringen, was es an Informationen gab. Selbstverständlich würde sie es auch besichtigen. Dass sie in Jessica Mahler eine so euphorische Helferin gefunden hatte, passte ausgezeichnet, nicht zuletzt, weil sie sie sehr sympathisch fand. Eine Freundin war nicht zu verachten, wenn man fremd an einem Ort war.

Larissa war ein Großstadtkind und musste sich an die fast schon dörflichen Strukturen erst gewöhnen. Jeder schien hier jede zu kennen; die meisten Leute duzten sich offensichtlich. Selbst sie war vom Wirt des Rodderbacher Hofs sofort und ohne Umschweife mit Du angeredet worden. So etwas war sie nicht gewohnt. Es war ihr zwar nicht unangenehm gewesen, andererseits fühlte es sich unheimlich an. Die wenigen Personen, die sie bisher kennengelernt hatte, schienen offenbar alles voneinander zu wissen. In

Rodderbach würde ein Geheimnis bestimmt nicht lange gewahrt bleiben. Allerdings machte das offenbar niemandem etwas aus. Sie hatte schon viel über das Leben in einem Dorf oder einer Kleinstadt gehört und dass solche Strukturen für Außenstehende nur schwer zu durchschauen waren. Ihr Aufenthalt würde also in jedem Fall spannend und lehrreich werden.

Da ihr Magen knurrte, raffte Larissa sich schließlich doch auf, machte sich ein Käsebrot, und da der Regen inzwischen nachgelassen hatte, beschloss sie, noch einmal einen Erkundungsgang zu machen – diesmal jedoch allein.

Der Himmel dräute noch immer in allen Schattierungen von Grau über dem Ort, nur durch wenige Wolkenlücken stahlen sich vereinzelte Sonnenstrahlen. Das Thermometer an der Hauswand zeigte dreizehn Grad an; deshalb verzichtete Larissa auf ihren Mantel und zog nur eine leichte Windjacke über. Sie atmete tief die frische Luft ein, die hier auf dem Hof stets mit den verschiedensten Gerüchen angereichert war. Heute überwog der Duft frischen Strohs, denn Thorben hatte zwei neue Strohballen vor den Stalleingang gefahren und war nun dabei, die Schnüre, mit denen sie zusammengehalten wurden, aufzutrennen. Ein großer braunschwarz gescheckter Hund, eine Dogge wohl, umschwänzelte ihn dabei, kam auf Larissa zu, beschnüffelte sie neugierig und lief dann zu seinem Herrn zurück. Als Thorben sie sah, hob er die Hand zum Gruß, sprach sie jedoch nicht an. Sie winkte zurück und machte sich zu Fuß auf den Weg in den Ort.

Als sie das Stadttor fast erreicht hatte, begann die Kirchenglocke zu läuten. Larissa warf einen Blick auf ihre Uhr – es war gerade zehn. Gab es hier am Samstagvormittag einen Gottesdienst? Sie betrat durch den mittelalterlichen Torbogen des ihr nun schon bekannten Eifeltors den historischen Ortskern und schlenderte mit offenen Augen, gedanklich in zurückliegende Zeiten versunken, durch die Straßen und Gassen. Ganz automatisch führte ihr Weg sie zum Rodderbacher Hof, der laut Aushang erst ab elf Uhr geöffnet hatte. Das Gasthaus interessierte Larissa nicht besonders. Eher zog es sie zu der hohen Bruchsteinmauer, die das alte Kloster umgab. Das zweiflügelige Holztor, das in den Innenhof führte, stand heute ein Stückchen offen, sodass sie neugierig näher heranging.

Von irgendwoher vernahm sie leise Stimmen, und als sie den Innenhof betrat, erblickte sie rechts an der Mauer zwei Personen, die in trauter Umarmung beieinanderstanden und einander küssten. Larissas Schritte knirschten auf dem steinigen Untergrund, und sofort fuhren die beiden auseinander.

»Oh, hab ich mich jetzt aber erschreckt!« Isabella lachte, als sie Larissa erkannte. »Und ich dachte, hier wären wir ungestört.«

Verlegen machte Larissa einen Schritt rückwärts. »Entschuldigung. Ich wusste nicht, dass du hier … ich meine …«

»Ach Quatsch.« Isabella legte dem jungen Mann einen Arm um die Mitte und zog ihn an sich. Er war so groß wie sie, sehr schlank und schwarzhaarig. »Das ist Steffen«, stellte sie ihn vor. »Wir haben uns hierher verzogen, weil es so schön ruhig ist.«

»Ich wollte euch wirklich nicht stören.«

»Du konntest ja nicht wissen, dass wir hier rumknutschen.« Isabella grinste sie an. »Bestimmt willst du das alte

Gemäuer näher ansehen, oder? Rein kannst du leider nicht, da ist alles abgesperrt. Zu blöd, denn eigentlich gehört das alte Kloster ja uns – also meiner Familie. Wenn das nur endlich wieder offiziell wäre, aber das ist wahnsinnig langwierig und kompliziert.«

»Ich habe davon gehört«, antwortete Larissa. »Die Besitzurkunde und alle Belege darüber sind im Krieg verschwunden oder zerstört worden.«

»So ist es. Und obwohl jeder in Rodderbach weiß, dass das Kloster uns gehört, macht das Bürgermeisteramt uns immer noch Schwierigkeiten. Na ja, jetzt vielleicht bald nicht mehr. Seit Hanne unsere Bürgermeisterin ist, weht ein anderer Wind im Ort.« Ein grimmiger Ausdruck erschien auf ihrer Miene. »Der vorherige Bürgermeister wollte, glaube ich, das Kloster an so einen reichen Hotelmenschen verkaufen. Unverschämt, oder? Aber der hat eh nur an Geld gedacht. Geld, Geld und noch mal Geld. Alles andere war ihm egal. Wenn dieser Hotelfutzi das Kloster in die Finger bekommen hätte, würden wir bestimmt nie wieder die Chance bekommen, es in die Familie zurückzuholen.«

»Ein Hotelmensch?« Larissas Interesse war geweckt.

»Ja, ein ganz reicher Typ aus Köln will hier ein exklusives Tagungshotel für große Firmen einrichten. Berninger heißt er, Rudolf Berninger.«

Larissa stieß einen leisen Pfiff aus. »Den kenne ich. Er hat geschäftlich mit meinem Vater zu tun.« Auf Isabellas fragenden Blick hin erklärte sie: »Mein Vater ist im Bankwesen tätig. Berninger besitzt, soweit ich weiß, schon mindestens vier große Hotels und mehrere kleine.«

»Ich sag ja, an Kleingeld mangelt es dem bestimmt nicht.« Empört verzog Isabella die Lippen. »Und jetzt wollte er sich unser Kloster einverleiben, damit zukünftig reiche Geschäftsleute hier Pläne aushecken können, wie sie noch reicher werden. Und Ben hätte in die Röhre geschaut.« Sie seufzte. »Ben ist mein Bruder. Er würde selbst gerne wieder ein Hotel daraus machen, aber nicht so einen langweiligen Tagungsschuppen, sondern was zum Wohlfühlen. Zum Glück wurde Hanne jetzt zur Bürgermeisterin gewählt und hat die Sache mit Berninger gestoppt. Immerhin gehört das Kloster ja auch nicht der Stadt, aber der Holfe, so heißt der frühere Bürgermeister, wollte es trotzdem verkaufen, um es endlich los zu sein. Frech, oder?«

Larissa nickte zustimmend. »Fragt sich, ob das rechtlich Bestand gehabt hätte. Vielleicht hätte sich Berninger gar nicht darauf eingelassen, wenn die Rechtslage so undurchsichtig ist.«

»Das würde ihm recht geschehen! Dem Holfe, meine ich, nicht dem Berninger. Der kann ja nix dafür, dass unser Ex-Bürgermeister so bescheuert war.«

»Dein Bruder will hier ein Hotel eröffnen?«, wechselte Larissa das Thema.

»Ganz genau. Ein richtig gemütliches Familienhotel.« Isabellas Augen blitzten vor Begeisterung. »Das ist es nämlich, was uns hier noch fehlt. Wir haben sehr viel Tourismus in der Gegend, schon weil der Nürburgring nicht weit ist. Man könnte da wirklich was draus machen.« Sie deutete auf das Kloster. »Aber nicht so eine blöde Wellness- und Beautyfarm wie das Seifenberger drüben am Burgtor, sondern was richtig Gemütliches, Solides, wohin die Leute jedes Jahr wiederkommen.« Inzwischen hatte sich Isabella richtig in Fahrt geredet. »Zu allen Jahreszeiten, verstehst du? Sommerferien in der Eifel sind toll, und im Winter ist hier auch einiges los. Man kann sogar Ski fahren. Das Hotel wird ein riesiger Erfolg, ganz bestimmt. Na ja, wenn erst mal endlich offiziell die Eigentumsrechte geklärt sind.«

Larissa lächelte über das Temperament, das aus den Worten der jungen Frau herausklang. »Ich bin sicher, das wird großartig. Und was ist mit dir? Willst du mit einsteigen, wenn dein Bruder hier ein Hotel aufmacht?«

»Ich?« Das Mädchen sah sie überrascht an. »Nein. Das ist ja Bens Traum, nicht meiner. Außerdem habe ich andere Pläne, jetzt, wo ich das Abi in der Tasche habe.«

»Das Abitur hast du gerade erst gemacht, oder? Herzlichen Glückwunsch.«

Isabella lächelte. »Danke. Zwei Komma null. Nicht schlecht, oder?«

»Ziemlich gut sogar.« Larissa lachte. »Ich habe es nur auf zwei Komma drei gebracht. Mathe und Physik haben mich geschafft. Ich war immer in Sprachen am besten.«

»Mathe ging noch.« Isabella seufzte. »In Bio habe ich mich komplett verhaspelt. Dabei war ich sonst immer gut darin, aber die mündliche Prüfung war ziemlich tricky.« Sie blickte auf ihre Armbanduhr. »Mist, ich muss wieder rein. Papa will, dass ich heute bis drei Uhr kellnere.« Sie blickte entschuldigend zu Steffen, der dem Gespräch der Frauen still gelauscht hatte. »Sehen wir uns später?«

»Klar.« Er nickte bereitwillig. »Ich hol dich gegen vier ab, dann können wir nach Koblenz ins Kino fahren.«

»In die frühe Vorstellung?« Isabellas Miene hellte sich sofort wieder auf. »Das ist gut, dann komme ich nicht zu spät nach Hause. Morgen ist Tag der offenen Uni in Koblenz. Thorben will unbedingt mit mir da hinfahren. Ich habe versprochen, mir alles anzusehen, auch wenn … Ach egal, schaden kann es ja nicht, oder?«

»Willst du nicht auf die Uni in Koblenz?«, hakte Larissa nach.

Isabella verdrehte die Augen. »Ich will nicht studieren. Aber sag das nicht Thorben, der reißt mir sonst den Kopf ab. Also, ich muss los. Mach's gut, Larissa. Komm mal wieder bei uns essen!«

»Ganz bestimmt. Viel Spaß im Kino.« Larissa blickte den beiden nach, die eng umschlungen den Hof verließen. Dann blickte sie an der graubraunen Fassade des Klosters empor und versuchte, sich die Anlage als nüchternes Tagungshotel vorzustellen. Isabella hatte recht. Es würde nicht hierher passen. Sie nahm sich vor, ihren Vater bei Gelegenheit nach diesem Rudolf Berninger zu fragen, und schmunzelte über sich selbst. Jetzt war sie erst seit zwei Tagen hier und hatte schon das Gefühl, sich nützlich machen zu müssen. Im Grunde gingen sie die Besitzstreitigkeiten der Familie Decker ja gar nichts an. Dennoch fand sie es schade, dass sie es so schwer hatten, ihr Eigentum zurückzubekommen. Die Wahrscheinlichkeit, dass ihr in einem Archiv die bewusste Besitzurkunde in die Hände fallen würde, schätzte sie allerdings als sehr gering ein. Wenn sie überhaupt noch existierte, wäre sie längst wieder aufgetaucht. Ganz sicher war sie mitsamt dem Verwaltungsgebäude im Krieg zerstört worden. Da half es auch nicht, dass alle im Ort wussten, dass das Kloster seit Generationen Eigentum der Deckers gewesen war. Bürokratie war und blieb nun einmal Bürokratie.

Nachdenklich ging sie auf das verwitterte Gemäuer des Haupthauses zu. Die Fenster waren mit Staub und Spinnweben überzogen, die das Glas fast blind machten. Erfolglos bemühte sie sich, etwas im Inneren des Gebäudes zu erkennen. Schließlich gab sie es auf und umrundete den Hof einmal, wobei sie lauschte und sich vorzustellen versuchte, wie es hier vor sechs- oder siebenhundert Jahren ausgesehen haben mochte. Vor ihrem inneren Auge tauchten grauschwarz gewandete und verschleierte Nonnen auf, die den früher sicher einmal vorhandenen Garten bewirtschafteten, wenn sie nicht gerade ihre Gebetsstunden abhielten. Hart arbeitende Frauen jeden Alters, die ganz sicher nicht alle freiwillig ihr Leben hinter den hohen Mauern des Klosters verbracht hatten. Langsam ging Larissa wieder auf das Tor zu und schlüpfte hinaus, um die Klosteranlage diesmal außen zu umrunden. Dabei spann sie den Faden weiter: Eine Äbtissin, klug und gerecht … oder doch lieber herrisch und jähzornig? Eine Frau, die etwas zu verbergen hatte, jemanden, um genau zu sein. Und zwar eine Tochter, die …

Sie zuckte zusammen, als in diesem Moment ganz in der Nähe ein kurzer durchdringender Ton erklang. Sie fuhr herum und blickte irritiert in Richtung der Kirche. Offenbar war die Messe gerade zu Ende, denn das Portal stand offen und eine Traube von Gottesdienstbesuchern hatte sich davor versammelt. Keine reguläre Messe, stellte Larissa fest, sondern eine Hochzeitsgesellschaft. Weitere Menschen in Anzügen und schicken Kleidern kamen aus der Kirche und umringten das Hochzeitspaar. Wieder war der durchdringende Ton zu hören und nun erkannte Larissa auch, woher er gekommen war. Mitten in der Menschenansammlung stand Holger Mahler und hielt eine Trompete in der Hand, der er offensichtlich zuvor die weit tragenden Geräusche entlockt hatte. Er trug heute eine schwarze Hose, ein weißes Hemd und dazu eine blaue Weste. Bei näherem Hinsehen erblickte sie noch weitere Männer und Frauen mit Instrumenten und ebensolcher Kleidung. Offenbar gehörten sie dem Musikverein oder einem Orchester an. Ein junges Mädchen mit einer Klarinette, höchstens fünfzehn oder sechzehn Jahre alt, sprach mit Holger. Er gab ihr lachend einen Klaps auf ihr Hinterteil. Sie schlug ihm scherzhaft gegen den Arm und verschwand dann in der Menge. Gleich darauf nahm ein älterer Mann Holger die Trompete ab, packte sie in einen Instrumentenkoffer und nahm sie mit, nachdem er sich verabschiedet hatte. Larissa wollte sich schon abwenden und weitergehen, doch da hatte Holger sie bereits erblickt, hob einen anderen Instrumentenkoffer vom Boden auf und kam lächelnd auf sie zu.

»Guten Morgen, Larissa. Sind Sie auf Erkundungstour?«

Larissa nickte vage. »Ich habe mir das Kloster angesehen, zumindest von außen, und Fotos gemacht. Und Sie waren in der Kirche?«

»Unser Musikverein hat die musikalische Begleitung der Hochzeitsmesse übernommen, deshalb bin ich hier. Die Tochter des Cousins unseres Dirigenten hat geheiratet.« Er hob den Instrumentenkoffer an, auf der die Form eines Saxofons eingraviert war. »Spielen Sie ein Instrument?«

»Querflöte.« Sie schmunzelte über sein überraschtes Gesicht. »Hätten Sie das nicht von mir gedacht? Ich hatte sechs Jahre lang Unterricht, aber das ist lange her. Wahrscheinlich bin ich inzwischen ziemlich eingerostet.«

»Ein Instrument zu spielen, verlernt man nicht«, sagte er. »Es ist wie Fahrradfahren oder Schwimmen.« Er schmunzelte. »Oder Sex.«

Sie hustete. »Vielleicht. Wahrscheinlich hatte ich einfach nicht genügend Anreiz in der letzten Zeit.«

»Zum Sex? Das könnte man ja ändern.« Larissa spürte, wie sich ihre Wangen leicht erwärmten, und ärgerte sich darüber. »Ich denke, ich bleibe lieber bei meiner Querflöte.«

»Autsch, schon wieder ein Korb.« Holger lächelte noch immer amüsiert. »Offensichtlich war die Anmache zu plump.«

Sie verschränkte die Arme vor der Brust. »Da fällt es mir nicht schwer, dankend abzulehnen.«

In Holgers Blick blitzte es auf. »Sie sind sich aber schon im Klaren darüber, dass ich das jetzt als Aufforderung sehe, mich mehr ins Zeug zu legen?«

»Vergessen Sie es. Ich bin nicht interessiert.«

»Keine Chance.« Er stellte sich siegesgewiss in Pose. »Vor einer Herausforderung habe ich mich noch nie gedrückt.«

Verärgert runzelte sie die Stirn. »Das war keine Herausforderung, sondern eine klare Absage.«

Er nahm wieder seine normale Haltung ein und lächelte entwaffnend. »Keine Sorge, das habe ich schon verstanden. Ich wollte nur herausfinden, womit ich Sie aus Ihrem Schneckenhaus locken kann. Sie wirken immer so verschlossen; das ist schade. Ich würde Sie gerne näher kennenlernen.«

Sein Blick war eindeutig zu treuherzig und jungenhaft. Und er begann zu wirken. Sie trat einen Schritt zurück. »Warum?«

»Darum.« Er zwinkerte ihr zu. »Ich habe noch nie eine Schriftstellerin gekannt. Nun habe ich die Chance, also weshalb sollte ich sie nicht ergreifen?«

Sie schluckte. »Ich habe kein Interesse an … Männerbekanntschaften.«

»Okay.« Er nickte. »Dann bin ich eben keine. Na gut, streng genommen schon, aber … rein platonisch. Wir werden uns in der Zeit, die Sie in Rodderbach verbringen, sicherlich häufig über den Weg laufen. Wäre es da nicht angenehmer, wenn wir Freunde wären?« Da in diesem Moment erste dicke Regentropfen vom Himmel fielen, wechselte er das Thema. »Ich glaube, wir sollten uns irgendwo unterstellen.« Ohne auf eine Antwort zu warten, ergriff er ihre Hand und zog sie mit sich zum Kircheneingang. Die Hochzeitsgesellschaft hatte sich mittlerweile zerstreut, sodass sie allein waren. Das Portal hatte der Küster inzwischen geschlossen, doch das Vordach bot ausreichend Schutz vor dem Schauer, der prasselnd niederging.

Verlegen entzog Larissa ihm ihrer Hand. »Ich wollte nicht unhöflich sein, Herr Mahler.«

»Holger.«

Sie nickte leicht. »Holger. Es ist nur so … Ich habe im Augenblick keinerlei Interesse an …«

»Freundschaft? Oder war es doch eher der Sex?«

Ihr Puls geriet für einen Augenblick leicht außer Kontrolle. »Jede Art von Beziehungen.« Nach einem Atemzug fügte sie hinzu: »Ich habe gerade erst eine unschöne Scheidung hinter mir.«

»Wann sind Scheidungen jemals schön?«

Seine Bemerkung entlockte ihr nun doch ein Lächeln.

»Wie auch immer. Ich kann das zurzeit einfach nicht. Ich will es nicht. Das hat nichts mit Ihnen zu tun.«

»Na, wenigstens streicheln Sie mein Ego.« Er schmunzelte. »Wie gesagt, ich bin durchaus dazu fähig, ganz brav und platonisch mit einer Frau befreundet zu sein. Möglicherweise hat Jessie Ihnen etwas anderes erzählt.« Er seufzte theatralisch. »Selbst verständlich hat sie das. Auf meine kleine Schwester ist in der Hinsicht stets Verlass. Aber sie wird Ihnen auch bestätigen können, dass ich mich zu benehmen weiß.«

»Okay.« Es fiel ihr schwer, seinem Blick auszuweichen. Irgendwo tief in ihrer Magengrube begann es unheilvoll zu kribbeln. »Freunde also.«

Seine Miene hellte sich auf. »Freunde.« Er holte kurz Luft. »Freunde siezen sich aber nicht, oder?«

Beinahe hätte sie gelacht, gab sich jedoch geschlagen. »Greifst du immer gleich nach der ganzen Hand, wenn man dir den kleinen Finger reicht?«

»Nach Möglichkeit.« Er machte eine vage Handbewegung zum Parkplatz hinter der Kirche. »Ich habe mein Auto in der Nähe stehen. Soll ich dich mitnehmen oder irgendwo absetzen? Das Wetter sieht nicht so aus, als ob es sich heute noch einmal großartig bessern wollte. Erst ab morgen ist wieder Sonnenschein angesagt.«

Sie überlegte einen Moment. Den weiteren Rundgang durch Rodderbach konnte sie auch auf einen anderen Tag verschieben. Darauf, nass zu werden, war sie nicht allzu erpicht. Also nickte sie schließlich zustimmend. »Ich denke, ich kehre in meine Ferienwohnung zurück. Ein bisschen Recherchematerial habe ich mir ja mitgebracht, und ich könnte noch einen neuen Blogartikel über meine ersten Tage hier schreiben. Fotomaterial habe ich dazu schon mehr als genug. Es wäre also nett, wenn du mich mitnehmen würdest.«

»Dann mal los. Der Regen lässt gerade nach.« Erneut nahm Holger ihre Hand und zog sie einfach mit sich um die Kirche herum auf den großen Marktparkplatz.

Larissa folgte ihm mit eingezogenem Kopf und nahm überrascht wahr, dass Holger zunächst ihr die Beifahrertür aufhielt, bevor er sich rasch hinters Steuer klemmte. Wann hatte ihr ein Mann zum letzten Mal die Autotür aufgehalten? War das überhaupt schon jemals passiert?

»Danke«, brachte sie mit leichter Verspätung heraus und fuhr sich ordnend durch ihr feuchtes Haar, das sich durch den Regen vermutlich bald deutlich mehr kringeln würde als sonst. Normalerweise waren ihre Haare mehr wellig als lockig, doch Feuchtigkeit konnte diesen Zustand durchaus frappierend verändern.

»Wofür?« Fragend sah er sie von der Seite an. Als sie ihren Blick kurz zum Türgriff wandern ließ und dann wieder zurück zu ihm, runzelte er die Stirn. »Das war selbstverständlich. Dafür braucht es keinen Dank.«

»Das finde ich schon«, entgegnete sie. »Ich kenne nicht allzu viele Männer, die so zuvorkommend sind.« Nach kurzem Zögern fügte sie hinzu: »Ehrlich gesagt kenne ich gar keine.«

Die Furchen auf Holgers Stirn vertieften sich noch eine Spur. »Ich fürchte, dann kennst du ausschließlich die falschen Männer. Mein Vater hat mir und meinen Brüdern schon früh eingetrichtert, dass es Verhaltensweisen gibt, die niemals aus der Mode kommen, ganz gleich, wie fortschrittlich und emanzipiert die Welt noch werden sollte.«

»Das ist schön«, befand sie mit einem Lächeln. »Dennoch gehört ihr damit zu einer aussterbenden Spezies, fürchte ich.«

»Nicht, solange die Mahler-Männer es verhindern können. Wenn die Zeit gekommen ist, werden wir nicht nur unseren Genpool, sondern auch unser gutes Benehmen an die nächste Generation weitergeben.«

»Guter Plan.«

»Ich weiß.« Er ließ den Motor an und lenkte den Wagen, einen geräumigen schwarzen Hybrid-SUV, vom Parkplatz herunter. »Hast du eigentlich inzwischen schon den ganzen Ort gesehen?«

»Schwerlich. Bisher war ich nur zu Fuß unterwegs und bin hauptsächlich durch den historischen Stadtkern gestreift. Für die Nebenstraßen und alles Übrige hatte ich noch keine Zeit.«

Kurz warf Holger einen Blick auf seine Armbanduhr. »Wie wäre es dann mit einer kleinen Stadtrundfahrt? Und sei es auch nur, damit du dich hinterher besser auskennst und leichter orientieren kannst, wenn du auf Entdeckungsreise gehst. Die Gelegenheit ist gerade günstig. Ich bin zwar kein so historisch versierter Stadtführer wie meine Schwester, aber ein bisschen was kann ich dir auch über den Ort und seine Bewohner erzählen.«

Kurz wog Larissa das Für und Wider gegeneinander ab. Das Angebot war sowohl nett gemeint als auch verlockend, denn sie hatte sich sowieso noch einen Überblick über die gesamten Örtlichkeiten verschaffen wollen. Problematisch daran war, dass sie sich in Holgers Gegenwart befangen fühlte, seit sie vorhin einmal ganz kurz versehentlich zu lange seinem Blick standgehalten hatte. Das unheilvolle Kribbeln und Ziehen tief in ihrer Magengrube kehrte schon allein bei der Erinnerung daran zurück. So etwas wollte sie jetzt auf gar keinen Fall, und schon gar nicht riskieren, dass er die Sache womöglich falsch verstand. Andererseits schien er begriffen zu haben, dass sie ihn auf Abstand halten wollte. Und er hatte recht: Wenn sie die nächsten drei Monate in Rodderbach leben und arbeiten wollte, dann war es sicher angebracht, mit den Einheimischen Freundschaft zu schließen. Sie würde wohl auch nur auf diesem Wege wirklich ein Gefühl für den Ort bekommen. Zwar hatte sie vor, ihren Roman im Mittelalter anzusiedeln, dennoch war es ihr wichtig, die Atmosphäre ihres Schauplatzes auch anhand der Menschen, die heute dort lebten, richtig einzuschätzen.

Sie kam nicht nur aus der Großstadt, sondern auch aus einer völlig anderen Region Deutschlands. Zwar hatte sie bereits eine Menge über die Eifel gelesen, sich sogar Videos im Internet angeschaut, um Landschaft, Leute und Dialekt kennenzulernen, doch das waren alles nur Erfahrungen aus zweiter Hand. »Warum nicht?«, antwortete sie deshalb rasch, bevor sie es sich anders überlegen konnte. »Vielen Dank für das Angebot. Ich hoffe, ich raube dir damit nicht zu viel Zeit, immerhin ist Samstag. Da hast du doch bestimmt etwas Besseres zu tun, als eine recherchewütige Autorin durch die Gegend zu kutschieren.«

»Ehrlich gesagt hatte ich für heute noch gar nichts weiter geplant«, gab Holger zu. »Möglicherweise hätte ich den

Vormittag mit Arbeit verbracht, wenn nicht der Termin mit der Hochzeit gewesen wäre. Von April bis Oktober halte ich meine Werkstatt auch samstags bis mindestens zum frühen Nachmittag geöffnet und bleibe auch das gesamte Wochenende über auf Abruf. Das ist wichtig, weil gerade in diesen Monaten, in die ja diverse Erntezeiten fallen, die Bauern gerne mal auf den letzten Drücker eine Maschine repariert haben wollen oder weil eben während ihrer Arbeit schnell einmal etwas kaputtgehen kann. Für heute habe ich mich allerdings wegen der Hochzeit abgemeldet und die Werkstatt meinen drei Mitarbeitern und dem Auszubildenden überlassen.«

»Was für eine Werkstatt betreibst du denn?« Larissa musterte ihn kurz von der Seite. Sie hatte sich schon gedacht, dass er wohl einen handwerklichen Beruf ausübte, als sie ihn an dem Traktor werkeln gesehen hatte. Insgeheim setzte sie diese Tatsache sofort auf die Liste von Argumenten, die dringend dagegensprachen, sich auch nur ansatzweise auf mehr als eine Freundschaft mit ihm einzulassen. Nicht, weil sie etwas gegen Handwerksberufe generell hatte, sondern schlicht, weil sie die Erfahrung gemacht hatte, dass jemand, der aus einem so vollkommen anderen Wirkungskreis stammte, nichts mit ihr gemein haben würde und mit ziemlicher Wahrscheinlichkeit kaum Verständnis für ihre Arbeit und ihren Lebensentwurf aufbringen würde.

»Ich bin Land- und Baumaschinenmechatroniker.« Während er sprach, lenkte er den Wagen an den Straßenrand und hielt. »Nachdem ich meinen Meisterbrief gemacht hatte, habe ich zuerst eine Weile im Betrieb meines

Onkels im Gewerbegebiet gearbeitet und diesen vor zwei Jahren von ihm übernommen, weil er sich zur Ruhe setzen wollte. Allerdings hat das mit dem Ruhestand nicht so ganz geklappt.« Er lächelte leicht. »Zwei- bis dreimal die Woche kommt er immer noch in die Werkstatt, um zu helfen. Ursprünglich hat er nur größere Landmaschinen und ab und zu mal die eine oder andere Baumaschine repariert. Ich wollte den Betrieb aber gerne erweitern, deshalb kann man mittlerweile bei uns so gut wie alle Maschinen und technischen Geräte aus dem Gartenbau, der Landwirtschaft sowie dem Bauwesen instand setzen lassen. Wenn also dein Rasenmäher oder deine Kettensäge kaputtgeht, darfst du dich ebenso vertrauensvoll an mich wenden, wie wenn deine Melkanlage streikt oder wenn die Elektronik an deinem nagelneuen zweihundertfünfzigtausend Euro teuren Trecker spinnt. Ich hatte auch schon Rüttelplatten, Radlader und Bagger unter dem Messer. Sozusagen.« Er grinste. »Vielmehr müsste ich vielleicht sagen am Messgerät, denn bei den neuen Land- und Baumaschinen arbeitet man mehr mit Software-Diagnoseprogrammen als mit Ölkanne und Schraubenschlüssel. Roberts Mitarbeiter habe ich damals alle übernommen und inzwischen bilde ich auch zum ersten Mal selbst aus.«

Larissa war beeindruckt. »Das hört sich nach viel Arbeit an.«

»Das ist es auf jeden Fall«, bestätigte Holger. »Und es ist ein weitgehend krisensicherer Job, denn Land- und Baumaschinen werden immer gebraucht und müssen dementsprechend instand gehalten werden, und dasselbe gilt auch für alle Maschinen und Gerätschaften im Gartenbau.«

»War das der Grund für diese Berufswahl?«

Holger dachte über ihre Frage kurz nach, dann schüttelte er den Kopf, nur um gleich darauf zu nicken. »Ja, möglicherweise. Zumindest ist es ein schwerwiegender Vorteil. Aber davon abgesehen habe ich schon immer gerne an Maschinen geschraubt und gebastelt. Bereits im Kindergarten habe ich am liebsten mit dem Spielzeugwerkzeugkasten gespielt. Etwas später dann war ich total verrückt nach diesen Legotechnik-Bausätzen. Hinzu kommt noch, dass meine Familie ja selbst Landwirtschaft betreibt und mein Onkel sich schon immer um unsere Gerätschaften und Maschinen gekümmert hat. Für mich war es ganz selbstverständlich, ihm dabei zu helfen, wann immer ich die Gelegenheit hatte.« Er hielt kurz inne und schien erneut nachzudenken. »Ich glaube, ich wollte nie etwas anderes werden.« Aufmerksam musterte er sie von der Seite. »Und du? Gab es für dich eine Wahl zwischen verschiedenen Berufswegen?«

»Nein.« Diese Frage konnte sie mit absoluter Sicherheit beantworten. »Ich habe mir schon in der Grundschule Geschichten und Märchen ausgedacht und sie aufgeschrieben, seitdem ich schreiben kann. Für mich stand immer außer Frage, was ich einmal werden will. Deshalb habe ich auch angefangen, Germanistik und Literatur zu studieren und Geschichte und kreatives Schreiben im Nebenfach, aber ich habe das Studium vorzeitig abgebrochen, weil ich gemerkt habe, dass es zwar interessant ist, mir aber die Zeit nimmt, mich ganz meinen Geschichten zu widmen.« Sie lachte trocken. »Dieses abgebrochene Studium ist in meiner Familie nicht so wirklich gut angekommen.«

»Waren deine Eltern sauer auf dich?«

Energisch schüttelte sie den Kopf. »Nein, nicht meine Eltern. Vielleicht waren sie insgeheim besorgt, aber letztlich haben sie es verstanden und mich voll und ganz in dem unterstützt, was ich wollte. Mein Ex hingegen …« Sie seufzte. Die schmerzlichen Erinnerungen in Schach zu halten, war nicht einfach. »Er fand es leichtsinnig und unverantwortlich, keine abgeschlossene Berufsausbildung vorweisen zu können. Das zumindest waren noch die freundlicheren seiner Umschreibungen für mein Verhalten.«

Holger hob die Hand, als wollte er sie berühren, zog sie jedoch sofort wieder zurück. »Das tut mir leid. Es war deine Entscheidung. Du musst doch wissen, wie du dein Leben führen willst. Wenn dieses Studium dir nicht das gegeben hat, was du dir erhofft oder was du gebraucht hast, warum hättest du es dann zu Ende bringen und damit wertvolle Lebenszeit verschenken sollen?«

Überrascht hob sie den Kopf. Es kam nicht allzu häufig vor, dass jemand ihre Ansicht teilte – abgesehen von ihren Eltern naturlich. »Ich gebe ja zu, dass ich ein solches Vorgehen nicht unbedingt jungen Leuten empfehlen wurde, die gerade dabei sind, eine Ausbildung zu machen oder ein Studium zu absolvieren. Auch nicht solchen, die vielleicht ebenfalls vorhaben, sich später dem Schreiben zu widmen. Eine abgeschlossene Ausbildung hat selbstverständlich viele Vorteile. Es war nur einfach …«

»Nicht das Richtige für dich«, vollendete Holger ihren Satz.

Sie nickte. »Nicht das Richtige für mich. Felix hat das leider nie verstanden. Möglicherweise hat er deshalb …«

Sie winkte ab. »Sei's drum. Das alles liegt nun hinter mir. Von jetzt an werde ich mich voll und ganz auf das konzentrieren, was ich allein für gut und richtig erachte. Niemand wird mir da jemals wieder hineinreden.« Sie richtete ihren Blick auf die Windschutzscheibe und schürzte verwundert die Lippen. »Warum hast du hier eigentlich angehalten?«

»Aus keinem besonderen Grund, außer dass man sich beim Fahren nicht so gut unterhalten kann.« In seiner Stimme schwang ein Lächeln mit, doch sie erwiderte seinen Blick sicherheitshalber nicht. »Wir befinden uns hier in der Ringstraße. Sie führt einmal um die gesamte Innenstadt herum und verläuft parallel zur alten Stadtmauer. Früher waren hier wohl die Werkstätten und Betriebe der Handwerker, die man nicht innerhalb der Stadtmauern haben wollte. Wahrscheinlich waren es die Gerber und Färber und dergleichen, weil ihre Gewerbe ziemlich geruchsintensiv waren und außerdem die Gewässer verschmutzt haben. Mit Sicherheit haben sie die Abwässer in die vorhandenen Bäche geleitet, und einiges davon ist bestimmt auch in den Stadtgraben geflossen, der rings um die Stadtmauer herum verläuft. Teilweise kann man ihn ja noch sehen. Schon vor vielen Jahren wurden dort Grünanlagen mit Bäumen und Blumenbeeten angelegt.« Er ließ den Motor wieder an und lenkte den Wagen erneut auf die Straße. »Von der Ringstraße aus kann man sternförmig in alle möglichen Richtungen fahren, gelangt dabei aber meistens auf Parallelstraßen, die ebenfalls ganz oder teilweise um Rodderbach herumführen. Hast du dir den Ort mal auf einer Landkarte oder bei Google Maps angesehen? Ein bisschen sieht das Stadtbild aus wie ein Spinnennetz. Vielleicht wäre es einmal interessant zu recherchieren, ob das Zufall ist oder ob vor Hunderten von Jahren schon Stadtplaner ihre Finger mit im Spiel hatten.«

»So wie in Paris oder auch in Städten, die auf römische Siedlungen zurückgehen, meinst du?« Rasch zog Larissa ihr Smartphone aus der Tasche und machte sich ein paar Notizen in ihrer Notizblock-App. »Das ist eine gute Frage, der ich auf jeden Fall nachgehen werde. Es ist zwar eher unwahrscheinlich, dass sich in vergleichsweise kleinen Städten wie dieser hier jemand Gedanken darum gemacht hat, wie die Straßen zu verlaufen hatten, aber wer weiß?«

»Ja, wer weiß?« Holger setzte den Blinker und bog nach links in eine Querstraße ab. »Auf die Rechercheergebnisse bin ich schon gespannt. Jessie bestimmt auch, denn solche Dinge interessieren sie immer brennend. Kein Wunder, immerhin arbeitet sie für die Stadt und begleitet regelmäßig Stadtführungen. Da sind solche Details natürlich von besonderem Nutzen.« Erneut bog er links ab. »Siehst du, diese Straße verläuft weitgehend parallel zur Ringstraße. An der Bebauung erkennt man, dass sie noch zum älteren Stadtkern gehört.«

Aufmerksam betrachtete Larissa die Häuser, an denen sie langsam vorbeifuhren. »Stimmt, ihr habt hier in Rodderbach noch jede Menge wirklich alte Fachwerkgebäude. Hier außerhalb der Stadtmauern sind sie zwar wahrscheinlich nicht mehr aus dem Mittelalter, sondern aus späteren Jahrhunderten, aber es ist trotzdem bemerkenswert. Ich staune auch, wie gut alles erhalten ist. Wurde hier im Zweiten Weltkrieg nicht viel zerstört?«

»Weniger als in anderen Orten. Warum Rodderbach so

viel Glück hatte, ist mir nicht bekannt.« Wieder bog Holger ab, diesmal rechts und gleich darauf noch einmal. »Ein paar Fliegerbomben haben natürlich auch hier großen Schaden angerichtet, aber aus unerfindlichen Gründen kaum in der Altstadt, sondern viel mehr in den Außenbezirken. Die einzige Ausnahme war das damalige Verwaltungsgebäude, das aber auch nicht in der Altstadt lag. Soweit ich weiß, stand das historische Rathaus zu der Zeit leer, weil es stark renovierungsbedürftig war. Deshalb hat man schon Anfang der Dreißigerjahre ein neues, moderneres Rathaus außerhalb des Stadtkerns gebaut. Bei seiner Zerstörung wurden leider fast alle historischen Dokumente, die dort gelagert waren, vernichtet. Lediglich das, was zuvor ins Kirchenarchiv gebracht worden war, hat den Krieg überdauert. Das waren hauptsächlich alle Bücher und Dokumente bis etwa zum Jahr neunzehnhundert. Dazu musst du wissen, dass unsere Kirche voll unterkellert ist. Die damaligen Stadtoberen haben natürlich die historisch wichtigen Dokumente in Sicherheit bringen wollen. Alles, wovon man dachte, dass man es im laufenden Betrieb benötigen würde, blieb im Rathaus. Mit dieser Strategie sind sie offenbar sehr gut gefahren, denn tatsächlich wurde Rodderbach ja kaum jemals zum Ziel von Fliegerangriffen. Das änderte sich erst gegen Ende des Krieges, und anscheinend hat man dann nicht schnell und entschlossen genug reagiert und auch die Dokumente und Bücher neueren Datums in Sicherheit gebracht.«

»Und deshalb wurden auch alle Dokumente, die sich auf das Rodderbacher Kloster beziehen, zerstört?« Nachdenklich blickte Larissa aus dem Seitenfenster, wandte sich dann aber wieder Holger zu. »Müssten diese Dokumente aber nicht auch schon viel älter sein? Hat man sie nicht ebenfalls in das Kirchenarchiv gebracht?«

»Diese Hoffnung hatten die Deckers natürlich«, bestätigte Holger. »Doch leider hat man selbst nach akribischer Suche im Kirchenarchiv nichts gefunden. Wir nehmen inzwischen an, dass diese Dokumente damals wegen neuer Kataster- und Grundbucheintragungen im Rathaus vorlagen und deshalb nicht rechtzeitig in Sicherheit gebracht wurden. So war es nämlich auch mit anderen Urkunden und Dokumenten neueren Datums, die ebenfalls bei dem Luftangriff zerstört wurden.«

Erneut machte Larissa sich in ihrer App ein paar Notizen. »Wie schrecklich für die Familie Decker. Zu wissen, dass ein Gebäude schon so lange in Familienbesitz ist, es aber nicht beweisen zu können. Gab es wirklich keine anderen Wege, ihre Ansprüche geltend zu machen?«

Holger zuckte mit den Achseln. »Keine, die gefruchtet haben. Das lag aber vielleicht auch an der Stadtführung in den letzten Jahrzehnten. Die lag nämlich überwiegend in der Hand zweier Rodderbacher Familien, die dummerweise immer mehr ihren eigenen Vorteil im Auge hatten als den ihre Mitbürger. Hinzu kommt wohl auch noch, dass man immer wieder versucht hat, das Kloster irgendwie zu Geld zu machen. Die Deckers haben über die Jahre und Jahrzehnte mehrfach mit heftigen Protesten dafür gesorgt, dass der Grund und Boden nicht veräußert oder verändert wurde.«

»Das wäre aber doch auch nicht rechtens gewesen, denn wenn die Familie Decker ihre Besitzansprüche nicht beweisen kann, dann doch der Ort Rodderbach selbst auch nicht, oder?«

»Darauf lief es am Ende immer hinaus.« Wieder zuckte Holger mit den Achseln. »Man kann zwar nicht behaupten, dass alles, was die früheren Bürgermeister veranlasst haben, schlecht war. Im Gegenteil. Doch hinsichtlich des Klosters, seiner Eigentümerschaft und Verwendung, hat sich über die Jahre niemand wirklich mit Ruhm bekleckert. Da spielen mit Sicherheit auch diverse Animositäten und jahrelange Familienstreitigkeiten mit hinein. Denn die beiden Familien, die ich eben erwähnt habe und aus denen sich so gut wie immer in den letzten zwei oder drei Generationen die Bürgermeister rekrutiert haben, sind weitläufig mit den Deckers verwandt, nicht aber zwangsläufig in inniger Freundschaft verbunden. Da hat jeder sein eigenes Süppchen gekocht und auf den eigenen Vorteil geschaut, so wie das nun mal häufig der Fall ist.« Er lachte leise. »Unter der Oberfläche des Kleinstadtidylls lauern also durchaus auch hier und da ein paar Intrigen und Dramen. Falls du davon mal etwas für eine deiner Geschichten verwenden möchtest, dann fragst du am besten meine Großeltern oder auch meine Tante Hanne. Sie kennt sich hervorragend mit all diesen Klatsch- und Tratschgeschichten und alten Fehden aus.« Ein Schmunzeln breitete sich auf seinen Lippen aus. »Hat sie dich nicht schon längst mal überfallen?«

Verwundert schüttelte Larissa den Kopf. »Nein, warum sollte sie?«

»Weil das so ihre Art ist. Neuzugezogene begrüßt sie normalerweise innerhalb von drei Nanosekunden. Und was dich angeht … Du bist eine bekannte Schriftstellerin, da liegt es eigentlich nahe, dass sie dir möglichst bald auf die Pelle rückt und dich für ihre Zwecke ausquetschen und einspannen will.«

»Was sind denn ihre Zwecke?«

»Na, Werbung hauptsächlich. Ich könnte mir vorstellen, dass sie deine Anwesenheit hier so ins Licht rücken will, dass es für Rodderbach vorteilhaft ist. Fotos, ein Interview, ein Zeitungsartikel. Vielleicht sogar eine Lesung.« Er hielt kurz inne. »Du hältst doch auch öffentliche Lesungen ab, oder nicht?«

»Ja, natürlich. Aber bisher hat mich noch niemand aus Rodderbach darauf angesprochen.«

»Dann kann es nicht mehr lange dauern. Hanne Mahler überlässt solche Dinge niemals dem Zufall.«

Larissa richtete ihren Blick wieder auf die Häuser, die sie passierten. »Gegen eine Lesung hätte ich nichts einzuwenden. Da erst vor drei Monaten ein neues Buch von mir erschienen ist, wäre es …« Sie brach ab, als ihr Blick an einem größeren Anwesen hängen blieb, das aus einem großen Wohnhaus und mehreren Nebengebäuden in Fachwerkbauweise bestand. »Warte mal! Halt bitte an.« Obwohl es immer noch nieselte, sprang Larissa aus dem Auto, kaum dass es am Straßenrand zum Stehen gekommen war. Mit großen Augen trat sie auf das Anwesen zu und versuchte, sämtliche Details gleichzeitig in sich aufzunehmen. Dass hinter ihr die Fahrertür klappte, nahm sie nur unterschwellig wahr. Schon zückte sie ihr Smartphone und begann, erst das Wohnhaus, dann die Nebengebäude aus allen Winkeln zu fotografieren.

Das Wohnhaus war größer als alle Fachwerkhäuser, die sie

bisher in und rund um Rodderbach gesehen hatte. Es erstreckte sich über zwei Stockwerke und besaß, soweit sie erkennen konnte, auch noch ein ausgebautes Dachgeschoss mit einem ausreichend hohen Kniestock, sodass man dort oben bequem aufrecht stehen können sollte. Die Wohnfläche schätzte sie auf mindestens zweihundertfünfzig Quadratmeter. Allerdings wirkte es jünger als die Nebengebäude, die es so umgaben, dass sich eine U-Form ergab. Auch das Dach des Wohnhauses, obgleich im selben schiefergrauen Farbton gehalten, war deutlich jüngeren Datums als die Dächer der anderen Gebäude. Als sie näher trat, konnte sie sehen, dass die Fenster des Wohnhauses, obgleich mit weißen Fensterkreuzen versehen, aus moderner Dreifachverglasung bestanden. An jedem Fenster hing ein zwar antik aussehender, jedoch durchaus neuwertiger Blumenkasten, in dem bereits Zauberglöckchen und Elfensporn miteinander um die Wette blühten. Das große zweiflügelige Hoftor war leider verschlossen. Liebend gerne hätte sie einen Blick hindurch geworfen, um festzustellen, ob der Innenhof ihren Vorstellungen entsprach. So jedoch konnte sie nur die beiden riesigen Weinfässer bewundern, die links und rechts vom Hoftor standen und in denen ebenfalls Zauberglöckchen, Elfensporn und Margeriten wucherten.

»Sieht klasse aus, oder, das alte Schätzchen?«

Holgers Stimme dicht hinter ihr ließ sie zusammenzucken. Rasch schob sie das Handy in ihre Gesäßtasche zurück. »Das ist ein wunderschönes Anwesen! Ich weiß gar nicht … Es kommt mir so bekannt vor. Wo habe ich es nur schon einmal gesehen?«

»Ziemlich wahrscheinlich auf dem Gemälde in der Küche meiner Eltern. Allerdings sieht man auf dem Bild noch das alte, ursprüngliche Haupthaus, das leider wegen erheblicher Schäden an der Bausubstanz in den Neunzigerjahren teilweise abgerissen werden musste, weil es einsturzgefährdet war. Bis dahin haben meine Großeltern mütterlicherseits noch darin gewohnt. Sie haben es dann später nach dem alten Vorbild wieder aufgebaut, jedoch nach moderneren Maßstäben und mit einer völlig anderen Raumaufteilung. Du musst dir vorstellen, dass nicht nur die Decken im ursprünglichen Gebäude sehr viel niedriger waren, als wir das heute gewohnt sind, sondern auch die Räume an sich waren winzig. Aber dies ist schon ein herrschaftliches Anwesen gewesen, als es 1698 erbaut wurde.«

Larissa fuhr zu ihm herum und starrte ihn verblüfft an. »1698? Dann ist das … der Zehnthof?«

»Der neue Zehnthof, um genau zu sein. Der alte, mittelalterliche Zehnthof, der noch aus dem Beginn des vierzehnten Jahrhunderts stammt, steht ja innerhalb der Stadtmauern.«

»Und das Anwesen gehört deinen Großeltern?«

»Inzwischen nicht mehr. Es ist ihnen zu groß geworden. Sie haben sich vor fünf Jahren eine kleine Wohnung in der Mehrgenerationen-Residenz am Ortsrand gemietet.« Aufmerksam musterte er sie. »Wärst du an einer Besichtigung interessiert?«

»Was für eine Frage!« Larissa drehte sich zu dem Gebäudekomplex um. »Es gehört zwar nicht in die Zeit, die ich gerade recherchiere, aber allein schon die Tatsache, dass ein so altes Anwesen so wunderbar erhalten ist, macht mich neugierig. Kann man es denn besichtigen?«

»Ich schätze, das lässt sich einrichten. Zufällig kenne ich den jetzigen Besitzer ausgesprochen gut.«

»Natürlich.« Larissa wandte sich ihm wieder zu. »Bestimmt jemand aus deiner Verwandtschaft, oder?«

»Nicht ganz.« Holger trat auf das Hoftor zu und öffnete es einfach. Gleichzeitig zog er einen Schlüsselbund aus der Tasche. Über die Schulter grinste er sie an. »Was ist, kommst du?«

Verdutzt lief sie hinter ihm her. »Dir gehört dieses Anwesen?«

»Es ist mein Anteil des Erbes, das ich eines Tages von meinen Eltern zu erwarten habe. Sie haben einen großen Teil ihrer Liegenschaften bereits jetzt unter uns Geschwistern aufgeteilt, damit wir alle einen gleichwertigen Start ins Leben haben. So haben sie es zumindest ausgedrückt, denn Thorben wird ja einmal den Hof übernehmen, und die anderen sollen nicht hintenanstehen. Auch Philipp und Jessica haben jeweils in etwa gleichwertige Anteile erhalten, jedoch bin ich der Einzige, der sich für den Zehnthof erwärmen konnte. Wir durften uns unsere Anteile damals aussuchen.« Er lachte leise. »Jessie hat gleich abgewunken, weil sie gar nicht gewusst hätte, was sie mit den ganzen Nebengebäuden anfangen sollte. Philipp hätte sich vielleicht noch dafür erwärmt, aber er hatte beruflich schon andere Pläne und wollte deshalb lieber ebenfalls seinen Anteil in Form von Geld und einem Grundstück, weil er auf diese Weise flexibler agieren konnte. Er hat Jura studiert und inzwischen hat er das Geld genutzt, um eine Anwaltskanzlei in der Altstadt zu übernehmen und neu aufzubauen.« Wieder lachte er. »Die berühmten Mahler-Zwillinge haben sich also entgegen aller Unkenrufe beide erfolgreich gemausert.«

»Du hast einen Zwillingsbruder?« Diese Information überraschte sie, und sie konnte sich irgendwie nicht ganz vorstellen, dass es zwei praktisch identische Versionen dieses Mannes gab.

»Wir sind zweieiige Zwillinge«, erklärte Holger. »Äußerlich sind wir uns nicht allzu ähnlich, was uns aber nie davon abgehalten hat, uns einen Ruf als berüchtigte Unruhestifter zuzulegen. Wir haben gerne Streiche gespielt«, setzte er grinsend hinzu, als sie fragend die Augenbrauen hob.

Während Holger das Hoftor wieder hinter ihnen schloss, sah Larissa sich staunend in dem annähernd quadratischen Innenhof um. Das Kopfsteinpflaster, auf dem sie standen, schien schon sehr alt zu sein; womöglich stammte es noch aus der Zeit, als das Anwesen erbaut worden war. Der Neubau des Wohngebäudes passte sich perfekt an den Stil der um mehrere Jahrhunderte älteren Nebengebäude an. An der Hauswand des Wohnhauses gab es Blumenrabatten und Gerüste, an denen Rosen, Klematis und weitere Gewächse rankten, die Larissa nicht sofort erkannte. Linker Hand, dem Wohnhaus gegenüber, befanden sich ein einstöckiges sowie ein zweistöckiges Gebäude, früher vermutlich einmal Stall und Scheune. Vom Hoftor aus geradeaus gab es ein weiteres anderthalbstöckiges Gebäude, das an die Stallungen anschloss und von dessen rechter Seite eine Bruchsteinmauer verlief, die an der Ecke des Wohnhauses endete. In dieser Mauer gab es einen breiten Torbogen, durch den man einen Nutzgarten erkennen konnte. In der Ecke, die von Mauer und Wohnhaus gebildet wurde, stand eine ausladende Esskastanie, deren Blattwerk um diese Jahreszeit in herrlich sattem, hellem Grün stand. Neben dem

Hauseingang, dem Scheunentor und dem Eingang zum vorderen Gebäude standen ebenfalls alte Weinfässer, die mit Frühlingsblumen bepflanzt waren.

Überwältigt legte Larissa den Kopf in den Nacken und drehte sich einmal langsam im Kreis. Obwohl immer noch feiner Nieselregen in der Luft lag, waren Anblick und Atmosphäre des alten Gehöfts überwältigend. Wie wundervoll musste es erst aussehen, wenn die Frühlingssonne ihre wärmenden Strahlen über dem Anwesen ausbreitete?

»Du wohnst wirklich hier?« Für sie wäre dies ein wahr gewordener Traum, stellte sie fest. Sie hatte sich nie viele Gedanken darum gemacht, wo sie einmal wohnen wollte, wenn sie sich dafür entschied, ein Haus zu kaufen, oder wie dieses Haus aussehen müsste. Felix hatte es immer vorgezogen, in einer ausreichend großen Mietwohnung am Stadtrand zu wohnen. Am Landleben hätte er keine Freude gehabt. Larissa hatte zwar hin und wieder daran gedacht und vielleicht auch davon geträumt, es aber vermieden, mit ihm darüber zu sprechen, weil sie wusste, dass es sinnlos gewesen wäre.

Doch nun war sie völlig gefangen vom Charme dieses alten – oder vielmehr neuen – Zehnthofs. Ohne weiter auf Holger zu achten, ging sie bis zum Torbogen und warf einen Blick auf die Gartenanlagen dahinter. Wieder stockte ihr der Atem, als sie begriff, wie weitläufig das Grundstück war. Weitläufig … Und reichlich verwildert. Zwar konnte man die Umrandungen der Beete aus Bruchstein noch erkennen, aber die Beete selbst waren in einem eher bedauernswerten Zustand. Mehrjährige Blühstauden kämpften mit kniehohem Unkraut um die Vorherrschaft, zwischen den Natursteinplatten, aus denen die Wege bestanden, wucherten Gras und Klee sowie gelb blühender Löwenzahn und die Beerensträucher und Obstbäume im hinteren Teil des Gartens sahen aus, als könnten sie einen Rückschnitt und eine versierte gärtnerische Pflege gut vertragen.

Umgeben war das Grundstück ebenfalls von einer Bruchsteinmauer, die Larissa etwa bis zur Brust reichte. Dahinter konnte sie weitere Gärten, Felder und Weiden erkennen und erst jetzt wurde ihr bewusst, wie weit am Ortsrand sie sich offensichtlich schon befanden. Rodderbach war tatsächlich klein. Oder hatte sie durch ihre Unterhaltung mit Holger einfach nur nicht mitbekommen, wie weit er bereits gefahren war? Nein, beschloss sie bei sich. Der Ort war einfach überschaubar – und dieser Zehnthof das Schönste, was sie je gesehen hatte.

Sie machte ein paar Schritte in den Garten hinein und drehte sich auch hier einmal im Kreis. Dabei fiel ihr auf, dass es am Wohnhaus eine geschickt in das Fachwerk eingelassene Fensterfront mit einer großen Terrassentür gab, die auf eine mit Natursteinen ausgelegte Terrasse führte. Zumindest dort hatte Holger sich bemüht, für Ordnung zu sorgen. Die Terrasse war sauber gefegt, die Gartenmöbel aus Eukalyptusholz sahen frisch gestrichen aus und die ausfahrbare Markise schien noch ganz neu zu sein. Larissa macht ein paar Schritte auf die Terrasse zu, blieb dann aber stehen und lauschte. Irgendwo plätscherte Wasser. Als sie dem Geräusch folgte, entdeckte sie am Rand der Terrasse einen alten Laufbrunnen mit großem, steinernem Becken. Beides musste schon Hunderte von Jahren alt sein, möglicherweise sogar älter als die Gebäude. Sie hatte bei ihren

Recherchen hin und wieder von solchen Brunnen gelesen, die man schon seit dem Mittelalter gekannt hatte, die man aber überwiegend bei Häusern sehr wohlhabender Bürger oder des Adels fand.

»Die Geschichte meiner Familie lässt sich mindestens bis ins Jahr 1370 zurückverfolgen.« Holgers ruhige, dunkle Stimme riss sie aus ihren Gedanken und sie wandte sich ihm zu. »Vermutlich geht sie sogar noch weiter zurück«, fuhr er fort, »aber leider gibt es darüber keine Aufzeichnungen mehr. Wir sind sozusagen Rodderbacher Urgestein. Die Deckers übrigens ebenfalls und noch andere Familien, wie zum Beispiel die Brathuhns und die Janssons. Wobei Letztere erstmals im sechzehnten Jahrhundert erwähnt wurden und vermutlich aus dem hohen Norden hierherkamen.« Er breitete leicht die Arme aus. »Dieser Zehnthof wurde von meinem Vorfahr Ägidius Mahler erbaut, nachdem er im Alter von sechsunddreißig Jahren zum Schultheißen von Rodderbach ernannt worden war. Oder gewählt.« Er runzelte die Stirn. »Wurden Schultheißen ernannt oder gewählt?«

»Ernannt.«

Anerkennend nickte er. »Es geht die Sage, dass er ursprünglich einer Familie von Mühlenbesitzern, sprich Müllern, entstammte; daher der Name Mahler.«

Larissa lächelte. »Von mahlen. Das klingt nachvollziehbar, allerdings gibt es da einen Haken. Müller gehörten im Mittelalter zu den unehrlichen Berufen. Somit konnten sie schwerlich ein öffentliches Amt bekleiden, schon gar nicht ein so wichtiges wie das des Schultheißen.«

Nachdenklich rieb Holger sich übers Kinn, dann hellte sich seine Miene auf. »Der neue Zehnthof wurde ja erst

Ende des siebzehnten Jahrhunderts erbaut. Da war das Mittelalter schon vorbei, und die Familie hatte sich vielleicht zwischenzeitlich neue Betätigungsfelder gesucht und war aus der Unehrlichkeit aufgestiegen. Könnte doch sein, oder?«

»So muss es wohl gewesen sein, denn andernfalls hätte dieser Ägidius dieses Amt wohl nicht erhalten. Er muss ein reicher Mann gewesen sein, dein Vorfahr.«

»Wohl wahr.« Holger lachte auf. »Arm waren die Mahlers nie. Unter meinen Vorfahren gab es etliche, die sehr gut zu wirtschaften wussten und wohl auch immer die passenden, gut betuchten Frauen fanden, mit denen sie die Familienlinie erfolgreich fortsetzen konnten. Ganz im Gegensatz übrigens zu den Deckers, die laut den noch vorhandenen Urkunden sehr lange nur zu den sogenannten Kleinhäuslern zählten, bis sich ebenfalls im ausgehenden siebzehnten Jahrhundert eine gewisse Marie Decker und ihr Mann Rudolf in den Rodderbacher Hof einkauften. Die Geschichte besagt, dass die ursprünglichen Besitzer des Gasthofes keine Nachkommen hatten und deshalb hochbetagt ihr Lebenswerk an das junge Ehepaar Decker weitergaben. Seitdem ist der Rodderbacher Hof in Familienbesitz. Unglaublich, oder? Ich staune manchmal, wenn ich darüber nachdenke, wie tief verwurzelt unsere Familien an diesem Ort sind.« Er hielt kurz inne. »Tatsächlich kann ich mir auch nicht vorstellen, jemals woanders zu leben. Das wäre so, als ob man …« Er suchte sichtlich nach Worten.

»Als ob man deine Wurzeln kappen würde?«, half Larissa ihm aus.

»Genau.« Lächelnd nickte er ihr zu.

»Wie es aussieht, hast du doch so einige Kenntnisse über die Historie von Rodderbach.«

»Das sieht nur so aus«, entgegnete er erheitert. »Das sind alles Geschichten, die man uns schon von klein auf erzählt hat. Natürlich kenne ich die wichtigsten Eckpunkte der Geschichte des Ortes und auch des Klosters oder der Burg, aber als Experten würde ich mich ganz sicher nicht bezeichnen. Was das angeht, hältst du dich besser an Jessie oder meine Großmutter väterlicherseits oder eben auch an Hanne. Sie kann dich ganz sicher auch mit den Mitgliedern unseres Heimatvereins und den Mitarbeitern des Stadtarchivs und der Stadtbibliothek bekannt machen. Wenn sie ein gutes Wort für dich einlegt, wirst du überall mit rotem Teppich empfangen.« Er musterte sie mit wohlwollenden Blicken. »Wobei ich annehme, dass du eine solche Fürsprache gar nicht nötig hast. Wenn sich herumspricht, dass du vorhast, ein Buch über Rodderbach zu schreiben, wirst du dich vor Informanten und begeisterten Fans nicht mehr retten können.«

»Fans?« Sie gluckste. »Wie kann man von etwas oder jemandem Fan sein, ohne es oder sie zu kennen?«

»Das wirst du schon sehen.« Holgers Lächeln war so herzlich und zugleich charmant, dass es erneut dieses unselige Gefühl in ihrer Magengrube weckte. »Wie ich die Rodderbacher kenne, werden die meisten vollkommen aus dem Häuschen sein, wenn sie von deinen Plänen erfahren. Was das angeht, sind meine Mitbürgerinnen und Mitbürger sehr begeisterungsfähig.« Mit gespreizten Fingern fuhr er sich durch sein dichtes dunkelbraunes Haar »Wenn wir noch länger hier draußen stehen, werden wir uns eine Erkältung holen. Was hältst du davon, wenn ich dir die Gebäude noch kurz von innen zeigen? Das Wohnhaus ist zwar innen alles andere als historisch, was aber den Vorteil hat, dass ich dort tun und lassen kann, was ich will, weil es nicht unter Denkmalschutz steht. Ganz im Gegensatz zum übrigen Gemäuer. Backhaus, Ställe und Scheune sind allesamt denkmalgeschützt, deshalb habe ich sie bisher auch nur notdürftig instand setzen können. Die Auflagen seitens der Denkmalschutzbehörde sind ganz schön happig, und ich will mich da nur heranwagen, wenn mir endlich einfällt, was ich mit den Gebäuden anfangen soll.« Sie kehrten in den Hof zurück und er betrat vor ihr zunächst das zweigeschossige Gebäude, das halb Stall, halb Scheune war und in dem sicherlich im oberen Geschoss Stroh oder Getreide gelagert worden waren. Alte hölzerne Abteile für Pferde und Vieh waren auf der linken Seite erkennbar, die rechte Seite bestand nur aus einem einzigen großen leeren Raum. Es roch nach altem Holz, Heu und Staub.

Tief sog Larissa den Geruch ein und schloss für einen Moment die Augen, um sich vorzustellen, wie es hier wohl vor zweihundert oder dreihundert Jahren ausgesehen haben mochte. Fast konnte sie das Schnauben der Pferde, das Muhen der Kühe und das Grunzen und Quieken der Schweine hören. Als sie die Augen wieder öffnete, war Holger bereits wieder draußen. Eilig folgte sie ihm in das kleinere Gebäude, bei dem es sich auf der rechten Seite um einen Geflügelstall zu handeln schien, während der linke Teil wohl als Remise gedient hatte. Ein paar altertümliche Ackergeräte sowie zwei kleine rostige Traktoren, vermutlich aus den Dreißiger- bis Fünfzigerjahren, standen dort herum und waren von Staub und Spinnweben übersät. Durch die fast blinden Fensterscheiben fiel nur ein sehr diffuses Licht, und Larissa zuckte zusammen, als plötzlich über ihr eine grelle Deckenlampe aufflackerte. »Iih!« Lachend hielt sie sich die Augen zu. »Wie scheußlich ist das denn?«

Sogleich ging das Licht wieder aus. Holger lachte. »Ich wollte nur zu Diensten sein. Aber wenn du es lieber dunkel haben möchtest …« In seine Stimme schlich sich der Schalk. »Immerhin heißt es: Im Dunkeln lässt sich gut munkeln.«

»Von wegen!« Sie kicherte immer noch und blinzelte ein paarmal, um sich an die erneut veränderten Lichtverhältnisse zu gewöhnen. »Diese Neonröhren sind eine Beleidigung für die Augen. Viel zu grell. Ich glaube kaum, dass die Hühner, Enten und Gänse, die hier einmal gelebt haben, davon sehr begeistert gewesen wären.«

»Dazu kann ich nichts sagen.« Vage hob Holger beide Hände. »Oma und Opa haben hier zwar tatsächlich früher Hühner und Gänse gehalten, aber die Neonröhren wurden erst später angebracht, als meine Eltern zum ersten Mal überlegten, hier zu renovieren. Dazu kam es dann allerdings nicht, weil immer wieder zu viele andere Dinge wichtiger waren. Und dann habe ich das Anwesen übernommen, jedoch seither ebenfalls nicht viel daran verändert. Zumindest nicht an den Nebengebäuden. Das Wohnhaus habe ich nach und nach meinen Vorstellungen gemäß eingerichtet. Natürlich ist es für eine Person viel zu groß, viele Zimmer stehen einfach leer, und ich weiß auch nicht, was ich alles in drei Badezimmern treiben soll.« Er lächelte verschmitzt. »Aber vielleicht fällt mir ja eines Tages noch etwas ein. Also … Möchtest du es gerne sehen?«

»Das Wohnhaus?« Larissa ging an ihm vorbei, zurück in den Hof, und blickte an der Fassade des Haupthauses empor. Für ihr historisches Interesse war es vermutlich unerheblich, da es innen modern eingerichtet sein würde. Dennoch nickte sie spontan. »Ja, warum nicht? Wenn ich schon mal hier bin …«

»Dann komm.« Er ging auf die große Eingangstür aus hellem Eichenholz zu, in die ein großes, längliches Sichtfenster eingebaut war, durch das man einen kleinen Ausschnitt vom Eingangsbereich erkennen konnte. »Bitte sehr.« Er schloss die Tür auf und trat beiseite, um ihr den Vortritt zu lassen.

Die große, freundliche Diele, die sie betrat, führte rechter Hand in eine helle Landhausküche mit großem Tisch und gemütlicher Eckbank. Geradeaus ging es in den Wohnbereich, der wiederum über einen Durchgang mit der Küche verbunden war. Tatsächlich waren die Räume, anders als noch vor Jahrhunderten, hoch und weitläufig, ganz dem modernen Wohnstil angepasst, den auch Larissa bevorzugte. Zwar mochte sie es, in uralten Häusern zu stöbern und sich vorzustellen, wie die Menschen damals wohl dort gelebt hatten, aber selbst liebte sie es, viel Luft, Licht und Platz zu haben. Im Esszimmer gab es einen rechteckigen Tisch aus dunklem Kirschholz mit acht hochlehnigen Stühlen; im Wohnzimmer wechselten sich dunkle Dielen, Schränke und Regale im Kolonialstil mit cremefarbenen Ledermöbeln ab. Wunderschön und … So gar nicht männlich! Zumindest nicht ihrer Erfahrung nach. Felix hätte eine solche Einrichtung wohl als »Mädchenwohnheim« verspottet. Andererseits: Was wusste er schon? Es gab hier sehr klare Linien, kaum Schnörkel, keine Vorhänge und nur zwei dunkelgraue Sofakissen. Also vielleicht doch männlich. Larissa lächelte in sich hinein. Womöglich hatte sie tatsächlich keine Ahnung, was wirklich in der Welt vor sich ging, auch wenn Felix mit diesem Vorwurf etwas ganz anderes gemeint hatte.

Was ihren Blick magnetisch anzog, war die Fensterfront mit der großen Terrassentür, die sie schon von draußen entdeckt hatte. Neugierig trat sie darauf zu und warf einen Blick hinaus in den diesig-grauen Vormittag. Der Ausblick auf den verwilderten Garten war herrlich; man konnte sogar auf einem der Hügel hinter der Gartenmauer die Burg Rodderbach sehen, die, ähnlich wie das Kloster, größtenteils erhalten war. Larissa hatte sich fest vorgenommen, die Burg in nächster Zeit einmal zu besuchen. Sie musste nur noch mit Jessica einen Termin ausmachen.

Still nahm Larissa die Aussicht in sich auf und bemerkte dabei kaum, dass Holger dicht hinter sie getreten war. Erst als er sie ansprach, wurde sie sich seiner unmittelbaren Nähe bewusst.

»Meine Vorfahren hatten ein gutes Händchen bei der Auswahl des Bauplatzes, nicht wahr?« Bildete sie sich das nur ein oder klang seine Stimme tiefer als normal? Der leicht raue Tonfall führte dazu, dass sich ihre Nackenhärchen aufstellten und sich ihr Puls eine Spur beschleunigte. »Manchmal stehe ich einfach nur hier und blicke zur Burg hinauf, genau wie du jetzt«, sprach er weiter. »Ich nehme an, die Position des neuen Zehnthofs war genau durchdacht. Zwar gab es ursprünglich diese große Fensterfront nicht, aber trotzdem Fenster, die in diese Richtung zeigten. Hier, wo wir gerade stehen, befand sich die Amtsstube des Schultheißen. Dass man von hier aus direkten Blick auf die Behausung der Grafen von Rodderbach hatte, war ganz sicher ein strategischer Schachzug, um Besuchern die Verbundenheit des Stadtrichters mit dem regierenden Grafengeschlecht zu verdeutlichen.«

»Das klingt, als ob du dich doch ziemlich eingehend mit der Geschichte deiner Vorfahren befasst hättest.«

Holger trat nun neben sie, dabei streifte er leicht mit dem Ellenbogen ihren Arm. »Wie man's nimmt. Im Grunde ist es einfach nur sehr offensichtlich, was der gute Ägidius hier vorhatte. Allzu lange war diese Verbundenheit zwischen Burg und neuem Zehnthof allerdings nicht von Bedeutung. Schon zwei Generationen später verließen die letzten Grafen von Rodderbach die Burg. Es heißt, sie hätten sich aus finanziellen Gründen mit dem reichen Bürgertum im Ort und in der Umgebung verbandelt und irgendwann ihren adeligen Status aufgegeben. Seitdem steht die Burg leer. Es ist nur der außerordentlich soliden Bausubstanz zu verdanken, dass sie nach wie vor in so gutem Zustand ist. Möglicherweise haben auch in den darauf folgenden Jahrhunderten immer wieder Menschen dort oben nach dem Rechten gesehen. Vielleicht wollte man einfach nicht, dass die Burg zu einem Schandfleck wird, denn immerhin gerieten die Gärten und Ländereien, die einst den Grafen von Rodderbach gehörten, nach und nach in städtische Hand.« Er schmunzelte. »Ja, du hast recht, ich merke gerade selbst, dass ich deutlich mehr über die Geschichte der Burg und des Ortes weiß, als ich dachte. Wahrscheinlich habe ich einmal zu oft Jessies Vorträgen gelauscht und dabei ist mehr hängen geblieben, als ich für möglich gehalten hätte.« Nun wandte er sich ihr ganz zu. »Insofern stehe ich dir also durchaus gerne zu Diensten, wenn du weitere Fragen haben solltest. Möglicherweise kann ich sie tatsächlich beantworten.«

Larissa fiel es schwer, sich von dem Ausblick loszureißen. Außerdem fürchtete sie, dass es besser wäre, sofort Abstand zwischen sich und Holger zu bringen, denn noch immer stand er so nahe neben ihr, dass ihre Arme sich berührten. Das war nicht gut. Ihr Blutdruck verhielt sich bei dieser leichten Tuchfühlung alles andere als gesittet, und das machte sie fürchterlich nervös.

War sie denn von allen guten Geistern verlassen? Sie hatte nicht einmal ihre Scheidung verkraftet, da war es Irrsinn, gleich beim erstbesten gut aussehenden Kerl, der ihr über den Weg lief, so zu reagieren. Sie war verwirrt und unsicher, und das hatte eine Menge damit zu tun, dass Felix ihr das Selbstvertrauen geraubt und sie darüber hinaus so gut wie keine Erfahrungen mit anderen Männern gesammelt hatte. Immerhin war sie schon seit ihrer Schulzeit mit ihm zusammen gewesen – nur mit ihm. So gesehen konnte sie sich nicht einmal selbst trauen, weil sie keine Ahnung hatte, wie sie mit ihrer Reaktion auf Holger umgehen sollte. Deshalb war es höchste Zeit, ihn auf Abstand zu halten. Wenn bloß dieses unselige Kribbeln und Ziehen in ihrer Magengrube nicht so etwas Aufregendes an sich gehabt hätte, etwas, das sie, wenn sie es recht überlegte, noch niemals zuvor empfunden hatte.

Sie würde gerne mutig sein und es genießen, die Aufmerksamkeit eines Mannes erregt zu haben. Doch nicht ausgerechnet dieser Mann! Nicht schon wieder … Nicht jemand, der sie nicht verstehen würde, dessen Lebenswelt und Erfahrungshorizont sich so sehr von den ihren unterschieden. Sie würde nicht zweimal hintereinander den gleichen Fehler begehen.

Ihr langes Schweigen schien Holger alarmiert zu haben, denn er musterte sie besorgt. »Ist alles in Ordnung? Du bist plötzlich so still.«

Sie schluckte, wich seinem Blick aus. »Nein, es ist alles okay. Ich dachte nur gerade …« Sie winkte ab. »Vielleicht ist es besser, wenn ich deine Zeit nicht mehr länger beanspruche. Es war sehr nett von dir, mir das Anwesen zu zeigen. Wie gesagt, es ist zu jung, um eine Rolle in meinem Roman zu spielen, aber es hat mir sehr gut gefallen. Äh, es gefällt mir sehr gut«, korrigierte sie sich. »Wenn ich so wohnen könnte, würde ich wahrscheinlich mein Zuhause nie wieder verlassen«, versuchte sie es mit einem Scherz.

Holger lächelte tatsächlich leicht, wechselte jedoch das Thema. »Es regnet wieder stärker. Möchtest du deine Tour durch den Ort noch fortsetzen oder soll ich dich zum Lächenhof bringen?«

Automatisch warf sie erneut einen Blick durch die Terrassentür und erkannte, dass er recht hatte. Der Regen fiel nun wieder in dichten Fäden vom Himmel. »Vielleicht setzen wir die Tour ein andermal fort«, schlug sie vor, obwohl sie nicht vorhatte, dies tatsächlich zu tun. Zumindest nicht mit ihm gemeinsam in einem engen Auto. »Bei diesem

Wetter ist es nicht so sinnvoll, weil man alles nur vom Wagen aus ansehen kann.«

»Dann also zum Lärchenhof.« Holger trat einen Schritt beiseite und bedeutete ihr mit einer Geste, vorauszugehen. »Wenn du noch einen Augenblick warten kannst, ziehe ich mich rasch um, dann kann ich gleich dortbleiben und weiter an dem alten Trecker schrauben.«

»Klar.« Sie nickte hastig. »Ich warte selbstverständlich gern.«

»Wenn du Durst haben solltest«, er deutete in Richtung Küche, »im Kühlschrank stehen kalte Getränke. Und ansonsten …« Er grinste schief. »Gegenüber der Küchentür gleich neben der Kellertreppe befindet sich das Gästebad.« Damit ließ er sie stehen und verschwand die breite geschwungenen Holztreppe hinauf ins Obergeschoss.

Zögernd blickte Larissa zwischen Küche und Diele hin und her und eilte schließlich hinüber in das überraschend geräumige Gästebad. Gerade als sie es wieder verließ, erschien auch Holger wieder in der Diele. Nun trug er statt der Kleidung des Musikvereins ein langarmiges anthrazitfarbenes Shirt und eine graue Latzhose aus strapazierfähigem Stoff sowie robuste Arbeitsschuhe. Obgleich der Kontrast zwischen den beiden Outfits enorm war, büßte er durch die Arbeitskluft nicht ein Fünkchen seiner Attraktivität und Ausstrahlung ein. Womöglich wirkte er nun sogar noch anziehender. Zumindest ihr Puls schien dieser Ansicht zu sein, stellte sie innerlich seufzend fest. Seit wann stand sie denn auf muskulöse Kerle in Arbeitsmontur? Andererseits … Hatte sie jemals die Gelegenheit gehabt herauszufinden, worauf sie stand? Sie wusste nur eines ganz sicher: Es durfte niemand sein, der ihr nicht voll und ganz entsprach. Bei Holger Mahler was sie sich einigermaßen sicher, dass er nicht in diese Kategorie fiel, denn dazu entstammten sie viel zu unterschiedlichen Welten.

»Wollen wir?« Er hielt ihr die Haustür auf und gleich darauf erneut die Beifahrertür seines Wagens. An diese galante Geste musste sie sich wirklich erst gewöhnen. Irgendwie machte es sie nervös, denn durch seine Zuvorkommenheit hatte sie ständig das Gefühl, im Zentrum seiner Aufmerksamkeit zu stehen. So etwas war sie einfach nicht gewohnt und es brachte sie in Verlegenheit. Deshalb war sie froh, dass er sie nun ohne weitere Umwege zum Hof seiner Eltern brachte. Er parkte seinen Wagen gleich neben ihrem an der Treppe, die zum Hauseingang hinaufführte.

Noch ehe sie die Beifahrertür öffnen konnte, hielt er sie zurück, indem er ihr seine Hand auf den Arm legte. »Einen Augenblick.« Er lächelte ihr zu, stieg eilig aus, umrundete den Wagen und öffnete ihr die Autotür von außen. Zu allem Überfluss reichte er ihr auch noch die Hand, um ihr beim Aussteigen behilflich zu sein. Das war eindeutig zu viel des Guten! Sie wusste vor Verlegenheit nicht mehr, wohin sie blicken sollte.

»Larissa.« Die Art, wie er in diesem dunklen, leicht rauen Tonfall ihren Namen aussprach, brachte sie dazu, den Kopf zu heben und ihm ins Gesicht zu sehen. Unwillkürlich stockte ihr der Atem, denn der Ausdruck in seinen Augen wirkte zwar heiter, jedoch eindeutig viel zu intensiv und … interessiert! Sie mochte vielleicht nicht viel Erfahrung haben, was Männer anging, aber dieser Blick war so eindeutig, dass sie ihn unter keinen Umständen hätte missverstehen können. »Du kommst aus Hannover, nicht wahr?«

Irritiert runzelte sie die Stirn, dann nickte sie schweigend.

Er verzog missbilligend die Lippen. »Was für armselige Vertreter meines Geschlechts laufen dort eigentlich herum? Oder lernt man dort nicht, wie man eine Frau zu behandeln hat? Erst recht eine so großartige wie dich.« Während er sprach, hielt er immer noch ihre Hand, ließ sie jedoch nun los und trat einen Schritt zur Seite. »Also, bis dann, man sieht sich. Viel Spaß und gutes Gelingen bei deiner weiteren Recherche und allem, was du sonst vorhast.« Er nickte ihr noch einmal zu, dann warf er die Beifahrertür ins Schloss und entfernte sich mit federnden Schritten in Richtung der großen Werkstatthalle.

Obwohl es immer noch regnete, folgte sie ihm mit Blicken, bis sich die Tür neben dem Rolltor hinter ihm schloss und im Inneren der Halle das Licht aufflammte. Als er sich umdrehte und durch die große Glasscheibe in der Tür in ihre Richtung blickte, machte sie rasch kehrt und beeilte sich, ins Haus zu kommen. Sie war froh, auf dem Weg ins Obergeschoss niemandem zu begegnen. Hastig schloss sie die Tür zu ihrer Ferienwohnung auf, drückte sie hinter sich wieder ins Schloss und lehnte sich schwer atmend dagegen.

Kapitel 6

Der Sonntag begann, wie von den Wetterfröschen angekündigt, mit blauem Himmel und Sonnenschein. Larissa erwachte voller Tatendrang, wenngleich nach wie vor mit diesem kribbeligen Gefühl tief in ihrem Inneren. Tatsächlich hatte es sie am Abend zuvor lange nicht einschlafen lassen. Doch nun, angesichts des wunderbaren Wetters, empfand sie es als nicht mehr ganz so beängstigend, sondern vielmehr belebend. Während sie sich rasch eine Scheibe Brot mit Butter und Marmelade bestrich, kam sie zu dem Schluss, dass sich dieses unterschwellige Ziehen und Prickeln sogar überaus angenehm auf ihre Stimmung auswirkte. Vielleicht war gar nichts dabei, es zu genießen. Immerhin war sie den größten Teil ihres bisherigen Erwachsenendaseins verheiratet und auch davor schon jahrelang einzig und allein mit ein und demselben Mann zusammen gewesen. Sie hatte geradezu grotesk wenig Erfahrung mit solchen Gefühlen, nämlich überhaupt keine. Sie konnte sich nicht einmal erinnern, ob sie ganz zu Beginn etwas Vergleichbares für Felix empfunden hatte. Sie war damals noch sehr jung gewesen, ebenso wie er, und bestimmt war sie auch in ihn verliebt gewesen, andernfalls wäre sie wohl kaum so lange mit ihm zusammengeblieben. Ja, sie hatte ihn geliebt, jedoch auf eine sehr naive, unbedarfte Weise, die ihr dann später zum Verhängnis geworden war, weil sie nicht einkalkuliert hatte, dass sie sich für einen Mann entschieden hatte, der einfach nicht zu ihr passte.

Selbstverständlich hegte sie weder den Wunsch noch das Ansinnen, auf diese ihr völlig neuen Gefühle in irgendeiner Form Taten folgen zu lassen. Doch was schadete es schon, sie, ohne dass es jemand bemerkte, für sich selbst zu genießen und damit ihr Wohlbefinden und ihre Lebensfreude zu steigern? Das Gefühl, beachtet, vielleicht sogar begehrenswert zu sein, war schön und überaus motivierend. Es hob ihre Laune auf ein völlig neues Level, auch wenn sie eigentlich gar nicht auf diese Weise beachtet oder gar begehrt werden wollte – zumindest jetzt noch nicht und ganz sicher nicht von einem Mann, mit dem eine gemeinsame Zukunft von vornherein ausgeschlossen war.

Sie war auch nicht bereit, ganz einfach um des Abenteuers willen, ein solches in Betracht zu ziehen. Sie war nun mal nicht der Typ für unverbindliche Affären – um das zu wissen, brauchte sie diese Erfahrung gar nicht erst zu machen –, darüber hinaus hätte sie auch gar nicht gewusst, wie sie so etwas angehen sollte, um hinterher mit heiler Haut wieder herauszukommen.

Während sie ihr Marmeladenbrot mit Genuss aß, kam sie endgültig mit sich überein, dass sie diese neu entdeckten belebenden Empfindungen rein für sich selbst zulassen würde, insbesondere dann, wenn niemand hinsah. Möglicherweise würde ihr Selbstbewusstsein, das immer noch deutlich unterentwickelt war, zumindest wenn es um ihr Privatleben ging, daran wachsen.

Nachdem sie diesen Entschluss gefasst hatte, ging sie nahtlos dazu über, den vor ihr liegenden Tag zu planen. Das schöne Wetter reizte sie natürlich dazu, viel Zeit an der frischen Luft zu verbringen. So warf sie sich nach ihrem kurzen Frühstück die leuchtend rote Frühlingsjacke über, die sie sich vor einer Weile gekauft, jedoch bisher noch nie getragen hatte, steckte nur Handy und Schlüsselbund ein und machte sich auf den Weg – diesmal nicht in den Ort, sondern in die entgegengesetzte Richtung.

Sie hatte lange geschlafen, nachdem sie am Vorabend endlich zur Ruhe gekommen war, deshalb vernahm sie heute nicht die ihr mittlerweile vertrauten Geräusche aus dem Stall. Thorben, seine Eltern und die Aushilfen waren offensichtlich schon mit der Stallarbeit fertig und saßen vermutlich gemeinsam beim Frühstück. Larissa hatte beim Hinausgehen absichtlich nicht darauf geachtet, ob aus der großen Wohnküche der Mahlers Stimmen und Geräusche drangen. Andernfalls hätte sie sich vielleicht genötigt gefühlt, der Familie einen guten Morgen zu wünschen. Und wie sie Erika inzwischen kannte, hätte diese sie mit Nachdruck dazu aufgefordert, sich dem Familienfrühstück anzuschließen. Doch Larissa wollte heute lieber mit sich allein sein.

Zunächst ging sie auf der schmalen asphaltierten Straße, die aus dem Ort hinausführte und nach ungefähr drei Kilometern auf das nächste Dorf stoßen würde, bog dann aber in einen ebenfalls asphaltierten Wirtschaftsweg ab, der zwischen einem Getreidefeld und einer Kuhweide hindurch in Richtung des nur ungefähr dreihundert Meter entfernten Waldes verlief. Die Kühe oder vielmehr Rinder, denn es schienen allesamt noch sehr junge Tiere zu sein, folgten ihr zunächst nur mit Blicken. Als sie ihrerseits Blickkontakt mit ihnen aufnahm, wurden die Tiere neugierig und rannten gesammelt erst im Trab, dann sogar im Galopp auf sie zu. Larissa erschrak. Ihr erster Impuls war wegzulaufen, doch ihr war klar, dass das bei dieser vielköpfigen Herde nichts bringen würde. Also zwang sie sich, stehen zu bleiben, und prompt stoppten auch die Rinder dicht vor dem Elektrozaun, vor dem Erika sie bereits gewarnt hatte. Anscheinend wussten die Tiere genau, dass diese dünne weiße Schnur, die zwischen Kunststoffstäben gespannt war, bei Berührung unangenehme Schmerzen verursachte. Das hinderte sie jedoch nicht daran, ihre Hälse neugierig, aber durchaus freundlich, in Larissas Richtung zu strecken, zu schnüffeln und zu schnauben. Ein paar vorwitzige Tiere drängten sich vor und andere beiseite. Es kam zu einem Gerangel, das Larissa zum Lachen reizte.

»Hey, nicht so wild«, sprach sie die Tiere an, woraufhin diese überrascht ruhiger wurden, die Ohren aufstellten und sie aufmerksam musterten. Ermutigt redete sie weiter: »Glaubt ihr etwa, ich hätte irgendeine Leckerei für euch? Da muss ich euch leider enttäuschen.« Wie zum Beweis hob sie beide Hände. »Ich gehe nur hier spazieren. Ihr könnt also ruhig wieder auf die Weide zurückkehren und … Gras frühstücken.«

Zur Antwort erhielt sie nur ein vielstimmiges Schnauben und Scharren sowie ein helles, protestierendes *Muh!* von irgendwo aus den hinteren Reihen.

Wieder lachte sie und versuchte, sich ihre andauernde Unsicherheit hinsichtlich dieser großen Rinderherde nicht anmerken zu lassen. Es waren mindestens fünfundzwanzig Tiere, allesamt hellbraun. Einige von ihnen wirkten kräftiger als die anderen, doch ansonsten hatte sie auf den ersten Blick Schwierigkeiten, die einzelnen Tiere voneinander zu unterscheiden.

Wahrscheinlich ging es den Mahlers nicht anders, denn dies waren ja nicht die einzigen Tiere, die sie besaßen. Sie konnten sie vermutlich auch nur anhand der Ohrmarken zuverlässig unterscheiden. Andererseits stellte sie nach einigen Minuten fest, in denen sie die Herde beobachtete, dass es durchaus sichtbare Unterschiede zwischen den einzelnen Tieren gab. Das eine hatte weit auseinanderstehende Augen, das nächste schien ganz besonders frech in die Welt zu blicken und wieder ein anderes besaß eine lustige Stirnlocke, die Larissa unwillkürlich an Elvis Presley denken ließ. Insgeheim taufte sie dieses Rind Miss Elvis und musste sogleich über sich selbst lachen. Erst nach einer Weile kam ihr der Gedanke, dass sie Fotos machen könnte, die sie für ihren Blog verwenden könnte. Also zückte sie ihr Smartphone und knipste drauflos.

Als sie schließlich weiterging, folgten ihr ein paar besonders anhängliche Tiere noch bis zum Ende der Weide, während die anderen sich wieder dorthin zurückbegaben, wo sie zuvor gefressen hatten. In der Ferne, auf einem parallel verlaufenden Feldweg, spazierte ein älterer Herr mit einem Hund an seiner Seite. Sie war sich sicher, ihn nie zuvor gesehen zu haben. Dennoch hob er, als er sie entdeckte, die Hand und winkte. Leicht verunsichert, jedoch über diese freundliche Geste erfreut, winkte sie zaghaft zurück.

Sie brauchte nicht lange, um die Strecke bis zum Waldrand zurückzulegen. Von hier aus gab es mehrere Möglichkeiten, den Weg fortzusetzen. Die asphaltierte Straße hörte allerdings auf, und da die schmaleren Wege alle noch vom gestrigen Regen schlammig und aufgeweicht aussahen, entschied sie sich für den breiteren geschotterten Weg, der geradeaus in den Wald hineinführte. Schon von Weitem hatte sie gesehen, dass es linker Hand einen großen Fichtenwald gab, in dem allerdings große Lücken klafften. Die Trockenheit der vergangenen Sommer und der Befall durch Borkenkäfer waren ein großes Problem. Bei ihren Recherchen über die Eifel und speziell den Ort Rodderbach hatte sie Informationen darüber im Internet gefunden.

Der Weg, den sie eingeschlagen hatte, führte dagegen hauptsächlich durch mal lichten, mal dichten Laubwald. Mit Bäumen kannte sie sich nicht allzu gut aus, erkannte jedoch Eichen und Buchen sowie Birken und vereinzelte Kastanien. Es gab noch andere Bäume und sie schoss Fotos von denen, die sie nicht zuordnen konnte, um später im Internet nachzuschlagen, um welche Arten es sich handelte. Überhaupt konnte sie sich kaum bremsen, immer wieder Fotos von allem zu machen, was sie erblickte und entdeckte. Ein seltsam geformter Ast, ein bemooster Stein, Maiglöckchen, die einen dichten Teppich am Wegesrand bildeten, Wassertropfen auf einem Blatt am Boden, ein orangefarbener Schmetterling, ein Monarch, wenn sie sich nicht täuschte, der mitten auf einer späten Löwenzahnblüte saß und nicht einmal davonflatterte, als sie sich hinhockte, um ihn ganz aus der Nähe abzulichten. Er breitete sogar anmutig seine Flügel weit aus, sodass sie ihn andächtig bewundern konnte. An der Spitze des rechten Flügels entdeckte sie ein kleines fehlendes Stück, offenbar eine Verletzung, die den Schmetterling aber nicht zu behindern schien, ihn jedoch auf anrührende Art und Weise einzigartig machte. Nachdem Larissa ihn von allen Seiten fotografiert hatte, erhob sie sich wieder und ging weiter. Sie war offensichtlich vollkommen allein in diesem Abschnitt des Waldes, und als Stadtkind hätte sie sich eigentlich gruseln müssen. Doch die Sonne schickte ihre Strahlen zwischen den Ästen und Blättern der Bäume hindurch bis zum Waldboden, malte bunte Flecken und Muster auf Moos und Unterholz und ließ ihre Umgebung einladend und freundlich wirken.

Das vielstimmige Zwitschern der Vögel, das bereits durch ihr gekipptes Fenster gedrungen war und sie geweckt hatte, nahm sie hier im Wald noch viel lauter und intensiver wahr. Es hatte etwas Berührendes, Beruhigendes, Fröhliches an sich. Als sie an einem glucksenden Bach vorbeikam, machte sie nicht nur Fotos, sondern nahm auch ein Video auf, um die wunderbare Geräuschkulisse für die Ewigkeit festzuhalten.

Wieder rührte sich ihre Magengrube, wieder verspürte sie dieses Ziehen, dieses Kribbeln. Natürlich musste sie dabei automatisch an Holger denken, ermahnte sich jedoch energisch, sich auf das Hier und Jetzt zu konzentrieren. Tief sog sie die laue Luft des Frühlingsmorgens in ihre Lungen, freute sich an den würzigen, erdigen Gerüchen, die sie einhüllten: frisches, junges Laub, braune Blätter vom Vorjahr, die langsam am Waldboden verrotteten, aufgebrochene Erde und die Feuchtigkeit, die der gestrige Regen zurückgelassen hatte. Selbstverständlich war sie auch früher schon in Wäldern spazieren gegangen, aber so intensiv wie heute hatten ihre Sinne die Umgebung, die Schönheit der Natur, die vielen kleinen Details noch nie wahrgenommen.

Möglicherweise lag es daran, dass sie allein war und sich deshalb ganz und gar auf sich selbst und auf all das konzentrieren konnte, was sie umgab. Dies war ihr Spaziergang, ihre Entdeckungsreise. Niemand war da, der ihr sagen konnte, worauf sie besonders zu achten oder was sie schön, interessant oder spannend zu finden hatte. Hier und heute bestimmte sie für sich ganz allein, was schön war, was ihr Herz berührte und auch, was sie fotografieren wollte!

Der riesige Ameisenhaufen, auf dem es wild und wirr wuselte, fand seinen Weg ebenso auf ihre Speicherkarte wie der seltsam geformte Stein, der von irgendwoher mitten auf den Weg gerollt war. Ebenso der Blick durch die Äste und Blätter einer Eiche hinauf zum frühlingsblauen Himmel, an dem nur eine einzelne kleine, plüschig-weiße Wolke entlangzog.

Das leise Rascheln des kaum wahrnehmbaren Windes im Blattwerk der Bäume ließ sie innehalten, stehen bleiben, für einen Moment still lauschend die Augen schließen. Irgendwo in der Ferne vernahm sie kurz das Brummen eines Automotors, das jedoch rasch wieder verklang.

Sie schrak zusammen und fuhr herum, als hinter ihr unvermittelt der Motor eines kleinen Traktors laut wurde. Rasch begab sie sich an den Wegesrand, als das rote Gefährt auf sie zutuckerte. Erst als der Trecker direkt neben ihr anhielt, erkannte sie auf dessen offenem Sitz den Fahrer.

»Morgen, Larissa!«, rief Franz-Josef ihr fröhlich über das Knattern des Motors hinweg zu und winkte eifrig. »Gehst du spazieren?« Ehe sie auch nur nicken konnte, redete er bereits eifrig weiter: »Ich bin los, um nach dem neuen Holz zu gucken. Andrea, das ist unsere Försterin, hat uns nämlich zwei neue große Polder verkauft, das sind so große Stapel, weißt du, aber Martin hat gesagt, er weiß nicht ganz genau, wo die sein sollen. Manchmal macht Andrea nämlich so ganz blöde Angaben, hat er gesagt. Und da habe ich gesagt, dass ich nach dem Frühstück gleich mal losfahre und gucke, ob ich die Polder finde.« Leutselig lächelte er sie an. »Willst du mitfahren? Du kannst dich hinten am Zugmaul auf das Quergestänge stellen oder hier an der Seite hinsetzen.« Er deutete auf einen schmalen Sitz neben sich, auf dem bestenfalls ein kleines Kind Platz gefunden hätte.

»Guten Morgen, Franz-Josef.« Freundlich erwiderte Larissa sein Lächeln. »Das ist ein nettes Angebot, aber ich glaube, ich gehe lieber weiter zu Fuß.« Als sie seine enttäuschte Miene bemerkte, setzte sie rasch hinzu: »Ein andermal vielleicht. Weißt du, ich bin nämlich beruflich unterwegs. Ich recherchierte hier gerade für mein Buch, und das kann ich besser, wenn ich zu Fuß gehe. Da sehe ich viel mehr und kann auch besser Fotos machen.«

Sogleich hellte sich seine Miene wieder auf. »Was recherchierst du denn hier im Wald? Schreibst du auch Geschichten über die Bäume?«

Larissa lachte. »Na ja, wer weiß? Vielleicht fällt mir ja ein Waldmärchen ein, so ganz nebenbei. Aber eigentlich suche ich den historischen Wanderweg, der hier irgendwo durch den Wald verläuft und der im Mittelalter eine Handelsstraße war. Soweit ich weiß, führt er bis hinauf zur Burg.«

»Der historische Wanderweg fängt da vorne an.« Franz-Josef deutete nach Norden, wo sich in einiger Entfernung eine Weggabelung befand. »Da steht auch ein Hinweisschild und daneben ist eine Tafel, auf der jede Menge Sachen über die Geschichte stehen. Der Weg geht bis rauf zur Burg, aber das ist von hier aus ganz schön weit. Unten vom Ort aus kommst du da schneller hin. Ist auch an manchen Stellen ziemlich steil, da kommt man ganz schön aus der Puste. Ich fahre da lieber mit dem Trecker rauf.« Grinsend klopfte er mit der Hand auf das Lenkrad. »Willst du da wirklich hochlaufen?«

Larissa nickte. »Aber sicher doch. Die Bewegung tut mir bestimmt gut, denn wenn ich arbeite, sitze ich ja die meiste Zeit am Computer und bewege mich kaum. Das ist nicht besonders gut für meinen Rücken, und für meine Figur auch nicht.«

»Quatsch!« Franz-Josef sah sie mit einer Mischung aus Wohlwollen und leichter Empörung an. »Du hast doch eine tolle Figur! Da müssen sich andere erst mal eine Scheibe von abschneiden.«

»Danke für das Kompliment.« Larissa lächelte ihm zu. »Jetzt muss ich aber wirklich weiter, damit ich heute noch alles zu sehen bekomme, was ich mir vorgenommen habe.«

»Ich muss auch los.« Franz-Josef nickte verständnisvoll. »Wenn ich zu lange unterwegs bin, macht die Mutter sich Sorgen, und dann schickt sie Martin hinter mir her, damit er guckt, wo ich bin und dass mir auch nichts passiert ist. Das will ich aber nicht, weil Martin so schon genug zu tun hat. Und heute ist Sonntag, da soll er sich mal ausruhen. Zum Glück fährt heute niemand Silo oder so, sonst müsste er nämlich arbeiten, weil ja jemand immer auf Abruf sein muss, wenn einer noch eine Maschine braucht. Also, bis dann, Larissa. Mach's gut!« Er lachte. »Immer wenn ich das zu Martin sage, antwortet er *Mach's besser*. So, als ob ich irgendetwas besser könnte als er.« Er hob noch einmal zum Gruß die Hand und ließ den Trecker wieder anrollen.

Larissa konnte ihm gerade noch einen Abschiedsgruß hinterherrufen. Sie sah ihm nach, bis er an der Weggabelung auf dem linken Weg verschwand, erst dann ging sie weiter und wählte, den Angaben auf dem Wegweiser folgend, den Weg nach rechts auf die historische Straße von Rodderbach.

Der Wanderweg führte zunächst noch eine Weile durch den Wald, immer bergauf, dann lichtete sich der Baumbestand, und sie wanderte weiter zwischen Pferdeweiden, Wiesen und Feldern hindurch über einen Bergrücken. Danach ging der Weg ein kurzes Stück bergab, bald darauf schon wieder aufwärts. Immer abwechselnd verlief er durch den Wald und wieder an Wiesen vorbei, auf denen das Gras dicht und in saftigem Grün wuchs und ihr beinahe bis zur Wade reichte. Einmal sah sie weit vor sich einen Fuchs über den Weg schnüren, doch als er sie bemerkte, war er so schnell weg, dass sie ihn nicht fotografieren konnte.

Wenig später entdeckte sie auf einer Wiese in der Nähe des Waldrandes zwei Rehe, die sich an dem satten Grün gütlich taten. Diesmal hatte sie mehr Glück. Wohlweislich bewegte sie sich nur ganz langsam und vorsichtig, als sie ihr Smartphone hob. So schaffte sie es, die beiden Tiere ebenfalls auf ihrer Speicherkarte zu verewigen. Womöglich hätte sie sich aber gar nicht so viel Mühe zu geben brauchen, die Tiere nicht zu erschrecken, denn als sie sich wieder in Bewegung setzte, hoben beide zwar die Köpfe und blickten in ihre Richtung, machten aber keine Anstalten wegzulaufen. Vielleicht wussten sie instinktiv, dass sie ihnen nichts tun würde. Als Larissa schon ein gutes Stück weitergegangen war, drehte sie sich noch einmal kurz zu den beiden um und stellte fest, dass sie wieder den Kopf zur Erde gesenkt hatten und ihr Frühstück in aller Gemütsruhe fortsetzten.

Sie war schon eine gute Stunde unterwegs und fragte sich gerade, ob sie wirklich noch auf dem richtigen Weg war, als sie vor sich eine weitere Weggabelung entdeckte und einen Wegweiser, dem sie entnahm, dass es links in ein Wacholderschutzgebiet ging, während der Weg nach rechts sie zur Burg Rodderbach führen würde. Dieser Pfad ging tatsächlich noch steiler bergauf, und nach einiger Zeit bereute sie es fast, ihn eingeschlagen zu haben. Wahrscheinlich würde sie morgen einen ordentlichen Muskelkater haben. Sie war solche weiten Wanderungen nicht gewohnt, und es war vermutlich unvernünftig gewesen, ohne jeglichen Proviant loszuziehen. Doch nun war sie schon einmal bis hierher gekommen, da war es wohl unsinnig, kehrtzumachen. Also machte sie sich nach einer kurzen Verschnaufpause daran, auch noch das letzte Steilstück zu bewältigen, und wurde kurz darauf mit einem atemberaubenden Blick auf die Burg belohnt, die sich allerdings noch einen Bergrücken weiter befand. Im ersten Impuls schoss sie unzählige Fotos von dem mittelalterlichen Bauwerk, das, soweit sie wusste, im dreizehnten Jahrhundert auf den Grundmauern einer noch viel älteren wehrhaften Anlage erbaut worden war. Eine annähernd ovale Burgmauer mit Wehrgang und drei Halbschalentürmen umgab einen großen Burghof mit dem Wohnhaus, auch Palas genannt, an den sich der Bergfried anschloss, der Burgturm, dessen Eingang auf Höhe des Wehrgangs lag und der die Halbschalentürme um ein gutes Stück überragte. Von dort oben hatte man bestimmt eine Wahnsinnsaussicht in alle Richtungen.

Den Bergfried zierte ein rundes Spitzdach mit einer Wetterfahne, doch es war genau zu erkennen, dass dieses Dach erst in späteren Jahrhunderten hinzugefügt worden war. Ursprünglich war das offene Obergeschoss nur von einer Mauer mit Zinnen umgeben gewesen, aus denen man später Fenster gemacht hatte. Auf der Rückseite des Bauwerks, hinter dem Palas, erstreckte sich Wald, auf den drei anderen Seiten war es von Wiesen und Feldern umgeben. Von ihrem Standort aus konnte Larissa die asphaltierte Straße erkennen, die von Rodderbach aus auf die Burg zuführte. Sie endete ein gutes Stück vor der Burg an einem Wall, der vermutlich einmal zur Vorburg gehört hatte und hinter der sich nun ein Wanderparkplatz befand. Von dort aus führte ein Weg aus Kopfsteinpflaster bis zum Burgtor hinauf. Möglicherweise – hoffentlich! – handelte es sich noch um das Original-Pflaster aus dem Mittelalter.

Nachdem Larissa all diese Details in sich aufgenommen hatte, blickte sie skeptisch hinüber zur Burg und dann auf den Weg, der von hier aus erst bergab und dann wieder steil bergauf führte. Ein paar Schritte weiter bemerkte sie eine breite, geschwungene hölzerne Ruhebank, auf der man sich mehr liegend als sitzend die Umgebung ansehen und den Ausblick auf die Burg genießen konnte. Spontan beschloss Larissa, dass ihr der Weg bis zur Burg von hier aus doch zu beschwerlich war, und ließ sich erleichtert aufseufzend auf der Bank nieder. Glücklicherweise hatte die Sonne das Holz bereits weitgehend getrocknet und sogar schon leicht erwärmt. Während ihrer Wanderung hatte sie längst ihre Jacke ausgezogen und sich um die Hüfte gebunden, da die Luft überraschend schnell frühsommerliche Temperaturen erreicht hatte.

Dankbar, ihren Füßen eine Auszeit zu gönnen, lehnte Larissa sich bequem auf der Bank zurück, machte, als sie sich an ihren Blog erinnerte, erst ein Selfie von sich auf der Bank und noch ein paar Fotos von ihrer direkten Umgebung. Nachdem sie das Smartphone in ihre Hosentasche zurückgeschoben hatte, vergaß sie für einen Moment ihre Recherchen, ihren Blog, all ihre Pläne. Friedliche Stille umgab sie, zu der sie auch das nicht nachlassende Gezwitscher der Vögel und das Rascheln der leichten Brise in den Blättern der Bäume und Büsche zählte. Sie genoss die Wärme der Sonnenstrahlen auf ihrem Körper und den kühlenden Schatten, den das Geäst einer Linde auf ihr Gesicht warf. Zumindest glaubte sie, dass es sich um eine Linde handelte. Ganz sicher war sie sich nicht, aber das würde sie später im Internet herausfinden. Zufrieden und nach langer Zeit endlich einmal wieder mit sich selbst im Reinen, ließ Larissa träge ihren Blick über die Landschaft wandern. Das leise Brummen eines Segelfliegers mischte sich angenehm in diese ihre ganz persönliche nicht lautlose Stille. Das Geräusch vermittelte ihr ein eigentümliches Gefühl von Zufriedenheit. Es war schön hier, so wunderschön, dass sie am liebsten gar nicht mehr fortwollte. Doch wohin sollte sie auch gehen? Niemand trieb sie an, irgendetwas ach so Sinnvolles zu tun oder sich sofort wieder dem sogenannten wahren Leben zu stellen. Sie konnte hier so lange sitzen bleiben, wie sie nur wollte, und nichts anderes tun, als den Vögeln und den Segelfliegern zu lauschen und ihren Gedanken nachzuhängen.

Das war ihr Begriff von Freiheit, der sie mit Wärme und Freude erfüllte. Ihr Beruf war, entgegen allem, was Felix immer behauptet hatte, überaus fordernd und anstrengend. Nicht so sehr körperlich, sondern seelisch und mental. Wenn Sie einen ganzen Tag lang alle anfallenden Arbeiten, die sich um ihr Autorinnendasein drehten, verrichtet und darüber hinaus noch ihr ambitioniertes Tagespensum geschrieben hatte, war sie innerlich wie körperlich müde und brauchte Erholung. Was ihre Arbeit, ihren Beruf, jedoch sicherlich von vielen anderen unterschied, war die tiefe Befriedigung, die sie nach solch einem anstrengenden und zugleich erfolgreichen Tag erfüllte, und das Wissen, mit der Geschichte, die sie gerade erzählte, viele Menschen zu erfreuen, sie von ihren Problemen und den Unwägbarkeiten ihres Lebens für kurze Zeit abzulenken, sie gedanklich und emotional in eine andere Welt, ein anderes Leben, eine andere Zeit zu entführen. Diese Befriedigung, dieses Wissen, etwas Bleibendes zu erschaffen, mit dem sie Menschen, denen sie noch nie begegnet war und vermutlich auch bis auf wenige Ausnahmen nie begegnen würde, verzaubern, bereichern und beglücken konnte, war es wert, alle Anstrengungen auf sich zu nehmen, die ihr Beruf mit sich brachte.

Abgesehen davon wusste sie, dass sie es nicht lange aushalten würde, nicht zu schreiben, sich keine neuen Geschichten auszudenken. Wenn man ihr das nehmen würde, was bliebe dann noch von ihr? Was sollte sie dann tun? Vermutlich würde sie verrückt werden oder dahinsiechen. Sie war mit Leib und Seele eine Geschichtenerzählerin, und das schon, seit sie denken konnte. Ihre Mutter war stets amüsiert gewesen, wenn Larissa als Kind zu einer Geschichte, die ihr vorgelesen wurde, einfach ein anderes

Ende hinzugedichtet hatte, wenn ihr das vorhandene nicht gefiel. Das hatte sie sogar schon im Kindergarten getan! Später hatte sie sogar alternative Schlussszenen in ihre Kinder- und Jugendbücher hineingeschrieben, wenn sie mit dem Ausgang einer Geschichte nicht voll und ganz zufrieden gewesen war, oder sie hatte einfach noch ein weiteres Kapitel oder einen Epilog eingefügt. Heute würde man dies vermutlich als Fan-Fiction bezeichnen, dachte sie bei sich. Damals war es ihr einfach nur ein Bedürfnis gewesen, ihrer Fantasie freien Lauf zu lassen und Ausdruck zu verleihen. Wie nahe hatte es da gelegen, dass sie nach den unzähligen Kurzgeschichten, die sie als Teenagerin verfasst hatte, irgendwann ihren ersten Roman in Angriff genommen hatte. Das war sogar noch während der Schulzeit gewesen und hatte möglicherweise mit dazu geführt, dass sie sich nur annähernd ausreichend auf die ungeliebten Nebenfächer ihrer Abiturprüfung vorbereitet hatte.

Sie fragte sich manchmal, ob sie eine bessere Endnote erhalten hätte, wenn sie sich nicht so sehr auf dieses erste Buch konzentriert hätte. Aber so schlecht war ihre Abiturnote ja nun wirklich nicht gewesen, und letztendlich hatte sie für den weiteren Verlauf ihrer Karriere keine Rolle gespielt. Für ihre Studienfächer hatte es keinerlei Beschränkungen hinsichtlich der Abiturnote gegeben, und selbst wenn das der Fall gewesen wäre, hätte sie ganz sicher damit leben können. Im Nachhinein betrachtet, war ihr Studium ebenso unerheblich gewesen wie ihre Abiturnote. Es hatte nichts an ihrem Berufswunsch geändert, noch war es ihm in irgendeiner Form besonders zuträglich gewesen, sah man einmal davon ab, dass sie die Erfahrung des Studiums an sich durchaus als positiv für sich verbuchte. Die eigenständige Art zu lernen und das Wissen darum, wie man zu einem bestimmten Thema recherchierte, das sie daraus gezogen hatte, waren ihr selbstverständlich überaus nützlich geworden. Auch die Kontakte und Freundschaften, die sie damals geschlossen hatte, waren, obgleich sie heute keinen Bestand mehr hatten, für sie wichtige Meilensteine in ihrer persönlichen Entwicklung gewesen.

Während sie über all diese Dinge nachdachte und die Gedanken sich zunehmend ineinander verwoben, fielen ihr unbemerkt die Augen zu.

* * *

Sie erwachte von einem Summen oder Brummen irgendwo in ihrer Nähe. Träge schlug sie die Augen auf, blinzelte ein paarmal, bis sie sich erinnerte, wo sie sich befand. Die Sonne stand inzwischen viel höher, und ein Blick auf ihre Armbanduhr brachte sie dazu, sich hastig aufzusetzen. Es war schon kurz nach Mittag! Sie hatte fast eine dreiviertel Stunde geschlafen.

Das Geräusch, das sie geweckt hatte, wurde immer lauter, und nun begriff sie auch, woher es stammte. Ein Quad kam den Weg heraufgefahren, der sie hierher geführt hatte. Die Fahrerin, etwa Anfang oder Mitte vierzig, trug einen rosafarbenen Jethelm, Jeans, annähernd kniehohe braune Lederstiefel und eine leuchtend blaue Flanellbluse sowie einen dunkelroten Rucksack auf dem Rücken. Sie steuerte auf Larissa zu und hielt nur wenige Meter vor der Bank an. Der Motor verstummte. »Einen wunderschönen guten

Tag!« Sie stieg behände von dem Fahrzeug ab, nahm den Helm ab, unter dem ihr schulterlanges blondes Haar zum Vorschein kam, und ging mit ausgestreckter Hand und herzlichem Lächeln auf Larissa zu. »Sie müssen die Schriftstellerin sein, nicht wahr? Larissa Weiß? Ja, auf jeden Fall sind Sie das. Ich habe zwar bisher nur Fotos von Ihnen im Internet gesehen und gestern das Video, aber glücklicherweise sehen Sie diesen Bildern überaus ähnlich.« Sie lachte herzlich. »Was man ja nicht von allen Zeitgenossen behaupten kann, die sich im Internet tummeln. Wenn man da so manch einen in der Realität sieht, fragt man sich unwillkürlich, wer der schlimmere Feind der Menschheit ist – die Zeit oder Photoshop.«

Unwillkürlich lachte Larissa auf und ergriff die Hand der Frau. »Ich hasse Fotos, die mit Photoshop verändert wurden. Da ist mir die Zeit als Veränderungsfaktor deutlich lieber. Allerdings bemühe ich mich, zumindest die Bilder auf meiner Website immer aktuell zu halten.«

»Sehr löblich.« Kurz und kräftig schüttelte die Frau ihre Hand. »Ich bin Hanne Mahler.«

»Die Bürgermeisterin von Rodderbach.« Larissa nickte ihr zu. »Freut mich, Sie kennenzulernen, Frau Mahler.«

»Und mich erst!« Schon während sie sprach, hob die Bürgermeisterin mahnend den Zeigefinger. »Aber bitte nennen Sie mich Hanne. Darf ich Larissa zu Ihnen sagen?«

»Selbstverständlich, gerne.« Larissa runzelte die Stirn, denn jetzt erst wurde sie sich dessen bewusst, was Hanne vorhin gesagt hatte. »Wovon sprachen Sie denn eben? Sie sagten, sie hätten mich gestern auf einem Video gesehen.«

»Ach, das.« Hanne lachte wieder. »Ich habe Sie gestern

zufällig auf dem Bildschirm der Überwachungskamera gesehen, die auf dem Marktparkplatz angebracht ist. Wissen Sie, ich hatte noch im Rathaus zu tun und war kurz bei der Parkplatz-Security. Die befindet sich nämlich ebenfalls im Rathausgebäude, müssen Sie wissen. Sie glauben ja nicht, wie angenehm überrascht ich war, als ich ausgerechnet Sie zufällig in diesem Moment auf dem Bildschirm entdeckt habe. Natürlich habe ich Sie sofort erkannt, denn wie gesagt, Sie sehen Ihren Fotos im Netz sehr ähnlich.«

»Und was genau hat Sie daran angenehm überrascht?«

Hanne neigte den Kopf leicht zur Seite, ein leises Lächeln auf den Lippen. »Nun ja, sagen wir mal so: Ich hatte nicht damit gerechnet, Sie Hand in Hand mit meinem Neffen zu sehen. Ich wusste ja nicht, dass sie und er ...« Sie machte eine wedelnde Handbewegung. »Sie wissen schon.«

Erschrocken schnappte Larissa nach Luft. »Nein! Also ...« Sie schüttelte energisch den Kopf. »Wir sind nicht ... Da ist nichts ... Er hat nur ...« Verflixt, warum stotterte sie denn jetzt? Sie riss sich zusammen. »Er hat mich nur an der Hand zu seinem Auto gezogen, weil es doch so geregnet hat. Das ist auch schon alles.«

»Wirklich?« Auf Hannes Gesicht zeichnete sich eine Spur Enttäuschung ab. »Wie schade. Das wäre eine wunderbare Geschichte für die Klatschspalte unseres Stadtblogs gewesen. Kennen Sie schon unseren Stadtblog? Falls nicht, müssen Sie sich ihn unbedingt einmal ansehen. Lange existiert er zwar noch nicht, denn ich habe ihn erst ins Leben gerufen, nachdem ich zur Bürgermeisterin gewählt wurde, aber ich finde, man kann schon gut erkennen, was mir mit diesem Projekt vorschwebt. Ich möchte die Bürgerinnen und Bürger von Rodderbach damit einander näherbringen, verstehen Sie? Außerdem möchte ich eine Möglichkeit schaffen, dass sich alle an unserer Website und dem Blog beteiligen können, wenn sie möchten. Das Ganze soll eine Ergänzung zu unserer Stadtzeitung sein und noch weit darüber hinausgehen. Ich habe auch schon angefangen, alle gewerblichen und privaten Websites und Blogs unserer Einwohnerinnen und Einwohner zu sammeln und nach Kategorien auf der Website zu verlinken. Vielleicht wird es sogar demnächst eine App geben, daran arbeitet gerade eine junge Softwarefirma aus dem Ort.«

»Das klingt wirklich spannend«, antwortete Larissa. »Ich habe mich bereits vor meiner Reise hierher auf der Website der Stadt umgesehen, aber in alle Bereiche habe ich mich noch nicht eingelesen.«

»Das müssen Sie bei Gelegenheit nachholen!« Hanne breitete leicht die Arme aus, ließ sie aber wieder sinken. »Ach, wie schade«, wiederholte sie unvermittelt. »Das wäre wirklich eine großartige Geschichte geworden. Holger und Sie … Das hätte mir gut gefallen, und den Leserinnen und Lesern des Blogs bestimmt auch. Ganz zu schweigen von Erika, die schon lange darauf wartet, dass der Junge endlich ein nettes Mädel findet, mit dem er länger als nur ein paar Tage oder Wochen Spaß hat.« Ihr theatralisches Seufzen ging erneut in ein Lachen über. »Aber so ist das nun einmal. Man kann sich viel wünschen, aber was davon in Erfüllung geht, bestimmt letztlich das Schicksal – oder das Universum.« Sie hob vage die Hände. »Oder der Herrgott und manchmal auch der reine Zufall. Nicht wahr?« Bevor Larissa darauf antworten konnte, sprach Hanne bereits weiter und wechselte dabei elegant das Thema: »Wo ich Sie gerade so schön bei der Hand habe, möchte ich Sie gerne etwas fragen. Wären Sie vielleicht bereit, demnächst in unserer Stadthalle eine Lesung abzuhalten? Ich habe das schon mit unserer Stadtbibliothek, dem Stadtarchiv und unserer Buchhandlung besprochen, und alle sind bereit, die Veranstaltung tatkräftig zu unterstützen. Selbstverständlich würden wir Ihnen auch Ihr übliches Honorar bezahlen. Natürlich muss die Lesung nicht jetzt sofort sein, aber es wäre schön, wenn wir innerhalb der drei Monate, die Sie in Rodderbach verbringen, einen Termin finden würden.«

Larissa nickte spontan. »Sehr gerne. Ich könnte aus meinem aktuellen Roman vorlesen und auch schon einen kleinen Ausblick auf das Buch anfügen, an dem ich gerade arbeite. Momentan gibt es dazu noch nicht allzu viel zu erzählen, weil ich erst in der Planungsphase bin, aber über die Recherche kann ich ja auch etwas berichten. Was den Termin angeht, da bin ich flexibel. Ein paar Tage Vorbereitungszeit benötige ich schon, aber da es sich ja um eine Lesung direkt an meinem derzeitigen Wohnort handelt, gestaltet sich alles recht einfach. Ich habe keine An- und Abreise und in den Sommermonaten meistens auch keine anderen Lesungstermine. Erst ab Anfang September steht da wieder mehr auf dem Plan.«

»Wunderbar! Dann melde ich mich gleich kommende Woche bei Ihnen wegen des Termins.« Hanne ließ den Rucksack von ihren Schultern rutschen und kramte ein Smartphone daraus hervor. »Wissen Sie was? Geben Sie mir einfach Ihre Handynummer, dann rufe ich Sie an, und wenn Sie möchten, kann ich Ihnen auch ein paar Links zu besonders interessanten Bereichen auf unserer Website schicken.« Sie nahm die Handynummer, die Larissa ihr nannte, rasch in ihre Kontaktliste auf. »Sehr gut.« Sichtlich zufrieden schob sie das Smartphone zurück in den Rucksack und setzte ihn wieder auf. »Sobald Ihr Roman über Rodderbach erschienen ist, müssen Sie natürlich noch einmal zu uns kommen und ihn in einer weiteren Lesung vorstellen. Das ziehen wir dann mit mehr Planung größer auf, denn wann hat man schon einmal das Glück, dass das Buch einer bekannten Autorin hier bei uns spielt? Dann hole ich auch unseren Heimatverein mit ins Boot und vielleicht können wir auch eine Mittelalter-Musikgruppe engagieren oder ein kleines Mittelalterfest drumherum organisieren. Da lasse ich mir etwas einfallen«, versprach sie.

Über so viel Enthusiasmus freute Larissa sich natürlich sehr. Sie dankte der Bürgermeisterin herzlich, lehnte jedoch deren Einladung ab, mit ihr zusammen auf dem Quad zurück in den Ort zu fahren. »Ich möchte mich gerne noch in der Umgebung umsehen«, erklärte sie. »Es ist wunderschön hier, und die Ruhe und der Frieden hier draußen im Wald und zwischen den Wiesen und Feldern tut mir gerade sehr gut.«

»Das freut mich.« Geradezu mütterlich lächelte ihr die Bürgermeisterin zu. »Wir leben hier wirklich auf einem herrlichen Fleckchen Erde. Ich hoffe, Ihr gesamter Aufenthalt in Rodderbach wird Ihnen gefallen. Seitens der Stadtverwaltung tun wir jedenfalls alles, was in unserer Macht steht, damit Sie unseren Ort in guter Erinnerung behalten. Und was meine Schwester Erika angeht, so weiß ich, dass sie ebenfalls dafür sorgen wird, dass Sie sich rundum wohlfühlen.« Behände stieg sie wieder auf das Quad und ließ den Motor an. »Hoffentlich erfindet man diese Dinger bald einmal mit flüsterleisem Motor!«, rief sie lachend über das Knattern hinweg. »Ich liebe es einfach, ab und zu bei so schönem Wetter durch die Gegend zu kurven. So ganz toll ist der Lärm zwar für die Tiere im Wald nicht, aber die Belastung hält sich in Grenzen, wenn man auf den Hauptwegen bleibt. Deshalb versuchen wir auch, dafür zu sorgen, dass Touristen nicht einfach querfeldein über jeden kleinen Feldweg und jeden Waldpfad rasen. Also, bis bald, Larissa!« Sie wendete das Quad und winkte ihr noch einmal zu, bevor sie über den geschotterten Weg den Berg hinab in Richtung Burg fuhr.

Larissa ging ebenfalls ein paar Schritte in diese Richtung und überlegte, ob sie nicht doch noch die Burg in Angriff nehmen sollte. Sie entschied sich jedoch dagegen. Für heute hatte sie jede Menge Eindrücke gesammelt. Wahrscheinlich würde sie nicht mehr genug Energie und Aufnahmefähigkeit haben, um auch noch der Burg gerecht zu werden. Nachdem sie noch ein paar Fotos im nun veränderten Mittagslicht geschossen hatte, machte sie sich auf den Heimweg.

Kapitel 7

Die Füße taten ihr ordentlich weh, als sie am frühen Nachmittag endlich wieder den Lärchenhof erreichte. Als sie das Haus betrat, schallte mehrstimmiges Gelächter aus der Küche, und da die Küchentür weit offen stand, bestand keine Chance, dass sie ungesehen hinauf in ihre Ferienwohnung kam. Erika schien sie sogar schon durch das Küchenfenster gesehen zu haben, denn kaum hatte Larissa die Haustür hinter sich geschlossen, als die Hausherrin ihr auch schon mit einem herzlichen Lächeln und ausgebreiteten Armen entgegenkam.

»Hallo Larissa! Da sind Sie ja endlich wieder. Ich war mir nicht ganz sicher, ob ich nicht vielleicht einen Suchtrupp losschicken soll. Sie waren ja ganz schön lange unterwegs. Wäre nicht meine Schwester Hanne heute Mittag hier vorbeigekommen und hätte mir von ihrer Begegnung mit Ihnen oben auf der Fuchshöhe erzählt, hätte ich mir vielleicht sogar noch mehr Sorgen gemacht. Unsere Wanderwege sind zwar einigermaßen gut beschildert, aber trotzdem kann man sich als Ortsfremde bestimmt ausgezeichnet verlaufen.« Sie lachte. »Aber nun sind Sie ja wieder hier. Haben Sie Hunger? Durst? Dann kommen Sie mal mit! Ich habe Kuchen gebacken und frischen Kaffee aufgebrüht. Allerdings müssen Sie den Geräuschpegel entschuldigen. Zum Sonntagskaffee fällt zumeist der gesamte Mahler-Clan hier ein wie eine Horde gefräßiger Heuschrecken. Von gesittetem Benehmen leider keine Spur. Ich weiß immer nicht so genau, ob das nun eine gute Werbung für Jochens und meine Fähigkeiten als Eltern ist. Die Bande tut und lässt einfach, was sie will, andererseits ist es natürlich wunderbar, dass sie alle immer wieder regelmäßig nach Hause kommen und sich hier wohlfühlen. Aber nun kommen Sie mal herein, Larissa, setzen Sie sich zu uns!« Noch ehe Larissa dankend annehmen oder gar protestieren konnte, hatte Erika sie bereits untergehakt und zog sie mit sich in die Wohnküche. Tatsächlich saßen heute am Esstisch nicht nur Jochen und Thorben, sondern auch Jessica und Holger sowie Isabella Decker und ein weiterer Mann etwa Anfang dreißig mit dichtem, langem blondem Haar, das er zu einem Zopf gebunden trug. Da er auf dem Stuhl direkt neben dem freien Platz auf der Eckbank saß, erhob er sich bei ihrem Anblick sofort, um ihr Platz zu machen. Dabei wurde deutlich, dass er gut und gerne eins sechsundachtzig und sehr muskulös war. Der gepflegte, sehr kurz geschorene Oberlippen- und Kinnbart gab ihm zusammen mit den schwarzen Jeans, schweren Lederstiefeln und der ebenfalls schwarzen Lederjacke über einem grauen Metallica-T-Shirt ein verwegenes Aussehen. Die dunkelbraunen Augen waren jedoch freundlich auf sie gerichtet und glichen denen von Jessica, Holger und deren Vater Jochen frappierend, sodass sie davon ausging, dass es sich wohl um Holgers Zwillingsbruder handeln musste.

»Hier, setzen Sie sich! Sie müssen die Autorin sein, oder?« Seine Stimme hatte einen dunklen, leicht rauen Klang, sein Lächeln hingegen konnte man beinahe als sanft bezeichnen. Ein interessanter Gegensatz, der Larissa gut gefiel. Er streckte ihr seine Hand hin, oder vielmehr seine Pranke, in der ihre geradezu verschwand, als er sie schüttelte. »Ich bin Philipp.«

»Larissa.« Sein Händedruck war kräftig, aber nicht zu sehr, und das Funkeln in seinen Augen fröhlich, als er sich gespielt brüsk an Jessica wandte, die ebenfalls auf der Eckbank saß. »Mach mal Platz, Kleine!« Er ließ sich auf den freien Platz am Ende der Eckbank fallen und stieß dabei absichtlich mit der Hüfte gegen die seiner Schwester, sodass sie ein paar Zentimeter zur Seite geschoben wurde.

»Hey!« Empört boxte Jessica ihn in die Seite. »Mach dich mal nicht ganz so breit, du Elefant im Porzellanladen.«

»Keine Beleidigungen bitte«, brummelte er amüsiert, »sonst müssen dir deine großen Brüder eine Lektion erteilen, wie man sich ihnen gegenüber zu benehmen hat.« Er tauschte einen vielsagenden Blick mit Holger, der auf Jessicas anderer Seite saß. »Du weißt, was dir in einem Brüder-Sandwich blühen kann.«

Jessica ließ sich davon nicht im Mindesten beeindrucken. »Versucht es nur, und ich werde euch mit Freuden beweisen, dass ich aus diesem sogenannten Brüder-Sandwich ganz leicht einen Eiersalat zubereiten kann.«

Ringsum erhob sich Gelächter.

Erika hüstelte vernehmlich. »Bitte keine Schlägereien an meiner Kaffeetafel! Ihr wisst überhaupt nicht, wie man sich in Gegenwart eines Gastes benimmt.«

»Müsste es nicht eigentlich Gästin heißen?«, wollte Philipp wissen. »Ich habe gelesen, dass das der korrekt gegenderte Ausdruck sein soll.« Fragend sah er Larissa an. »Das müssten Sie als Wortkünstlerin doch eigentlich wissen, oder?«

Larissa nahm auf dem frei gewordenen Stuhl Platz und nickte dankbar, als Erika ihr eine Tasse frischen Kaffee anbot. »Historisch betrachtet könnte man durchaus Gästin sagen, denn es gibt sogar mittelalterliche Quellen, in denen von Gästen und Gästinnen die Rede ist. Allerdings ist diese weibliche Bezeichnung über die Jahrhunderte weitgehend in Vergessenheit geraten und erst in letzter Zeit wieder stellenweise aufgetaucht. Was mich angeht, so fühle ich mich sowohl als Gast als auch als Gästin willkommen. Ganz, wie Sie möchten.«

»Also, ich möchte erst einmal vorschlagen, dass wir uns alle duzen«, warf Jessica ein. »Sonst wird eine Unterhaltung doch ziemlich kompliziert, findest du nicht, Larissa?«

Überrascht wandte Larissa sich ihr zu, nickte dann aber zustimmend. Immerhin war sie schon mit Jessica, Isabella und Holger per Du. »Wenn es niemandem etwas ausmacht.«

»Aber nein, wem sollte das etwas ausmachen?« Erika war neben sie getreten und legte ihr mütterlich eine Hand auf die Schulter. »Mir ist das sehr recht, Hauptsache, wir vertragen uns alle gut.« Ihre Worte wurden von einem scharfen Blick in Isabellas Richtung begleitet. »Und mit alle meine ich *alle* Anwesenden.«

Isabella, die gerade angefangen hatte, den Erdbeerkuchen anzuschneiden, hielt überrascht inne. »Warum siehst du dabei mich so an? Ich habe nichts angestellt, sondern bin eigentlich hierhergekommen, um mit dir über eine …«, sie zögerte kurz, »wichtige Angelegenheit zu reden.« Ihr Blick wanderte für eine Sekunde zu Thorben, richtete sich dann aber wieder auf den Kuchen. »Wer möchte ein Stück?«

Auf ihren Blick hin runzelte Thorben argwöhnisch die Stirn. »Was für eine wichtige Angelegenheit?«

Seelenruhig verteilte Isabella Kuchenstücke auf die Teller, die ihr reihum hingehalten wurden. »Ich habe nicht gesagt, dass dich die Angelegenheit etwas angeht.«

»Oh, oh«, hörte Larissa Jessica murmeln.

»Warum breitest du die Sache dann hier vor der gesamten Familie aus?«, hielt Thorben dagegen.

»Tue ich doch gar nicht.« Isabella bedachte ihn mit einem beredten Blick. »Es hat sich einfach nur ergeben, dass Erika mich zum Kaffee eingeladen hat.« Sie kicherte. »Okay, vielleicht habe ich es darauf angelegt, weil ich wusste, dass sie gestern auf dem Markt Erdbeeren gekauft hat. Die Annahme, dass sie Erdbeerkuchen backen würde, lag nahe. Und wer könnte ihrem Kuchen schon widerstehen?«

Thorben brummelte etwas Unverständliches, ging aber nicht weiter darauf ein.

»Noch mal Glück gehabt«, kam es erneut im Flüsterton von Jessica.

»Pst.« Holger stieß ihr den Ellenbogen in die Seite. »Provozier die wilden Tiere nicht!«

Jessica gluckste nur.

»Schluss jetzt mit dem Getuschel, ihr zwei!«, schalt Jochen amüsiert. »Ihr wisst euch wirklich nicht zu benehmen.«

»Wer flüstert, der lügt«, kam es von Philipp in einer Art Kindergarten-Singsang.

Jessica streckte ihm die Zunge heraus. »Du kannst mich mal am …«

»Jessica Victoria Mahler!« Der Blick, den Erika ihrer Tochter zuwarf, ließ die Männer ringsum die Köpfe einziehen.

»… am Tiffel tuten«, vollendete Jessica mit einem spöttischen Blick auf ihre Brüder den Satz.

Jochen hustete, und auch seine Frau kämpfte sichtlich mit dem Lachen.

Larissa blickte unsicher von einem zum anderen, wagte es jedoch nicht, ein Wort zu sagen.

Holger schien ihr die Verblüffung anzusehen, denn er zwinkerte ihr verschwörerisch zu. »Es dauert eine Weile, aber man gewöhnt sich daran.«

Inzwischen hatte Erika sich ebenfalls auf ihren Stuhl gesetzt und hob ihre Kaffeetasse an die Lippen. »Nun esst endlich, ich habe den Kuchen nicht nur zum Anschauen gebacken.« Sie hielt mit der freien Hand Larissa eine Schale mit Schlagsahne hin. »Hier, nimm davon. Es gibt nichts Besseres als Erdbeerkuchen mit Schlagsahne.«

»Danke.« Larissa nahm sich eine kleine Portion Sahne und gab die Schale dann an Philipp weiter, der sich weit weniger zurückhaltend daraus bediente.

»Du hast also heute eine größere Wanderung gemacht«, wandte Jochen sich an Larissa. »Bis rauf zur Fuchshöhe? Das war aber schon ordentlich für das erste Mal. Gehst du häufiger wandern?«

Larissa musste zunächst den Bissen, den sie von ihrem Erdbeerkuchen genommen hatte, kauen und hinunterschlucken, bevor sie antwortete: »Nein, eigentlich überhaupt nicht. Ich fürchte, deshalb werde ich morgen einen ordentlichen Muskelkater haben. Ich habe die Steigungen, die es hier an einigen Stellen gibt, eindeutig unterschätzt. Aber es war trotzdem eine sehr schöne Wanderung. Ich habe ja schon viel über die Schönheiten der Eifellandschaft gelesen, aber wenn man sie hautnah erlebt, ist es noch einmal etwas ganz anderes.«

»Bei dem wunderbaren Wetter sowieso«, stimmte Erika zu. »Zu deiner Sicherheit solltest du aber unbedingt diese App auf dein Handy laden, über die du Hilfe anfordern kannst, insbesondere wenn du im Wald unterwegs bist. Die haben wir inzwischen alle installiert. Darin sind alle Rettungspunkte eingetragen und man kann sich über das GPS den kürzesten Weg zum nächsten Rettungspunkt anzeigen und sich dorthin navigieren lassen. Das ist noch wesentlich besser als Google Maps, denn so einen Rettungspunkt können Feuerwehr oder Rettungsdienste direkt finden und ansteuern. So etwas ist hier bei uns wirklich wichtig, damit man im Fall der Fälle Hilfe rufen und diese einen auch finden kann. Holger, wie heißt die App noch mal? Ich vergesse es immer.«

»Gib mir mal dein Handy, Larissa.« Ohne Umschweife streckte Holger seine Hand aus. Larissa zögerte einen kurzen Moment, zog aber ihr Smartphone dann doch aus der Tasche, entsperrte es und reicht es ihm.

»Danke. Augenblick …« Er rief den App Store auf und hatte in kürzester Zeit die betreffende App für sie installiert und auf den Startbildschirm gezogen. »Bitte sehr.« Lächelnd gab er ihr das Handy zurück. »Besser ist es natürlich, wenn man gar nicht erst in eine Notlage gerät, aber sicher ist sicher.«

»Vielen Dank.« Larissa rief die App kurz auf und sah sie

sich an. »Das Kartenmaterial ist aber sehr detailliert«, stellte sich daran fest. »Da sind ja Wege drauf, die ich auf der Landkarte gar nicht gesehen habe.«

»Jeder winzige Pfad«, bestätigte Jessica. »Das hat mich schon so manches Mal vor dem Verlaufen gerettet. Ich habe nämlich einen scheußlichen Orientierungssinn. Obwohl ich hier aufgewachsen bin, kenne ich mich längst nicht so gut aus, wie man meinen sollte.«

»Das liegt wohl auch daran, dass du dich immer so gerne gedrückt hast, wenn es darum ging, Holz aus dem Wald zu holen oder bei der Ernte auf weiter entfernten Feldern zu helfen.« Thorben bedachte sie mit einem vielsagenden Blick.

»Ich war eben noch nie so erpicht auf diese Arbeiten wie du«, konterte Jessica. »Es ist doch kein Verbrechen, andere Interessen zu haben, oder? Es reicht doch, wenn dir Holger und Philipp helfen. Oder Isabella.« Sie lächelte der deutlich jüngeren Freundin zu. »Sie ist in solchen Dingen auch wesentlich geschickter als ich. Wenn du mich fragst, sie würde einmal eine perfekte Bäuerin abgeben. Allein schon, dass sie besser Trecker fahren kann als manch einer von euch, finde ich bewundernswert. Ganz zu schweigen davon, dass sie so gerne im Stall und mit den Tieren arbeitet. Versteh mich nicht falsch, ich mag unsere Kühe, aber die ganze Arbeit, die damit zusammenhängt, ist mir doch zu viel. So wie ich es sehe, geht es Holger und Philipp ähnlich, andernfalls hätten sie ja keine anderen Berufe gewählt, und ihr hättet euch später einmal zu dritt um den Hof kloppen können.«

»Dass mal eins klar ist.« Mahnend hob Jochen den Zeigefinger. »Niemand kloppt sich hier. Um das Erbe schon mal gar nicht.«

»Sag ich doch.« Jessica lächelte breit. »Alles paletti.«

»Von wegen Bäuerin!« Thorbens Miene drückte äußerste Empörung aus. »Das ist doch kein Beruf für Isabella! Nicht mit dem guten Abitur.«

»Warum denn nicht?« Jessica runzelte die Stirn. »Du hast doch auch Abitur, und kein schlechtes, soweit ich weiß.«

»Das ist etwas anderes.« Sein verärgerter Blick traf Jessica. »Isabella hat einen klugen Kopf auf den Schultern und geht im Herbst zur Uni. Danach wird sie irgendeinen wirklich gut bezahlten Job finden, der sie weniger Mühe und Anstrengung kostet als das Leben auf einem Hof. Natürlich braucht die Landwirtschaft Nachwuchskräfte, aber nicht Isabella! Das wäre ja total verrückt.«

»Verrückt?« Mit einem leisen Klirren fiel Isabellas Kuchengabel auf ihren Teller. »Warum eigentlich? Ist es nicht allein meine Entscheidung, welchen Beruf oder … Lebensweg ich wähle?«

»Selbstverständlich.« Thorben nickte zustimmend. »Solange es ein anständig bezahlter Job ist, bei dem du all deine Fähigkeiten einsetzen kannst. Die Landwirtschaft ist doch nichts für dich. Du brauchst einen Job, der dich wirklich fordert und wo du Karriere machen kannst.«

»Ach ja?« In Isabellas Augen trat ein kampflustiges Funkeln. »Tja, dann muss ich dich jetzt ganz herbe enttäuschen. Ich habe nämlich nicht vor, ein Studium anzufangen. Weder im Herbst noch im Winter noch sonst irgendwann.«

»Wie bitte?« Fassungslos starrte Thorben sie an.

Ringsum wurde es mucksmäuschenstill.

»Du hast mich schon verstanden.« Isabella straffte die Schultern und erwiderte Thorbens Blick mit eherner Miene. »Ich will nicht zur Uni. Ich wüsste nicht einmal, welches Studienfach ich wählen sollte.« Sie räusperte sich und wandte sich an Erika. »Das war der eigentliche Grund, weshalb ich heute hergekommen bin. Allerdings wollte ich die Sache mit dir allein besprechen.« Ihr Blick wanderte kurz zu Thorben, dann in die Runde. »Aber was soll's. So wisst ihr gleich alle Bescheid.«

»Was soll das heißen, du gehst nicht zur Uni?« Die Verblüffung auf Thorbens Gesicht wich Verärgerung. »Selbstverständlich wirst du studieren.«

»Nein, werde ich nicht.«

»Was soll der Quatsch? Es ist doch wohl klar, dass du …«

»Gar nichts ist klar«, unterbrach Isabella ihn aufgebracht. »Für dich vielleicht, und wenn dir so viel daran liegt, kannst du ja an meiner Stelle zur Uni gehen. Du hast ja schon Übung darin, zumindest was dein Fernstudium angeht. Ich habe andere Pläne.«

Thorben war blass geworden. »Was für Pläne?«

Wieder wandte Isabella sich an Erika. »Ich wollte dich fragen, ob ich ab August bei dir eine Lehre in ländlicher Hauswirtschaft anfangen kann. Ich habe mich bereits über den Ablauf der Ausbildung informiert und auch darüber, wann ich zum Blockunterricht in die Berufsschule muss. Ich könnte natürlich auch in anderen Betrieben nachfragen, aber am liebsten wäre es mir, wenn ich die Ausbildung hier …«

»Nein!« Thorben war so heftig aufgesprungen, dass sein

Stuhl beinahe hintenüberkippte. Jochen, der neben ihm auf der Eckbank saß, bekam die Stuhllehne gerade noch zu fassen. »Bist du von allen guten Geistern verlassen? Das wirst du nicht tun.«

»Thorben.« Beschwichtigend hob Erika die Hand; gleichzeitig drückte Jochen seinen Sohn energisch zurück auf den Stuhl. »Bitte beruhige dich. Wenn Isabella nicht zu Uni will, dann ist das ihre Entscheidung und ihr gutes Recht. So schlimm ist das doch auch nicht. Studieren kann sie doch später immer noch, wenn sie möchte. Eine gute, solide Ausbildung vorab ist gar nicht so schlecht. Viele junge Leute gehen diesen Weg. Du hast doch auch erst viel später mit dem Fernstudium angefangen. Ich finde den Gedanken jedenfalls gar nicht so verkehrt.« Sie lächelte Isabella zu. »Selbstverständlich kannst du deine Ausbildung hier machen. Mitte August kommt zwar auch schon eine andere Auszubildende aus dem Münsterland her, aber die ist bereits im dritten Lehrjahr und musste den Betrieb, in dem sie bisher war, verlassen, weil es dort irgendwelche Unregelmäßigkeiten gab und die Landwirtschaftskammer der Lehrmeisterin die Ausbildungserlaubnis entzogen hat. Wie auch immer, für ein zweites Lehrmädchen«, sie zwinkerte Isabella zu, »ist bei uns immer Platz. Und für meine Patentochter sowieso.«

»Das ist doch wohl nicht euer Ernst!« Thorben fuhr sich, immer noch sichtlich entgeistert, mit gespreizten Fingern durch sein dunkles Haar, sodass es in alle Richtungen abstand. »Wie kommst du denn plötzlich auf so eine absurde Idee? Ländliche Hauswirtschaft! Das wird dir doch gar nicht gerecht. Ich dachte immer, du würdest mal hier rauskommen wollen und eine große Karriere machen.«

»Als was denn?« Isabella schüttelte den Kopf. »Nur weil ich gerne lerne, muss ich mir doch nicht irgendein Studium antun, dass mich ziemlich wahrscheinlich nicht interessiert. Ich habe mir die Studienpläne diverser Universitäten angesehen, sie sogar rauf und runter gelesen, aber nichts entdeckt, was ich so spannend finde, dass ich mehrere Jahre damit verbringen möchte, mich in die jeweilige Materie einzuarbeiten. Ich dachte, es würde dich vielleicht freuen, dass ich mich für die Landwirtschaft oder vielmehr ländliche Hauswirtschaft entschieden habe.«

»Was bitte soll mich daran freuen?« Thorbens Blick verfinsterte sich. »Dass du deine Talente einfach so aus dem Fenster wirfst?«

»Das tue ich doch gar nicht.« Auch Isabellas Blick war finster geworden. »Wir sind nur offensichtlich grundverschiedener Ansicht darüber, wo genau meine Talente liegen und was ich damit anfangen sollte. Du redest immer davon, wie schade es ist, dass die Landwirtschaft und alles, was damit zusammenhängt, so einen schlechten Ruf bei vielen jüngeren Leuten hat. Dass nur wenige bereit sind, eine Ausbildung in diesem Metier zu machen. Einfach ist diese Arbeit nicht, das weiß ich selbst, und auch, wie schwierig die Zeiten für alle landwirtschaftlichen Berufe sind. Wie gesagt, gerade deshalb dachte ich, du würdest dich freuen, dass ich trotzdem diesen Weg einschlagen möchte. Aber nein, du fragst mich stattdessen, ob ich verrückt geworden sei. Das ist wieder so typisch für dich! Immer tust du so, als wäre ich noch ein kleines Kind und könnte nicht selbst entscheiden, was für mich das Beste ist. Stattdessen hast du dir irgendein abgehobenes Bild von mir gemacht, das mit der Realität nicht einmal ansatzweise übereinstimmt. Ich habe noch nie behauptet, dass ich gerne studieren gehen will. Aber du in deiner allumfassenden Weisheit«, ihre Stimme troff vor Sarkasmus, »weißt es natürlich mal wieder besser. Studieren und Karriere machen! Noch mal: Als was denn bitte? Ärztin? Gehirnchirurgin? Rechtsanwältin? Oder was? Klar, ich könnte natürlich auch irgendetwas mit Landwirtschaft studieren, aber das würde dir dann auch wieder nicht passen, oder? Das würde ja wieder nicht zu deinen albernen Plänen für mich passen.«

»Alberne Pläne?« Empört fuhr Thorben erneut auf. »Ich sehe nur nicht, worin der Nutzen liegen soll, mehrere Jahre mit einer Ausbildung zu vergeuden, die dich unterfordern wird, nur damit du später merkst, dass ein Studium doch besser für dich wäre. Bis dahin sind dann aber schon etliche Jahre vergangen, und wenn du Pech hast, heiratest du in der Zwischenzeit irgendeinen Idioten, kriegst Kinder und hängst deine Karriere an den Nagel, noch bevor sie begonnen hat. Schau mich nicht so spöttisch an. Du wärst nicht die erste Frau, der genau das passiert. Ich will doch nur, dass du deinen klugen Kopf und deine Fähigkeiten nicht einfach verschleuderst. Meine Güte, Isabella! Mach was aus dir!« Seine Stimme war nach und nach lauter geworden, und Isabella passte sich seinem Tonfall automatisch an.

»Ob und wen ich heirate und ob ich mir fünf Kinder machen lasse oder nicht, steht doch wohl hier nicht zur Debatte! Ganz abgesehen davon, dass es keinerlei Einfluss darauf hätte, was ich beruflich machen will.«

»Ach? Das werden wir dann ja sehen. Leider wird es dann längst zu spät sein, das Ruder noch einmal herumzureißen. Such dir gefälligst einen Beruf, der dir wirklich entspricht.«

»Was glaubst du eigentlich, was ich hier gerade tue?« Isabellas Augen sprühten mittlerweile zornige Funken. »Ich will einfach nicht studieren, zumindest zu diesem Zeitpunkt nicht. Ich weiß nicht, was in fünf oder zehn Jahren sein wird, aber ich bin ziemlich sicher, dass ich mich mit dem, was ich für mich entschieden habe, auf dem richtigen Weg befinde. Ob du es nämlich glaubst oder nicht, ich habe mir sehr viele Gedanken über meine Zukunft gemacht und Pläne geschmiedet. Einer davon ist, diese Ausbildung in der ländlichen Hauswirtschaft zu machen.« Sie kniff die Augen zu schmalen Schlitzen zusammen. »Aber wie gesagt, du traust mir ja nicht zu, für mich selbst eine kluge Entscheidung zu treffen. Ich bin aber kein kleines Kind mehr, falls es dir nicht aufgefallen sein sollte, und mein Entschluss steht fest. Oder traust du mir etwa nicht zu, dass sich diese Ausbildung schaffe?«

Sekundenlang verhakten sich ihre Blicke ineinander. Schließlich stieß Thorben geräuschvoll die Luft aus. »Ich traue dir eine Menge mehr zu als das«, knurrte er. »Was glaubst du, weshalb ich will, dass du studierst? Ich sehe einfach nicht, wie dich das hier«, er breitete vage die Arme aus, ließ sie gleich darauf aber wieder sinken, »jemals ausfüllen soll. Du könntest so viel mehr tun.«

»Könnte ich vielleicht«, giftete Isabella zurück. »Will ich aber nicht. Entweder du akzeptierst das oder die nächsten drei bis dreieinhalb Jahre werden ausgesprochen unangenehm für dich, weil ich nämlich fest entschlossen bin, die beste Auszubildende in der ländlichen Hauswirtschaft zu werden, die deine Mutter je hier hatte. Und dir werde ich, falls nötig, das Leben ordentlich schwer machen, wenn du weiterhin so tust, als wäre ich nicht fähig, meine eigenen Entscheidungen zu treffen.« Ein grimmiges Lächeln erschien auf ihren Lippen. »Die Entscheidung liegt also ganz bei dir, ob du Krieg willst oder Frieden.« Sie warf einen Blick auf die Küchenuhr an der Wand. »Wann willst du eigentlich mit dem ersten Grasschnitt anfangen? Schon kommende Woche? Ich muss nämlich Papa Bescheid sagen, von wann bis wann ich dafür freinehmen muss. Uns fehlt im Moment eine Kellnerin, weil Marita sich den Fuß verstaucht hat, und ich muss für sie einspringen.«

Thorben entspannte sich und fast schien es, als würde die Luft gleich um mehrere Grad kühler und der aufgekommene Sturm sich ebenso schnell verziehen, wie er aufgekommen war. »Ich will am Mittwoch mit dem Mähen anfangen. Wenn sich an der Wettervorhersage nichts mehr ändert, können wir dann von Freitag bis Sonntag das Gras reinholen.« Auch er warf einen Blick auf die Uhr. »Ich bekomme übrigens nachher noch leihweise einen neuen Traktor von Martin. Das Nachfolgemodell unseres jetzigen kleinen. Wenn der etwas taugt, werde ich ihn kaufen und den alten einhandeln. Bist du mit dem neuen Modell schon mal gefahren? Falls nicht, solltest du es dir gleich mal ansehen und Probe fahren. Ich habe nämlich keine Lust, dass du während des Silo-Fahrens eine Panne hast oder ein Unfall baust, weil du dich mit der Maschine nicht auskennst.«

»Pfff.« Isabella verzog spöttisch die Lippen. »Als ob das jemals passieren würde. Ich bin zwar tatsächlich noch nicht mit dem neueren Modell gefahren, aber ich wette mit dir um hundert Euro, dass ich das selbst mit verbundenen Augen schneller draufhaben werde als du. Wann will Martin denn mit dem Trecker hier sein?«

»Gegen vier. Ich muss aber vorher noch eine neue Ration Futter mischen und zwei bis drei Heuballen hereinholen.« Er schob seinen leeren Teller von sich und stand auf. »Am besten mache ich das gleich, sonst fehlt mir die Zeit nachher.«

Auch Isabella erhob sich. »Ich helfe dir. Du mischst das Futter, ich hole die Ballen herein.«

»Du willst ja nur mit dem großen Trecker fahren.«

»Ja, ach!« Isabella lachte. »Was dachtest du denn? Ich bin nun mal ein Spielkind.«

»Wehe, du fährst irgendwo eine Beule rein.«

»Ich verpasse dir gleich eine Beule!«

»Keine Anzüglichkeiten bitte«, warf Philipp grinsend ein.

Isabella prustete und knuffte ihn im Vorbeigehen gegen die Schulter. »Am Kopf, du Neandertaler. Großer Gott, die Männer in dieser Familie sind einer schlimmer als der andere.« Sie warf Larissa einen vielsagenden Blick zu. »Nimm dich bloß vor denen in Acht!« Sie gab Thorben einen kleinen Schubs. »Was ist denn nun? Trödel nicht herum.«

Ehe sie ein zweites Mal zustoßen konnte, fing Thorben Isabellas Arm am Handgelenk auf und hielt ihn fest. »Lass gefälligst die Gewalttätigkeiten. Spar dir deine Energie lieber für die Arbeit.«

Ruckartig, jedoch mit einem amüsierten Lächeln, entzog sich Isabella ihm wieder. »Was ich mit meiner Energie anfange, ist allein meine Sache. Aber keine Sorge, das bisschen davon, das dafür draufgeht, wenn ich dich zurechtstutze, fällt kaum ins Gewicht.«

»Frech wie Dreck!«, brummte Thorben hörbar erheitert. Er ließ ihr den Vortritt, als sie die Küche verließen. Während sie auf dem Weg zur Haustür waren, fügte er noch hinzu: »Was die Sache mit deiner Ausbildung angeht, ist das letzte Wort noch nicht gesprochen.«

»O doch, das ist es sehr wohl«, erwiderte sie. »Betrachte das Thema als beendet.« Gleich darauf fiel hinter den beiden die Tür ins Schloss.

Für einen langen Moment herrschte Stille in der Küche. Larissa blickte über die Schulter zur Tür, dann zum Küchenfenster, durch das Thorben und Isabella zu sehen waren, die nebeneinanderher über den Hof gingen. So ganz wusste sie nicht, was sie von all dem zu halten hatte.

»Ich sagte doch, man darf die wilden Tiere nicht reizen.« Seelenruhig machte Holger sich über ein zweites Stück Kuchen her. Dabei schien ihm Larissas befremdete Miene aufzufallen, denn er schmunzelte. »Keine Sorge, das ist normal bei den beiden.«

»Normal?« Skeptisch blickte Larissa über die versammelte Runde.

»Du gewöhnst dich schon noch daran.« Jessica feixte. »Ich sag doch, Isabella ist die Einzige, die gegen Thorben ankommt. Aus mindestens der Hälfte aller Wortgefechte geht sie siegreich hervor, und das will schon etwas heißen.« Sie gluckste. »Das eben war noch harmlos. Sie hat ihm tatsächlich schon mal eine Mistgabel hinterhergeworfen.«

Erika lachte. »Das war eine Schaufel und wirklich schlimm! Ich habe mich zu Tode erschreckt.«

»Er wird es schon verdient haben«, brummelte Jochen belustigt. »Der Junge übertreibt es manchmal wirklich. Nicht einmal Richard ist so besorgt um die Zukunft seiner Tochter wie Thorben.«

»Ihr hättet ihm eben niemals erlauben dürfen, ihr Firmpate zu werden.« Jessica kicherte. »Seit diesem denkwürdigen Tag ist er nicht mehr nur ihr Wahlonkel, sondern auch gleichzeitig ihr Vormund, Beschützer, Bodyguard, Lehrmeister und was weiß ich nicht noch alles. Ach ja, überbesorgte Glucke habe ich noch vergessen.«

»Er fühlt sich nun mal verantwortlich für das Mädchen.« Erika winkte lächelnd ab. »So schlimm ist das nun auch wieder nicht. Sie weiß sich ja zu behaupten und ihn in seine Schranken zu weisen, wenn er übers Ziel hinausschießt. Ich wünschte nur, sie würden sich nicht immer gleich so heftig in die Haare geraten. Die arme Larissa muss ja weiß Gott was von uns denken.«

»Aber nein!«, wehrte Larissa rasch ab. »Es ist alles gut. Ich war nur überrascht, sonst nichts.«

Jessica schob geräuschvoll ihren Teller von sich. »Ehrlich gesagt würde mir etwas fehlen, wenn die beiden sich nicht immer mal wieder herzhaft zanken würden. Überhaupt ist ja Isabella die Einzige, die es schafft, Thorben so sehr zu reizen, dass er aus der Haut fährt. Ich habe, glaube ich, noch niemanden sonst getroffen, der das geschafft hätte. Doch, einmal diese Typen, denen wir auf der Kirmes begegnet sind und die dieses süße lesbische Pärchen angegangen haben. Wisst ihr noch? Thorben hätte die Kerle aufgemischt, wenn die Security nicht eingegriffen hätte. Gewalt oder Ungerechtigkeiten kann er ums Verrecken nicht vertragen. Aber normalerweise ist er sanft wie ein Lamm und so ausgeglichen, dass zumindest ich ihn manchmal am liebsten durchschütteln würde.«

»Ach was, der Junge ist schon recht so, wie er ist«, befand Jochen. »Es muss doch nicht jeder gleich mit seinen Gefühlen hausieren gehen oder mit dem, was er denkt. Wie man so schön sagt: Jeder Jeck is anders.«

Erika lachte. »Also als Jeck würde ich unseren Erstgeborenen nicht gerade bezeichnen. Aber du hast schon recht, genau so, wie er ist, ist er perfekt. Genau wie meine anderen Kinder.« Ihr liebevoller Blick wanderte von Jessica zu Holger und schließlich zu Philipp. »Was hat eigentlich das letzte Stück Erdbeerkuchen verbrochen?« Anklagend deutete sie auf das letzte schmale Kuchenstück auf der Platte. »Larissa, komm, du schaffst das noch, oder?«

»Nein, wirklich nicht!« Abwehrend hob Larissa die Hände. Sie hatte während des Wortgefechts tatsächlich zwei Stücke Kuchen verdrückt, ohne es recht zu bemerken. »Ich bin satt. Aber der Kuchen war wirklich ausgezeichnet, Erika.«

»Dann ist doch bestimmt noch Platz«, brummelte Jochen. »Du bist doch so dünn, da passt noch was rein.«

»Nein, wirklich nicht.« Sie wollte zu einer weiteren Erklärung ansetzen, doch da hatten Jessica und Philipp bereits gleichzeitig mit ihren Gabeln in das Kuchenstück gestochen. Sie sahen einander mit gerunzelter Stirn an, grinsten sich grimmig zu und rissen es dann unsanft auseinander. Zwei halbe Erdbeeren landeten dabei auf der Tischdecke. Im nächsten Augenblick griffen sie beide nach der Schale mit der Sahne, doch Philipp war schneller und riss sie mit einem triumphierenden Laut an sich.

»Kinder, benehmt euch.« Mit einem nachsichtigen Kopfschütteln sammelte Erika die beiden Erdbeerhälften ein und trug die leere Kuchenplatte zur Spüle. »Hast du eigentlich Geschwister, Larissa?«

»Ja, einen Halbbruder. Er ist gerade zweiundzwanzig geworden und studiert Veterinärmedizin.«

»Ach, wie schön!« Halb lachend, halb seufzend rang Erika die Hände. »Aber mit nur einem so viel jüngeren Bruder muss dir unsere Rasselbande ja vorkommen wie eine wilde Räuberhorde. Wenn man so etwas nicht kennt, wirkt das bestimmt befremdlich. Ich hoffe, wir haben dich nicht allzu sehr verschreckt.«

»Aber nein, bestimmt nicht.«

»Die Flucht ergreifst du jetzt aber trotzdem, oder?« Holger schnappte sich den Tellerstapel und trug ihn zur Spüle, öffnete die Spülmaschine und sortierte alles hinein. »Man sieht dir an, dass du so einen lauten Familiensonntagskaffee nicht gewöhnt bist.«

Verlegen räusperte Larissa sich. »Nein, schon gut. Ich bin nur erschöpft von der Wanderung. Ich werde mich ausruhen und dann noch ein Weilchen arbeiten. Oder kann ich hier noch irgendwie helfen?«

»Nein.« Erika schüttelte energisch den Kopf. »Du bist immer noch Gast hier. Also geh nur, ruh dich aus. Ich habe hier genug Sprösslinge, die mir helfen können.«

»Vielen Dank noch einmal für die Einladung.« Larissa begab sich zur Tür. Als sie sich dort noch einmal kurz umdrehte, erschrak sie, weil Holger dicht hinter ihr stand.

»Ich bin noch eine Weile in der Werkstatt beschäftigt«, sagte er über die Schulter zu seinen Eltern, dann lächelte er ihr zu. »Ladys first.« Zuvorkommend hielt er ihr die Tür auf.

Sie schluckte. In seiner Gegenwart war ihr Puls unvermittelt sprunghaft angestiegen. »Klar, äh, danke.« Obwohl sie ahnte, wie es wirken musste, verließ sie beinahe fluchtartig die Küche und erklomm die Treppenstufen, so schnell sie konnte. Dabei spürte sie die ganze Zeit Holgers Blick in ihrem Rücken. Als sie sich am oberen Treppenabsatz umdrehte, lächelte er ihr zu. Ihr wurde heiß.

»Man sieht sich.« Er zwinkerte fröhlich.

Larissa nickte nur und beeilte sich, die Tür zu ihrer Ferienwohnung aufzuschließen.

Kapitel 8

»Vielen Dank, Jessica, das war so toll!« Auf dem mit uraltem Kopfsteinpflaster befestigten Weg vor der Burg Rodderbach blieb Larissa noch einmal stehen, drehte sich um und machte ein paar letzte Fotos von dem Bauwerk, das schon so viele Jahrhunderte beinahe unbeschadet überdauert hatte. »Du bist wirklich die perfekte Fremdenführerin. Am besten hätte ich wohl die ganze Führung auf Video aufnehmen sollen, damit ich immer wieder auf die ganzen Informationen zurückgreifen kann, die du mir vermittelt hast.«

»Dank für die Blumen.« Jessica lächelte. »Normalerweise gehe ich nicht so sehr ins Detail, aber meistens sind die Touristen, die ich hier herumführe, auch nicht so historisch belesen wie du. Wenn ich allzu sehr ausschweife und all die kleinen Geschichten erzähle, die ich mir inzwischen angelesen habe, schläft mir die eine Hälfte ein, und die andere verschwindet, weil es ihr zu viel wird. Das meiste stammt aus der umfangreichen Chronik der Burg und Gemeinde Rodderbach, die kennst du doch bestimmt, oder? Ich kann dir aber auch gerne meine Literaturliste geben, da stehen inzwischen rund dreißig Bücher drauf. Vielleicht ist das eine oder andere dabei, das du noch nicht kennst und dir bei deinen Recherchen hilft.«

»Würdest du das tun?« Begeistert umarmte Larissa ihre Fremdenführerin. »Ich habe zwar auch schon jede Menge Literatur gewälzt, aber mehr ist immer besser.« Sie lachte.

»Auch wenn leider am Ende immer nur ein kleiner Teil dieser vielen Informationen in einen Roman einfließt, aber die gesamte Atmosphäre und Struktur der Geschichte wird dennoch viel besser, je mehr Details ich selbst beim Schreiben kenne und im Hinterkopf habe.«

»Alles klar, dann schicke ich dir die Liste nachher zu, am besten per E-Mail, oder?«

»Per E-Mail wäre perfekt.« Larissa drehte sich wieder um und gemeinsam machten sie sich auf den Fußweg zurück in den Ort.

Jessica warf einen Blick auf ihre Armbanduhr. »Was hältst du davon, wenn wir gleich noch einen Abstecher in die Eisdiele machen? Oder vielmehr in eine von zweien. Wir haben das Sun, Moon and Ice Stars, das gibt es erst seit einem knappen Jahr. Dort bekommst du alle möglichen typischen amerikanischen Eissorten bis hin zu dem bekannten Rocky Road, und außerdem noch jede Menge fantasievoller Eigenkreationen. Eröffnet haben dieses Eiscafé interessanterweise zwei Frauen aus dem Ort. Eine junge Frau zusammen mit ihrer Großmutter: Mia und Pia.« Sie schmunzelte. »Pia ist die Großmutter, und anscheinend war es schon immer ihr Traum, so eine Eisdiele zu eröffnen. Dazu hat sie sogar mit über sechzig noch eine entsprechende Ausbildung gemacht, und weil ihre Enkelin Mia die Idee so genial fand, hat sie sich ihr angeschlossen. Und nun haben die beiden eben diese Eisdiele eröffnet. Wir können natürlich aber auch zu Giovanni und Katharina gehen. Giovannis Gelateria bietet ganz klassische, original italienische Eisspezialitäten. Empfehlen kann ich beide Eisdielen. Worauf hättest du denn Lust?«

»Jetzt stellst du mich aber vor eine schwere Entscheidung.« Seufzend hob Larissa die Schultern. »Beides klingt sehr gut. Aber fangen wir doch einfach mit Giovannis Gelateria an, und beim nächsten Mal gehen wir dann zu Mia und Pia.« Sie gluckste. »Das wäre eigentlich auch schon ein guter Name für die Eisdiele gewesen, nicht wahr?«

Jessica kicherte. »Du wirst lachen, sie haben sogar anfangs darüber nachgedacht, den Laden so zu benennen. Aber dann fanden sie Sun, Moon and Ice Stars irgendwie passender. Auf jeden Fall klingt es für Rodderbach ungewöhnlich. Also, dann mal los, auf zu Giovanni. Übrigens, nicht dass es zu Missverständnissen kommt: Giovannis Frau Katharina ist diejenige, die, obwohl sie Deutsche ist, die Fachfrau für das italienische Eis ist. Sie hat sich, als sie Giovanni damals geheiratet hat, bei seiner Familie in Italien ausbilden lassen. Giovanni hat die Eisdiele von seinen Eltern übernommen, besitzt selbst aber so gut wie kein Talent in der Eisküche. Er kümmert sich hauptsächlich um das Bedienen der Gäste und um die Bücher. Namengebend war ursprünglich sein Großvater, so lange gibt es nämlich diese Eisdiele schon.«

»Dann hat er ja Glück gehabt, eine Frau zu finden, die so perfekt in das Familiengeschäft gepasst hat«, befand Larissa.

»Auf jeden Fall. Das war wohl in den Achtzigerjahren eine der großen Liebesgeschichten von Rodderbach. Katharina stammt nämlich nicht von hier, sondern aus München. Das merkst du heute noch sofort, wenn du mit ihr sprichst. Ihren Münchner Dialekt hat sie nie abgelegt. Man erzählt sich, dass sie damals mit ihren Eltern einen Kurzurlaub gemacht hat, weil man von hier recht schnell zum Nürburgring kommt und ihr Vater wohl ein großer Motorsport-Fan gewesen ist. Soweit ich weiß, wollten sie alle zusammen ein Formel-1-Rennen anschauen. Während ihres Aufenthalts haben sie dann die Eisdiele besucht, damals noch die einzige am Ort, und zwischen Katharina und Giovanni muss es sofort gefunkt haben. Mehr oder weniger ist sie einfach hiergeblieben und die beiden haben ein Jahr später oder so geheiratet. Vielleicht auch schon früher, so ganz genau weiß ich es nicht. Sie haben zwei Söhne und eine Tochter, und Luziana wird die Eisdiele irgendwann einmal übernehmen. Noch denken Giovanni und Katharina aber nicht daran, sich aufs Altenteil zurückzuziehen. Nun ja, so alt sind sie ja auch noch nicht. Giovanni ist gerade sechzig und Katharina achtundfünfzig. Wenn die beiden so fit bleiben, wie sie jetzt sind, wird Luziana sich noch gut und gerne zehn Jahre gedulden müssen, bis sie den Laden übernimmt. Ich glaube aber nicht, dass ihr das viel ausmacht. Sie sagt selbst immer, dass sie froh ist, dass ihre Eltern die Eisdiele mit viel Elan und Liebe führen. Luziana fährt derweil in den Sommermonaten mit ihrem Eismobil durch die Gegend und verkauft das gute Eis ihrer Mutter in den umliegenden Ortschaften.«

»Also die perfekte Arbeitsteilung«, schloss Larissa.

»So ist es.«

Sie unterhielten sich noch eine Weile über ihre liebsten Eissorten, Kindheitserinnerungen, die damit zusammenhingen, und über das schöne Wetter, das nun schon die ganze Woche anhielt. Bei der Eisdiele angekommen, die sich mitten in der Rodderbacher Altstadt befand, suchten sie sich einen gerade frei gewordenen Sitzplatz unter einem der farbigen Sonnenschirme aus.

Larissa war versucht, das bunte Leben in der Fußgängerzone der Altstadt ein ums andere Mal zu fotografieren, doch sie begnügte sich mit nur wenigen Aufnahmen sowie einem Selfie mit Jessica.

»Das ist gut geworden!« Jessica verdrehte sich fast den Hals und schnappte sich schließlich Larissa Smartphone, um sich den Schnappschuss genauer anzusehen. »Das musst du mir unbedingt schicken.«

»Lass mich doch auch mal sehen.« Larissa eroberte ihr Smartphone zurück und betrachtete nun ihrerseits das Selfie. »Darf ich das in den sozialen Netzwerken teilen? Aber wirklich nur, wenn du das auch willst. Es gibt viele Menschen, die sehr empfindlich sind, was ihre Fotos auf Facebook, Instagram und so weiter angeht.«

Jessica starrte sie einen Moment überrascht an, dann leuchteten ihre Augen auf. »Möchtest du das wirklich auf deiner Autorinnenseite teilen? Also … Sehr gerne! Ich habe ja selbst Accounts auf Facebook und Instagram. Aber ich hätte nie gedacht, dass jemand wie du ein Foto mit mir dort teilen möchte.«

»Warum denn nicht?« Verblüfft sah Larissa sie an. »Ich markiere dich selbstverständlich auch, wegen der erhöhten Reichweite und so. Wir sind doch …« Sie zögerte, sprach dann aber mutig weiter: »Wir sind doch jetzt so etwas wie Freundinnen, oder etwa nicht? Warum sollte ich nicht Fotos, auf denen meine Freundin zu sehen ist, teilen wollen? Ich muss halt nur deine Erlaubnis dazu haben.«

»Die hast du auf jeden Fall.« Spontan beugte Jessica sich zu ihr herüber und umarmte sie. »Jetzt kann ich überall damit angeben, dass ich mit einer berühmten Schriftstellerin zusammen auf einem Foto bin.«

»Na ja, also berühmt …« Larissa schmunzelte. »Sagen wir mal lieber *nicht unbekannt.*«

»Das ist deine Meinung.« Jessica drückte kurz ihre Hand, dann schnappte sie sich die Eiskarte vom Tisch. »Und jetzt lass uns bestellen! Ich habe riesigen Eishunger.«

Larissa rückte mit ihrem Stuhl an den von Jessica heran, damit sie ebenfalls einen Blick auf die Karte werfen konnte. Nach einer Weile stöhnte sie verzweifelt. »Die Auswahl es einfach zu groß! Wie soll ich mir denn da etwas aussuchen?«

Jessica lächelte breit. »Wenn ich mich nicht entscheiden kann, dann gibt es eigentlich nur eine Sorte, die infrage kommt.«

»Spaghettieis!«, riefen sie beide gleichzeitig und lachten.

»Ganz genau.« Jessica nickte. »Erstens ist es die beste Eiskreation, die jemals erfunden wurde, und zweitens erkennt man eine gute Eisdiele daran, dass ihr Spaghettieis perfekt ist.«

»So sehe ich das auch«, bestätigte Larissa und fühlte sich mit einem Mal ganz leicht und so frei und glücklich wie schon lange nicht mehr. Oder vielmehr fühlte sie sich schon wieder so, denn dieses wohlige Gefühl hatte sie ja bereits auf ihrer langen Wanderung durch die Eifelwälder und -felder verspürt. Das Leben konnte so schön und einfach sein, wenn man die Lasten, die es hin und wieder mit sich brachte, einfach mal vergaß und sich für andere Menschen und Möglichkeiten öffnete. Genau das brauchte und wollte sie jetzt, um diese neue Phase ihres Lebens sowohl bewältigen als auch genießen zu können.

»Erde an Larissa, Erde an Larissa!« Jessica wedelte amüsiert mit einer Hand voller Larissas Gesicht herum. »Wohin bist du denn jetzt auf einmal abgetaucht? Giovanni möchte gerne wissen, was du zu deinem Spaghettieis trinken möchtest.«

Erschrocken hob Larissa den Kopf und sah einen mittelgroßen, schlanken und recht attraktiven Mann neben sich stehen. Sein schwarzes Haar war grau meliert, seine fast ebenso dunklen Augen funkelten lustig. Automatisch richtete sie sich auf. »Entschuldigung, meine Gedanken sind anscheinend vorübergehend auf Wanderschaft gegangen. Ich hätte gerne einen Cappuccino.«

»Sie sind die Schriftstellerin, nicht wahr?« Obwohl es vermutlich gar nicht nötig war, notierte Giovanni sich die Bestellung auf einem kleinen Block. »Da sind wandernde Gedanken bestimmt normal. Ich habe einen Onkel, der schreibt Gedichte. Wenn er in einer Schaffensphase ist, kann man ihn überhaupt nicht ansprechen, weil er ständig mit den Gedanken woanders ist. Manchmal antwortet er dann sogar in Reimen.« Er lachte leise. »Das passiert Ihnen wahrscheinlich nicht, oder? Schreiben Sie nicht Mittelalterromane? Dann müssten Sie ja auf Mittelhochdeutsch antworten.«

Verblüfft musterte Larissa ihn, woraufhin er lachte. »Ich lese gerne und viel. Ihre Bücher bisher noch nicht, aber das muss ich demnächst unbedingt ändern.«

Sie lächelte. »Das würde mich natürlich sehr freuen. Allerdings unterhalten sich meine Romanfiguren ja auch nicht auf Mittelhochdeutsch. Das wäre dann wohl doch zu kompliziert. Dementsprechend spreche und denke auch ich nicht so, auch nicht, wenn ich in Gedanken bin. Ganz so exzentrisch bin ich dann doch nicht.«

»So ein Glück.« Giovanni hüstelte. »Manchmal ist es nämlich schon ziemlich schräg, meinen Onkel irgendetwas zu fragen, und er antwortet dann darauf in lyrischen Versen, auf Italienisch wohlgemerkt.« Er deutete eine knappe Verbeugung an. »Zweimal Spaghettieis und zwei Cappuccini kommen sofort, die Damen.« Damit machte er auf dem Absatz kehrt, ging jedoch nicht sofort ins Innere der Eisdiele zurück, sondern nahm noch weitere Bestellungen von neu angekommenen Gästen auf.

Jessica steckte die Eiskarte zurück in die dafür vorgesehene Halterung auf dem Tisch. »Wie fühlt sich das eigentlich an, wenn man überall erkannt wird?«

»Das weiß ich nicht.« Larissa lachte. »Das passiert mir eigentlich eher selten. Hier in Rodderbach hat sich wohl nur sehr schnell herumgesprochen, dass ich jetzt hier für eine Weile recherchiere.«

»Na klar, so etwas verbreitet sich bei uns natürlich wie ein Lauffeuer.« Jessica lehnte sich entspannt in ihrem Stuhl zurück. »Ich hatte nur gedacht …« Larissa erfuhr nicht, was sie gedacht hatte, denn Jessica richtete sich sogleich wieder kerzengerade auf und winkte jemandem zu, der sich offenbar irgendwo hinter Larissa befand und auf sie zukam. »Hey, Holger! Was treibst du denn hier? Musst du nicht arbeiten?«

Unwillkürlich und zu Larissas leichtem Entsetzen macht

ihr Herz einen heftigen Satz. Gerade noch konnte sie sich bremsen und verhindern, dass sie sich allzu hastig umdrehte.

»Ihr habt es aber gemütlich hier.« Ohne Umschweife zog Holger sich einfach einen Stuhl von einem anderen Tisch heran, um sich zu ihnen zu setzen. »Hallo Larissa.« Er lächelte sie charmant und eine Spur zu intensiv an, wandte sich dann jedoch gleich wieder seiner Schwester zu. »Ja, eigentlich müsste ich in der Werkstatt sein, aber ich habe heute Vormittag bei Martin versehentlich mein Handy geschrottet. Das ist natürlich gerade jetzt in der Silo-Zeit ganz schlecht. Deshalb musste ich mir so schnell wie möglich ein neues beschaffen.« Wie zum Beweis hielt er ein noch originalverpacktes nagelneues Smartphone hoch. »Zum Glück habe ich alle Daten und Apps in der Cloud gesichert. Ich weiß nicht genau, ob ich das kaputte Handy noch mal so weit ans Laufen bringe, dass sich alle Daten herüberkopieren lassen.« Er verdrehte ergeben die Augen. »Ganz wunderbar, wirklich! Als hätte ich gerade nichts Besseres zu tun.«

»Wenn alles in der Cloud ist, dann geht der Wechsel doch ganz schnell.« Larissa war froh, dass ihre Stimme nicht verriet, wie nervös sie plötzlich war. »Mir ist das auch schon mal passiert, mitten auf einer Lesereise. Da musste ich über so eine Hühnerleiter auf eine Bühne hochklettern, dabei ist mir das Handy aus der Tasche gerutscht und ungefähr drei Meter in die Tiefe geknallt. Da war nicht mehr viel zu retten. Damals habe ich mir auch gleich am nächsten Tag ein neues Handy kaufen müssen, weil meine Lesereise noch weiterging und ich erreichbar sein musste. Das

Kopieren der Daten und Apps aus der Cloud hat nicht viel länger als eine viertel Stunde gedauert, dann hatte ich alles wieder so, wie es auf meinem alten Handy vorher war.«

»Dein Wort in Gottes Gehörgang.« Holger seufzte. »Wenn ich daran denke, wie viele Sicherheits- und Banking-Apps ich auf dieser kleinen Kiste angesammelt habe und bei wie vielen Diensten ich mich jetzt wieder neu anmelden und einloggen muss, stehen mir jetzt schon die Haare zu Berge.«

»Na, dann mal viel Spaß.« Jessica kicherte. »Hast du es sehr eilig oder leistest du uns Gesellschaft? Ich habe Larissa heute durch die Burg geführt.«

Holgers Blick wanderte zu Larissa. »Hat es dir gefallen?«

»Ganz wunderbar.« Da dies für sie sicheres Terrain war, legte sich Larissas Nervosität wieder. »Die Burg Rodderbach ist einzigartig. Warum wird sie eigentlich nicht stärker touristisch genutzt? Ich könnte mir vorstellen, dass man viel daraus machen könnte, so wie etwa bei der Burg Olbrück oder Burg Satzvey, also mit mittelalterlichen Veranstaltungen, Ritterturnieren und all so was.«

Jessica seufzte. »Das versuche ich schon seit Langem durchzusetzen, aber der bisherige Stadtrat hatte nicht so wirklich großes Interesse daran. Für unseren Ex-Bürgermeister war Tourismus eine Erfindung des Teufels. Viele solche lohnenswerten Projekte haben er und auch sein Vorgänger schon erfolgreich im Stadtrat blockiert oder nur sehr schleppend zugelassen. Deshalb hinken wir, was den Ausbau und die Nutzung unserer Sehenswürdigkeiten betrifft, vielen anderen Eifelgemeinden gnadenlos hinterher. Erst seit Hanne zur Bürgermeisterin gewählt wurde, hat sich das Blatt gewendet. Aber sie kann natürlich auch nicht alle

Neuerungen über Nacht einführen. Dafür ist sehr viel Überzeugungsarbeit bei der konservativen Fraktion im Stadtrat nötig. Hat sie dich eigentlich schon mal wegen einer Lesung angesprochen?«

Larissa wartete mit ihrer Antwort, bis Giovanni, der gerade ein Tablett mit ihrer Bestellung brachte, Tassen und Eisbecher vor ihnen abgestellt und Holgers Kaffeebestellung aufgenommen hatte. »Ja, wir haben uns darauf geeinigt, dass die Woche nach Fronleichnam am besten passen würde. Dann sind alle Feiertage vorbei und wir kollidieren nicht mit anderen Veranstaltungen.«

»Sehr gut.« Jessica strahlte. »Ich werde die Erste sein, die sich eine Eintrittskarte sichert. Bestimmt werden die nicht nur über die Buchhandlung, sondern auch über die Tourist-Info verkauft. Das machen wir eigentlich bei so gut wie allen Veranstaltungen so. Hanne wollte sogar schon mal so ein richtiges Lesefest veranstalten. Eine Woche lang täglich Lesungen von vielen verschiedenen Autorinnen und Autoren.« Sie legte Larissa eine Hand auf den Arm. »Vielleicht könntest du da mithelfen und ein paar von deinen Kollegen und Kolleginnen vermitteln? Du kennst doch bestimmt viele andere Autorinnen und Autoren.«

»Ich bin schon ganz gut vernetzt«, bestätigte Larissa. »Möglicherweise lässt sich da wirklich etwas organisieren. Ich könnte mir vorstellen …«

»Jessica, Mädchen! So eine Überraschung, dich habe ich ja schon lange nicht mehr gesehen!« Eine grauhaarige Frau von untersetzter Statur und mit vom örtlichen Dialekt eingefärbter Sprechweise stürzte sich geradezu auf Jessica und gab ihr schallend zwei Luftküsse. Im nächsten Augenblick schnappte sie sich Holger und wiederholte die Prozedur. »Und du, Junge, du machst dich ja so richtig rar. Du meine Güte, was siehst du gut aus. Aber mal ehrlich, musst du auch am Wochenende in deiner Arbeitsmontur herumlaufen? Wie sieht das denn aus! Keine Frau will einen Mann, der ständig nur in Latzhose und Arbeitsstiefeln herumgeistert.«

»Streng genommen befinde ich mich noch auf der Arbeit«, entgegnete Holger gelassen. »Ich musste mir nur ein neues Handy kaufen und habe kurz hier haltgemacht, als ich gesehen habe, dass Jessica und Larissa es sich bei Giovanni gemütlich gemacht haben. Dieses Wochenende ist alles, was sich Landwirt nennt, unterwegs, um Gras zu mähen und Silos zu befüllen. Deshalb werde ich gar keine Zeit haben, etwas anderes als diese Klamotten anzuziehen und auf Frauenfang zu gehen.« Während er sprach, zwinkerte er Larissa zu, die nicht wusste, was sie davon halten sollte.

»Ach je, ach je, immer diese Arbeit.« Die Frau rang die Hände. »Aber andererseits ist es ja schön, dass du so fleißig bist.« Sie wandte sich Larissa zu und musterte sie eingehend. »Sie müssen die Schriftstellerin sein.« Es war nicht auszumachen, ob ihr diese Tatsache gefiel.

»Ja, stimmt«, antwortete Jessica rasch, bevor Larissa auch nur Luft holen konnte. »Das ist Larissa Weiß, die für drei Monate in Rodderbach für ihren neuen historischen Roman recherchiert. Larissa, dies ist Hedwig Mahler. Sie ist die Cousine unseres Vaters und mit ihm zusammen in einem Haus aufgewachsen. Wenn du mal ein Paket aufgeben willst oder Briefmarken benötigst, wirst du sie in unserer Postfiliale antreffen. Die leitet sie nämlich.«

»Freut mich.« Larissa wollte sich schon erheben, blieb jedoch sitzen, als die ältere Frau sich ebenfalls einfach einen Stuhl vom Nachbartisch heranzog und sich darauf niederließ.

»Schriftstellerin also.« Aufmerksam musterte Hedwig Mahler sie. »Und da bleiben Sie gleich drei Monate hier in Rodderbach? Das ist aber lange. Was machen Sie denn beruflich, dass Sie sich so lange freinehmen können?«

»Hedwig!«, rief Jessica empört. »Du kannst doch nicht einfach …«

»Nein, schon gut.« Beschwichtigend hob Larissa die Hand. »Solche Fragen bin ich gewohnt.« Fast hätte sie *leider* hinzugefügt, unterließ es dann aber wohlweislich. Mit einem freundlichen Lächeln wandte sie sich Hedwig Mahler zu. »Mein Beruf ist das Schreiben. Ich bin hauptberuflich Autorin. Die Recherche gehört zu meinem Beruf dazu, obwohl ich zugeben muss, dass ich bisher noch nie ganze drei Monate dafür an den zukünftigen Schauplatz meines Romans gereist bin. Wahrscheinlich wäre es auch gar nicht notwendig, aber ich habe auch noch … persönliche Gründe, weshalb mir diese Reise gerade recht kommt.«

Einen Moment lang sah Hedwig sie überrascht an, dann runzelte sie skeptisch die Stirn. »Hauptberuflich? Davon kann man leben?«

Larissa hörte, wie Jessica erneut Luft holte und zu einer Erwiderung ansetzte, kam ihr jedoch zuvor: »Bei Weitem kann nicht jede Autorin und jeder Autor davon leben, doch ich habe das große Glück, dass meine Bücher so erfolgreich sind, dass ich davon mein Leben bestreiten kann. Ich kann vielleicht keine großen Sprünge machen, aber es reicht für mich, sodass ich zufrieden leben kann.«

»Ist Ihnen das nicht zu unsicher?« Der skeptische Ausdruck wich nicht von Hedwigs Gesicht. »Ich meine, Bücher schreiben ist doch vielleicht ein schönes Hobby, aber solche Sachen macht man doch besser in seiner Freizeit, oder nicht? Also, außer Sie verdienen so viel wie diese Autorin, wie heißt sie noch gleich? Die, die den *Harry Potter* geschrieben hat? Dass die keinen anderen Beruf mehr braucht, ist klar. Der tut nix mehr weh. Aber sonst? Das könnte ich mir so gar nicht vorstellen. Sind Sie da überhaupt kranken- und rentenversichert?«

»Hedwig, also wirklich!« Protestierend erhob nun auch Holger seine Stimme. »Das geht dich doch überhaupt nichts an.« Gleichzeitig nickte er Giovanni dankend zu, der ihm den Kaffee servierte.

»Es ist aber eine gute Frage«, erwiderte Larissa, die bei solchen Skeptikern immer bemüht war, geduldig zu bleiben. »Viele Menschen wissen nicht, wie Autorinnen und Autoren leben und arbeiten. Viele von uns haben Brotberufe und schreiben nur in ihrer Freizeit. Ich gehöre zu den wenigen, die sich von Anfang an dafür entschieden haben, ins kalte Wasser zu springen und sich in Vollzeit selbstständig zu machen. Einfach ist es ganz sicher nicht, vor allem, wenn man noch ganz am Anfang steht. Ich hatte aber das Glück, dass meine Romane fast von Anfang an erfolgreich waren. Natürlich gibt es auch andere Karriereverläufe. Sozialversichert bin ich übrigens sehr wohl, nämlich über die Künstlersozialkasse. Dorthin führe ich abhängig von der Höhe meines Einkommens meinen Anteil an der Renten-, Kranken- und Pflegeversicherung ab. Den Rest, im Grunde das Äquivalent zum Arbeitgeberanteil, wird über die Künstlersozialabgabe und einen Zuschuss vom Bund finanziert. Die Künstlersozialabgabe entrichten alle Unternehmen, die in irgendeiner Form freiberufliche Künstlerinnen und Künstler aller Art beschäftigen.«

»Ach.« Noch immer glätteten sich die Furchen auf Hedwigs Stirn nicht. »Das klingt aber kompliziert. Aber Sie müssen ja wissen, was Sie tun. Ich kann mir nur einfach nicht vorstellen, dass die Schreiberei ein erstrebenswerter Lebensinhalt ist. Was machen Sie denn, wenn irgendwann niemand mehr Ihre Bücher lesen will? Dann sitzen Sie auf der Straße und haben wahrscheinlich nicht einmal einen vernünftigen Beruf, auf den Sie zurückfallen können, oder?«

Larissa behielt ihre freundliche Miene bei, obwohl es ihr zunehmend schwerfiel. Die Argumente, die Hedwig vorbrachte, kannte sie nur allzu gut. »Sollte es jemals dazu kommen, kann ich immer noch entweder in einem anderen Genre schreiben oder mir überlegen, was ich sonst noch für Möglichkeiten in der Literaturbranche habe. Im Augenblick sehe ich aber keinen Grund, etwas an meiner beruflichen Situation zu ändern – im Gegenteil. Mein Beruf ist zwar oft sehr anstrengend, aber er erfüllt mich auch wie nichts anderes auf der Welt.«

»Anstrengend?«, echote Hedwig ungläubig. »Entschuldigung, aber was ist denn bitte am Bücherschreiben anstrengend? Sie haben doch den ganzen Tag Zeit.«

Larissa merkte, wie ihr ganz allmählich das Lächeln auf den Lippen gefror, doch sie riss sich weiterhin zusammen. Es war wichtig, Menschen wie Hedwig die Realität des Autorinnen-Daseins näherzubringen. Wie sonst sollten all diese Vorurteile jemals ausgeräumt werden? »Mein beruflicher Alltag besteht nicht nur aus dem Schreiben an sich. Manchmal wünschte ich, es wäre so, das würde vieles einfacher machen. Denn im Moment schreibe ich drei bis vier Bücher im Jahr, das ist eine ziemliche Menge. Aber heutzutage habe ich als Autorin praktisch ein ganzes Unternehmen zu leiten, das nur aus mir selbst besteht. Neben dem Schreiben und der Recherche muss ich mich auch um viele andere Dinge kümmern, zum Beispiel um Marketing und Werbung. Zwar habe ich das Glück, dass mein Verlag schon sehr viel Werbung macht, aber es wird dennoch erwartet, dass ich mich selbst ebenfalls einbringe, sei es in Form von Lesungen, meinem Blog oder auch meinen Präsenzen in den sozialen Netzwerken. Allein diese Art der Werbung frisst meist schon mehrere Stunden pro Tag. Dann kommen noch Buchführung und jede Menge organisatorische Dinge hinzu, da ich vorhabe, demnächst nebenher unter einem Pseudonym auch noch verlagsunabhängig zu publizieren. Das tun mittlerweile sehr viele meiner Kolleginnen und Kollegen. Somit muss ich mich in diesem Bereich auch noch um die Zusammenarbeit mit einer Grafikerin, freien Lektorin und Distributoren kümmern. Ein normaler Arbeitstag hat für mich selten nur acht Stunden, wie es bei durchschnittlichen Angestellten der Fall ist, sondern oftmals zehn oder sogar zwölf oder in Spitzenzeiten sogar noch mehr. Wie man so schön sagt, als Selbstständige arbeitest du selbst und ständig. Da bliebe mir keine Zeit mehr für einen Brotjob.«

»Nun ja.« Hedwig war anzusehen, dass es in ihr arbeitete, sie aber nicht wirklich bereit war, von ihren Ansichten zu lassen. »Wie gesagt, Sie müssen es ja selbst am besten wissen. Sie könnten ja auch weniger schreiben, nicht wahr? Oder sich diese ganze Mühe mit der Werbung nicht machen. Von Facebook und diesen ganzen Plattformen hört man ja sowieso nur Horrorgeschichten.« Sie sprang von ihrem Stuhl auf. »Liebe Zeit, ich muss ja weiter! Ich habe einen Termin beim Optiker und danach muss ich einkaufen und meine Wohnung putzen. Also …« Sie nickte Larissa knapp zu und wandte sich gleich darauf an Jessica und Holger. »Ihr müsst mal wieder zum Kaffeetrinken vorbeikommen. Holger, dich wollte ich schon länger mal anrufen und fragen, ob du mir mit dem Abfluss in meiner Küche helfen kannst. Da ist irgendetwas verstopft, aber mit den üblichen Hausmitteln kriege ich es nicht frei. Hast du nicht so eine Spirale, mit der man das hinbekommt?«

»Aber sicher doch, Hedwig. Ich komme die Tage mal bei dir vorbei.« Holger lächelte seiner Großcousine zwar freundlich zu, blickte dabei jedoch aufmerksam in Larissas Richtung.

»Danke, du bist ein großer Schatz.« Liebevoll streichelte Hedwig ihm über die Schulter. »Ich kann gar nicht verstehen, warum du immer noch Junggeselle bist. Die Frauen müssten sich doch geradezu um dich reißen.«

»Es sollte schon auch die Richtige sein, findest du nicht?« Immer noch blieb sein Blick auf Larissa haften.

»Ach, Junge, da draußen laufen doch so viele hübsche, patente junge Frauen herum. Da wird doch wohl eine dabei sein, die dir gefällt. Am besten noch eine, die dir in deinem Betrieb helfen kann, Bücher führen, Termine machen und so was alles.«

»Was du da beschreibst, ist eine Sekretärin oder eine Buchhalterin«, mischte Jessica sich ein.

Vehement schüttelte Hedwig den Kopf. »Aber nein! Oder … Natürlich könnte man dafür auch jemanden einstellen und teuer bezahlen, aber wie viel praktischer ist es doch, wenn das alles in der Familie bleibt und er eine Frau heiratet, die sich um all diese Dinge kümmert? Was ist zum Beispiel mit dieser … Wie heißt sie noch gleich? Laura? Mit der du während deiner Schulzeit mal zusammen warst. Das war so ein liebes Mädchen!«

»Längst verheiratet.« Holger grinste triumphierend.

Hedwig ließ sich nicht beirren. »Oder Carnott Anna, die arbeitet sogar bei einem Steuerberater. Mit der bist du doch zur Schule gegangen. Weißt du was, bei nächster Gelegenheit müsst ihr euch mal miteinander unterhalten. Wie wäre es kommende Woche auf der Pfingstkirmes? Ihr werdet doch auch dort sein, oder? Du doch sowieso, Holger, wo du doch im Musikverein bist. Ihr spielt doch immer sonntags zum Frühschoppen. Aber Samstagabend bist du doch bestimmt auch dort zum Tanzen? Anna ist auf jeden Fall dort, weil sie in der frühen Schicht von sieben bis neun beim Kellnern hilft, und danach … Nun ja.« Sie lächelte vieldeutig, führte aber nicht weiter aus, was danach alles sein könnte. »Jetzt muss ich aber wirklich weiter! Also, macht es gut, ihr beiden!« Schon eilte Hedwig geschäftig davon.

»Tja, Holger, da kannst du dich ja schon mal auf etwas gefasst machen.« Jessica feixte. »Wenn Hedwig auf einer Mission ist, bleibt kein Junggeselle unverheiratet.«

»Hör bloß auf!« Wenig begeistert verdrehte Holger die Augen.

»Anna Carnott ist sehr nett.«

»Das weiß ich.« Holger seufzte. »Fang du jetzt nicht auch noch damit an. Das mit dem Verkuppeln hat bei mir noch nie funktioniert.«

»Das wird Hedwig aber nicht davon abhalten, es immer wieder zu versuchen.«

»Dann muss ich mir wohl etwas einfallen lassen, um es zu verhindern.« Holger trank den letzten Schluck seines Kaffees aus und erhob sich. »Ich muss auch weiter.« Rasch zog er einen Fünf-Euro-Schein aus der Geldbörse und reichte ihn seiner Schwester. »Wärst du bitte so nett, für mich mit zu bezahlen?« Sein Blick wanderte wieder zu Larissa, und es sah so aus, als wollte er noch etwas anfügen. Er kam jedoch nicht dazu, da in diesem Moment Franz-Josef auf seinem Dreirad vorbeikam und heftig auf die Bremse trat, als er Larissa entdeckte.

»Hallo, guten Tag, Larissa!« Mit strahlender Miene sprang er vom Sattel, schob das Rad bis fast neben den Tisch und streckte Larissa leutselig die Hand hin. Als sie sie ergriff, schüttelte er sie wie immer kurz, aber kräftig. Dann gab er auch Jessica die Hand und zum Schluss Holger. »Seid ihr schön Eis essen? Ich glaube, ich hole mir auch eins, aber auf die Hand und erst auf dem Rückweg. Ich muss nämlich schnell weiter und in den Baumarkt. Der Mutter ist ein Regalbrett im Keller runtergekracht, und weil Martin keine Zeit hat, ein Ersatzbrett zu kaufen, hat er mir genau aufgeschrieben, was ich kaufen soll, und jetzt fahre ich es holen.« Er deutete auf den großen Transportkorb hinter seinem Sattel. »Ich habe sogar Spanngurte mitgenommen, damit mir beim Fahren nichts runterfällt.«

»Hilfst du nicht wie sonst bei Martin im Betrieb?« Holger zupfte an den Spanngurten und nickte beifällig. »Du bist doch während der Silo-Ernte sonst immer fest mit dabei.«

»Ja, eigentlich schon.« Franz-Josef nickte mit gewichtiger Miene. »Ich mache die ganzen Botengänge, zu denen die anderen keine Lust haben, und mache die Maschinen sauber.« Er lachte. »Aber jetzt ist der Mutter das mit dem Regalbrett passiert, und außerdem braucht sie noch Hilfe beim Saubermachen. Martin hat gesagt, ich soll erst mal lieber zu Hause helfen, und wenn ich dort fertig bin, kann ich immer noch in den Betrieb gehen.«

»Da hat er natürlich recht.« Freundschaftlich klopfte Holger ihm auf die Schulter. »Es ist gut, wenn sich immer einer von euch beiden um eure Mutter kümmert. Wie geht es ihr eigentlich?«

»Och, ganz gut so weit. Sie muss halt aufpassen, weil ihr schwaches Herz ihr manchmal zu schaffen macht. Aber es ist schon viel besser geworden, weil wir immer sagen, sie soll sich schonen und uns alle schweren Arbeiten machen lassen. Sie hat mir ganz neue Socken gestrickt. Hier, guck mal!« Er zog sein Hosenbein hoch und trat zwei Schritte zurück, damit alle die bunten Stricksocken unter dem Saum seiner Jeans sehen konnten. »Sie hat gemeint, heute wäre es viel zu warm für die dicken Socken, aber ich habe gerne warme Füße. Die sind schön, oder? Die Mutter kann echt gut stricken. Ich kann so was nicht.« Wieder lachte er. »Ich bin mehr so der Handwerker. Wie Martin.« Aus seinen Worten klang so viel Zuneigung für seine Familie, dass Larissa unwillkürlich lächeln musste.

»Die Socken sind wirklich sehr schön. Und bestimmt auch sehr bequem«, lobte sie.

»Und wie! Die Mutter macht sie immer so, dass sie mich oben an der Wade nicht einschneiden. Das drückt dann nämlich, weil ich manchmal Wasser in den Beinen habe. Aber nicht bei den Socken von der Mutter. Die passen immer gut.« Franz-Josef schenkte Larissa erneut ein strahlendes Lächeln. »Wart ihr heute oben auf der Burg? Martin hat gesagt, er hat euch vorhin auf dem Weg nach oben gesehen, als er mit dem großen Silo-Wagen für Thorben unterwegs war. Bestimmt warst du da auch wegen dem Buch, das du schreibst, oder?«

»Ja, genau«, bestätigte Larissa. »Jessica hat mich durch die Burg geführt und mir ganz viel darüber erzählt. In meinem Roman wird die Burg natürlich auch eine große Rolle spielen, deshalb muss ich so viel wie möglich über sie in Erfahrung bringen.«

»Natürlich.« Franz-Josef nickte mit nun ernster Miene. »Das ist ganz wichtig, damit du am Ende alles richtig schreiben kannst, oder? Schreibst du eigentlich auch über unsere Feste? Nächste Woche ist nämlich unsere Pfingstkirmes, und die Mutter sagt, die gibt es schon ewig lange. Hundert Jahre oder so.«

Larissa schmunzelte, bemühte sich jedoch um eine ernsthafte Antwort. »Es kann schon sein, dass ich auch das eine oder andere Fest erwähnen werde, wenn es das im späten Mittelalter schon gab. Gerade solche Veranstaltungen wie eine Kirmes könnten da gut passen, denn ursprünglich waren das feste Bestandteile des Kirchenjahres. Kirmes ist zum Beispiel vom ursprünglichen Kirch-Mess abgeleitet. In anderen Teilen Deutschlands sagt man auch Kirchweih dazu. Eine Kirmes findet häufig entweder zu hohen kirchlichen Feiertagen statt oder zum Namenstag des Kirchenpatrons.«

»Deshalb gibt es bei uns auch die Martinskirmes im November«, unterbrach Franz-Josef sie begeistert. »Die ist immer um Sankt Martin herum und unsere Kirche ist dem Heiligen Sankt Martin geweiht. Und die Pfingstkirmes findet immer zu Pfingsten statt, und das ist auch ein wichtiger Feiertag.«

»So ist es.« Larissa nickte ihm zu. »Die Wahrscheinlichkeit ist also groß, dass mindestens eine der beiden Kirmesveranstaltungen schon auf die Zeit zurückgeht, in der die Kirche geweiht wurde. Oder aber irgendein Landesherr hat dann irgendwann später dem Stadtrat von Rodderbach erlaubt, zu diesen beiden hohen Feiertagen einen Jahrmarkt abzuhalten. Vielleicht finde ich ja heraus, wann das gewesen ist, dann erzähle ich es dir.«

»Ja, toll, danke! Das ist ja total interessant. Kennst du noch viele solche Sachen von früher? Dann musst du die mir unbedingt mal erzählen. Kommst du auch nächste Woche zur Pfingstkirmes? Weil, wenn ja, dann gebe ich dir einen aus und dann kannst du mir von deinem Buch erzählen.« Franz-Josef grinste jungenhaft. »Ich tanze auch mal mit dir. Ich kann zwar nicht richtig gut tanzen, aber für dich gebe ich mir ganz viel Mühe. Versprochen.« Damit schwang er sich wieder auf den Sattel seines Dreirades. »Ich muss mich beeilen, sonst wartet die Mutter zu lange auf ihr Regalbrett. Bis dann!« Er winkte noch einmal in die Runde und radelte davon.

Amüsiert blickte Holger ihm nach, dann richtete er sein Augenmerk wieder auf Larissa. »Da hast du aber einen großen Fan. Man könnte ja glatt eifersüchtig werden.« Er zwinkerte ihr zu. »Ich bin dann auch mal weg. Man sieht sich.« Auch er hob zum Abschied die Hand, bevor er sich mit federnden Schritten auf den Weg machte.

»Nur *einen* Fan?« Sinnierend tippte Jessica sich mit dem Zeigefinger gegen die Lippen. »Wenn du mich fragst, zähle ich hier gerade sogar schon zwei.«

»Quatsch.« Standhaft versuchte Larissa, ihren beschleunigten Pulsschlag zu ignorieren. »Ich bin einfach nur interessant, weil ihr sonst wahrscheinlich eher selten mit Autorinnen zu tun habt. Das gibt sich schon wieder.«

»Kann sein.« Immer noch tippte Jessica sich gegen die Lippen. »Bei einem von beiden wahrscheinlich schon, bei dem anderen bin ich mir nicht so sicher.«

»Was meinst du damit?« Alarmiert sah Larissa auf.

»Das, was ich gesagt habe.« Jessica grinste vergnügt. »Die Zeit wird es zeigen. Aber jetzt sag mal, wie hat dir Giovannis Spaghettieis geschmeckt?«

Kapitel 9

Die Sonne ging gerade unter und stand so tief, dass die Burg Rodderbach in ein Farbenmeer aus rot, violett, pink und orange getaucht wurde. Holger trat auf die Bremse und lenkte seinen Wagen an den Fahrbahnrand, um sich das Farbenschauspiel anzusehen. Auf dem Rückweg von seiner Werkstatt hatte er noch einmal bei Martins Betrieb haltgemacht, um zu fragen, ob dort weitere Hilfe benötigt wurde. In dem Lohnunternehmen gab es während der Erntezeit praktisch ständig Maschinen zu reparieren, und auch diesmal hatte Martin ihm gleich zwei Aufträge übertragen, die Holger für die kommende Woche mit einplanen würde. Für den morgigen Sonntag war er bereits vollständig ausgebucht, da so gut wie alle Bauern der Gegend sich in der Silo-Ernte befanden. Auch wenn er sich bestimmt nicht darum riss, ganze Samstage und Sonntage in seiner Werkstatt zu verbringen, war es doch genau dieser Service, der sein Unternehmen so erfolgreich machte.

Für heute war es allerdings endgültig Zeit, Feierabend zu machen. Auch wenn der Sonnenuntergang ihm noch so gut gefiel, ließ er seinen Wagen erneut anrollen und wollte gerade den Blinker setzen, um in eine Querstraße abzubiegen, als er in einiger Entfernung eine blonde Frau auf der Parkbank sitzen sah, die sich kurz unterhalb der ehemaligen Vorburg befand. Sofort trat er wieder auf die Bremse. Selbst auf die große Entfernung war er sich ziemlich sicher, wer das war. Auf dieser Parkbank saß kaum jemand, schon gar nicht um diese Uhrzeit. Tagsüber vielleicht Wanderer, aber abends um kurz vor halb zehn verirrte sich eigentlich niemand dort hinauf. Seine Neugier war geweckt. Er wollte ganz sicher nicht aufdringlich sein, aber etwas an dieser manchmal so distanziert wirkenden Autorin faszinierte ihn. Er hatte in den letzten Tagen noch einmal in den Büchern gelesen, die er bereits von ihr besaß, und auch noch zwei weitere gekauft und hineingelesen. Sie hatte eine wunderbare, bildhafte Art, mit Sprache umzugehen, das hatte er früher bereits bemerkt. Darüber hinaus besaß sie die Fähigkeit, große, tiefe und auch leidenschaftliche Gefühle so eindrücklich zu beschreiben, dass er beim Lesen das Gefühl hatte, der Handlung nicht nur zuzuschauen, sondern sich mitten darin zu befinden und alle Empfindungen selbst zu erleben. Wie konnte es sein, dass eine Frau, die die Gefühle ihrer Romanfiguren so fesselnd und bewegend in Worte fassen konnte, die meiste Zeit kühl und zurückhaltend wirkte? So als scheue sie selbst all jene Empfindungen.

Obwohl er sich nicht ganz sicher war, ob er das Richtige tat, lenkte er seinen Wagen auf den Weg, der aus dem Ort hinaus und direkt auf die Burg zuführte.

Larissa hatte den Blick auf die Burg gerichtet und saß ganz still da. Holger konnte sehen, dass sie leicht zusammenzuckte, als sie das Brummen des Motors vernahm. Ihr Kopf drehte sich ruckartig in seine Richtung und sie versteifte sich für einen Moment, zog die Schultern hoch. Dann schien sie seinen Wagen zu erkennen, doch ihre Haltung entspannte sich nur geringfügig. Für einen kurzen Moment erwog er, einfach an ihr vorbeizufahren, denn offenbar war ihr Gesellschaft im Augenblick nicht allzu willkommen. Doch das wäre albern und er würde sich lächerlich machen, denn er würde auf dem Parkplatz drehen und erneut auf dem Rückweg an ihr vorbeifahren müssen. Also parkte er seinen Wagen trotz ihres skeptischen Gesichtsausdrucks kurz vor der Parkbank und stieg so lässig und beiläufig wie nur möglich aus. »Klasse Sonnenuntergang, was?« Innerlich krümmte er sich, weil ihm nichts Besseres eingefallen war.

Larissas Miene blieb denn auch weiterhin argwöhnisch, obgleich sie sich zu einem schmalen Lächeln durchdrang. »Ja, wunderschön. Ich habe mindestens eine Million Fotos gemacht.« Sie lachte, doch es wirkte gekünstelt. »Was machst du denn um diese Zeit noch hier?«

»Ganz offensichtlich störe ich dich entweder bei deiner Recherche oder bei einer Meditation.« Er grinste schief. »Wenn ich dir auf den Keks gehe, sag es bitte, dann verschwinde ich sofort wieder. Ich sah dich nur hier sitzen und dachte, ich sehe mir mal an, was du so siehst.«

Überraschung zeichnete sich auf ihrer Miene ab. »Was ich sehe?«

Er hob die Schultern. »Ich könnte mir vorstellen, dass du als Autorin viele Details erkennst, die uns Normalsterblichen verborgen bleiben.«

»Ich bin auch nur eine Normalsterbliche.«

Ihr leicht abweisender Ton ließ ihn aufmerken. »Ja, aber eine mit einem besonderen Talent. Das solltest du nicht unter den Scheffel stellen.«

»Das tue ich ja gar nicht. Ich habe nur manchmal das Gefühl …« Sie winkte ab. »Ach, egal.«

»Nein, nicht egal.« Er trat auf sie zu und setzte sich nach

einem kurzen Zögern neben sie auf die Bank. »Wer hat dich gebissen und dabei sein Gift hinterlassen?«

Um ihre Mundwinkel zuckte es kurz. »Niemand.«

»Wirklich nicht?«

»Jedenfalls nicht gebissen. Höchstens an meinen Nerven gekratzt. Aber daran bin ich schon gewöhnt, damit komme ich klar.«

»Indem du dich im Sonnenuntergang auf eine einsame Parkbank setzt und meditierst?«

»Ich habe nicht meditiert.« Sie zögerte. »Na gut, vielleicht doch. Ich habe die zweite Hälfte des Nachmittags bis ungefähr vor einer Dreiviertelstunde an meinem Laptop gesessen und gearbeitet. Jessica hat mir ihre Literaturliste mit vielen interessanten Büchern über die Geschichte Rodderbachs und der Umgebung geschickt, und ich habe die Titel, die ich noch nicht kannte, über die Fernleihe bei eurer Stadtbibliothek bestellt und zwei davon sogar antiquarisch kaufen können. Dann musste ich noch einen Blogartikel schreiben und die obligatorischen Posts bei Facebook und Instagram einstellen. Eigentlich müsste ich jetzt auch noch ein Gewinnspiel zu meinem aktuellen Roman organisieren, aber dazu muss ich mir erst einmal ausreichend Exemplare beim Verlag bestellen und in meine Ferienwohnung liefern lassen. Nebenbei habe ich bemerkt, dass das Update eines Plug-ins auf meiner Website einen Fehler verursacht hat. Also musste ich auch noch eine ältere Version aufspielen und dem Support des Plug-ins Bescheid geben, damit sie den Fehler möglichst bald beheben.« Sie blickte für einen Augenblick ergeben zum Himmel hinauf. »Ich wünschte, diese Dinge würden mir nicht immer so viel wertvolle Zeit rauben. Aber ich kann natürlich auch nicht einfach einen Fehler auf der Website belassen, sodass sie nicht richtig funktioniert. Zum Glück habe ich das noch rechtzeitig bemerkt, denn unter anderem war auch mein Kontaktformular betroffen, das sich nicht mehr abschicken ließ. So etwas darf einfach nicht sein.« Ein Seufzen folgt ihren Worten. »Ich bin froh, dass ich mich momentan nicht in einer Schreibphase befinde, sonst würde ich mich noch viel mehr über solche Unterbrechungen ärgern.«

»Machst du das wirklich alles selbst?« Bewundernd musterte er sie von der Seite. »Blog, Website, Facebook und Instagram und all das? Gibt es nicht Leute, die man dafür bezahlen kann, dass sie sich darum kümmern?«

Larissa lachte trocken. »Natürlich gibt es die. Aber abgesehen davon, dass sie unter Umständen richtig teuer sind, könnten Sie mir doch vieles nicht abnehmen. Gerade in den sozialen Netzwerken ist es ungeheuer wichtig, sich authentisch zu zeigen, und das kann ich nur, wenn ich mich um meine Profile dort selbst kümmere. Und ehrlich gesagt würde es mich wahnsinnig machen, wenn ich jedes Mal, sobald ich eine kleine Änderung an meiner Website vornehmen möchte, jemanden um Hilfe bitten müsste. Darüber hinaus ist das mit dem Delegieren von Arbeiten immer so eine Sache. Bei manchen ist es natürlich sehr sinnvoll, aber letztendlich muss man bei allem, was man aus der Hand gibt, ständig hinterher sein und aufpassen, dass die Dienstleister es auch wirklich richtig machen. Das kann unter Umständen bei manchen Arbeiten so aufwendig sein, dass ich es in derselben Zeit auch selbst hätte erledigen können.«

»Ich weiß, was du meinst.« Holger lehnte sich auf der Bank zurück und legte versuchsweise seinen Arm hinter Larissa auf der Rückenlehne ab. Sie rückte daraufhin nicht von ihm ab, was ihn freute, dennoch schien es ihm, als wäre ihre Wachsamkeit erneut geweckt. »Ich verbringe auch täglich jede Menge Zeit damit, anderen Leuten hinterherzurennen, um sicherzugehen, dass sie die Arbeit, die ich ihnen aufgetragen habe, auch wirklich richtig ausführen. Das ist vermutlich das Dilemma jedes Unternehmers und jeder Unternehmerin, ganz gleich in welcher Branche.«

»Mhm.« Larissa zog den Kopf leicht zwischen die Schultern. »Nur dass du vermutlich noch nie jemandem begegnet bist, der oder die bezweifelt hat, dass das, was du tust, echte, rechtschaffene Arbeit ist und du am Ende des Tages die Erlaubnis hast, davon erschöpft zu sein.«

Da war er wieder, dieser unterschwellig rechtfertigende Ton, der Holger aufmerken ließ. »Du sprichst von Hedwig, oder?« Er stieß geräuschvoll die Luft aus. »Ich schätze, ich muss mich für sie entschuldigen.«

»Nein, gar nicht«, wehrte sie ab. »Du kannst doch gar nichts dafür, dass sie …«

»Natürlich kann ich nichts dafür, dass sie so einen Unsinn verzapft«, fiel er ihr ins Wort. »Unangebracht waren ihre Kommentare aber allemal. Aber so ist Hedwig nun mal, sie hat leider ziemlich verstaubte Ansichten und ist auch selten bereit, davon abzuweichen.« Er zögerte, bevor er nachhakte: »Warum bist du daran gewöhnt? Triffst du häufiger auf Leute, die etwas an deiner Berufswahl auszusetzen haben?«

Larissas Achselzucken wirkte besorgniserregend resigniert auf ihn. »An meiner Berufswahl, an meiner Lebenseinstellung, an meinem Tagesablauf, an der Tatsache, dass ich Geld mit einer Beschäftigung verdiene, die ja wohl jeder ausüben könnte, wenn er nur die Zeit dazu hätte, und so weiter und so fort. Such dir einfach einen Aspekt aus.« Sie atmete hörbar ein und langsam wieder aus, dann setzte sie sich auf und straffte die Schultern. »Hör nicht auf mein Gejammer. In Selbstmitleid zu baden, ändert weder die Situation noch die Kleinkariertheit mancher Menschen. Viel wichtiger ist es, die Dinge immer wieder klarzustellen und ins rechte Licht zu rücken, damit hoffentlich irgendwann mehr Menschen ein Verständnis dafür haben, dass Kunst auch Arbeit ist. Arbeit wohlgemerkt, die vernünftig bezahlt werden muss. Aber das ist wieder ein anderes Thema.«

Bewundernd und besorgt zugleich betrachtete Holger diese faszinierende Frau neben sich. »Jetzt hast du deine schlechte Laune aber schnell abgestreift. Der positive Energieschub hätte mich gerade eben beinahe von der Bank gefegt.«

»Der positive Energieschub?« Sie gluckste. »Ja, vielleicht. Grundsätzlich bin ich ja auch ein sehr positiver Mensch.« Einen Moment hielt sie inne, bevor sie weitersprach. »Zumindest lerne ich gerade wieder, meine positive Energie wirklich auf mein gesamtes Leben anzuwenden. Nicht nur auf den Teil von mir, der Bücher schreibt und veröffentlicht.«

»Demnach hat dir die positive Energie in anderen Bereichen deines Lebens gefehlt?«

»So könnte man sagen.«

»Als Gejammer habe ich das eben übrigens nicht aufgefasst«, kam er auf das ursprüngliche Thema zurück. »Es schien mir eher so, als müsstest du zwischendurch einfach auch mal deinem Frust Luft machen. Ich finde, das ist absolut legitim, speziell wenn man zuvor der lieben Hedwig begegnet ist. Glaub mir, ich kenne sie schon mein ganzes Leben und habe immer noch keine Mittel und Wege gefunden, mich nicht hin und wieder über ihre engstirnige Art zu ärgern. Dabei meint sie es nicht einmal böse, sondern, ob man es glaubt oder nicht, auf ihre eigene, verquere Art sogar durchaus gut.«

»Schon klar. Sie meinen es immer gut.« Für einen Moment schloss Larissa die Augen. Als sie sie wieder öffnete, sprang sie so unvermittelt auf, dass Holger sich ebenfalls rasch erhob. »Jetzt wird es doch ziemlich schnell dunkel, nicht wahr? Und kühl.« Demonstrativ rieb sie sich über die Oberarme. »Ich gehe mal lieber wieder zurück. Nicht, dass ich mich noch erkälte.«

»Ich bringe dich nach Hause«, bot er sofort an. »Nein, wirklich, das ist kein Problem.« Er ging zur Beifahrertür seines Wagens und öffnete sie schwungvoll. »Steig ein!«

Larissa zögerte sichtlich, schien mit sich zu ringen, nickte dann aber und setzte sich ins Auto. Erleichtert, dass sie ihn nicht abgewiesen hatte, schloss er die Tür, ging um das Auto herum und klemmte sich hinters Steuer. »Heizung?«

»Heizung?«, echote sie verwirrt, dann lächelte sie. »Nur ein bisschen. So kalt ist es nun auch wieder nicht.«

Während der Fahrt zu seinem elterlichen Hof schwiegen sie mehr oder weniger einträchtig. Kaum hatte er seinen Wagen neben dem Treppenaufgang zur Haustür abgestellt, als sie auch schon die Hand auf dem Türgriff hatte. »Danke fürs Bringen.«

Holger rang mit sich, doch noch ehe er wirklich zu einem Entschluss gekommen war, hatte er ihr bereits die Hand auf den Arm gelegt, um sie zurückzuhalten. »Warte mal.«

Sie versteifte sich ganz kurz, blickte auf seine Hand, dann in sein Gesicht. »Worauf?«

Er lächelte leicht. »Läufst du generell vor Männern davon oder nur vor mir?«

»Ich laufe doch überhaupt nicht davon.« Mit einem Mal wirkte sie entzückend verunsichert und gleichzeitig erfreulich aufgebracht. »Ich dachte nur, dass es schon reichlich spät ist und du bestimmt nach Hause willst. Wenn ich es richtig verstanden habe, arbeitest du ja um diese Jahreszeit oft auch an den Wochenenden so lange. Ich will dich nicht von deinem wohlverdienten Feierabend abhalten.«

»Das tust du nicht, keine Sorge.« Bedächtig zog er seine Hand von ihrem Arm zurück, um ihr zu zeigen, dass er nicht vorhatte, sie zu bedrängen. »Ehrlich gesagt gefällt mir der Gedanke, meinen Feierabend in deiner Gesellschaft zu verbringen, deutlich besser, als den Tag schnöde vor dem Fernseher ausklingen zu lassen.« Er versuchte es vorsichtig mit einem charmanten Lächeln, das tatsächlich dazu führte, dass es kurz um ihre Mundwinkel zuckte. Das machte ihm Mut. »Aha, ich wusste doch, dass da irgendwo in dir drin ein Lächeln versteckt ist! Komm schon, zeig es!«

Larissa prustete. »Toller Trick.«

»Kein Trick«, widersprach er grinsend. »Nur eine außergewöhnlich gute Beobachtungsgabe meinerseits.«

»Eingebildet bist du aber gar nicht?«

»Nur für den Hausgebrauch.« Erstaunt konstatierte er bei sich, wie sehr er sich darüber freute, dass sie nun doch aufzutauen schien. »Musst du heute Abend noch arbeiten?«

»Ein bisschen vielleicht. Neue Banner für meinen Blog erstellen und die lektorierte Version meines nächsten Buches durcharbeiten. Eigentlich hätte ich damit schon längst fertig sein müssen, aber im Verlag hat sich die Planung verschoben, sodass ich erst später damit fertig sein muss.«

»Wie muss ich mir das vorstellen? Bekommst du das komplette Buch noch mal ausgedruckt zugeschickt und musst es durchlesen, um darin noch Fehler zu finden?«

Larissa schüttelte den Kopf. »Nein, ich bekomme meine Manuskriptdatei erst noch mal mit Änderungs- und Verbesserungsvorschlägen von meiner Lektorin zugeschickt. Ich gehe alle Anmerkungen und Kommentare durch und entscheide, ob ich sie annehme oder ablehne oder selbst eine ganz andere Idee habe. In diesem Stadium wird noch inhaltlich gearbeitet, aber die Lektorin macht auch Vorschläge in stilistischer Hinsicht. Sätze umstellen, Wortwiederholungen eliminieren und all so was, damit der Lesefluss verbessert wird. Das, was du meinst, ist erst der nächste Schritt, die Korrekturfahnen. Nur dass ich die dann nicht ausgedruckt zugeschickt bekomme, sondern als PDF-Datei. Allerdings drucke ich sie mir dann trotzdem noch einmal aus, um sie auf Papier zu korrigieren. Auf diese Weise lese ich meinen eigenen Text noch einmal ganz anders und finde auch viel mehr Fehler und Kleinigkeiten, die noch ausgebessert werden müssen. Altmodisch, ich weiß, aber für mich funktioniert es so am besten.«

»Das klingt nach einer riesigen Menge zusätzlicher Arbeitsschritte.« Holger rieb sich beeindruckt übers Kinn. »Ich drucke mir auch manchmal wichtige E-Mails aus und lese sie noch einmal durch, bevor ich sie abschicke«, gab er zu. »Rechtschreibung war noch nie so wirklich meine Sache, und auf Papier liest sich ein Text wirklich irgendwie anders. Hinterher lasse ich dann immer noch ein Korrekturprogramm drüber laufen, aber perfekt wird es davon leider auch nicht.«

Nun schien Larissa sich noch weiter zu entspannen, denn sie lächelte verständnisvoll. »Wenn man beruflich Bücher schreibt, lernt man bald, sich von dem Anspruch auf Perfektion zu verabschieden. Man kann nur versuchen, möglichst das Allerbeste aus einem Manuskript zu machen. Ein fehlerfreies Buch wirst du aber vermutlich auf diesem Planeten nicht finden. Ein perfektes schon mal gar nicht, wobei Perfektion ja wiederum Ansichtssache ist.«

»Fehlerfreie E-Mails wären aber schon wünschenswert, oder nicht?«

Sie schmunzelte. »Grundsätzlich schon, da hast du recht.«

Er nickte vor sich hin. »Darf ich dir eine Frage stellen?«

Der wachsame Ausdruck kehrte in ihre Augen zurück. »Wenn ich sie beantworten kann … und will.«

Er hätte sich ohrfeigen mögen, dass seine Neugier wieder einmal die Oberhand gewonnen hatte. Doch nun wollte er auch keinen Rückzieher machen, dazu war ihm die Sache zu wichtig. »Du hast vorhin von Menschen gesprochen, die es immer gut meinen mit ihrer Kritik oder dies zumindest vorgeben.«

Als er nicht weitersprach, runzelte sie die Stirn. »Und? Wo bleibt nun die Frage?«

Er drehte sich im Sitz, sodass er ihr ganz zugewandt war. »Du hast von deinem Mann gesprochen, nicht wahr? Von deinem Ex-Mann, meine ich. Was hat er dir angetan?«

Larissas Augen weiteten sich, sie schluckte, schüttelte den Kopf. »Nichts.«

»Wirklich nicht?«

»Er hat mir nichts … angetan. Das klingt so, als hätte er mich misshandelt. Das ist aber nicht der Fall.«

Für zwei, drei Atemzüge dachte er über ihre Antwort nach, bevor er vorsichtig antwortete: »Es gibt viele Arten von Misshandlung. Nicht alle davon sind körperlicher Natur.«

»Ich weiß.« Sie senkte den Blick auf ihre Hände, die sie im Schoß gefaltet hatte. »Es ist, wie ich es gesagt habe: Er hat es immer nur gut gemeint.« Ein bitterer Unterton schwang in ihrer Stimme mit.

»Mit dem er was von dir verlangt hat?« Er hätte gerne ihren Arm berührt oder ihre Hand ergriffen, hielt sich aber zurück, weil er fürchtete, sie damit zu verjagen. »Was war das?«

Sie schwieg. Lange. So lange, dass er schon glaubte, sie wollte nicht auf die Frage antworten. Dann atmete sie jedoch hörbar ein und sehr langsam wieder aus. »Dass ich das Schreiben aufgebe. Oder zumindest das hauptberufliche Schreiben. Dass ich einen regulären, richtigen, einen echten Job annehme, damit ich endlich lerne, wie es im wahren Leben läuft.«

Entgeistert starrte er sie an. »Im wahren Leben?« Verärgert über sich selbst bremste er sich, obwohl sich ihm mehr als nur ein paar Flüche auf die Zunge drängten.

Sie nickte, ihre Miene wirkte seltsam gleichmütig, fast unbeteiligt. Im Licht der Hofbeleuchtung konnte er jedoch erkennen, dass da ein tiefsitzender Schmerz war, der sich in ihren Augen widerspiegelte. »Er war der Ansicht, dass ich aufgrund meiner behüteten und relativ unbeschwerten Kindheit und der Tatsache, dass meine Mutter einen Mann mit Geld geheiratet hat, als ich noch klein war, von Grund auf verwöhnt bin und nicht weiß, wie hart das Leben in der Realität ist. Anfangs hielt er meine Leidenschaft für das Schreiben wohl noch für einen charmanten Zeitvertreib, aber als ich dann mein Studium vorzeitig abgebrochen habe, um mich in Vollzeit als Autorin selbstständig zu machen, begann er zu versuchen, mich zur Vernunft zu bringen.« Sie schluckte hörbar. »Ich dachte immer, dass wir beide dasselbe wollen, auch wenn wir aus sehr unterschiedlichen Welten kommen. Meine Eltern haben mich immer in allem unterstützt, was ich tun oder werden wollte. Bei ihm war es vielleicht ähnlich, aber auf eine ganz andere Art und Weise. Seine Eltern sind alles andere als wohlhabend. Sein Vater hat bis zur Rente am Fließband in einer Fabrik gearbeitet, seine Mutter tut das heute noch und bessert sich ihr mäßiges Gehalt mit mehreren Putzstellen auf. Sie sind natürlich sehr stolz auf ihn, weil er aus eigener Kraft das Ingenieurstudium finanziert und abgeschlossen hat und nun eine gut bezahlte Stellung in einem großen Betrieb bekleidet. Dazu musste er immer sehr viel nebenher arbeiten, und auch ich war immer sehr stolz darauf, dass er das alles so zielstrebig und erfolgreich bewältigt hat. Es war ihm einfach unbegreiflich, dass ich mein Studium nicht mindestens mit ebenso viel Zielstrebigkeit beendet oder nach dem Abbruch doch zumindest eine Ausbildung begonnen habe. Irgendetwas, ganz egal was, Hauptsache ein in irgendeiner Form anerkannter Beruf. Einer, von dem er, ohne sich rechtfertigen zu müssen, seinen Freunden hätte erzählen können.«

»Wie bitte?« Er glaubte, sich verhört zu haben. »Weshalb musste er sich für deine Berufswahl rechtfertigen?«

»Das habe ich ihn anfangs auch gefragt, woraufhin er mir erklärt hat, dass er mehr als einmal über die Jahre von seinen Freunden oder Arbeitskollegen auf meinen sogenannten Lebenswandel angesprochen und gefragt worden sei, weshalb er es zuließe und mir erlaubte, dass ich mich auf seine Kosten den ganzen Tag auf die faule Haut lege und mir die Zeit mit meinem Geschreibsel vertreibe, anstatt mich ebenso sehr krummzulegen wie er, damit wir vorankommen und er seinen Studienkredit abbezahlen kann und so weiter. Oder warum ich, wenn ich schon nicht anständig arbeiten wollte, nicht wenigstens längst zwei oder drei Kinder bekommen hätte, um die ich mich kümmern könnte.«

Holger war selten sprachlos, doch im Augenblick fiel ihm nicht ein kluger Satz ein, den er darauf hätte erwidern können. Stattdessen musste er sich zusammenreißen, um nicht vor aufsteigendem Zorn seine Hände zu Fäusten zu ballen.

»Das Problem war«, fuhr sie noch immer in diesem ungesund gleichmütigen Ton fort, »dass Felix schlicht und ergreifend keinerlei Verständnis dafür aufbringen konnte, dass auch Kunst Arbeit ist und dass ich mich sehr wohl in meinem Beruf krummgelegt habe, wie er es so gerne nannte, um Karriere zu machen.« Als sie den Blick von ihren Händen hob und auf die Windschutzscheibe richtete, sah Holger ihr an, dass sie gerade eine Erklärung herunterbetete, die sie offenbar irgendwo mühsam gelernt hatte. In einer Therapie vielleicht? In diesem Augenblick hätte er diesem Felix liebend gerne seine Faust ins Gesicht gerammt. Larissas nächste Worte verstärken diesen Drang noch. »Er sah sich vollkommen im Recht und war wirklich der Meinung, dass es mir guttäte, wenn ich mal erlebe, wie es zum Beispiel in einem Großraumbüro zugeht oder wie es ist, wenn man jeden Tag von früh bis spät tun muss, was andere von einem verlangen, und nicht das, wozu man gerade Lust hat. Aus irgendeinem Grund war er der Ansicht, dass ich nicht wirklich arbeite, sondern meine Zeit mit sinnlosem Kram vertrödele. Besonders schlimm konnte es werden, wenn er Urlaub hatte oder krank war und deshalb zu Hause blieb. Dann bekam er natürlich hautnah mit, dass mein Tagesablauf sich grundlegend von seinem unterschied. Ich arbeite häufig noch abends, manchmal bis in die Nacht hinein, weil ich mich dann am besten auf das Schreiben konzentrieren kann. Tagsüber kümmere ich mich um Werbung, Organisatorisches, Buchhaltung und vieles mehr. Er hat sich immer fürchterlich aufgeregt, wenn ich dann morgens länger im Bett blieb, weil es nachts spät geworden war. Oder wenn ich mitten am Tag mit einem Buch auf der Couch saß, selbst wenn es sich um Recherchematerialien handelte. Oder wenn ich einfach mal nachmittags, ohne irgendetwas zu tun, auf dem Balkon saß oder spazieren ging. Dass ich selbst in solchen nach außen hin untätigen Phasen fast immer im Kopf an meinen Geschichten arbeite, Ideen wälze oder mich manchmal ganz einfach nur von dem anstrengenden Schaffensprozess des Schreibens erholen muss, ging ihm nicht in den Kopf. Seiner Meinung nach habe ich damit wertvolle Zeit verplempert, die ich besser investiert hätte, wenn ich stattdessen irgendwo gearbeitet hätte – und wenn es auch nur eine Putzstelle gewesen wäre. Hauptsache ein Job, der in seinen Augen echte Arbeit ist.«

Wieder schluckte sie hörbar, schloss die Augen für einen Moment. »Weil andere Frauen sich schließlich auch krumm und bucklig arbeiten, um ihre Familie voranzubringen. Weil er fand, dass es ihm gegenüber unfair und respektlos sei, dass ich nicht bereit war, das Schreiben für seine Idee von einer vernünftigen Arbeit zu einem einfachen Hobby zu degradieren. Natürlich habe ich anfangs noch nicht sehr viel damit verdient und nebenher eine Menge Nachhilfe gegeben, um meinen Anteil an Miete und Nebenkosten beitragen zu können. Deshalb ging er vermutlich davon aus, dass ich früher oder später irgendeinen Bürojob als Angestellte annehmen würde, um nur nebenher zu schreiben. Mit anderen Worten, dass ich irgendwann Vernunft annehmen würde. Dass das nicht geschehen ist und dass ich sogar anfing, richtig gut mit meinen Büchern zu verdienen, hat seine Meinung leider nicht geändert. Ich weiß nicht genau, ob er womöglich sogar dachte, ich könnte genauso viel nebenher verdienen, wenn ich das Schreiben nur als Nebenbeschäftigung betrieb, oder ob es ihm einfach nicht gepasst hat, dass ich nach einer Weile mit einer Tätigkeit, die für ihn keine echte Arbeit war, annähernd genauso viel Geld im Jahr verdient habe wie er. Er hat das immer bestritten, aber ich bin nicht sicher, ob er damit ehrlich zu mir und auch zu sich selbst gewesen ist.«

Es entstand eine längere Pause, in der beide schwiegen und ihren Gedanken nachhingen. Holger brauchte eine ganze Weile, um das Ausmaß dessen zu verdauen, was sie ihm gerade über ihre Ehe erzählt hatte. Er schrak leicht zusammen, als Larissa erneut das Wort ergriff. »Es hat lange gedauert, bis ich begriffen hatte, dass nicht ich das Problem *bin*, sondern dass ich lediglich eines *hatte*, und zwar mit ihm. Noch länger hat es gedauert, bis ich bereit war zu erkennen, dass das, was einmal Liebe zwischen uns gewesen war, sich zu etwas Undefinierbarem verändert hatte, was ich nicht mehr länger ertragen konnte.« Sie blinzelte mehrmals heftig und Holger schnürte sich die Kehle zu, als er begriff, dass sie mit den Tränen kämpfte. »Ich glaube, ich habe Felix das Herz gebrochen, als ich ihm sagte, dass ich mich scheiden lassen will. So entgeistert habe ich ihn noch nie zuvor gesehen. Er hat alle möglichen Argumente vorgebracht, um mich umzustimmen, aber letztlich hat es das nur noch schlimmer gemacht.« Sie stockte, blinzelte erneut. »Es tut weh zu wissen, dass man jemandem solche seelischen Schmerzen zufügt, jedoch keine andere Wahl hat, wenn man selbst nicht vor die Hunde gehen will.«

Als ihr nun tatsächlich eine Träne über die Wange rollte, konnte Holger sich nicht mehr zurückhalten. Vorsichtig hob er die rechte Hand und legte sie ihr an die Wange. »Tut mir leid.«

Sie versteifte sich unter der Berührung, entzog sich ihm jedoch nicht. »Das muss es nicht. Es ist ja nicht deine Schuld.«

»Das vielleicht nicht, aber ich werde das Gefühl nicht los, dass ich zu den unglückseligen Exemplaren der Gattung Mann gehöre, die diesen Schlamassel jetzt ausbaden müssen. Ich glaube nicht, dass du diesem Felix das Herz gebrochen hast. Wenn er dich wirklich geliebt hätte, dann hätte er dich akzeptiert, so wie du bist, und wäre stolz auf dich gewesen.«

Fahrig rieb Larissa sich mit dem Handrücken über die Augen. »So einfach ist die Sache, fürchte ich, nicht. Er hat immer geglaubt, dass er mich unterstützt hätte, das hat er mir oft genug unter die Nase gerieben. Er hat sich krummgelegt, während ich irgendwie versucht habe, mit dem Schreiben erfolgreich zu sein. Er hielt es nur für selbstverständlich, dass ich ihn auf die gleiche Weise unterstütze, indem ich das tue, was er für richtig hält.«

Erneut stieg Zorn in Holger auf, doch er versuchte, ihn sich nicht anmerken zu lassen. Stattdessen umfasste er auch noch mit der anderen Hand ihr Gesicht. »Larissa, das hat in meinen Augen nicht viel mit Liebe zu tun, sondern eher mit Narzissmus und verletztem Stolz. Natürlich kann man argumentieren, dass man für den Menschen, den man liebt, alle möglichen Opfer bringen würde, nur damit er glücklich ist, doch dies zu verlangen, ist doch genau das Gegenteil, oder etwa nicht?« Er atmete tief durch, um sich zu beruhigen. »Wenn du mich fragst, kannst du froh sein, dass du den Kerl los bist.« Mit dieser eher flapsigen Bemerkung hoffte er, die Spannung aus der Situation zu nehmen.

Tatsächlich stieß Larissa einen Laut aus, der entfernt an ein Glucksen erinnerte. »Da bin ich sogar ganz deiner Meinung. Das ändert aber nichts daran, dass es wehtut, an all das zurückzudenken. Immerhin hatten wir ja auch schöne und glückliche Zeiten.« Ganz flach atmete sie ein. »Mir war nur der Preis zu hoch, den ich hätte zahlen müssen, um an ihnen festzuhalten.« Sie hatte ihm die ganze Zeit über nicht direkt in die Augen gesehen, sondern ihren Blick auf irgendeinen Punkt darunter gerichtet. Nun aber hob sie den Kopf und sah ihn direkt an; gleichzeitig umfasste sie seine Hände und zog sie sanft von ihrem Gesicht fort. »Auf jeden Fall weiß ich jetzt, dass es nicht gut ist, wenn sich zwei zu ungleiche Geister zusammentun und versuchen, auf einen Nenner zu kommen. Diesen Fehler kann und will ich nicht noch einmal machen.«

Etwas in seinem Inneren begann seltsam zu vibrieren, wie die Saite eines Instruments, an der man sachte zupfte. »Das kann ich gut verstehen. An deiner Stelle hätte ich vermutlich auch die Nase voll davon. Das bringt mich jetzt leider genau in die Position, die ich vorhin meinte, als ich von den Unglückseligen sprach, die das Desaster ausbaden müssen, dass dein Ex angerichtet hat.« Als sie fragend und sichtlich verunsichert die Augenbrauen zusammenzog, lächelte er vorsichtig. »Mein Timing war vermutlich schon mal besser, aber sei's drum. Du gefällst mir, Larissa Weiß. Ich möchte dich gerne näher kennenlernen … außerordentlich viel näher. Die Frage ist nur, ob du damit einverstanden bist.«

Nun wich Larissa seinem Blick doch wieder aus und biss sich auf die Unterlippe. »Ich weiß es nicht, Holger. Ich bin nicht nur für die Recherche hergekommen, dafür hätte auch ein verlängertes Wochenende gereicht. Ich musste von Hannover weg, um von alldem Abstand zu gewinnen und wieder zu mir selbst zu finden.«

Verständnisvoll nickte er. »Aus meiner Sicht war das eine hervorragende Idee, denn andernfalls wäre ich dir wohl nie begegnet. Was spricht denn dagegen, wenn du auf der Suche nach dir selbst auch noch ein paar andere Dinge … und Personen finden würdest?«

Wieder biss sie sich auf die Unterlippe. Im nächsten Moment schnallte sie sich ab und sprang so schnell aus dem Auto, dass er kaum wusste, wie ihm geschah. Mit einem unterdrückten Fluch auf den Lippen verließ er hastig den Wagen und nahm die Verfolgung auf. Sie war zunächst auf die Eingangstreppe zugegangen, hatte dann jedoch abgedreht und rannte beinahe zum Tor hinaus auf die Straße.

»Larissa, warte doch mal.« Mit großen Schritten eilte er hinter ihr her. Am Abzweig zum nächsten Feldweg holte er sie ein. »Larissa.« Er berührte sie vorsichtig an der Schulter, und zu seiner Erleichterung blieb sie stehen und drehte sich zu ihm um. Es war inzwischen dunkel geworden, die Sterne funkelten am wolkenlosen Himmel, spendeten jedoch nicht genug Licht, dass er viel erkennen konnte. Auch der Mond war keine große Hilfe, denn da erst am Vortag Neumond gewesen war, stand er lediglich als dünne Sichel am Firmament. Dennoch oder vielleicht auch genau deswegen geriet sein Pulsschlag außer Kontrolle, als er versuchte, in ihrem Gesicht zu lesen. Sehr vorsichtig trat er näher an sie heran, ohne sie jedoch erneut zu berühren. »Wenn du nicht willst … Wenn du nicht bereit bist oder …« Er grinste schief. »Wenn ich einfach nicht dein Typ bin, dann sag es mir jetzt einfach. Ich bin ein großer Junge und kann damit umgehen. Also zumindest damit, dass ich vielleicht nicht dein Typ bin. Ich hatte zwar den Eindruck, dass da durchaus etwas zwischen uns sein könnte, aber vielleicht sind meine Synapsen auch einfach nur falsch gepolt und ich habe die Signale zwischen uns falsch verstanden. In dem Fall mache ich mich sofort vom Acker, wenn du das willst. Wenn du aber einfach noch nicht bereit bist, dann …« Er zuckte mit den Achseln. »Ich habe Zeit.«

Es entstand eine ausgedehnte Stille zwischen ihnen, in der nur ihrer beider Atem zu hören war sowie der Ruf einer Eule aus dem nahen Wald und der Schrei eines Käuzchens, das wie eine Antwort darauf klang.

»Du hast nichts falsch verstanden«, sagte sie schließlich so leise, dass er sie kaum verstand. »Deine Synapsen sind nicht, äh …«

Er grinste. »Nicht vollkommen falsch verbunden?« Eine Welle der Erleichterung durchflutete ihn, gepaart mit einer Mischung aus unterschwelliger Erregung und Verunsicherung.

»Nein. Ich meine, ja. Nicht falsch verbunden.« Er hörte ein leises Glucksen, doch inzwischen hatte er sich auch so weit an die Dunkelheit gewöhnt, dass er den Ausdruck auf ihrem Gesicht erahnen konnte. »Ich weiß aber nicht, ob ich bereit bin, ob es klug wäre … Ich habe mir geschworen, nie wieder etwas mit einem Mann anzufangen, der nicht genug mit mir gemeinsam hat und aus einer anderen Welt oder sagen wir besser anderen Lebenswirklichkeit stammt.«

Er dachte über ihre Worte nach. »Aber wie willst du herausfinden, wer wirklich zu dir passt, wenn du nicht hier und da ein kleines Risiko eingehst?«

Sie verschränkte die Arme vor der Brust, löste sie aber gleich wieder, zupfte an ihrer hübschen blauen Bluse herum. »Das ist, fürchte ich, das Hauptproblem. Ich habe keine Ahnung …« Ruckartig drehte sie sich um und sprach nicht weiter.

Nach zwei tiefen Atemzügen trat er vorsichtig so nah hinter sie, dass sich ihre Körper leicht berührten. »Wovon hast du keine Ahnung?«

Es dauerte einen Moment, bis sie antwortete: »Wie man … so ein Risiko eingeht. Ich habe noch nie …« Sie zuckte leicht zusammen, als er sie an den Schultern berührte, widersprach jedoch nicht, sondern hielt ganz still. »Ich war noch nie mit einem anderen Mann als Felix zusammen. Wir sind schon seit unserer Schulzeit ein Paar gewesen. Mir fehlt einfach … die Erfahrung. So armselig das auch klingen mag.«

Diese bisher unbekannte Saite in ihm begann erneut zu schwingen. »Daran kann ich beim besten Willen nichts Armseliges finden.«

»Es macht mir die Sache aber nicht leichter, weil ich nicht weiß, was ich tun oder wie ich auf irgendwas reagieren soll, was du tust oder sagst.«

Sehr vorsichtig ließ er seine Hände von ihren Schultern über ihre Arme hinabgleiten und umschlang ihre Mitte. Er spürte deutlich, wie sie zögerte, sich dann jedoch vorsichtig an ihn lehnte. Die Saite schwang heftiger, sein Puls versuchte sich an einem Stakkato, doch er zwang sich, äußerlich ganz ruhig zu bleiben. »Vielleicht solltest du nicht allzu übermäßig darüber nachdenken, sondern auf dein … Bauchgefühl hören.« Beinahe hätte er Herz gesagt, doch so weit wollte er sowohl um ihrer als auch um seiner selbst willen vorerst nicht gehen.

»Das würde ich ja gerne, aber ich fürchte, mein Bauchgefühl ist gerade vollständig verwirrt.« Sie stieß ein kurzes, trockenes Lachen aus. »Da sind jetzt anscheinend bei mir ein paar Synapsen oder Verbindungsstränge verknotet.«

Immer noch sehr vorsichtig neigte Holger seinen Kopf so weit vor, bis sein Mund sich direkt neben ihrem Ohr befand. »Vielleicht können wir sie ja zusammen nach und nach wieder entknoten.«

»Und wie?«

Der Grund seines Magens schien sich bei dieser Frage für einen Moment um ein paar Meter abzusenken, um im nächsten Augenblick wie von einer Steinschleuder abgeschossen wieder in die Höhe zu schnellen. Er schluckte, bevor er ihr mit einer Stimme, die selbst in seinen Ohren viel zu rau klang, zuraunte: »Für den Anfang könnten wir einfach so stehen bleiben, und du sagst mir, wie sich das für dich anfühlt.«

Er spürte, wie Larissa leicht erschauerte. Ob der Grund dafür seine Worte waren oder sein warmer Atem, der ihr Ohr gestreift hatte, konnte er nicht bestimmen. Nach einem Augenblick entspannte sie sich noch mehr. »Gut.«

Er lächelte in ihr weiches Blondhaar. »Was genau meinst du? Gut, das machen wir so, oder es fühlt sich gut an?«

Er hörte sie einatmen, ausatmen. »Beides, schätze ich.«

»Hervorragend.« Diesmal war er sich einigermaßen sicher, dass ihr erneutes Erschauern sowohl von seiner Stimmlage als auch vom Kontakt mit seinem Atem kam. »Damit kann ich arbeiten.«

»Arbeiten?« Überrascht bewegte sie sich in seinen Armen, doch er hielt sie weiterhin fest.

»Schsch.« Mutig streifte er mit den Lippen ihr Ohr, spürte dem erregenden Ziehen nach, dass die Berührung in ihm auslöste. Vorfreude. »Eile mit Weile. Sagt mein Opa auch immer.«

Diesmal gluckste sie wirklich. »Du bist ein Spinner.«

»Stets zu Diensten.« Froh, die erhoffte Reaktion in ihr ausgelöst zu haben, ließ er sie nun doch frei, da er begann, noch auf eine andere Art auf sie zu reagieren, und das war nun eindeutig viel zu früh. Als sie sich mit fragendem Blick zu ihm umdrehte, grinste er betont schalkhaft. »Und nun wird es Zeit, dass wir beide ins Bett kommen. Du in deines und ich in meines.« Ehe er es sich noch einmal anders überlegen konnte, trat er noch einen Schritt zurück. »Ich würde dich gerne wiedersehen, werde aber in den nächsten Tagen extrem viel um die Ohren haben. Du vermutlich auch, nicht wahr? Immerhin weiß ich ja inzwischen, was du neben deiner Recherche noch alles zu tun hast. Wie wäre es also …« Er trat wieder einen halben Schritt näher. »Würdest du am kommenden Samstagabend mit mir zusammen auf die Pfingstkirmes gehen? Dort gibt es alles, was es auf einer Kirmes so gibt, und im Festzelt Livemusik und Tanz bis zum Morgengrauen. Wobei ich nicht glaube, dass ich so lange durchhalten werde.« Er zwinkerte ihr fröhlich zu. »Aus dem Alter bin ich heraus.«

»Ich, also …« Larissa wirkte überrascht, zögerte, dann schien sie sich zu etwas durchgerungen zu haben. »Ja, okay, also … Gern.«

Wieder flutete ihn eine Welle der Erleichterung, gepaart mit Vorfreude, und er stieß hörbar die Luft aus, die er offenbar vorher angehalten hatte. »Schön. Dann hole ich dich am Samstagabend gegen halb acht ab?«

»Halb acht, geht klar.« Sie lächelte verhalten. »Was zieht man denn zu so einem Tanzabend an?«

Er lachte. »Was du willst, würde ich sagen.«

Kapitel 10

Als Larissa am Pfingstsamstag erwachte, war es schon nach neun. Verwundert war sie über die Uhrzeit nicht, da sie, wie auch schon in den vergangenen Tagen, fast ununterbrochen und bis spät in die Nacht an ihrem Laptop gesessen hatte. Allmählich vermisste sie ihren Desktop-PC mit dem viel größeren Bildschirm, den sie natürlich in Hannover zurückgelassen hatte. Wahrscheinlich wäre es besser gewesen, die komplette Computeranlage mitzubringen und nicht nur ihr Drucker-Scanner-Multifunktionsgerät. Während sie den inzwischen vertrauten Geräuschen lauschte, die durch das gekippte Fenster hereindrangen, überlegte sie, ob sie ihre Mutter bitten sollte, ihr Bildschirm, Computer und Tastatur zuzuschicken oder bei einem kurzen Besuch vorbeizubringen. Ihre Eltern hatten bereits angekündigt, dass sie in nächster Zeit für ein verlängertes Wochenende nach Rodderbach kommen wollten, und sie gebeten, bei Erika nachzufragen, ob sie ihnen ein Zimmer vermieten würde.

Zum ersten Mal seit Tagen rappelte Larissa sich nicht sofort auf, um sich dem nicht kleiner werden wollenden Berg Arbeit zu widmen, bevor sie mit dem neuen Buch begann. Auch früher schon hatte sie sich bemüht, zumindest die Wochenenden arbeitsfrei zu halten, um einen Ausgleich zu ihren anstrengenden Arbeitstagen zu schaffen, und so würde sie es auch hier halten. Hinzu kam natürlich noch, dass es sich um ein verlängertes Wochenende handelte –

das Wochenende der Pfingstkirmes. Das Wochenende, an dem ihr Date mit Holger stattfand. In den vergangenen Tagen war sie durch ein Wechselbad der Gefühle gegangen. Von Schmetterlingen im Bauch über Anflüge von Panik bis hin zu Selbstanklagen, dass sie vollkommen verrückt war, unter den gegebenen Umständen auch nur in Betracht zu ziehen, etwas mit einem Mann anzufangen – schon gar mit einem wie Holger –, war so gut wie alles dabei gewesen, was ihren Blutdruck und Pulsschlag außer Kontrolle brachte. Seltsamerweise war jedes Mal, wenn sie kurz davor gewesen war, Holger abzusagen, eine Textnachricht von ihm gekommen. Meist handelt es sich nur um einen kurzen Gruß oder einen Scherz oder die kurze Nachfrage, wie es ihr ging und ob sie mit ihrer Arbeit gut vorankäme. War das nur Zufall, oder hatte er womöglich ein Gespür dafür, wann bei ihr die Panik die Oberhand zu gewinnen drohte? Doch woher sollte er das wissen? Sie hatten sich seit dem vergangenen Samstag nicht mehr persönlich getroffen und noch nicht einmal telefoniert. Sie wusste aus seinen Nachrichten, dass er ebenfalls beruflich stark eingebunden war. Noch bis zum Mittwoch hatte sie jeden Tag durch das Fenster aus der Ferne das Brummen von Traktormotoren vernommen. Die Silogras-Ernte, wie sie nun ja wusste. Der Donnerstag hatte dann Regen gebracht und ungewöhnliche Stille, an die sie sich erst wieder hatte gewöhnen müssen. Sie hatte festgestellt, dass ihr die Geräuschkulisse aus Landmaschinen, Vogelgezwitscher und den alltäglichen Verrichtungen der Mahlers auf dem Hof und im Stall nicht nur gut gefiel, sondern ihr sogar half, sich zu konzentrieren.

In Hannover vernahm sie durch die Dreifachverglasung

in ihrer Wohnung so gut wie gar keine Geräusche von draußen, und da sie nah an der Innenstadt wohnte, vermied sie es meist auch, ein Fenster zu öffnen, damit sie nicht vom Abgasgestank belästigt wurde. Die Wohnung, in der sie zuvor mit Felix gelebt hatte, war in dieser Hinsicht angenehmer gewesen, denn sie lag am Stadtrand und hatte sogar einen hübschen Balkon, auf dem sie sich bei gutem Wetter aufgehalten und manchmal sogar gearbeitet hatte.

Mit einem wohligen Seufzen kuschelte sie sich unter ihrer Decke zurecht, rieb die Füße aneinander und genoss die Aussicht auf einen arbeitsfreien Tag. Faulenzen würde sie natürlich trotzdem nicht, denn sie musste dringend ein paar Einkäufe erledigen, wollte danach aber endlich einmal wieder spazieren gehen und das nun wieder sonnige Wetter genießen. Schon jetzt erahnte sie unter dem nur halb herabgelassenen Rollladen das freundliche Licht, mit dem die Sonnenstrahlen die Eifel verwöhnten. Sie hörte, wie bei den Stallungen der große Futtermischer ansprang, und irgendwo in der Ferne kreischte eine Motorsäge.

Beinahe dekadent kam es ihr vor, hier in ihrer Ferienwohnung gemütlich im Bett zu liegen, während um sie herum fleißig gearbeitet und gewerkelt wurde. Sie konnte sogar den Duft von frisch gebackenem Kuchen erahnen, der aus Erikas Küche zu ihr heraufstieg. Vermutlich würde es bei der Familie Mahler zu den Feiertagen ein besonderes Festessen geben und natürlich auch an beiden Feiertagen Kaffee und Kuchen. Möglicherweise würde Erika aber auch etwas zum Kuchenbuffet der Pfingstkirmes beisteuern. Larissa glaubte, sich zu erinnern, dass ihre Wirtin so etwas bei einer ihrer kurzen Begegnungen in der vergangenen Woche erwähnt hatte. Sie hatte Larissa auch regelmäßig eingeladen, an den Mahlzeiten der Familie teilzunehmen, doch Larissa hatte immer wieder abgelehnt, weil sie sich voll und ganz auf ihre Arbeit konzentrieren wollte.

Sie hatte ihre Website auf Vordermann gebracht, neue Banner für Werbeaktionen erstellt und sich mehrfach mit ihrer Lektorin sowie mit der Grafikerin auseinandergesetzt, die für ihre geplanten verlagsunabhängigen Publikationen zuständig waren.

Als die Gedanken an die noch vor ihr liegenden Aufgaben sich anschlichen, drängte Larissa sie energisch beiseite. Es war Wochenende! Freizeit! Manchmal musste sie sich wirklich am Riemen reißen und dazu ermahnen, Ruhezeiten einzuhalten. Sie wollte nicht noch einmal kurz vor einem Burn-out stehen, so wie vor knapp einem Jahr. Damals hatte ihre seelische Verfassung zwar nicht ausschließlich etwas mit ihrer Arbeit zu tun gehabt, sondern zu großen Teilen mit ihrer bevorstehenden Scheidung und all dem emotionalen Ballast, den sie erst mühsam hatte verarbeiten müssen, dennoch wusste sie, dass sie vorsichtig sein musste.

Das Knurren ihres Magens, gepaart mit dem erneut aufblitzenden Gedanken an ihr bevorstehendes Date, veranlasste sie schließlich doch, die Beine über die Bettkante zu schwingen. Gegen den Hunger konnte sie etwas tun, denn sie hatte noch einen halben Liter Milch im Kühlschrank und eine Packung Cornflakes im Regal daneben. Gegen das allmählich stärker werdende flaue Gefühl in ihrer Magengrube und den Anstieg ihres Blutdrucks konnte sie allerdings nicht viel ausrichten. Tat sie wirklich das Richtige?

War es nicht doch zu früh, sich auf einen Mann einzulassen? Sie verfluchte ihre Unsicherheit. Wie lange sollte sie denn noch warten, bis sie einen ersten Schritt in diesem Bereich ihres neuen Lebens wagte?

Möglicherweise blieb es ja auch nur bei einem oberflächlichen Flirt, versuchte sie sich zu beruhigen. Sie hatte zwar nicht die geringste Übung im Flirten, schlicht und ergreifend, weil sie es noch niemals getan hatte, aber so schwer konnte das nun auch wieder nicht sein. Lediglich dieses beharrliche Ziehen in ihrem Inneren, wenn sie an Holger dachte, und die Schmetterlingsarmee, die sich in ihrem Bauch eingenistet hatte und bei jedem Gedanken an den bevorstehenden Abend aufstob, strafte die Annahme Lügen, es könnte sich um eine nicht ernst zu nehmende Verabredung handeln.

Larissa kannte sich selbst recht gut. Auch wenn sie in den vergangenen Jahren viele ihrer eigenen Bedürfnisse ignoriert oder zurückgestellt hatte, war sie sich doch bewusst, dass sie nicht der Typ für seichte Flirts war. Sie konnte sich weder vorstellen noch hatte sie die geringste Lust darauf, sich die Zeit mit wechselnden Männerbekanntschaften zu vertreiben. Auch nicht unter dem Vorwand, nach einem festen Partner Ausschau zu halten. Sie war im Grunde wie ihre Mutter, die ihr einmal gesagt hatte, dass sie nur zweimal in ihrem Leben verliebt gewesen war. Das erste Mal hatte leider in einem Desaster geendet, doch Evelyne war nicht einmal darüber traurig, denn immerhin war Larissa dieser unglückseligen Beziehung entsprungen. Knapp fünf Jahre später hatte sie in einer Phase, in der sie nicht im Traum an eine neue Beziehung gedacht hatte, Larissas

Stiefvater kennengelernt und war sich, das gab sie heute im Gegensatz zu damals freimütig zu, beinahe auf den ersten Blick sicher gewesen, in ihm den Partner fürs Leben gefunden zu haben.

Larissa war eine Frau, die ihr Herz nicht leichtfertig hergab, das hatte sie schon damals nicht getan, als sie mit Felix zusammengekommen war. Sie war sich schon als Teenager sicher gewesen, dass sie mit ihm, und nur mit ihm, zusammen sein wollte. Da er ebenso empfunden hatte, war die Sache für sie beide rasch klar gewesen. Damit, dass sich ihrer beider Leben in den darauf folgenden Jahren so stark auseinanderentwickeln würden, hätte sie keinesfalls gerechnet. Noch heute war es ihr unbegreiflich, wie das hatte geschehen können oder warum sie es nicht viel früher hatte kommen sehen. Sie hatte einfach zu sehr versucht, an ihrem Traum festzuhalten.

Seit ihrer Scheidung war Holger der erste Mann, den sie nicht einfach nur allgemein attraktiv fand, sondern zu dem sie sich körperlich stark hingezogen fühlte. Auch in dieser Hinsicht kannte sie sich gut. Sie war keine Frau für lockere Abenteuer. Herz und Körper gingen bei ihr grundsätzlich Hand in Hand – oder sollte sie in diesem Zusammenhang von Herz und Hormonen sprechen? Wie auch immer sie es benennen würde, die Tatsache, dass Holger in ihr eine noch unterschwellige, jedoch stetig wachsende Sehnsucht nach Nähe hervorrief, ließ sie einigermaßen ratlos zurück. Was, wenn sie diesen Empfindungen nachgab und später feststellte, dass sie den gleichen Fehler zweimal gemacht hatte? Wenn auch er sie nicht so akzeptieren konnte, wie sie nun einmal war? An der Reaktion dieser Hedwig, die ja nun einmal zu seiner Familie gehörte, erkannte sie, dass es auch hier in Rodderbach Menschen gab, die ihrem Beruf und ihrer Lebenseinstellung skeptisch bis ablehnend gegenüberstehen würden. Zwar hatte Larissa nicht den Eindruck, dass es solche Menschen in ihrem direkten Umfeld gab, doch immerhin war sie noch nicht allzu lange in Rodderbach. Noch war sie so etwas wie ein Alien oder ein Paradiesvogel, den man staunend bewunderte und mit Neugier beobachtete. Wie lange würde es wohl dauern, bis die ersten Leute den Kopf über sie schüttelten, wenn sie glaubten, dass Larissa es nicht bemerkte? Wie lange würde es dauern, bis Holger das bemerkte – und schließlich selbst tat?

Andererseits wusste sie natürlich, dass sie sich mit solchen Erwägungen selbst im Weg stand. Denn wie sollte sie jemals herausfinden, ob sie nicht doch eines Tages mit einem Mann glücklich werden konnte, wenn sie nicht wagte, ins kalte Wasser zu springen? Und das würde sie sprichwörtlich tun müssen, denn abgesehen von ihren emotionalen Unzulänglichkeiten, an denen sie dringend arbeiten musste, besaß sie nun einmal nicht die geringste Erfahrung im Umgang mit Männern, die nicht ausschließlich ein berufliches oder platonisches Interesse an ihr hegten.

Da das Grübeln über dieses Problem sie nicht weiterbrachte, konzentrierte Larissa sich stattdessen auf die Dinge, die unmittelbar vor ihr lagen. Das war einmal ihre Einkaufsliste, um die sie sich heute Vormittag kümmern wollte, und andererseits die Frage, was sie heute Abend anziehen sollte. Leger, vermutete sie, denn Holger hatte ja angedeutet, dass er mit ihr über den Kirmesplatz gehen wollte, der sich auf dem großen Marktplatz befand. Da sie die ganze Woche auf dem Lärchenhof geblieben war, hatte sie nicht mitbekommen, wie und wann die Schaugeschäfte aufgebaut worden waren. Das große Festzelt, in dem die Tanzveranstaltung stattfinden sollte, würde auf einem Teil des Marktparkplatzes aufgebaut. Zumindest hatte sie bei einer kurzen Internetrecherche herausgefunden, dass dies bisher immer so gewesen war. Als sie nun die entsprechende Rubrik auf der Rodderbacher Website erneut aufrief, fand sie auch eine Fotogalerie im Blog, die sich ganz um vergangene Tanzabende drehte. Erleichtert konstatierte sie, dass ihr Bauchgefühl richtig gewesen war. Jeans und ein hübsches Shirt oder eine etwas schickere Bluse würde vollkommen ausreichen. Also musste sie sich zumindest um dieses Thema nun ebenfalls keine weiteren Gedanken machen.

Nachdem sie ihr Cornflakes-Frühstück beendet hatte, schnappte sie sich Handtasche und Autoschlüssel und machte sich beschwingt auf den Weg ins Erdgeschoss.

»Larissa, da bist du ja! Ich habe dich ja schon eine halbe Ewigkeit nicht mehr zu Gesicht bekommen.« Als habe sie nur darauf gewartet, dass Larissa die Treppe herunterkam, erschien Erika in der Küchentür und bedachte sie mit einem strahlenden Lächeln. »Zu Jochen habe ich schon gesagt, dass ich mir allmählich Sorgen mache, weil du dich so einigelst. Du musst doch ab und zu auch mal an die frische Luft! Man kann doch nicht Tag und Nacht in demselben Raum bleiben und auf eine Computertastatur einhacken.«

Larissa blieb am Fuße Treppe stehen. »Doch, das kann man. Ich hatte sehr viel zu arbeiten, da vergesse ich oft Zeit und Raum. Aber keine Sorge, zwischendurch habe ich hin und wieder Luft geschnappt.«

»Das stelle ich mir unheimlich anstrengend vor, ununterbrochen am Computer zu arbeiten. Wie schaffst du das nur? Ich meine, ich mache auch hin und wieder was am PC, für meine Schwester, und gelegentlich schreibe ich einen Artikel für den Rodderbach-Blog, aber jeden Tag von früh bis spät? Das könnte ich nicht.«

»Übung und Gewohnheitssache.« Larissa lächelte schwach. »Und immer wieder kurze sportliche Einlagen und Übungen für meinen Rücken.«

So als würde rein die Vorstellung darüber Verspannungen auslösen, rieb Erika sich über den Nackenbereich. »Aber jetzt machst du eine Pause?«

»Ich bemühe mich, das Wochenende wirklich Wochenende sein zu lassen«, bestätigte Larissa. »Bevor es in den Läden zu voll wird, möchte ich ein paar Einkäufe erledigen.«

Erika lachte. »Samstags in den Supermarkt? Da kann ich mir Schöneres vorstellen. Aber du hast wahrscheinlich recht; wenn du jetzt gleich losfährst, wird noch nicht so viel los sein. Aber denk bitte daran, dass du, wenn du in die Innenstadt willst, wahrscheinlich auf dem Marktparkplatz nicht parken kannst. Der größte Teil des Platzes wird vom Festzelt und von den Wohnwagen der Kirmes-Schausteller eingenommen. Wenn du in die Innenstadt musst, dann parkst du am besten in der Tiefgarage neben der Stadtverwaltung oder, wenn dort auch alles voll ist, ein bisschen außerhalb auf dem Burgtor-Parkplatz. Da musst du zwar ein paar Schritte laufen, aber das ist immer noch besser, als sich verzweifelt irgendwo etwas am Straßenrand suchen zu müssen.«

»Danke für den Tipp.« Lächelnd nickte Larissa ihr zu. »Ich mache mich dann mal auf den Weg.«

»Mach das.« Erika war bereits im Begriff, wieder in die Küche zurückzukehren, drehte sich jedoch noch einmal um. »Hast du Lust, heute Abend mit uns zusammen zur Kirmes zu gehen? Für uns ist der Kirmes-Samstag immer so etwas wie eine Tradition. Wir drehen eine Runde über den Platz, kaufen gebrannte Mandeln und setzen uns dann für ein paar Stündchen ins Festzelt. Wenn uns danach ist, tanzen wir auch die eine oder andere Runde, aber nur, wenn die Musik nicht zu schräg ist.« Sie lachte. »Unsere Pfingstkirmes ist immer sehr schön; man trifft viele Leute, die einem sonst übers Jahr nur selten über den Weg laufen, und kann sich mit dem neuesten Klatsch und Tratsch versorgen.« Glucksend winkte sie ab. »Letzteres brauchst du nicht zu tun, aber nachdem du die ganze Woche so hart gearbeitet hast, wäre das doch bestimmt mal eine schöne Abwechslung.«

Verlegen nickte Larissa, schüttelte dann aber gleich den Kopf. »Ja, also nein, also …« Sie räusperte sich. »Ich würde sehr gerne mitkommen, aber ehrlich gesagt bin ich bereits … so etwas wie verabredet.«

»So etwas wie verabredet?«, echote Erika und kam wieder neugierig näher. »Was muss ich mir darunter vorstellen?«

»Nun ja …« Larissa Verlegenheit wuchs. Sie spürte, dass ihre Wangen sich erwärmten. »Holger hat mich vergangenen Samstag schon gefragt, ob ich mit ihm zur Kirmes gehen möchte.«

»Ach.« Mehr kam nicht von Erika, doch sie blickte Larissa weiter erwartungsvoll an.

»Ja.« Unsicher hob sie die Schultern.

»Du gehst also mit ihm hin.«

Zögernd nickte Larissa. »Ich dachte, also …«

»Wie schön!« In Erikas Augen funkelte es erfreut. »Er hat gar nichts davon gesagt, dass er dich eingeladen hat.«

»Vielleicht wollte er damit warten, bis er sicher ist, dass ich auch tatsächlich mitgehe«, platzte es aus Larissa heraus. Die Wärme in ihren Wangen verstärkte sich bei Erikas überraschtem Blick.

»Wolltest du ihm denn zwischendurch absagen?«

»Ich war mir nicht ganz sicher.«

Obwohl Erika keine weiteren Details kannte, nickte sie verständnisvoll. »Aber nun gehst du mit ihm hin. Dann sehen wir uns also spätestens dort.« Sie deutete hinter sich in die Küche. »Entschuldige mich bitte, ich muss mich um meinen Kuchen kümmern. Bis später also?«

»Ja, bis später.« Nun doch wieder nervös, machte Larissa sich auf den Weg zu ihrem Auto.

* * *

»Guten Morgen, Frau Weiß!« Die Verkäuferin in der Bäckerei Adams lächelte strahlend, als Larissa den Laden betrat. Das altmodische Bimmeln der Türklingel bei ihrem Eintritt amüsierte Larissa, und sie lächelte automatisch zurück, kam jedoch nicht dazu, etwas zu sagen, denn die rundliche blonde Frau redete bereits munter weiter: »Sie habe ich ja schon seit Tagen nicht mehr gesehen. Sonst sind Sie doch schon mal durch die Stadt gelaufen oder auch hereingekommen, um ein Teilchen oder ein Croissant zu kaufen. Aber jetzt die ganze Woche noch nicht! Waren Sie gar nicht in Rodderbach?«

»Guten Morgen, Frau Adams. Ich …«

»Lisbeth bitte, Frau Adams ist meine Mutter.« Lisbeth Adams kicherte.

»Ja, äh … Lisbeth.« Larissa nickte überrascht. »Ich war in Rodderbach, bin aber vor lauter Arbeit kaum vor die Tür gekommen.«

»Na so was! Haben Sie sich mit Ihrem Laptop in Ihrer Ferienwohnung verschanzt?«

»So etwas Ähnliches«, bestätigte Larissa. »Das Leben einer Autorin besteht nun mal aus vielen, vielen einsamen Stunden am Computer.«

»Dann haben Sie schon mit dem neuen Buch angefangen?«

»Nein, aber ich habe ja auch noch etwas anderes zu tun. Werbung, Recherche, jede Menge andere Dinge, die Außenstehende so meistens gar nicht sehen und an die sie nicht denken, wenn sie hören, dass ich Autorin bin.«

»Das kann ich mir vorstellen.« Verständnisvoll nickte Lisbeth ihr zu. »Meine jüngste Tochter studiert Grafikdesign und hat sich schon jetzt, während des Studiums, selbstständig gemacht. Sie stöhnt auch immer darüber, wie anstrengend es ist, neue Kunden zu werben, überall auf sich aufmerksam zu machen und so, und dann kommen natürlich noch die Aufträge hinzu, die sie abarbeiten muss. Ich habe ihr gesagt, sie soll sich während ihres Studiums noch nicht so viel Arbeit aufladen. Nicht, dass ihre Noten am Ende darunter leiden. Aber sie ist ja auch noch jung und muss wissen, was sie sich alles zumuten kann.«

»Das ist zwar richtig«, stimmte Larissa zu, »dennoch ist es wichtig, einen Ausgleich zu schaffen und sich nicht zu viel Arbeit aufzuhalsen. Ich musste das selbst erst lernen – oder vielmehr lerne ich es immer noch.«

»Nina hat übrigens auch die Internetseite für unsere Bäckerei entworfen. Haben Sie die schon mal gesehen? Die ist großartig geworden, und man kann jetzt sogar online bei uns ein Abo auf die Lieferung der Sonntagsbrötchen abschließen und Brot, Brötchen oder Kuchen vorbestellen. Meistens kümmert sich mein Mann um diese Sachen, aber Klaus hat schon so viel in der Backstube zu tun, dass ich gesagt habe, ich muss jetzt unbedingt mal ein paar Unterrichtsstunden bei Nina nehmen, damit ich ebenfalls mit dieser neuen Software umgehen kann.« Lisbeth lachte herzlich; in ihren Augen funkelte es unternehmungslustig. »Da rede und rede und rede ich, dabei wollen Sie bestimmt etwas kaufen, oder nicht? Davon will ich Sie selbstverständlich nicht abhalten. Was darf es denn sein?«

»Für den Anfang vier Brötchen.« Larissa warf einen Blick auf die Auslagen hinter der Glasscheibe des Verkaufstresens. »Und dann noch …«

Hinter ihr öffnete sich die Ladentür mit dem obligatorischen Bimmeln und eine alte Dame in Jeans und einer weiten, bunten Bluse trat ein. »Ne joode Morje, Lisbeth!«, grüßte sie in breitem Rodderbacher Platt. Larissa erinnerte es immer an den Kölner Dialekt, dennoch war es ein wenig anders. Wahrscheinlich lag es an den moselfränkischen Einschlägen in der Gegend. Sie hatte bei ihren Recherchen schon festgestellt, dass beinahe jeder Eifelort einen etwas anderen, eigenen Dialekt pflegte. Sie war immer froh, wenn sie alteingesessenen Einwohnern oder Einwohnerinnen begegnete und tatsächlich verstand, was sie sagten. Die alte Dame rauschte mit viel Elan bis zum Verkaufstresen vor und schenkte nicht nur Lisbeth, sondern auch Larissa ein herzliches Lächeln. »Is dat nit ene schöne Sunnesching hück? Dä Herrjott hält singe Hand über ons' Kirmes.« Sie musterte Larissa neugierig. »Se sin' die Autorin, oder? Die bei mingem Sohn op'em Hoff wuhnt?«

Larissa nickte. »Die bin ich. Sie sind Jochen Mahlers Mutter? Es freut mich, Sie kennenzulernen.« Sie streckte der alten Frau spontan die Hand hin, die diese auch sogleich ergriff und überraschend kräftig schüttelte.

»Friederike Mahler. Ävver alle saare nur Rieke zu mir. Willkumme in Rodderbach! Ich wollt ja schon die janze Zig mal erüvvekumme, ävver minge Jaade, wisst'er, dä will singe Herrin jeden Daach sinn. Isch han schon zwei Bööcher von Üsch jelääse, die jefallen mir richtisch joot. Sojaar die Stelle, wo et um Sex jeht.« Die alte Frau grinste breit. »Da habt'er 'n Händche für! Da hab isch schon janz andere Saache jelääse, wo mir de Haar zu Berje stunde. Ävver in Ühre Bööcher hätt dat sojar mir aale Schachtel noch Spass jemaht. Dat will schon wat heeße.«

Larissa hatte sich sehr angestrengt, dem Redestrom der alten Dame zu folgen, und nickte nun zögernd. »Danke sehr. Ich freue mich, dass Ihnen meine Bücher gefallen.« Rieke schmunzelte. »Ühr versteht nur de Hälf von demm, wat ich quassele, oder?« Sie räusperte sich. »Entschuldigung. Ich werde versuchen, für Sie mein Hochdeutsch noch mal herauszukramen.«

Überrascht starrte Larissa sie an. Zwar war Riekes Sprache immer noch vom Dialekt gefärbt, nun jedoch ausgezeichnet zu verstehen. »Ich nehme an, es wird noch eine

Weile dauern, bis ich mich an den Dialekt gewöhnt habe. In Hannover sprechen die meisten Leute Hochdeutsch.«

»Langweilig, oder?« Rieke lachte. »Ich war über vierzig Jahre lang Lehrerin an der Realschule in Rodderbach. Erstaunt Sie das? Weil wir doch den großen Hof hatten, den jetzt mein Sohn übernommen hat? Als ich damals meinen Mann selig kennengelernt habe, hatte ich gerade mein Erstes Staatsexamen gemacht. Ich wollte unbedingt Lehrerin werden, aber was macht man, wenn man sich dann ausgerechnet in einen Bauern verliebt?« Sie zuckte fröhlich mit den Achseln. »Ich kann es Ihnen sagen: Man geht Kompromisse ein. Und man arbeitet mehr, als wahrscheinlich gut für einen ist. Zu meiner Zeit, das muss ich allerdings zugeben, waren die Unterrichtszeiten noch nicht so verdreht wie heute. Meine Schüler hatten noch überwiegend regulär von morgens acht bis mittags um eins Unterricht. Natürlich musste ich nachmittags Klassenarbeiten korrigieren und mich auf den Unterricht des nächsten Tages vorbereiten, aber es blieb trotzdem immer noch genug Zeit, um auf dem Hof mitzuhelfen. Glücklicherweise hatte mein Theo selig immer viel Verständnis dafür, dass ich einen Beruf ausüben und mein eigenes Geld verdienen wollte. Zu der Zeit damals war das noch längst nicht selbstverständlich. Aber wie sollen sich wohl auch die Dinge ändern, wenn nicht irgendjemand damit anfängt?« Sie lächelte wohlwollend. »Haben Sie schon mal darüber nachgedacht, bei uns an den Schulen Lesungen zu halten? Ich könnte mir vorstellen, dass das für die höheren Klassen schon interessant sein könnte.« Sie kicherte. »Vielleicht lassen Sie aber dann die pikanten Szenen außen vor. Bei Teenagern weiß man nie, wie sie darauf reagieren. Ich habe auf jeden Fall noch Kontakte zur Realschule, die ja jetzt seit einiger Zeit eine Realschule plus ist, wo man sogar bis zum Fachabitur lernen kann. Und zum Gymnasium habe ich auch Verbindungen. Falls Sie also Interesse haben, dann rufen Sie mich einfach an, und ich stelle den Kontakt her.« Zu Larissas Überraschung zog Rieke ein Smartphone aus der Gesäßtasche und entsperrte es mittels Gesichtserkennung. »Geben Sie mir doch mal Ihre Nummer, dann speichere ich Sie ein und rufe Sie kurz an, dann haben Sie auch meine Nummer. Sie können mich anrufen oder mir Textnachrichten schicken. Ich reagiere auf beides.«

Rasch zog auch Larissa ihr Handy hervor, nannte Rieke ihre Nummer und speicherte die ihre ein, nachdem diese sie kurz angerufen hatte. »Ich habe bisher nur ganz selten mal in Schulen gelesen. Historische Romane scheinen dort nicht unbedingt sehr hoch im Kurs zu stehen. Aber bereit wäre ich durchaus dazu.«

»Sehr gut.« Begeistert nickte Rieke. »Da lässt sich schon was einrichten. Wie ich hörte, lesen Sie aber zuerst einmal nach Fronleichnam in der Stadthalle? Ich habe mir bereits bei Jessica eine Eintrittskarte besorgt.«

Überrascht merkte Larissa auf. »Tatsächlich? Werden die denn schon verkauft? Das habe ich noch gar nicht mitbekommen. Ich war die ganze Woche so in meiner Arbeit vertieft, dass ich gar nicht dran gedacht habe, im Internet nachzusehen, ob es die Karten schon gibt. Dann muss ich später unbedingt noch die Daten auf meiner Website aktualisieren.«

»Joot, joot!« Rieke verfiel wieder in ihren breiten Dialekt und wandte sich an Lisbeth. »Seed ühr schon ferdich?«

Lisbeth schüttelte den Kopf. »Nein, noch nicht ganz. Haben Sie noch einen Wunsch, Frau Weiß?«

Larissa wandte sich wieder den Auslagen zu. »Sie machen mir die Entscheidung mit der wunderbaren Auswahl ziemlich schwer. Aber ich glaube, ich nehme noch zwei Croissants und zwei Schweineohren. Das sind übrigens die besten, die ich je gegessen habe.«

»Vielen Dank.« Lisbeth strahlte über das Kompliment. »Alles von Hand gemacht, auch der Blätterteig. Das ist sehr aufwendig, aber mein Klaus hat es noch nie eingesehen, irgendwo Fertigpampe zu kaufen, wie er es nennt. Ich gebe das Lob gerne an ihn weiter.« Während sie sprach, hatte sie bereits alles in Papiertüten verpackt, nannte Larissa den Betrag für die Einkäufe und gab ihr flink das Wechselgeld heraus. »Ich wünsche Ihnen noch einen wunderschönen Tag, Frau Weiß!«

»Gleichfalls.« Sie nickte Rieke zu. »Ihnen auch.«

»Danke. Kummt Ühr …« Rieke gluckste. »Pardon, kommen Sie auch zur Pfingstkirmes? Das kann ich nur empfehlen. Vielleicht sieht man sich dort ja.«

Larissa, die schon bei der Tür war, drehte sich noch einmal um. »Ich habe schon gehört, dass die Kirmes sehr schön sein soll. Ihr Enkel hat mich für heute dazu eingeladen.«

Interessiert merkte Rieke auf. »Minge Enkel? Welcher? Doch nicht etwa Thorben?«

Rasch schüttelte Larissa den Kopf. »Nein, Holger.«

Rieke seufzte theatralisch. »Wär ja auch zu schön gewesen. Aber was Frauen angeht, kriegt Thorben einfach nicht die Kurve. Sehr wählerisch, der Jung. Hoffentlich ist er nicht alt und grau, bis er sich mal die Richtige schnappt. Und Sie gehen also mit Holger hin? Das ist schön. Da wünsche ich Ihnen viel Spaß.«

»Vielen Dank. Also dann …« Sie nickte den beiden Frauen noch einmal zu und öffnete die Tür. Dabei musste sie einem älteren Herrn ausweichen, der gerade hereinkam. Als sie nach draußen trat, war ihr für einen Moment so, als ob die Frauen ihr nachblickten und miteinander tuschelten. Ein ungutes Gefühl beschlich sie. Dies war eine Kleinstadt. War es nicht so, dass Klatsch und Tratsch sich in Kleinstädten wie ein Lauffeuer verbreiteten? Andererseits – war die Information, dass sie mit Holger Mahler zu Kirmes ging, wirklich so bemerkenswert, dass sie sich als Stadttratsch eignete? Wahrscheinlich eher nicht, beruhigte sie sich.

Sie wurde aus den Gedanken gerissen, als eine Fahrradklingel neben ihr ertönte. Franz-Josef radelte überaus flott auf seinem Dreirad an ihr vorbei und winkte. »Hallo, Larissa!« Diesmal hielt er nicht an, weshalb sie rasch zurückwinkte. »Hallo, Franz-Josef! Fahr nicht so schnell, das hier ist nicht die Rallye Monte Carlo.«

Sie hörte, wie Franz-Josef lauthals lachte und sah ihn noch einmal winken. Auch um sie herum lachten einige Passanten über ihren Scherz. Hier und da wurde sie von Männern und Frauen gegrüßt, denen sie zuvor bei ihren Spaziergängen durch den Ort schon einmal begegnet war. Auch in der Metzgerei Brathuhn wurde sie freundlich und wie eine Einheimische angesprochen und sogar mit aktuellem Klatsch versorgt, während sie ein paar Mettenden erstand, für die sie eine Vorliebe entwickelt hatte, seit Erika ihr in der vergangenen Woche welche zusammen mit frischen Eiern und Speck vor die Tür gelegt hatte. So wusste sie nun, dass die Urgroßmutter des Tankstelleninhabers Reuter wegen ihrer Alzheimererkrankung nun doch ins Altenheim Sankt Anna an der Nordstraße gezogen war, dass die Ehefrau des ehemaligen Bürgermeisters Gregor Holfe sich mal wieder scheiden lassen wollte – offenbar drohte sie mindestens einmal im Jahr damit – und dass es in der Grundschule einen Ausbruch von Kopfläusen gegeben hatte. Und auch hier wurde sie wieder überschwänglich zum Besuch der Kirmes eingeladen. Diesmal vermied sie es jedoch tunlichst, darauf hinzuweisen, dass sie mit Holger hingehen würde, sondern bedankte sich nur artig.

Auf dem Weg zur Tiefgarage neben der Stadtverwaltung, in der sie einen der letzten Parkplätze ergattert hatte, blieb sie kurz vor dem Schaufenster eines Geschäfts für Modeschmuck stehen und betrachtete die hübschen Ketten, Ohrringe und Armbänder, die dort ausgestellt waren. Kurz überlegte sie, ob sie noch einen Abstecher in den Laden machen oder doch lieber vorher ihre Einkäufe im Auto verstauen sollte, als von hinten ein rotblonder Wirbelwind auf sie zuschoss.

»Larissa, hallo!« Isabella kam neben ihr zum Stehen und blickte ebenfalls durch das Schaufenster auf die Auslagen. Spontan deutete sie auf ein Set von Kette und Ohrringen aus echtem Silber mit keltisch anmutenden Anhängern. »Das da ist toll, das muss ich unbedingt haben!« Sie riss ihren Blick von dem Schmuck los und musterte Larissa neugierig. »Dich hab ich aber schon lange nicht mehr in der Stadt gesehen. Erika hat erzählt, dass du jeden Tag von morgens bis abends nur in deiner Ferienwohnung gesessen hast, um zu arbeiten. Das wäre ja irgendwie nichts für mich. Ich brauche Leben und Leute um mich.« Sie drehte sich um und winkte heftig in Richtung des Rodderbacher Hofs. »Jessica!«, rief sie so laut, dass Larissa erschrocken zusammenzuckte. »Hierher, ich habe sie erwischt.«

Verblüfft starrte Larissa die junge Frau an. »Wobei denn erwischt?«

Isabella lachte. »Jessica hat mitbekommen, dass du dich in der Stadt herumtreibst. Sie ist auf der Suche nach dir.«

»Warum?« Da Jessica inzwischen mit großen Schritten herbeigeeilt war, richtete Larissa diese Frage an sie.

Mit grimmiger Miene und funkelnden Augen ergriff Jessica ihren Arm und zog sie zu sich heran. »Was muss ich da hören? Du hast ein Date mit meinem Bruder? Ich dachte, ich höre nicht richtig, als Mama mir vorhin davon erzählt hat. Warum erfahre ich davon als Letzte?«

Verunsichert blickte Larissa zwischen Jessica und Isabella hin und her. Wohl aus Solidarität hatte auch Isabella eine grimmige Miene aufgesetzt.

»Entschuldige bitte, aber ich hatte noch gar keine Gelegenheit, dir davon zu erzählen. Dazu war ich zu beschäftigt, und wir haben uns ja die ganze Woche gar nicht gesehen. Aber als Letzte? Das stimmt doch nicht. Eigentlich hast du als Zweite davon gehört, nach deiner Mutter.«

»Pfff, von wegen!« Jessica stemmte die freie Hand in die Seite. »Wie erklärst du mir dann, dass euer Date längst zum Stadtgespräch geworden ist?«

Larissa spürte geradezu, wie sie blass wurde. »Zum Stadtgespräch? Das kann doch gar nicht sein.«

»Und wie das sein kann. Als ich vorhin Oma Rieke vor der Bäckerei Adams getroffen habe, hat sie mir ganz stolz davon erzählt. Und nicht nur mir, sondern sie hat vorher schon mit ein paar ihrer Bekannten darüber geredet, die wahrscheinlich ebenfalls in der Bäckerei gewesen sind. Was hast du zu deiner Verteidigung vorzubringen?« Als Larissa nur schluckte, entspannte sich Jessicas Miene unvermittelt wieder und sie begann haltlos zu kichern. »Du liebe Güte, du bist aber ein leichtes Opfer. Entspann dich, niemand ist dir böse. Falls das mit dir und Holger aber ein Geheimnis ist, dann solltest du es vermeiden, darüber in einer öffentlichen Einrichtung wie der Bäckerei Adams zu reden. Egal mit wem. Selbst wenn dir dort jemand absolutes Stillschweigen versichert, haben trotzdem immer und überall die Wände Ohren.« Sie zwinkerte vergnügt. »Aber nun mal im Ernst: Du hättest mich auch anrufen können oder mir eine Textnachricht schreiben. So etwas muss ich doch wissen! Du und mein Bruder … Das dürfte die Sensation der Pfingstkirmes werden.«

»O Gott!« Entsetzt schlug Larissa die Hände vors Gesicht. »Das fehlt mir gerade noch.«

»Offenbar.« Isabella kicherte. »Du hast dir aber auch zielsicher einen der begehrtesten Junggesellen der Stadt herausgesucht. Hut ab!«

»Wobei ich ehrlich gesagt nicht begreifen kann, was an ihm so begehrenswert ist«, wandte Jessica ein und schüttelte sich dabei übertrieben.

»Du hast bloß keine Ahnung, weil er dein Bruder ist. Dir braucht er ja auch nicht zu gefallen.« Grinsend verdrehte Isabella die Augen. »Aber vielen anderen Frauen sehr wohl.«

»Dir etwa auch?« Entgeistert starrte Jessica Isabella an, die daraufhin laut auflachte.

»Um Himmels willen, wo denkst du denn hin? Das wäre ja fast so, als würde ich auf meinen Bruder stehen.« Diesmal schüttelte sich Isabella. »Allein der Gedanke rollt mir die Fußnägel auf. Nein, nein, den lieben Holger überlasse ich liebend gerne Larissa, wenn sie ihn haben will.«

Die Blicke beider Frauen richteten sich neugierig und wachsam auf Larissa. Jessica legte den Kopf schräg. »Und?«

Larissa tat, als wüsste sie nicht, was gemeint ist. »Was und?«

Jessica stöhnte ungeduldig. »Willst du ihn haben?«

Nicht sicher, wie sie darauf reagieren sollte, biss Larissa sich auf die Unterlippe. »Ich gehe doch nur heute Abend mit ihm auf die Kirmes.«

Isabella stieß geräuschvoll die Luft aus. »Also ich muss nicht Psychologie studiert haben, um deine Körpersprache analysieren zu können.« Sie beugte sich zu Jessica hinüber und flüsterte so laut, dass es vermutlich die halbe Straße hören konnte: »Natürlich will sie ihn haben.«

Prompt blickten einige Passanten neugierig zu ihnen herüber. Erschrocken zog Larissa den Kopf ein.

Grinsend knuffte Jessica sie in die Seite. »Herzlich willkommen in Rodderbach, dem Ort, an dem nichts, aber auch wirklich gar nichts ein Geheimnis bleibt, es sei denn, alle Rodderbacher wollen es so.« Rasch legte sie Larissa einen Arm um die Schulter, weil sie offenbar bemerkte, dass sie sie mit ihrer Bemerkung verunsichert hatte. »Ist doch nicht schlimm. Holger ist schon in Ordnung, du hättest es bestimmt schlimmer treffen können. Sag mal, hast du ein bisschen Zeit? Ich habe nämlich Hunger und überlege gerade, ob ich eine Kleinigkeit bei Richard essen soll. Kommst du mit?«

»Heute jibbet Himmel un' Ääd«, verkündete Isabella daraufhin im Rodderbacher Dialekt. »Sehr empfehlenswert, oder wie wir zu sagen pflegen: lecker!«

»Und wie!« Jessica rieb sich begeistert die Hände. »Komm schon, das musst du probieren, Larissa. Kartoffelpüree mit Apfelkompott und gebratener Blutwurst sowie den besten gebratenen Zwiebelringen, die du je gegessen hast. Obwohl …« Sie grinste verschmitzt. »Von denen nimmst du am besten nur ganz, ganz wenig. Zwiebeln und erste Dates vertragen sich kusstechnisch nicht ganz so gut.«

Bei diesen Worten schnellte Larissas Blutdruck prompt in ungesunde Höhen. »Vom Küssen war doch überhaupt nicht die Rede.«

»Nicht?« Fassungslos starrte Jessica sie an. »Wozu hast du dann mit ihm ein Date?«

Darauf wusste Larissa beim besten Willen keine Antwort.

Isabella fasste sie und Jessica bei den Händen und zog sie mit sich in Richtung des Rodderbacher Hofs. »Los, essen wir erst mal etwas.« Sie warf einen Blick auf Larissas Einkaufstüte. »Sind da verderbliche Sachen drin? Ich kann sie gerne bei uns so lange in den Kühlschrank legen.«

»Nein, schon gut.« Larissa hatte Mühe, mit der jungen Frau Schritt zu halten. »Das ist alles gut haltbar.«

»Umso besser!« Im Inneren der Gaststätte führte Isabella sie an einen Fenstertisch. »Apfelsaft für alle? Okay, dann gehe ich mal schnell zu Papa in die Küche und gebe unsere Bestellung auf.« Schon wirbelte sie davon.

Jessica, die genau gegenüber von Larissa Platz genommen hatte, beugte sich ein gutes Stück über den Tisch und maß sie mit auffordernden Blicken. »Und jetzt erzählst du mir erst einmal haarklein, wie es zu diesem Date gekommen ist. Und mit haarklein meine ich: Ich will pikante Details hören.«

Kapitel 11

Wenn Larissa gedacht hatte, die Entscheidung über das, was sie am Abend anziehen sollte, würde ihr leichtfallen, hatte sie sich geirrt. Schon seit über einer halben Stunde trug sie Jeans und bequeme, aber zugleich schicke rosafarbene Sneakers sowie einen weißen Spitzen-BH. Doch was ihr Oberteil anging, war sie kurz vor dem Verzweifeln. Inzwischen lagen sämtliche langarmigen Shirts, T-Shirts und Blusen auf dem Bett verstreut, doch sie konnte sich einfach nicht entscheiden. Immer wieder nahm sie dieses oder jenes Kleidungsstück in die Hand, hielt es an sich, trat vor den Spiegel und warf es dann wieder zurück aufs Bett. Hatte sie endgültig den Verstand verloren? Sie ging doch nicht auf eine royale Gala oder auf einen Ball oder Staatsempfang. Es handelte sich lediglich um einen Jahrmarkt und ein Festzelt mit Livemusik. Im Grunde war schlichtweg egal, was sie anzog.

Nein, war es nicht. Dies war ihr erstes Date nach der Scheidung. Ihr erstes Date überhaupt! Zumindest wenn man diejenigen, die sie als Teenager mit Felix gehabt hatte, nicht hinzurechnete. Und das tat sie nicht. Damals war die Situation eine völlig andere gewesen und sie noch fast ein Kind. Das hier war etwas Neues, und deshalb wollte sie kleidertechnisch nichts falsch machen.

Nach einem Blick auf die Uhr, der ihr beinahe einen Herzstillstand verursachte, griff sie schließlich nach einer zartrosa Bluse mit Stickereien an der Knopfleiste und an den dreiviertellangen Ärmeln. Prüfend musterte sie sie, streifte sie dann über und zupfte sie vor dem Spiegel zurecht. Ein hübscher V-Ausschnitt, die Form figurbetont. Dazu silberne Ohrstecker in Sternchen-Form und das dazu passende Kettchen mit Sternanhänger. »Fertig, verdammt noch mal!«, knurrte sie sich selbst an.

Schon vermeinte sie, das Brummen eines Motors zu vernehmen, und hastete ins Bad, um einen Hauch Make-up und etwas Lipgloss aufzulegen. Sie hatte gerade ihre Hände noch einmal gewaschen, als es leise an der Tür ihrer Ferienwohnung klopfte. Ihr Herz versuchte daraufhin, mit einem einzigen Satz aus ihrem Brustkorb zu springen.

* * *

Holger musterte noch einmal prüfend den kleinen Strauß Margeriten, den er sich aus dem Blumenbeet seiner Mutter zusammengerupft hatte, bevor er, immer zwei Stufen auf einmal nehmend, die Treppe zu Larissas Ferienwohnung hinaufeilte. Zum Glück waren Thorben und seine Eltern noch im Stall beschäftigt, sodass niemand ihn aufhalten und mit Fragen bestürmen konnte. Vor der Tür angekommen, fuhr er sich noch einmal ordnend durch sein kurzes, dunkelbraunes Haar und zupfte an seinem weinrot und grau gemusterten Hemd und seiner schwarzen Lederjacke herum. Zufrieden mit seinem Aussehen, klopfte er gegen das glatte Eichenholz der Tür. Von drinnen konnte er Schritte hören, dann einen langen Augenblick gar nichts, bevor sich die Tür öffnete.

Seine eingeübte, charmante Miene wich in dem Moment einem echten Lächeln, als er Larissa erblickte. Das

Vibrieren in seinem Inneren ließ sich einmal mehr erspüren. »Guten Abend, Larissa. Wie ich sehe, konntest du dich für ein Outfit entscheiden. Du siehst sehr hübsch aus.«

Ein beinahe schüchternes Lächeln zeichnete sich auf ihren Lippen ab. »Danke. Du auch. Also, nicht hübsch, sondern …« Sie verdrehte die Augen. »Ich fange noch mal von vorne an. Guten Abend, Holger. Danke für das Kompliment, du siehst ebenfalls gut aus.« Sie atmete tief durch. »War das jetzt okay so?«

Schmunzelnd nickte er. »Hervorragend.« Er hielt ihr die Blumen hin. »Die sind für dich.«

Sichtlich verblüfft nahm sie den Strauß entgegen. Auf ihren Wangen erschien ein rosa Hauch. »Danke sehr. Die sind aber schön.« Suchend blickte sie über die Schulter in ihr Apartment. »Ich muss schauen, ob ich eine Vase oder so etwas finde.« Sie wirbelte auf dem Absatz herum und steuerte erst die Küche, dann den Schrank im Wohnbereich an, bis sie tatsächlich eine Vase fand. Eilig füllte sie sie mit Wasser und stellte die Margeriten hinein. »Das wäre aber wirklich nicht nötig gewesen.«

»Doch, war es«, widersprach er. »Weil es dich zum Lächeln gebracht hat.«

Sichtlich verlegen verbarg Larissa ihr Gesicht in den weißen Blüten, richtete sich dann jedoch wieder auf und kehrte zur Tür zurück.

Holger trat einen Schritt zur Seite, um ihr Platz zu machen. »Hast du alles dabei, was du brauchst? Handtasche, Jacke, gute Laune?« Er warf einen Blick auf ihre Füße. »Und bequeme Schuhe! Die Frau gefällt mir. Dann mal los, auf zur Pfingstkirmes.«

Was er so leicht dahingesagt hatte, entsprach voll und ganz der Wahrheit. Larissa gefiel ihm außerordentlich gut. Nach der langen Woche, in der er sie nicht gesehen, sondern nur hin und wieder Textnachrichten mit ihr ausgetauscht hatte, war er sich nicht ganz sicher gewesen, wie er auf die erneute Begegnung reagieren würde. Immerhin hatte er bisher selten so lange Zeit zwischen zwei Treffen mit einer Frau vergehen lassen. Allerdings, so musste er sich eingestehen, hatte er bisher auch äußerst selten das Bedürfnis gehabt, sich nach einigen wenigen Treffen weiter ernsthaft mit einer Frau zu befassen. Babsi zum Beispiel, die er erst kürzlich kennengelernt hatte, hatte er schon nach dem dritten Treffen mitgeteilt, dass es mit ihnen beiden nicht ganz das Richtige war. Im Nachhinein betrachtet musste er sich eingestehen, dass dieses Gespräch nur kurz nach seinem ersten Zusammentreffen mit Larissa stattgefunden hatte.

Glücklicherweise gehörte Babsi nicht zu den Frauen, die deswegen gleich ein gebrochenes Herz beklagten. Es war von vorneherein klar gewesen, dass sie, wenn überhaupt, nur ein bisschen Spaß miteinander haben würden. Diese Art von Spaß war jedoch in dem Moment uninteressant geworden, als er auf Larissa getroffen war. Nun saß sie neben ihm im Auto und wirkte nervös, aber gefasst, während er seinen Wagen zum Parkplatz am Burgtor lenkte.

»Ich hoffe, es macht dir nichts aus, ein paar Schritte zu gehen«, ergriff er das Wort, nachdem er den Motor abgestellt hatte. »Woanders werden wir heute Abend kaum noch einen Parkplatz finden. Nimm deine Jacke am besten mit. Im Moment ist es zwar noch warm, aber um diese Jahreszeit kann die Temperatur nach Sonnenuntergang schnell rapide sinken. Wenn du willst, können wir die Jacke später im Zelt an der Garderobe abgeben. Da ist sie sicher aufgehoben.«

»Klar, okay.« Nachdem sie ausgestiegen war, warf Larissa sich den schicken, bunt gemusterten Kurzmantel über, dessen Farbgebung hervorragend zu ihrer rosa Bluse passte. Das war noch etwas, was ihm an ihr gefiel. Sie wusste sich zugleich leger und schick zu kleiden, ohne aufgedonnert zu wirken. Einzig ihre Wortkargheit störte ihn, und er beschloss, alles zu versuchen, um ihr die Befangenheit zu nehmen.

»Vergiss die gute Laune nicht.« So selbstverständlich wie möglich ergriff er ihre Hand. »Ich habe extra eine große Ladung davon auf der Rückbank verstaut. Die nehmen wir jetzt mit.« Erleichtert nahm er ihr amüsiertes Lächeln wahr und zog sie sachte mit sich in Richtung Ortsmitte. »Fährst du eigentlich gerne mit der *Wilden Maus*?«

»Was?« Sie schüttelte den Kopf. »Ich glaube nicht.«

»Autoscooter?«

»Seit meiner Kindheit nicht mehr. Damals war ich nicht besonders gut darin.«

»Dann probieren wir das nachher mal aus. Vielleicht treffen wir ein paar Bekannte, gegen die wir antreten können.«

»Antreten?«

Er grinste breit. »Wozu Autoscooter fahren, wenn man sich nicht dabei mit ein paar guten Freunden bekriegt? Aber weiter im Text: Hast du irgendwelche Vorlieben, was Fahrgeschäfte angeht?«

»Das Riesenrad.« Sie hüstelte. »Ich weiß schon, das totale Klischee. Mädchen und Riesenrad. Aber ich mag es nun mal, die Welt aus der luftigen Höhe zu betrachten – vor allem, wenn es schon dunkel ist und man überall die Lichter der Umgebung sieht.«

»Ist notiert.« Er drückte ihre Hand. »Sonst noch Wünsche?«

»Eigentlich nicht. Oder doch.« Sie lachte. »Nichts, bei dem man mit G-Kräften durch die Gegend geschleudert wird, und nichts, was sich auf den Kopf dreht.«

»Wie langweilig!«

»Lieber langweilig als todkrank«, konterte sie trocken.

»Auch wieder wahr.«

Den Rest des Weges zum Marktplatz legten sie in einträchtigem Schweigen zurück. Er freute sich, dass sie ihm ihre Hand überlassen hatte. Diese verschwand fast in seiner, fühlte sich dabei aber ausgesprochen gut an.

Als sie den Kirmesplatz erreicht hatten, blieb sie stehen und nahm den Anblick aufmerksam in sich auf. Schon von hier aus war der vielstimmige Lärm von Fahrgeschäften, Losbuden, Gelächter und Stimmengewirr zu vernehmen. Technomusik mischte sich mit aktuellem Pop und den unverwüstlichen Hits der Neuen Deutschen Welle. Der Duft von Currywurst und Popcorn wehte ihnen entgegen, als sie sich wieder in Bewegung setzten.

»Ich fürchte, ich habe uns heute Vormittag versehentlich zum Stadtgespräch gemacht.«

Überrascht blieb er stehen. »Tatsächlich? Wie ist dir das denn gelungen?«

Hilflos zuckte sie mit den Achseln. »Ich habe in der Bäckerei Adams …«

»Ach herrje!« Er lachte auf.

»... deine Oma getroffen. Also Rieke Mahler.«

»Oma Rieke?« Erfreut merkte auf. »Wie geht es ihr? Ich habe sie schon eine Weile nicht mehr gesehen, weil sie ständig mit irgendwelchen Projekten entweder in ihren Seniorengruppen oder in der Schule beschäftigt ist.«

»Soweit ich es einschätzen kann, geht es ihr sehr gut. Sie scheint ja noch unglaublich fit zu sein für ihr Alter.«

»Das ist sie auch. Sie wird im Sommer dreiundachtzig. Ich hoffe, ich bin in dem Alter nur halb so fit wie sie.«

»Beneidenswert«, stimmte sie zu. »Wir unterhielten uns nur ganz allgemein, und irgendwie kamen wir dabei auch auf die Pfingstkirmes zu sprechen. Sie hat mir nahegelegt, unbedingt herzukommen, und da habe ich ...« Verlegen verzog sie die Lippen.

»Du hast erwähnt, dass du mit mir hingehst«, folgerte er. Erheitert drückte er ihre Hand und hob sie etwas an. »Tja, dann ist das jetzt eben so. Oder stört dich das? Ich würde sagen, dass spätestens das hier«, er hob ihre Hand noch etwas höher, »den Leuten die richtige Idee vermitteln dürfte, oder?«

Erst lächelte, dann lachte sie leise. »Stimmt auffallend. Mir macht es eigentlich nichts aus, aber ich weiß auch nicht, was hier in Rodderbach allgemein angebracht ist.«

Er zog sie näher zu sich heran. »Angebracht ist alles, was wir als angebracht ansehen. Wenn du in so einer Kleinstadt lebst, musst du dich zwangsläufig daran gewöhnen, dass die Leute über dich reden. Sie tun es nämlich auf jeden Fall, ganz egal was du tust oder nicht tust, oder was du wem erzählst oder nicht erzählst.«

Wieder lachte Larissa verhalten. »Dann bin ich ja beruhigt.«

Um sich zu orientieren, drehte er sich einmal mit ihr im Kreis. »Was stellen wir denn nun als Erstes an? Hast du schon Hunger?«

»Ehrlich gesagt noch nicht.« Kläglich verzog sie die Lippen. »Falls du das noch nicht bemerkt haben solltest, ich bin ein bisschen nervös, und das schlägt mir immer auf den Magen. Deshalb warte ich vielleicht besser noch ein Weilchen mit dem Essen.«

Ihr Geständnis überraschte ihn und nahm ihn gleichzeitig noch mehr für sie ein. »Dann schlage ich vor, wir finden etwas, was dich deine Nervosität vergessen lässt. Wie wäre es mit …« Prüfend blickte er sich auf der Suche nach einem geeigneten Zeitvertreib um.

»Hey, da seid ihr ja!« Wie aus dem Nichts tauchten Jessica und Philipp vor ihnen auf. Jessicas Blick wanderte augenblicklich zu ihren miteinander verschränkten Händen, sie äußerte sich jedoch nicht dazu, lächelte aber Larissa warm an. »Wir haben schon nach euch Ausschau gehalten. Erst wollten wir zusammen mit Papa, Mama und Thorben herkommen, aber die brauchen noch etwas, und da dachten wir, es könnte lustig sein, wenn wir alle zusammen über den Platz ziehen, und sind schon mal vorausgefahren.« Wieder traf ihr warmer Blick Larissa, die ihr daraufhin fast unmerklich zunickte.

Holger nahm an, dass Jessica sich entschlossen hatte, ihrer neuen Freundin moralischen Beistand zu leisten. Vermutlich wusste sie, dass Larissa sich unsicher fühlte; möglicherweise hatten die beiden sogar darüber geredet. Obgleich er natürlich gerne Zeit mit Larissa allein verbracht hätte, fand er sich rasch mit der neuen Situation ab, denn er wollte, dass Larissa sich entspannte und wohlfühlte. Alles Weitere würde noch warten können – ein ungeduldiger Mann war er noch nie gewesen.

»Eine gute Idee«, befand er deshalb und drückte Larissas Hand, um ihr zu signalisieren, dass er begriffen hatte. »Ich hoffe, ihr habt nicht jetzt schon Hunger, denn wir haben gerade beschlossen, mit dem Essen noch ein Weilchen zu warten.«

»Ist mir recht.« – »Von meiner Seite aus kein Problem.« Seine beiden Geschwister hatten gleichzeitig geantwortet und sahen einander nun erheitert an.

»Wie wäre es mit einer kleinen Autoscooter-Rallye?«, schlug Philipp vor. Er stieß Holger mit dem Ellenbogen an. »Du schuldest mir sowieso noch eine Revanche nach der Sache auf der Martinskirmes vergangenes Jahr.«

»Bei dir piept's wohl!« Holger tippte sich an die Stirn. »*Du* schuldest *mir* eine Revanche.«

»Von wegen! Du hast meinen Scooter beinahe über die Bande geschickt.«

»Nachdem du versucht hast, mich mit deinen Ramm-Manövern aus dem Sitz zu befördern.«

Philipp hob grinsend die Hände. »Damit wäre die Sache wohl abgemacht.«

* * *

»Schnallt euch lieber an, Mädels«, empfahl Philipp, nachdem sie die Chips für den Autoscooter erstanden und sich zwei Fahrzeuge ausgesucht hatten.

»Können vor Lachen«, erwiderte Jessica und stieß ihren Bruder einfach grob beiseite, um den Platz auf der Fahrerseite einzunehmen.

»Hey, so war das nicht abgemacht!« Ohne Umschweife packte Philipp sie unter den Armen und zog sie aus dem Scooter heraus, als wöge sie nicht mehr als eine Feder. »Das ist eine Sache zwischen Holger und mir. Ihr Mädchen dürft lediglich hautnah dabei sein und die Zeugen geben.«

Kichernd kletterte Jessica neben Philipp auf den Beifahrersitz. »Also wenn schon, dann die Zeuginnen.«

»Meinetwegen auch das.« Da in diesem Moment bereits der schrille Signalton erklang, mit dem die nächste Runde eingeläutet wurde, steckte Philipp einen Chip in den Schlitz, trat heftig aufs Gas und riss das Lenkrad herum, sodass das Heck seines Scooters gegen das von Holger krachte.

Larissa stieß einen erschrockenen Schrei aus und krallte sich mit einer Hand an Holgers Schulter und mit der anderen an dem einem Rennwagen nachempfundenen Armaturenbrett fest.

»Festhalten«, ermahnte Holger sie überflüssigerweise, warf einen Chip ein, riss im nächsten Augenblick ebenfalls das Lenkrad herum und gab Gas. Dann nahm er die Verfolgung seines Bruders auf, der sich flink zwischen den anderen Scootern hindurchschlängelte.

»Vorsicht!«, warnte Larissa, als Philipp vor ihnen wieder das Lenkrad herumriss und geradewegs auf sie zusteuerte. Wieder klammerte sie sich an Holger fest, schloss die Augen und spannte jeden Muskel in ihrem Körper an, weil sie einen Frontalzusammenstoß fürchtete. Es passierte jedoch nichts dergleichen. Holger war seinem Bruder in letzter Sekunde geschickt ausgewichen und nahm erneut die Verfolgung auf. Überrascht öffnete sie die Augen und sah sich Holgers siegesgewissem Grinsen gegenüber.

»Anfänger!«, rief er Philipp zu.

Mehrmals umkreisten sie einander nun, ohne jedoch zu kollidieren.

»Du hättest doch mich ans Steuer lassen sollen«, schimpfte Jessica lachend. »Das hier ist ja nicht auszuhalten! Wo hast du eigentlich deinen Führerschein her? Im Lotto gewonnen?« Immer wieder versuchte sie, Philipp ins Lenkrad zu greifen.

Larissa bemerkte erst, wie sehr sie lachte, als ihr Blick kurz den von Holger traf und er ihr verschmitzt zuzwinkerte. Er beugte sich zu ihr herüber. »Sollen wir den beiden Witzfiguren mal zeigen, wo der Bartel den Most holt?«

Larissa nickte kichernd und hielt sich sicherheitshalber erneut an ihm fest, als er zum Angriff überging.

* * *

»*Marmor, Stein und Eisen bricht*«, sangen Larissa und Jessica lauthals mit, was die Band auf der Bühne vorgab, und tanzten ausgelassen umeinander herum, hakten sich dabei immer wieder lachend an den Ellenbogen unter und wirbelten im Polkaschritt im Kreis. »*Aber unsere Liiiebe nicht*!« Es war mittlerweile schon kurz nach halb elf, und sie waren schon eine ganze Weile in dem großen Festzelt, ebenso wie mindestens dreihundert weitere Personen, von denen sich gut ein Viertel auf der Tanzfläche befand.

Auch Holger und Philipp hatten sich bis vor Kurzem in ihrer Nähe aufgehalten, und Holger hatte ebenfalls eine Weile getanzt, während Philipp sich beharrlich geweigert hatte, seinen Fuß zu etwas anderem als echter, ehrlicher Rockmusik auf die Tanzfläche zu setzen. Inzwischen hatten die Männer sich an einen Tisch in der Nähe der Tanzfläche gesetzt, an dem sich ihre Eltern, Thorben sowie Richard und Heidi Decker eingefunden hatten. Auch Hanne saß bei ihnen und erzählte gerade etwas mit weit ausholenden Gesten.

Von irgendwo her tauchte Isabella neben Larissa auf und begann ebenfalls ausgelassen zu tanzen und zu singen. Spontan fassten die drei Frauen einander an den Händen und bildeten einen kleinen Tanzkreis. Zufällig rückten sie dabei so nah an den Tisch heran, dass Larissa Holgers Blick begegnete. Ihr Herz schlug einen unanständigen Salto, als er ihr geradezu liebevoll zulächelte.

In diesem Moment wechselte die Musik. Die Band legte eine Pause ein und ein DJ übernahm. Nur Augenblicke später drangen die ersten unverkennbaren Rhythmen von Guildo Horns *Ich finde Schlager toll* aus den Lautsprechern. Isabella kreischte begeistert los und rannte auf Thorben zu. Fast schon grob riss sie an seinem Arm und zerrte ihn auf die Füße; mit der anderen Hand griff sie nach Philipp und zog ihn ebenfalls energisch mit sich. Beide Männer sträubten sich lachend gegen diese rüde Behandlung, folgten ihr aber schließlich doch und gesellten sich in den Tanzkreis.

Jessica und Isabella grölten lauthals mit, und schließlich fielen auch Larissa und Philipp mit ein. Er löste den Lederriemen, mit dem er sein langes blondes Haar zusammengebunden hatte, und begann absichtlich übertrieben mit Headbanging.

Larissa erschrak, als plötzlich neben ihr Holger auftauchte, ihre Hand aus der von Jessica löste und sich neben ihr in den Kreis einreihte. Er zwinkerte ihr erneut zu und machte dann ebenfalls bei diesem ausgesprochen schrägen Gesang und Gehopse mit.

Die Stimmung erreichte einen neuen Höhepunkt, als gleich darauf das *Lied der Schlümpfe* aus den Lautsprechern schallte. Wie eine Horde überdrehter Kinder hüpften sie auf und ab, klatschten in die Hände und tanzten erneut im Polkaschritt umeinander herum.

So gut hatte Larissa sich schon eine Ewigkeit nicht mehr gefühlt und so albern und fröhlich aufgeführt schon seit ihrer Schulzeit nicht mehr. Nach der entsprechenden Liedzeile versuchten sie sogar alle, auf einem Bein zu tanzen, gerieten natürlich ins Taumeln und stießen ständig lachend gegeneinander. Als das Lied sich seinem Ende zuneigte, war Larissa vollkommen außer Atem.

Den nächsten Song kannte sie nicht. Der Rhythmus war etwas langsamer, sodass sich der Tanzkreis erneut bildete, diesmal sogar mit noch weiteren Personen, unter ihnen auch Holgers und Isabellas Eltern. Offenbar kannten sie alle das Lied, denn sie sangen weiter fröhlich mit: »*Wir sind verliebt, sind so verliebt! Ich weiß nicht, wie es geschah …*«

Larissa erschauerte, als ihr der Inhalt dieses Songs bewusst wurde und sie zufällig geradewegs in Holgers Augen blickte. Die Schmetterlinge in ihrem Bauch stoben auf. Gleichzeitig breitete sich ein heftig ziehendes Gefühl von ihrer Magengrube bis hinauf in ihre Herzgegend aus. Für einen Moment bekam sie keine Luft mehr. Das Herz pochte ihr bis in die Kehle. Doch da wechselte die Musik bereits wieder und Wolfgang Petry sang: »*Verlieben, verloren, vergessen, verzeihen.*« Dies war eines ihrer Lieblingslieder gewesen, als sie noch zur Schule gegangen war. Also fiel sie erneut in den Gesang der anderen ein, und wieder tanzten sie ausgelassen im Kreis.

Da mittlerweile beinahe das gesamte Zelt tobte, wählte der DJ weitere ähnliche Songs aus, sodass als Nächstes erneut Wolfgang Petry zu Wort kam mit *Weiß der Geier oder weiß er nicht.* Larissa stieß einen überraschten Schrei aus, als Holger sie spontan und mit einem Ruck an der Hand zu sich heranzog, sodass sie gegen ihn prallte. Im nächsten Moment hatte er auch schon die andere Hand auf ihren Rücken gelegt und begann einen flotten Discofox.

»Ich fürchte, ich kann nicht besonders gut tanzen«, rief sie ihm zu. Zuletzt hatte sie das auf ihrer Hochzeit getan, für die sie mit Felix zuvor eigens einen Tanzkurs belegt hatte. Seitdem hatte es nie wieder eine Gelegenheit für sie gegeben, ihre Tanzkenntnisse anzuwenden.

»Ist doch egal«, rief Holger grinsend zurück. »Wir kriegen das schon hin.«

Tatsächlich fiel es ihr überraschend leicht, sich seinem Schritt anzupassen; er war ein hervorragender Tänzer und führte sie vollkommen problemlos. Auch viele andere Tänzerinnen und Tänzer um sie herum hatten sich zu Paaren zusammengefunden und wirbelten über die Tanzfläche, während die übrigen einfach weiter auf der Stelle zappelten und im Rhythmus der Musik in die Hände klatschen.

Nach einem weiteren bekannten Wolfgang Petry-Schlager wechselte das Tempo plötzlich zu Ed Sheerans *Perfect*, und der DJ verkündete dazu, dass jetzt zum Verschnaufen eine kleine Kuschelrock-Runde anstünde, bevor die Liveband wieder übernahm.

Hier und da hörte man Pfiffe, Applaus und Gejohle. Die meisten Paare blieben weiterhin auf der Tanzfläche und passten ihre Schritte dem romantischen Song an.

Holger zog sie vorsichtig näher zu sich heran und blickte ihr fragend in die Augen. »Okay?«

Die Schmetterlinge in ihrem Bauch vollführten einem herzförmigen Formationsflug, um sich gleich darauf bis in ihre Finger- und Zehenspitzen zu verteilen. Etwas atemlos nickte sie und versuchte, ihren außer Kontrolle geratenen Herzschlag mit purem Willen zu bändigen. Sie war sich jedoch sicher, dass man ihn an ihrer Halsschlagader deutlich erkennen konnte.

* * *

Sachte streichelte Holger beim Tanzen über Larissas Rücken. Ihr Körper strahlte Hitze ab, und sie war ein wenig außer Atem vom Tanzen und Singen. Er hatte ihr zuvor eine ganze Weile zugesehen und auf diese Weise miterlebt, wie sie nach und nach ihre Reserviertheit und Zurückhaltung verloren hatte und sich ganz dem Spaß und der Freude des Augenblicks hingab. Die Verwandlung war so frappierend, dass er sie zuerst kaum für möglich gehalten hatte, doch dann hatte sie ihn auf eine eigentümliche Art bewegt und wieder einmal diese ihm bis vor Kurzem unbekannte Saite in seinem Inneren vibrieren lassen. Irgendwann hatte es ihn dann nicht mehr auf seinem Platz am Tisch gehalten. Er hatte ihr nahe sein und diese Lebensfreude mit ihr teilen wollen.

Sie nun zur Krönung sogar beim langsamen Tanz in den Armen halten zu dürfen, war mehr, als er sich für den Abend erhofft hatte. Zunächst schwiegen sie eine ganze Weile, doch dann näherte er seinen Mund vorsichtig ihrem Ohr. »Die Idee mit der Pfingstkirmes war gar nicht so schlecht, was?« Rasch richtete er sich wieder auf, um ihre Reaktion sehen zu können.

Larissa schluckte, lächelte, nickte. »Ich hatte schon ewig nicht mehr so viel Spaß. Allerdings fürchte ich, dass ich morgen heiser sein werde.«

Holger schmunzelte. »Da wirst du nicht die Einzige sein. So wie ich unsere Pappenheimer kenne, wird die Party noch eine gute Weile weitergehen. Warte nur mal ab, bis die Band anfängt, Rockmusik zu spielen. Dann braucht Isabella Philipp nicht mehr mit brutaler Gewalt auf die Tanzfläche zu ziehen. Mein Zwillingsbruder ist ein Rocker im Herzen. Aber ein netter, zumindest. solange man ihn nicht zu sehr ärgert.«

»Auf diesem Gebiet würde er sich bestimmt gut mit meinem jüngeren Halbbruder verstehen.«

Versuchsweise zog Holger sie noch ein wenig näher an sich, als Fury in the Slaughterhouse mit ihrem zeitlosen Hit *Time to wonder* aus den Lautsprechern schallten, und legte ihr seine Arme locker um die Hüften. »Wird deine Familie dich hier in Rodderbach besuchen? Drei Monate sind eine lange Zeit. Ich könnte mir vorstellen, dass sie dich vermissen. Und du sie.«

»Meine Eltern wollen an dem Wochenende herkommen, an dem ich meine Lesung in der Stadthalle habe.« Auf Larissas Lippen spielte ein Lächeln. »Ich freue mich schon sehr darauf, die beiden wiederzusehen. Mein Bruder wird aber nicht mitkommen können, weil er gerade ein wichtiges Praktikum für sein Studium absolviert.«

»Schade, aber vielleicht ergibt sich ja ein andermal noch eine Möglichkeit.«

»Ja, vielleicht.« Nun, da sich ihre Körper so nah waren, dass sie sich berührten, wich Larissa seinen Blick immer wieder aus. Ihre Nervosität und Unsicherheit schienen sich zurückzumelden. »Wie ist das eigentlich mit so vielen Geschwistern?«, fragte sie unvermittelt. »Als ich noch jünger war, fand ich es schon mit meinem Bruder manchmal anstrengend.«

»Nimm das mal drei und das Ergebnis zum Quadrat, dann kannst du dir in etwa vorstellen, wie es bei uns zu Hause zuging.« Erneut begann Holger, sanft Larissas Rücken zu streicheln, und hoffte, dass sie sich dadurch wieder entspannte. Er spürte, wie sie erschauerte, und nahm das als gutes Zeichen. Allerdings war es auch eines, das sich auf ihn übertrug und seine Hormone in Alarmbereitschaft versetzte. Innerlich befahl er ihnen, sich zu benehmen, fürchtete aber, dass das nicht allzu viel bringen würde. Deshalb blieb er sicherheitshalber bei dem unverfänglichen Thema. »Bei uns ging es oft laut und turbulent zu. Das tut es manchmal heute noch, das hast du ja auch schon bemerkt. Aber rückblickend möchte ich es auf keinen Fall anders haben, und ich glaube, meinen Eltern geht es ebenso. Intakte Familien sind keine Selbstverständlichkeit, auch nicht hier auf dem Land. Wenn man das Glück hat, in eine hineingeboren worden zu sein, sollte man seinem Schöpfer täglich dafür danken.«

»Das sehe ich ganz genauso«, stimmte Larissa ihm zu. »Natürlich interessiert mich die Dynamik solcher großen Familien auch schon von Berufs wegen. Zum Beispiel schreibe ich gerade an einer Story, in der meine Protagonistin ebenfalls mehrere Geschwister hat, und da versuche ich natürlich, so gut es geht, die Beziehungen untereinander darzustellen. Bei euch habe ich jetzt quasi lebendiges Anschauungsmaterial.«

Überrascht merkte Holger auf. »Was für eine Story ist das denn? Auch ein historischer Roman?«

Larissas Kopf hob sich ruckartig, sie wirkte wie ertappt. Doch dann entspannte sich wieder. »Sag es bitte nicht weiter. Eigentlich ist das alles total geheim. Ich schreibe unter einem geschlossenen Pseudonym noch in einem anderen Genre, denn nur allein von den historischen Romanen könnte ich meine Rechnungen nicht bezahlen. Anfangs war es nur ein Versuch, aber inzwischen macht mir diese Arbeit richtig viel Spaß. Sie ist allerdings auch fordernd, weil ich zwei bis drei Titel pro Jahr schreiben muss. Das Ganze ist eine Reihe, an der auch andere Autorinnen mitarbeiten.«

»Welches Genre ist es denn, oder ist das auch geheim?« Neugierig musterte er sie. Seine Bewunderung für diese manchmal so stille Frau wuchs weiter.

»Wenn du es wirklich nicht weitersagst …«

»Heiliges Pfadfinderehrenwort«, versicherte er lächelnd. »Und ja, ich war wirklich als Junge bei den Pfadfindern – und vier Jahre lang Messdiener.«

Erheitert gluckste Larissa. »Also dann … Es sind romantische Thriller mit einem Schuss Erotik.«

»Oho!«

»Ja, das auch«, bestätigte sie kichernd.

»Jetzt musst du mir aber auch dein Pseudonym verraten, damit ich mal einen Blick in eins der Bücher werfen kann.«

»Lara Schwarz.« Sie grinste. »Nicht sehr kreativ, ich weiß. Aber dem Verlag hat es ausnehmend gut gefallen. Laut meiner Lektorin klingt Lara romantisch und Schwarz steht für den spannungsgeladenen Teil.«

»Dann bist du also eigentlich zwei verschiedene Personen«, folgerte Holger. »Wie ist das so?«

»Ich merke ja kaum jemals viel davon.« Sie zuckte mit den Achseln. »Das Pseudonym ist fest geschlossen, und der Verlag will es vorerst auch nicht öffnen. Ich kann also eigentlich keine Werbung dafür machen und soll das auch gar nicht tun. Zu meinem Glück ist das ein Lieblingsprojekt des Verlegers, sodass alle Autorinnen, die daran beteiligt sind, nicht nur gut bezahlt werden, sondern sich auch um nichts weiter kümmern müssen. Das Marketing für diese Reihe ist extrem gut und die Verkaufszahlen sind entsprechend erfreulich. Für die nächsten Jahre werde ich also auf jeden Fall aus dieser Quelle ein gutes Einkommen haben.«

»Das ist toll. Ich finde es spannend, wie vielseitig du bist. Historische Romane und romantische Thriller haben ja nicht ganz so viel miteinander gemein, oder?« Da die Musik inzwischen aufgehört hatte und die Liveband sich erneut aufstellte, ließ er Larissa widerstrebend los und führte sie an der Hand zum Tisch. »Setzen wir uns einen Moment? Möchtest du etwas trinken?«

Larissa nickte grinsend. »Einen Eimer Wasser und eine Cola bitte.«

Holger deutete eine knappe Verbeugung an. »Kommt sofort.«

* * *

»Ich fürchte, das wird ein Weilchen dauern«, bemerkte Hanne, nachdem Larissa sich neben sie an den Tisch gesetzt hatte. »An der Theke ist gerade die Hölle los. Kein Wunder nach dem Wirbel auf der Tanzfläche vorhin.« Kurz tätschelte sie Larissas Arm. »Aber es scheint Spaß gemacht zu haben, oder?«

»Sehr.« Larissa zupfte an ihrer Bluse herum, weil ihr immer noch reichlich warm war, jedoch nicht ausschließlich vom Tanzen. »Ich glaube, so verrückt habe ich mich seit meiner Schulzeit nicht mehr benommen.«

»Dann wurde es aber höchste Zeit, finde ich.« Hanne nickte ihr zu und wandte sich an ihre Schwester Erika, die ihr gegenübersaß. »Findest du nicht auch?«

»Absolut«, stimmte Erika ihr zu und schenkte Larissa ein wohlwollendes Lächeln. »Ein bisschen verrückt müssen wir ab und zu alle mal sein, das tut der Seele gut und vertreibt böse Dämonen.«

»Darauf sollten wir trinken«, befand Hanne und griff nach ihrem Bierglas. »Sobald Holger mit den Getränken zurück ist.«

»Hier bin ich schon.« Mit Schwung stellte Holger ein Tablett mit mehreren kleinen Cola- und Wasserflaschen auf dem Tisch ab. Er grinste in Larissas Richtung. »Ich habe mich gnadenlos vorgedrängelt. Eimer waren aber leider aus.«

Larissa prustete und schnappte sich eine Wasserflasche. Gerade noch rechtzeitig, denn in diesem Moment tauchten hinter ihr Jessica, Isabella und Philipp auf und plünderten das Tablett.

»Habt ihr jetzt alle etwas zu trinken?« Fragend blickte Hanne in die Runde, dann nickte sie zufrieden. »Gut, dann hoch die Gläser – oder Flaschen!«

Alle gehorchten.

Hanne lächelte zufrieden. »Auf die Austreibung der Dämonen!«

»Wie bitte?« Irritiert runzelte Holger die Stirn.

»Ist doch egal.« Philipp knuffte ihn gegen den Arm. »Halt einfach die Klappe und trink.«

Ringsum wurde gelacht – und getrunken.

»Hey, Isabella«, ergriff Thorben überraschend das Wort. »Wo steckt eigentlich das Jüngelchen, mit dem du vorhin hier aufgeschlagen bist?«

»Mach mal Platz, Papa«, bat Isabella und quetschte sich zwischen ihrem Vater und Thorben rittlings auf die Bank. »Das ist kein Jüngelchen, sondern Steffen.«

»Meinetwegen.« Thorben zuckte mit den Achseln. »Das beantwortet aber meine Frage nicht.«

Isabella hob vage die Schultern. »Als ich tanzen wollte, hatte er plötzlich das dringende Bedürfnis, mit seinen Kumpels aus dem Junggesellenverein abzuhängen.« Vage deutete sie in Richtung der Stehtische vor der Theke, um die sich eine ganze Traube junger Männer versammelt hatte, die alle bereits mehr oder weniger intensiv dem Bier zugesprochen hatten.

Thorben runzelte missbilligend die Stirn. »Ist das nur meine Meinung, oder gehört es sich eigentlich, dass man sich um das Mädel, mit dem man zu einer Tanzveranstaltung geht, dann auch den ganzen Abend kümmert?«

Betont gleichmütig nickte Isabella und strich sich ein paar Locken, die sich aus ihrem französischen Zopf gelöst hatten, hinters Ohr. An ihren Augen war jedoch zu erkennen, dass sie sich durchaus über Steffens Verhalten ärgerte. »Das ist tatsächlich ausnahmsweise einmal nicht nur deine Meinung.« Zu Larissas grenzenloser Überraschung rutschte Isabella auf der Bank so nah an Thorben heran, dass sie seine Schulter berührte, und ließ sich gegen ihn sinken.

Thorben, der gerade sein Bierglas in der Hand hielt, fluchte unterdrückt. »Hey, warte, warte. Das gibt doch Sauerei.« Rasch stellte er sein Glas auf den Tisch, erhob sich, jedoch nur, um sich rittlings auf die Bank zu setzen.

Isabella, die sich gezwungenermaßen wieder hatte aufrichten müssen, warf ihm über die Schulter einen ungeduldigen Blick zu. »Bist du bald fertig?« Ohne auf seine Antwort zu warten, ließ sie sich erneut zurücksinken, diesmal gegen seine Brust. Ganz selbstverständlich legte er seine Arme um sie und sie lehnte ihren Kopf gegen seine Schulter. »Da Steffen mich jetzt schon seit über einer Stunde nicht zu vermissen scheint, kann er mich gerne mal am A...bend besuchen.«

Thorben grinste. »Lieber nicht.«

Kichernd legte Isabella ihre Hände auf seine Unterarme. »Stimmt, lieber nicht. Wenn er aus der Sache noch herauskommen will, muss er sich schon ordentlich etwas einfallen lassen. Im Augenblick stehen seine Aktien nicht besonders gut.«

»Bleibt mal bitte so!« Heidi Decker, eine schlanke attraktive Mittfünfzigerin mit kinnlangem blondem Bob und klugen grauen Augen, hatte ein Smartphone gezückt und auf Thorben und Isabella gerichtet. »Ich will ein Foto von euch machen.«

Isabella verdrehte die Augen. »Mama!«

»Doch, doch, ihr seht gerade so süß zusammen aus, fast wie damals, als du noch klein warst und ständig auf Thorbens Schoß herumgeklettert bist.«

»Ich sitze doch gar nicht auf seinem Schoß!«

»Das will ich mir auch verbeten haben«, brummelte Thorben amüsiert. »Nicht, dass du mir noch irgendetwas platt drückst, was ich noch gebrauchen könnte.«

Ohne ihren Kopf von seiner Schulter zu nehmen, drehte Isabella den Kopf so, dass sie zu ihm aufsehen konnte. »Erstens, hast du da gerade etwa angedeutet, dass ich dick bin? Denk genau nach, bevor du darauf antwortest! Und zweitens, keine Sorge, deine Gebrauchsgegenstände sind vor mir sicher. Ich werde doch wohl nicht riskieren, den Fortbestand der Mahler-Familie zu gefährden.«

»Also, genau genommen könnten auch Holger und ich den Fortbestand unseres Familiennamens sichern«, mischte Philipp sich feixend ein.

»Dann eben den Fortbestand des Mahler-Hofes«, korrigierte Isabella sich. »Obwohl ich ehrlich gesagt bezweifle, dass Thorben sich allzu sehr ins Zeug legt, um sich zu vervielfältigen.«

»Zu vermehren, meinst du.« Philipp prustete.

Isabella streckte ihm die Zunge heraus. »Ist wahrscheinlich auch besser so. Allein der Gedanke an mehrere kleine

Thorbens, die Rodderbach unsicher machen, jagt mir Angst ein. Lauter kleine, despotische Sklaventreiberlein. Vielleicht sollte ich mir die Sache besser noch einmal überlegen und mich so richtig mit Schwung auf dich drauffallen lassen, damit es zu so etwas niemals kommt.«

»Autsch!« Holger schüttelte sich heftig. »Du willst ihm doch nicht etwa seine … Kronjuwelen zerstören!«

»Seine Gebrauchsgegenstände«, entgegnete Isabella grinsend. »Er hat damit angefangen, indem er mich dick genannt hat.«

Empört richtete Thorben sich auf und umfasste, sicherheitshalber wohl, Isabellas Handgelenke. »Könntet ihr wohl aufhören, meine Gebrauchsgegenstände zu diskutieren?«

Isabella wehrte sich halbherzig gegen seinen Griff, blieb aber weiterhin an ihn gelehnt. »Könnten wir, wollen wir aber nicht.«

»Kleine Hexe«, schimpfte er, schien sich ein Lachen jedoch kaum verkneifen zu können. »Übrigens habe ich niemals gesagt, dass du dick bist.«

»Aber gedacht.«

»Auch das nicht.«

»Jetzt aber!«, befahl Heidi. »Bitte recht freundlich, ihr beiden!«

Unisono stöhnten Isabella und Thorben auf und verdrehten die Augen, lächelten dann aber pflichtschuldig in die Kamera.

Verblüfft und wie gebannt hatte Larissa diesem Geplänkel zugesehen. So ganz begriff sie die Beziehung von Thorben und Isabella nicht. Einerseits benahmen und zankten sie sich wie Geschwister, andererseits war er ja um gute dreizehn Jahre älter als sie und deshalb vermutlich eher so etwas wie ein Onkel. Vertraut waren die beiden unverkennbar miteinander. Wie sollte es auch anders sein, da sie sich ja bereits kannten und offenbar auch nahestanden, seit Isabella auf der Welt war.

Gleichzeitig schien jedoch ständig ein unterschwelliges Feuer zwischen ihnen zu lodern, das immer wieder und unvermittelt aufflackern konnte. Kein erotisches Feuer, zumindest hatte Larissa diesen Eindruck nicht, sondern ein unterschwelliger Ärger, den beide gegeneinander hegten.

»Versuch erst gar nicht, die beiden zu analysieren«, vernahm sie Holgers Raunen dicht an ihrem Ohr. Er war näher an sie herangerückt und hatte sich so weit vorgebeugt, dass sich sein Mund nun direkt neben ihrem Ohr befand. »Das haben schon andere vor dir versucht und sind kläglich gescheitert. Die zwei sind einfach … die zwei. Du musst sie so nehmen, wie sie sind. Denk lieber nicht weiter darüber nach. Das verursacht nur Kopfschmerzen.«

Larissa schmunzelte amüsiert – und erschauerte zugleich, weil Holgers warmer Atem an ihrem Ohr die alarmierendsten Empfindungen in ihr auslöste. »Die zwei sind also immer so?«

»Immer«, bestätigte Holger. »Entweder sie kuscheln oder sie zanken sich lautstark wie die Kesselflicker. Manchmal beides gleichzeitig. Solltest du versehentlich in ihre Schusslinie geraten, ziehst du am besten den Kopf ein und verdünnisiert dich so schnell du kannst.«

»Ich werde es mir merken.« Larissa leerte ihre Wasserflasche und stellte sie auf dem Tisch ab. »Und was jetzt?«

»Wie ich unsere Downtown Rebels kenne, dürfte jetzt gleich …« Holger grinste breit, als Philipp von seinem Platz aufsprang und zur Tanzfläche eilte. »Wusste ich es doch, die Rocker-Runde beginnt. Linkin Park, Metallica, wahrscheinlich sogar Arrowsmith, Guns 'n Roses und Konsorten. Da ist Philipp ganz in seinem Element.« Er lachte gutmütig. »Auf der Tanzfläche dürfte es jetzt wieder voll werden und der Geräuschpegel ziemlich ansteigen.« Er warf einen Blick auf seine Armbanduhr. »Wenn du noch deine Runde auf dem Riesenrad drehen möchtest, sollten wir das jetzt tun. Die Fahrgeschäfte werden gegen halb eins schließen. Wir haben jetzt schon kurz vor Mitternacht.«

Verblüfft hob Larissa den Kopf. »Du willst jetzt noch Riesenrad fahren?«

»Na klar, ich dachte, das sei deine liebste Beschäftigung auf einer Kirmes.« Holger erhob sich und streckte auffordernd die Hand nach ihr aus. »Na, komm schon. Oder hast du keine Lust mehr?«

Die Schmetterlinge in Larissas Bauch formierten sich. Zögernd erhob sie sich. »Lust hätte ich schon noch …«

»Geht nur!« Erika lächelte ihr zu. »Das Riesenrad ist um diese Zeit ganz toll. Viel Spaß!«

»Sicherheitshalber sollten wir zuerst unsere Jacken von der Garderobe holen«, empfahl Holger, während er sie an der Hand in Richtung Zeltausgang führte. »In luftiger Höhe könnte es kühl werden.«

Es war gar nicht so einfach, das Festzelt unbehelligt zu durchqueren, stellte Larissa fest. Holger war natürlich überall gut bekannt, und immer wieder versuchten Leute, ihn aufzuhalten und in ein Gespräch zu verwickeln. Hier und da blieb er tatsächlich ganz kurz stehen, wechselte ein paar Worte mit seinen Bekannten und stellte Larissa vor, zog sie dann jedoch energisch weiter. An der Garderobe mussten sie allerdings eine Weile warten, weil sich eine Schlange gebildet hatte.

»Holger, Schätzelein!« Wie aus dem Nichts taucht Rieke Mahler neben ihnen auf und zog Holger in eine energische Umarmung. »Watt ene Freud! Isch daacht schon, ich hätt üsch verpass'.« Die alte Frau wandte sich Larissa zu und tätschelte ihren Arm. »Jeht ühr jetz schon noh Hus? So fröh?«

Holger schüttelte lachend den Kopf. »Nein, Oma, wir gehen noch nicht nach Hause. Larissa möchte gerne noch eine Runde mit dem Riesenrad fahren.«

»Dat es ene joode Idee!« Rieke strahlte erst ihn, dann Larissa an. Dann kniff sie skeptisch die Augen zusammen. »Mädche, biste sischer, dat dir – isch sach jetzt einfach mal du, ja? Ich bin et Rieke für dich. Also biste sischer, dat dir nit zu kaal weed? Ich mein', du bes a bissje flück anjedonn.«

»Äh …« Verständnislos runzelte Larissa die Stirn. »Wie bitte?«

»Oma meint, du bist zu dünn angezogen, und es könnte dir kalt werden.« Er nickte seiner Großmutter lächelnd zu. »Du hast natürlich wie immer recht, Oma. Deshalb stehen wir ja hier in der Schlange, um unsere Jacken zu holen.«

»Jooh, joot.« Zustimmend nickte sie Larissa zu und wechselte in ihr nur leicht vom Dialekt gefärbtes Hochdeutsch: »Dann muss ich mir ja keine Sorgen machen.«

»Musst du ganz bestimmt nicht«, bestätigte Holger. »Ich passe schon auf Larissa auf.«

»Selbstverständlich tust du das. Bis' ja schleeßlich joot erzore.« Rieke tätschelte liebevoll Holgers Wange. »Halt dir den hier warm, Larissa. Das ist einer von den Guten. Und das sage ich nicht nur, weil er mein Enkel ist.« Kurz streifte sie Larissa mit der Hand an der Schulter, dann nickte sie ihnen noch einmal knapp zu. »Isch maach mich jetz noh Hus. Et is schon spät jenuch für ene aale Schaachtel wie mich. Joode Naach, ühr zwei.«

»Gute Nacht, Oma!«, rief Holger ihr noch nach, doch da war sie bereits im Gewühl am Zelteingang verschwunden. Er grinste schief. »Tja, das ist meine Oma Rieke.«

»Ich weiß.« Larissa bat den jungen Mann, der die Garderobe betreute, um ihre Jacken. »Ich finde sie toll.«

»Ich auch.« Ehe sie sich versah, hatte Holger ihr beide Jacken abgenommen und hielt ihr ihre hin, damit sie hineinschlüpfen konnte. Dann warf er sich rasch seine Lederjacke über und ergriff wieder ihre Hand. »Wollen wir?«

* * *

Auf dem Kirmesplatz war noch immer einiges los. Nach wie vor schallte von überall her eine Kakofonie unterschiedlichster Musikrichtungen aus den Lautsprechern, Losbudenverkäufer priesen ihre Gewinne an, aus den Lautsprechern der Fahrgeschäfte quäkten mal mehr, mal weniger witzige Sprüche: *Es geht wieder los! Steigen Sie jetzt ein, machen Sie die Fahrt Ihres Lebens! – Angeschnallt und festgehalten! Wir heben ab! – Wollten Sie schon immer mal fliegen, meine Damen, meine Herren? Dann sind Sie hier falsch. Wir drehen uns nur im Kreis, das aber so richtig. – Kommen Sie mit, fahren Sie mit, wir starten jeeeetzt!*

Die Betreiber des Riesenrades verkniffen sich glücklicherweise solche albernen Kommentare. Holger kaufte zwei Fahrkarten, doch sie mussten zunächst noch warten, bis die laufende Fahrt beendet war. »Möglicherweise kann ich dich ja hinterher doch noch zu einer Runde auf der *Wilden Maus* überreden«, witzelte er.

Larissa hob sofort abwehrend beide Hände. »Auf gar keinen Fall!«

»Dann vielleicht auf dem *Fliegenden Teppich*?«

Lachend schüttelte sie den Kopf. »Auf so einem Ding war ich mal mit fünfzehn oder sechzehn, das hat mir fürs Leben gereicht. Ich hatte ständig Angst, durch die Sicherheitsbügel zu rutschen. Wenn ich heute manchmal noch Albträume habe, dann meistens davon.«

»Okay, Albträume will ich dir natürlich nicht verursachen«, lenkte er rasch ein.

»Aber zu irgendetwas Süßem könnte ich mich hinreißen lassen.« Larissa schnüffelte, weil in der Nähe ein Stand mit Zuckerwatte, Popcorn und gebrannten Mandeln seine Düfte verströmte. »Das Tanzen hat mich wieder hungrig gemacht. Ich glaube, den Burger von vorhin habe ich damit schon wieder wegtrainiert.«

»Ich glaube nicht, dass du Extra-Trainingseinheiten benötigst.« Spielerisch stupste er sie in die Seite, sodass sie lachend auswich. »Du hast doch eine tolle Figur.«

»Solange ich mich ausreichend bewege«, stimmte sie zu. »Immerhin sitze ich die meiste Zeit des Tages, das kann sich auf Dauer negativ auf die bestehende Form auswirken.« Sie klopfte sich lachend gegen ihr überaus attraktives Hinterteil, das in einer hautengen Jeans steckte.

»Darf ich mal?« Mit einem frechen Grinsen zwickte er sie spielerisch in den Po, sodass sie einen empörten Schrei ausstieß, gleich darauf jedoch kicherte.

»Finger weg von meinen Speckvorräten!«

»Vorräte sind im Allgemeinen dazu da, sie zu teilen«, konterte er grinsend.

»Von wegen!«

»Doch, ganz sicher. Ein Häppchen für mich, ein Häppchen für dich …«

»Nix da, mein Hintern gehört mir!« Lachend wich sie ihm aus, als er erneut versuchte, sie zu zwicken.

»Na, mal sehen.« Er tat, als gebe er sich geschlagen. Da sie inzwischen endlich an der Reihe waren, deutete er auf die leere Gondel, die ein hagerer, grauhaariger Mitarbeiter des Riesenrades ihnen zuwies. »Machen wir es uns bequem.«

Die Gondeln waren eigentlich für vier Personen vorgesehen, da jedoch die Anzahl der Fahrgäste mittlerweile stark abgenommen hatte, blieb er zu seiner Freude mit Larissa allein. Als das Riesenrad sich langsam weiterbewegte, um mehr Fahrgäste aufzunehmen, rückte Holger hin und her, um eine bequeme Sitzposition zu finden. Auch Larissa, die neben ihm Platz genommen hatte, rutschte vor und zurück, und er ahnte, dass sie wieder einmal nervös wurde. Er war es nicht gewohnt, dass eine Frau so wenig von sich überzeugt war und offenbar nicht im Geringsten wusste, welche Ausstrahlung sie hatte. Mit unterschwelligem Ingrimm fragte er sich, wie es so weit hatte kommen können. Was für einen Unsinn hatte dieser Felix ihr in all den Jahren eingeredet? Er konnte sich nicht vorstellen, dass das alles nur mit ihrem Beruf zu tun hatte. In Holgers Augen war die Beziehung, die Larissa mit ihrem Ex-Mann geführt hatte, auf allen Ebenen toxisch gewesen – oder geworden. Er wollte diesem Felix unbekannterweise nicht zwangsläufig vorwerfen, dass er Larissa absichtlich von Anfang an seelisch misshandelt oder doch zumindest manipuliert hatte. Doch im Laufe der Jahre schien sich zwischen den beiden ein extrem ungesundes Muster entwickelt zu haben, und das Ergebnis war gewesen, dass Larissa einen Gutteil ihres natürlichen Selbstbewusstseins eingebüßt hatte. Allein dafür hätte Holger ihm gerne einmal die Meinung gegeigt.

»Stimmt etwas nicht?« Larissas besorgte Stimme riss ihn aus seinen Gedanken. »Du wirkst auf einmal so grimmig.«

»Entschuldige bitte.« Holger konzentrierte sich wieder voll und ganz auf sie und lächelte, weil er einfach immer, wenn er sie ansah, das Bedürfnis hatte zu lächeln. Zu lächeln und – Dinge mit ihr zu tun. Höchst angenehme Dinge. Er wusste, er musste vorsichtig sein und behutsam vorgehen, weil er immer noch nicht wusste, wie bereit sie für … irgendetwas war. Dennoch beschloss er, nun alles auf eine Karte zu setzen. »Ich frage mich nur gerade, ob du Angst vor mir hast.«

Verblüfft starrte sie ihn an. »Angst?«

»Weil du so unglaublich weit entfernt von mir sitzt.« Er ließ seinen Worten ein charmantes und, wie er hoffte, ermutigendes Lächeln folgen. »Ich beiße nicht.« Er zwinkerte. »Oder wenn, dann nur auf ausdrücklichen Wunsch.«

Um ihre Mundwinkel zuckte es. »Hat dich darum denn schon mal jemand gebeten?«

»Ich verweigere die Aussage.«

»So so.« Zu seiner Freude rückte sie näher an ihn heran.

Mutig legte er ihr einen Arm um die Schulter und zog sie an sich. Im selben Moment ruckelte das Riesenrad und nahm Fahrt auf. Prompt wurde Larissa noch etwas fester an ihn gedrückt.

Sie kicherte unterdrückt.

Prüfend musterte er sie. »Hast du es bequem?«

»Ziemlich. Du bist schön warm.«

Besorgt tastete er nach ihren Händen. »Ist dir kalt?«

»Das habe ich nicht gesagt.«

Offenbar fand der Betreiber des Riesenrades, dass er ihnen mit romantischer Musik einen Gefallen tat, denn in diesem Moment begann Rod Steward mit seinem Hit *Have I told you lately*.

»Wie passend«, murmelte er bei sich, denn in seinem Inneren machte sich ein ungewohnt heftiges, beinahe schon schmerzliches Ziehen breit, das zu identifizieren ihm nicht allzu schwerfiel. Es erschreckte ihn zwar, jedoch weit weniger, als er vermutet hätte.

Larissa hob den Kopf. »Was meinst du?«

Sicherheitshalber ging er nicht darauf ein, sondern deutete stattdessen mit dem Kinn auf den Ausblick, der sich ihnen nun bot, als ihre Gondel den höchsten Punkt erreichte. »Nicht schlecht, oder?«

Sogleich war sie abgelenkt und sah sich ebenfalls staunend um. »Wunderschön«, flüsterte sie, schmunzelte dann aber, weil sie sich bereits wieder auf dem Weg nach unten befanden. »Nur ein bisschen kurz.«

Die nächsten beiden Runden schwiegen sie einträchtig und konzentrierten sich auf ihre Umgebung. Holger spürte, wie Larissa sich immer mehr entspannte und an ihn kuschelte. Lächelnd lehnte er seinen Kopf gegen ihren und genoss die ungewohnten warmen Gefühle, die ihn durchströmten.

Bei der dritten Runde hielten sie wieder in regelmäßigen Abständen an, damit jede Gondel einmal für längere Zeit ganz oben blieb. Als sie endlich oben anhielten, wechselte die Musik zu *Can't fight this feeling* von REO Speedwagon. War das nun Zufall oder Schicksal? Er war sich nicht sicher, ob er irgendeinen Laut von sich gegeben hatte, der ihn verriet, doch Larissa hob den Kopf genau in diesem Moment und sah zu ihm auf. Ein brennender Stich durchfuhr ihn. Vorsichtig hob er die rechte Hand und strich ihr ein paar Strähnen ihres seidig-weichen Haars hinters Ohr. Dabei streifte er ihre Wange, woraufhin sie prompt erschauerte.

Etwas mutiger umfasste er ihre Wange, bewegte sich jedoch nicht, um den prickelnden, knisternde Moment zwischen ihnen nicht versehentlich zu vertreiben. Ohne etwas zu sagen, ja, beinahe ohne zu atmen, blickten sie einander einfach nur in die Augen.

Wieder ruckelte die Gondel, blieb jedoch weiterhin recht weit oben. In Holger breitete sich eine seltsame Gewissheit aus und noch etwas – Vorfreude. Lächelnd zog er Larissa wieder fest in seine Arme, genoss das Gefühl, als sie den Kopf an seine Schulter legte, und ergriff mit seiner freien Hand die ihre. Immer noch schwiegen sie beide, jedoch ganz sicher nicht, weil sie nicht wussten, was sie sagen sollten. In diesem Moment, so hoffte er zumindest, verstanden sie einander ganz ohne Worte.

* * *

»Ich hatte ganz vergessen, wie scheußlich Zuckerwatte ist.« Übertrieben rieb Larissa ihre Fingerspitzen gegen den Stoff ihrer Jeans. »Ich habe das Zeug vor über einer Stunde gegessen und klebe noch immer.« Um ihre Worte zu unterstreichen, schüttelte sie sich. »Warum hast du mich nicht davon abgehalten?«

Mit einem amüsierten Grinsen lenkte Holger seinen Wagen durch das Hoftor seiner Eltern und hielt vor dem Eingang. »Du wolltest doch unbedingt eine Portion. Ganz abgesehen davon wäre ich der Letzte, der dich daran hindern will, etwas zu dir zu nehmen, das dich noch süßer macht.«

»Ich bin doch nicht süß!« Halb empört, halb erheitert schüttelte Larissa den Kopf. »So ein Unsinn.«

»Das kommt ganz auf den Standpunkt des Betrachters an«, konterte er. Ihn beschlich das Gefühl, dass er diese Unterhaltung lieber nicht in einem unbequemen Autositz weiterführen wollte, deshalb stieg er eilig aus, umrundete den Wagen und öffnete Larissa zuvorkommend die Beifahrertür.

»Danke.« Als sie vor ihm stand, zupfte sie an ihrer Jacke herum. »Irgendwie kann ich mich immer noch nicht daran gewöhnen, dass du das jedes Mal tust.«

Sanft, aber bestimmt drückte er die Autotür ins Schloss. »Dann habe ich es wohl noch nicht oft genug getan. Aber das lässt sich ja vielleicht ändern.« Da sich die Vorfreude von der Riesenradfahrt inzwischen in ausgewachsene Sehnsucht verwandelt hatte, griff er vorsichtig nach den Aufschlägen ihrer Jacke und zog Larissa zu sich heran, bis ihre

Körper sich berührten. »Was hältst du davon? Wärst du damit einverstanden?«

»Wovon, äh … Womit?« Sichtlich verunsichert runzelte sie die Stirn. Gleichzeitig hatte er den Eindruck, dass sie plötzlich viel flacher und ein wenig schneller als normal atmete. Das Vibrieren in seinem Inneren mischte sich mit einem brennenden Ziehen. Er musste hart schlucken, bevor er seine Stimme wiederfand.

»Damit, dass wir dich an mein höfliches Verhalten gewöhnen.« Er grinste schief. »Quatsch beiseite. Ich möchte dich gerne wiedersehen … Mehr Zeit mit dir verbringen. Wenn du das auch möchtest.«

* * *

Ihr stockte der Atem, als sie seinem forschenden Blick begegnete. Am Haus brannte eine Lampe, die ausreichend Licht spendete, sodass sie seinen ernsten, fragenden und zugleich hoffnungsvollen Gesichtsausdruck erkennen konnte. Für einen flüchtigen Moment fragte sie sich, wie sie nur hierhin geraten war, was mit ihr geschah. Doch die Gedanken verflogen so schnell, wie sie gekommen waren. Zurück blieben heftiges Herzklopfen und ein aufgescheuchter Schmetterlingsschwamm in ihrem Bauch. Sie lächelte vorsichtig, kämpfte gegen die erneut aufsteigende Nervosität an. »Ich habe mal irgendwo gehört, dass man solche wichtigen Entscheidungen nicht mitten in der Nacht treffen sollte.«

Sein Blick wurde eine Spur intensiver. »Warum nicht?«

Sie versuchte, gegen das Pochen ihres Herzens anzuschlucken, das inzwischen bis hinauf in ihre Kehle gestiegen war. »Weil … nachts alles anders ist.«

»Wie anders?«

Sie erschauerte bei dem tiefen, rauen Klang seiner Stimme. »Aufregender … verwirrender …«

»Also bist du gerade verwirrt?« Das Timbre seiner Stimme ließ jede Faser ihres Körpers vibrieren. »Und aufgeregt auch?«

»Ein bisschen«, gab sie zu.

In seine Augen trat ein schelmisches Funkeln. »Ich kann auch morgen früh noch einmal wiederkommen und dich fragen.«

Sie kämpfte mit einem Lächeln. »Das wäre wahrscheinlich vernünftig.«

»Aber damit würden wir uns ja heute auch schon für ein nächstes Mal verabreden. Wo ist der Unterschied?«

Vage hob sie die Schultern. »So gesehen …«

»Eben.« Er zwinkerte vergnügt. »Abgesehen davon, würde ich heute Nacht viel besser schlafen und morgen früh glücklich aufwachen, wenn wir diese Sache jetzt klären.«

»Diese Sache?« Ihre Stimme wollte ihr nicht ganz gehorchen.

»Möchtest du mich wiedersehen?«

In der Hoffnung, sich damit zu beruhigen, atmete sie tief durch, dann nickte sie. »Ja.«

In seinen Augen leuchtete es auf. »Morgen? Ich weiß, das ist sehr kurzfristig, aber immerhin ist morgen Sonntag, und da müssten wir doch beide Zeit haben. Mal abgesehen davon, dass ich morgen früh einen Auftritt mit dem Musikverein im Festzelt habe. Wir spielen dort zum Frühschoppen. Aber ab vierzehn Uhr bin ich frei wie ein Vogel.«

»Ihr spielt zum Frühschoppen?« Interessiert merkte sie auf. »Wie muss ich mir das vorstellen?«

»Gibt es das bei euch in Hannover nicht? Erst findet eine Messe statt, danach treffen sich alle, die sich heute im Festzelt abgeschossen haben, erneut dort und versuchen, ihren Kater auszukurieren, indem sie noch mehr Bier trinken, Blödsinn quatschen und dabei vom Musikverein begleitet werden.« Lachend winkte er ab. »Na gut, ganz so schlimm, wie es sich anhört, ist es nicht. Es kommen auch sehr viele Familien mit Kindern und Senioren und haben einfach eine gute Zeit miteinander. Viele gehen danach noch über den Kirmesplatz und kommen nachmittags noch einmal ins Zelt zu Kaffee und Kuchen.«

Larissa schüttelte den Kopf. »Wenn es so etwas in Hannover gibt, dann fand das immer ohne mich statt. Aber es hört sich nett an.«

»Wenn du Lust hast, kannst du es dir ja ansehen«, schlug er vor. »Und keine Sorge, dass gilt noch nicht als Date, weil ich beschäftigt sein werde. Wir könnten aber hinterher zusammen etwas essen gehen und dann überlegen, was wir sonst noch anstellen.« Er legte den Kopf schräg. »Klingt das gut?«

»Das klingt gut«, bestätigte sie.

»Siehst du, nun haben wir das geklärt und können beide gut schlafen.« Er hatte die ganze Zeit die Aufschläge ihrer Jacke umfasst gehalten, ließ sie nun aber los und legte stattdessen seine Arme locker um ihre Taille. »Das heißt … So richtig gut kann ich, fürchte ich, doch nicht schlafen.«

»Warum?« Wieder stockte ihr der Atem bei seinem durchdringenden Blick.

»Weil ich mich die ganze Nacht hin und her wälzen und mir eine Frage stellen werde.«

»Was denn für eine Frage?«

Sehr, sehr langsam näherte sein Gesicht sich dem ihren. Seine Stimme wurde noch eine Spur rauer. »Die Frage, ob du wirklich immer noch nach Zuckerwatte schmeckst.«

Für einen Moment war sie verblüfft, wollte im nächsten Moment auflachen, bekam dazu jedoch nicht genug Luft.

Sein Blick tastete dunkel, fragend, zärtlich über ihr Gesicht, sodass sie ihn beinahe wie eine Berührung spüren konnte. »Das würde ich wirklich gern herausfinden.«

Ihr Blutdruck schoss in geradezu ungesunde Höhen, und sie war sich sicher, dass er ihren heftigen Pulsschlag an ihrer Halsschlagader erkennen konnte. »Hindert dich jemand daran, es herauszufinden?«

Wieder leuchteten seine Augen warm auf. »Niemand, wenn du es nicht tust.«

Ihr wurde regelrecht schwindlig. »Ich hatte es nicht vor.«

»Wenn das so ist …« Langsam, sachte und beinahe wie einen Hauch senkte er seine Lippen auf die ihren.

Ein wilder, schmerzlicher Stich durchzuckte sie bis tief hinab in ihre Magengrube, doch da zog er sich schon wieder zurück und blickte ihr forschend in die Augen. Seine wirkten mit einem Mal ganz dunkel, seine Miene überrascht.

Atemlos blickte sie zu ihm auf. »Und?«

»Ich bin mir nicht sicher«, raunte er. »Ich glaube, das muss ich ausgiebiger untersuchen.« Wieder senkte er seinen Mund auf ihren, diesmal jedoch deutlich fordernder.

Der erneute Stich, der sie durchfuhr, verwandelte ihre Knie in eine watteähnliche Masse – Zuckerwatte womöglich, schoss es ihr durch den Kopf. Instinktiv hielt sie sich an seinen Schultern fest und kam ihm entgegen, erwiderte den Kuss. Heiße und kalte Schauer durchflossen sie gleichzeitig, und aus dem Stich wurde ein heißes, sehnsüchtiges Ziehen, das sich bis in ihre Zehen- und Fingerspitzen ausbreitete.

Holger stieß einen rauen Laut aus, schlang seine Arme um ihre Mitte, bis ihre Körper ganz fest aneinandergepresst waren.

Überrascht rang sie nach Atem und spürte im nächsten Augenblick schon seine tastende Zungenspitze an ihrer Unterlippe. Zu dem schmerzlichen Ziehen gesellte sich nun auch noch ein Prickeln tief in ihrem Inneren. So etwas hatte sie noch nie empfunden, da war sie sich ganz sicher. Ging das vielleicht alles zu schnell? Möglicherweise, doch in diesem Moment war ihr das völlig egal. Sie kam ihm erneut entgegen, als er mit der Hand ihre Wange umfasste und ihren Kopf zurückneigte, um den Kuss zu vertiefen.

Weitere Schauer durchrieselten sie, als sie ihrerseits vorsichtig mit ihrer Zunge nach seiner suchte. Die erste Berührung ähnelte einem Stromstoß. Wieder rang sie nach Atem, krallte sich fester in das Leder der Jacke an seinen Schultern. Sie taumelten kurz, im nächsten Augenblick drängte er sie sanft gegen sein Auto und ließ gleichzeitig seine Finger in ihr Haar gleiten.

Sie wollte überall gleichzeitig erschauern, alles Mögliche zugleich empfinden. Das hier war mehr, so viel mehr, als sie erwartet hatte. Seine Zunge neckte ihre, seine Lippen wanderten sanft und fest zugleich über ihren Mund, sein Körper schmiegte sich drängend, aber nicht fordernd an ihren, besitzergreifend und doch in einer Art, die sie spüren ließ, dass er nichts tun würde, was sie nicht wollte.

Und noch etwas spürte sie – seine unmissverständliche körperliche Reaktion auf den Kuss. Erschrocken und fasziniert zugleich nahm sie dieses Zeichen seiner Erregung wahr und auch, wie sie selbst darauf reagierte. Das Prickeln in ihrer Körpermitte verstärkte sich, wurde zu einem sehnsüchtigen Pochen.

Einen weiteren unartikulierten Laut ausstoßend, löste Holger sich schließlich doch von ihr und legte stattdessen schwer atmend seine Stirn gegen ihre. »Das war viel mehr als nur Zucker«, versuchte er zu scherzen. Zärtlich fuhr er mit dem Daumen über ihren Wangenknochen. »Ich fürchte, das könnte außer Kontrolle geraten, wenn wir nicht aufpassen.«

Ähnlich wie er versuchte sie ihren Atem wieder unter Kontrolle zu bringen. »Wirst du nun besser schlafen können?«

Er lachte verhalten. »Ich fürchte, jetzt werde ich gar nicht mehr schlafen können. Und du?«

»Ich auch nicht.«

Kapitel 12

»Hey, Holger, hast du Tim gesehen?« Berthold, der Dirigent des Musikvereins, eilte wie eine aufgescheuchte Henne an den Stuhlreihen vorbei, die im Festzelt für das Orchester aufgestellt worden waren, auf Holger zu. »Er müsste längst hier sein, ist er aber nicht. Ich kriege ihn auch nicht ans Handy.«

»Nein, tut mir leid.« Bedauernd schüttelte Holger den Kopf. »Kann es sein, dass er verschlafen hat? Er ist doch bestimmt bis zuletzt heute Nacht hier gewesen, oder?«

Berthold stöhnte und raufte sich die lockigen grauen Haare. »Mal den Teufel nicht an die Wand! Nicht, dass er sich komplett abgeschossen hat. Was sollen wir denn ohne Schlagzeuger machen?« Er warf einen Blick auf seine Armbanduhr. »Ich versuche noch einmal, ihn anzurufen.«

»Zur Not könnte doch auch Marina einspringen«, schlug Holger vor. »Sie ist zwar noch in der Ausbildung, aber ich bin sicher, dass sie das gut hinbekommen würde.«

»Sicher würde sie das«, stimmte Berthold zu. »Das Problem ist, dass Tim auch das Schlagzeug mitbringen sollte. Nach dem letzten Auftritt hat er es mit nach Hause genommen. Eine Schlagzeugerin ohne Schlagzeug ist in etwa so nützlich wie ein Hut ohne Kopf.« Schon eilte er weiter und zückte dabei sein Handy.

Holger legte seinen Saxofonkoffer sowie die Tasche mit den Notenmappen auf einem Stuhl ab und sah aufmerksam um sich, ob er noch irgendwo helfen konnte.

Entgegen seiner Vermutung hatte er ausgezeichnet geschlafen und sogar höchst angenehm geträumt. Nun hoffte er, dass der Sonntag so erfreulich weitergehen würde, wie der Samstag geendet hatte. Er war sich nicht sicher, ob Larissa seiner Einladung, den Frühschoppen zu besuchen, folgen würde. Vermutlich fühlte sie sich in Rodderbach noch nicht so ganz in ihrem Element. Gestern hatte sie sich zwar offensichtlich gut amüsiert, doch er konnte sich vorstellen, dass eine Überdosis an ländlichen Gepflogenheiten für ein Großstadtkind wie sie nicht ganz so leicht zu verkraften sein würde.

Er hatte sich jedoch fest vorgenommen, sie zu besuchen und etwas mit ihr zu unternehmen, sobald der Frühschoppen vorbei war. Allein der Gedanke daran, Zeit mit ihr zu verbringen, sie näher kennenzulernen und herauszufinden, was sie bewegte und was in ihrem klugen Kopf so alles vorging, versetzte ihn in Hochstimmung.

An die Möglichkeit, die Küsse von heute Nacht noch einmal zu wiederholen, wollte er lieber nicht zu intensiv denken, weil er fürchtete, sich dann nicht mehr ausreichend auf die Aufgaben konzentrieren zu können, die im Augenblick vor ihm lagen.

»Holger, Schätzchen, da bist du ja!« Großcousine Hedwig riss ihn mit der für sie typischen Impulsivität aus seinen Gedanken, indem sie sich geradezu auf ihn stürzte, sich bei ihm unterhakte und ihm einen Kuss auf die Wange gab. »Siehst du wieder gut aus! Die neuen Westen des Musikvereins sind wirklich schön. Viel vorteilhafter als die alten. Was ist, hast du einen Augenblick Zeit, dich zu uns zu setzen? Ihr fangt doch erst in einer knappen halben Stunde mit der Musik an, oder?«

»Guten Morgen, Hedwig.« Kurz blickte er zwischen ihr und den Stuhlreihen des Musikvereins hin und her. »Eigentlich müsste ich noch beim Aufbauen helfen.«

»Ach was! Es sind doch genügend andere Musiker da. Du reißt dir doch sonst schon immer den Hintern auf, da kannst du jetzt auch mal für ein paar Minuten an dich denken. Und an uns natürlich.« Sie kicherte fröhlich und zog ihn einfach am Arm mit sich zu einem Bierzelttisch, an dem er neben einigen von Hedwigs Freundinnen und Bekannten seiner Eltern auch die Familie Carnott entdeckte.

Augenblicklich ahnte er, was sie vorhatte, konnte es jedoch nicht verhindern, denn schon hatte sie ihn auf den freien Platz neben Anna Carnott genötigt, eilte um den Tisch herum und setzte sich ihnen gegenüber. »Siehst du, Anna, da ist er schon. Ich hatte doch gesagt, dass er uns heute Gesellschaft leisten wird. Zumindest, solange er nicht Musik machen muss.« Wieder kicherte sie fröhlich. »Seinen Platz halten wir ihm natürlich für die Pausen immer schön frei, nicht wahr?« Sie wandte sich ihm mit strahlender Miene zu. »Eigentlich hätte Anna gestern Abend ja kellnern sollen, aber dann musste sie ihrer Oma helfen, die sich nämlich gestern schlimm die Hüfte geprellt hat. Zum Glück geht es Elfriede schon wieder besser, sodass Anna wenigstens heute hier sein kann. Ich hab euch beiden ja versprochen, dass ihr euch hier mal schön treffen könnt.«

Am liebsten hätte Holger die Augen verdreht. Stattdessen lächelte er Anna höflich zu. »Guten Morgen, Anna. Richte deiner Oma bitte Grüße von mir aus und gute Besserung.«

Anna antwortete mit einem verhaltenen Lächeln. »Danke, Holger, das mache ich gerne. Und auch dir einen guten Morgen. Ich hoffe, es macht dir nichts aus, dass Hedwig dich einfach hierher geschleppt hat.«

»Ach was, so ein Unsinn! Ich habe ihn überhaupt nicht geschleppt«, mischte Hedwig sich empört ein. »Ich habe ihn schon vergangene Woche eingeladen, sich uns auf der Kirmes anzuschließen. Nicht wahr, Holger, das habe ich getan?«

»Hast du«, stimmte Holger ihr zu, obwohl er, wenn er ehrlich war, diese Sache schon wieder vollkommen vergessen hatte.

»Siehst du!« Triumphierend strahlte Hedwig Anna an. »Es ist also alles paletti.«

Innerlich seufzend ergab Holger sich vorerst in sein Schicksal und wandte sich wieder Anna zu. »Wir haben uns ja schon eine ganze Weile nicht mehr gesehen. Ich habe gehört, du arbeitest jetzt im Steuerbüro Reichert?«

»Ja, seit drei Monaten.« Eifrig nickte Anna und strich sich nun schon zum wiederholten Male eine Strähne ihres hellbraunen Haars hinters Ohr. »Jetzt brauche ich nicht mehr jeden Tag dreißig Kilometer zu meiner Arbeitsstelle zu fahren und nachmittags wieder zurück.«

»Praktisch, findest du nicht auch?«, mischte Hedwig sich erneut ein. »Was sie da an Zeit spart! Und an Sprit natürlich. Aber die Zeit ist ja noch viel wichtiger, denn jetzt kann sie sich wieder viel mehr ihren Hobbys widmen, nicht wahr, Anna? Sie häkelt nämlich so gerne, genau wie ich, und sie hilft mir manchmal in meinem Garten. Ich kann dir sagen, sie hat wirklich einen grünen Daumen! Alles, was sie pflanzt oder sät, wächst wie verrückt. Und auch mit meinen Katzen hat sie ein Händchen. Sie ist unglaublich tierlieb, aber wen wundert das? Immerhin ist sie ja genau wie du auf einem Bauernhof aufgewachsen.«

»Das ist mir bekannt.« Holger warf seiner Großcousine einen bezeichnenden Blick zu, der jedoch vollkommen an ihr abzuprallen schien.

»Natürlich ist es das. Ich meine ja nur.« Wohlwollend tätschelte Hedwig Annas Hand auf dem Tisch. »Sie hat mir neulich erst erzählt, wie sehr sie sich selbst einen großen Garten und Haustiere wünscht. Momentan wohnt sie ja nur in einer kleinen Wohnung in der Altstadt. Da hat sie zwar einen winzigen Balkon, aber was kann man da schon großartig gärtnern? Ach, Anna, stell dir nur mal vor, du hättest so einen riesigen Garten wie Holger! Wäre das nicht ein Traum?«

Prompt nickte Anna begeistert. »Und wie! Da könnte ich mich so richtig austoben.«

»Ganz genau.« Hedwig breitete weit die Arme aus. »Und dann die alten Stallungen! Was man daraus alles machen könnte! Vielleicht wieder Hühner halten und Gänse und Enten oder sogar ein paar größere Tiere. Ziegen zum Beispiel.«

»Ziegen sind meine Lieblingstiere.« Anna lächelte immer noch, räusperte sich dann aber verlegen. »Na ja, aber das sind ja nur meine Träume. Holger wird bestimmt ganz andere Ideen für sein schönes Anwesen haben.«

»Das glaube ich nicht.« Hedwig warf Holger einen eindringlichen Blick zu. »Erst vor einiger Zeit hat er mir erzählt, dass er immer noch nicht weiß, was er mit den Nebengebäuden anstellen soll. Es ist natürlich auch nicht ganz einfach, weil sie unter Denkmalschutz stehen. Da gibt es jede Menge Auflagen. Aber wenn man die Gebäude wieder ihrer ursprünglichen Funktion zuführen würde, wäre das bestimmt machbar.«

Holger wusste natürlich, worauf Hedwig hinauswollte, und fühlte sich zunehmend unwohl, da Anna offenbar mit dem reichlich plumpen Verkupplungsversuch durchaus einverstanden zu sein schien. War ihm da in der Vergangenheit irgendetwas entgangen? Sicherheitshalber wappnete er sich innerlich. »Im Augenblick weiß ich wirklich noch nicht, was ich mit den Gebäuden anstellen soll. Stallungen wollte ich aber eigentlich nicht mehr daraus machen, zumindest nicht in solch einem Umfang. Ich hätte doch überhaupt keine Zeit, mich um so viele Tiere zu kümmern.«

»Ach, Junge! Das müsstest du ja auch gar nicht.« Hedwig lachte affektiert. »Die liebe Anna würde das schon machen, nicht wahr? Es steht ja außer Frage, dass du dich ganz auf den Betrieb konzentrieren musst. Neulich haben wir schon darüber geredet, und sie meinte, sie würde dir gerne bei der Buchhaltung helfen, wenn du das möchtest. Das ist nett, oder? Aber so ist Anna. Immer hilfsbereit, immer zupackend. Der Mann, der sie einmal heiratet, hat das große Los gezogen. Sie kann sich um die Bücher kümmern, um Haushalt und Tiere und natürlich«, wieder lachte sie, »auch um die Kinder, wenn mal welche da sind. Heutzutage ist so etwas ja gar nicht mehr selbstverständlich, aber darüber haben wir uns neulich auch ganz lange unterhalten, nicht wahr, Anna? Es ist so wichtig, dass man in einer Familie fest zusammenhält und an einem Strang zieht. Wahrscheinlich liegt es daran, dass ihr beide auf eine so ähnliche Herkunft zurückblicken könnt. Ihr habt so viele Gemeinsamkeiten!«

Allmählich wuchs in Holger der Wunsch, Hedwig zu erwürgen. Er ließ sich jedoch nichts anmerken, weil er Anna nicht einfach so in aller Öffentlichkeit vor den Kopf stoßen wollte. »Das habt ihr ja schon alles bis ins Detail geplant.« Er schlug einen scherzhaften Ton an, um zu signalisieren, dass er das alles nicht ganz ernst nahm. »Habe ich da vielleicht auch ein Wörtchen mitzureden?«

»Ach, Holger!« Scherzhaft gab Hedwig ihm einen Klaps gegen den Arm. »Selbstverständlich hast du das. Deshalb sind wir doch heute hier! Eigentlich wollte ich euch für heute Nachmittag zu mir zum Kaffee einladen, aber dann rief deine Mutter an und meinte, ich solle zum Familien-Sonntagskaffee kommen. Und da dachte ich mir, das ist doch eine wunderbare Gelegenheit für euch. Deshalb wird Anna mich heute Nachmittag begleiten. Schön, nicht wahr?«

»Nun ja … Eigentlich«, setzte er an, wurde jedoch unterbrochen, als Berthold neben ihm auftauchte.

»Holger? Kannst du bitte mal kommen? Tim ist endlich hier aufgeschlagen. Er hat tatsächlich verschlafen, und jetzt kriegt er irgendwie das Schlagzeug nicht aus seinem Auto heraus. Es hat sich irgendwo verkeilt, aber es wird allmählich Zeit. In einer Viertelstunde müssen wir schon anfangen.«

Erleichtert, zugleich jedoch ungehalten, weil er die Sache mit Anna nicht gleich klären konnte, erhob er sich. »Natürlich, ich komme sofort.« Er wandte sich an Hedwig und Anna. »Tut mir leid, da muss ich helfen.«

»Aber sicher doch!« Anna nickte ihm lächelnd zu.

Hedwig strahlte ihn geradezu an. »Geh nur, Junge. Du kannst dich ja später in den Pausen noch mal kurz zu uns setzen. Jetzt geht erst einmal die Pflicht vor. Nicht wahr, Anna? Das ist ungeheuer wichtig. Holger setzt sich immer so wunderbar für den Musikverein ein. Es gibt ja gar nicht mehr viele Männer, denen das Vereinsleben so wichtig ist und der Zusammenhalt in der Gemeinde.« Sie redete noch weiter begeistert auf Anna ein, doch Holger hörte nicht mehr, wie die nächste Strophe ihres Lobliedes auf ihn lautete, sondern ergriff eiligst die Flucht.

* * *

Der Musikverein hatte bereits mit seinem Konzert begonnen, als Larissa in Jessicas Begleitung das Festzelt betrat. Jessicas Eltern waren ihnen bereits ein Stück vorausgegangen und winkten ihnen nun von einem der Tische aus einladend zu. Es war derselbe Tisch, an dem sie am Abend zuvor gesessen hatten, heute allerdings in anderer Gesellschaft. Das Ehepaar Decker war nicht anwesend, da sie den Rodderbacher Hof heute geöffnet hatten. Isabella war ebenfalls nicht da, weil sie ihren Eltern im Restaurant half, und auch Thorben war nicht mitgekommen, da er sich um die Bücher des Hofes kümmern wollte. Philipp saß, wie auch sein Zwillingsbruder, beim Musikverein und spielte zu Larissas Überraschung ebenfalls Saxofon.

Die anderen Männer und Frauen am Tisch hatte Larissa bisher noch nicht kennengelernt, sah man einmal von Hedwig Mahler ab, die bereits eifrig und gut gelaunt auf

Jochen einredete. Als sie Jessica und Larissa erblickte, lächelte sie überaus freundlich und winkte sie ebenfalls heran.

»Jessica, Kind, wie schön, dass du heute auch hier bist. Komm, setz dich hier neben mich.« Ihre Stimme blieb gleichbleibend freundlich, als sie sich an Larissa wandte: »Frau Weiß, hier, setzen Sie sich neben Anna. Wie ich hörte, waren Sie gestern auch schon mit hier im Festzelt. Hat es Ihnen gefallen? Bestimmt sind Sie solche Feste nicht gewohnt, oder?«

»Nein, das bin ich wirklich nicht.« Auch Larissa lächelte freundlich. »Es war ein sehr schöner Abend.«

»Ich habe schon gehört, dass Holger und Jessica Sie unter ihre Fittiche genommen haben.« Wohlwollend tätschelte Hedwig Jessicas Hand auf dem Tisch. »Da haben Sie dann wenigstens ein bisschen Familienanschluss, wenn Sie schon drei Monate lang so weit von zu Hause weg wohnen. Bestimmt sind Sie froh, wenn Sie endlich wieder zu Hause sind, oder? Nicht wahr, Anna, das ist furchtbar nett von den beiden, sich um Frau Weiß zu kümmern? Aber so sind sie, meine beiden Schätze.« Hedwigs Blick wanderte kurz hinüber zu Holger und dann gleich wieder zurück zu Anna, der darüber hinaus ein warmherziges Lächeln zuteilwurde. Dann wandte sie sich wieder an Larissa: »Ich glaube, Anna Carnott kennen Sie noch gar nicht, oder? Ich habe sie neulich bei unserer ersten Begegnung im Eiscafé erwähnt, aber bestimmt haben Sie das längst wieder vergessen. Anna ist zusammen mit Holger und Philipp zur Schule gegangen und arbeitet inzwischen hier in Rodderbach in einem bekannten Steuerberaterbüro. Eigentlich wollte sie gestern schon ins Zelt kommen, aber leider ist ihr familiär etwas dazwischengekommen. Die Familie ist natürlich viel wichtiger, das habe ich vorhin auch zu Holger gesagt, der bestimmt enttäuscht war, dass Anna gestern nicht da war. Aber glücklicherweise hatte er ein wenig Ablenkung, weil er sich um Sie gekümmert hat, Frau Weiß. Er ist immer so aufmerksam und hilfsbereit zu allen! Ein richtiger Gentleman. Und heute ist ja auch noch Jessica da, die sich mit Ihnen beschäftigen kann, sodass er die Zeit, die er gestern nicht mit Anna verbringen konnte, später nachholen kann. Anna freut sich nämlich schon sehr darauf, den Nachmittag mit ihm zu verbringen. Ist es nicht so, Anna?«

Anna nickte lächelnd, wirkte aber distanziert, als sie Larissa nun ebenfalls ansprach. »Ja, sehr. Wir haben uns schon eine Weile nicht gesehen und deshalb eine Menge zu erzählen. Ich freue mich, Sie kennenzulernen, Frau Weiß. Ich habe gehört, dass Sie Autorin sind. Das finde ich ja mal sehr spannend! Ich habe noch nie eine Autorin kennengelernt. Und dann auch noch eine, die ein Buch über Rodderbach schreiben will, darüber müssen Sie mir bei Gelegenheit unbedingt mehr erzählen. Ich könnte so was ja nicht. Dazu fehlt mir einfach die Fantasie. Aber ich lese auch nicht allzu viel. In der Schule noch mehr, aber das waren ja noch andere Zeiten.« Sie lachte, doch es wirkte gekünstelt. »Ich hoffe, das macht Ihnen nichts aus. Ich interessiere mich einfach nicht so sehr für Bücher. Viel lieber arbeite ich im Garten oder beschäftige mich mit Handarbeiten und so etwas.«

Larissa nickte ihr gleichbleibend freundlich zu. »Freut mich ebenfalls, Frau Carnott. Machen Sie sich bitte keine

Gedanken, ich bin bestimmt nicht böse, wenn jemand nicht gerne liest. Die Menschen sind nun einmal verschieden, und wir haben alle unterschiedliche Interessen. Andernfalls wäre es ja wohl auch furchtbar langweilig, nicht wahr? Wenn wir alle dasselbe mögen würden.«

Bestätigend nickte Anna. »Ja, furchtbar langweilig.«

»Wie recht Sie haben«, stimmte auch Hedwig regelrecht begeistert zu. »Ich bin auch keine besonders große Leseratte. Das macht die Menschheit ja so bunt, nicht wahr? Dass sich alle für etwas anderes interessieren. Aber ich sage immer, wenn es darum geht, sich den Partner fürs Leben zu suchen, dann muss es schon jemand sein, mit dem man möglichst viele Interessen teilt. Und natürlich auch die Lebenseinstellung und die Ziele, die man verfolgt.« Sie strahlte Larissa leutselig an. »Sind Sie da nicht ganz meiner Meinung?«

Obgleich Larissa sich nicht sicher war, ob Hedwig sie aufs Glatteis führen wollte oder irgendein Motiv mit ihrer Frage verfolgte, neigte sie bejahend den Kopf. »Das ist auf jeden Fall wünschenswert, da haben Sie recht. Es ist wichtig, eine gemeinsame Basis zu besitzen und sich gegenseitig zu respektieren und zu unterstützen.«

»Wie wahr, wie wahr!« Euphorisch klatschte Hedwig in die Hände. »Deshalb bin ich ja auch so froh, dass das mit Holger und Anna nun allmählich etwas wird. Wissen Sie, die beiden haben nämlich unglaublich viel gemeinsam, und darüber hinaus besitzen sie auch ganz ähnliche familiäre Wurzeln. Anna ist nämlich die Tochter eines Landwirts hier aus dem Ort, müssen Sie wissen. Sie kennt sich also genauso gut mit der Landwirtschaft aus wie Holger, und obwohl beide nicht mehr in diesem Bereich tätig sind, ist es doch sehr angenehm, wenn sie auf diese Weise auf einen gemeinsamen Erfahrungsschatz zurückgreifen können. Ganz davon zu schweigen, dass sie sich ja schon die ganze Schulzeit über kannten und deshalb miteinander vertraut sind.«

»Äh, Hedwig?«, wandte Jessica stirnrunzelnd ein. »Kann es sein, dass du da ziemlich übers Ziel hinausschießt? Holger hat nie erwähnt, dass er mit Anna zusammen ist oder auch nur etwas in dieser Hinsicht von ihr will.«

»Nein, nein, das hast du ganz falsch verstanden!« Hedwig lachte, und diesmal klang es auch bei ihr etwas künstlich. »Zusammen sind die beiden offiziell noch nicht, aber eben mit der Betonung auf dem Wörtchen *noch*. Du wirst aber wohl kaum abstreiten, dass die zwei unglaublich gut zueinander passen. Anna ist extra heute hergekommen, um Zeit mit ihm zu verbringen, sobald seine Pflicht beim Musikverein getan ist. Die beiden werden dann später bestimmt noch schön über den Kirmesplatz gehen und im Anschluss bei euren Eltern zum Sonntagskaffee erscheinen. Nicht wahr, Anna?«

Wieder nickte Anna lächelnd. »Sehr gerne.«

»Siehst du?«, wandte Hedwig sich an Jessica.

»Tatsächlich?« Jessicas Blick wanderte fragend zu Larissa. »Holger trifft sich heute mit Anna?«

»So haben wir es gerade vorhin ausgemacht«, bestätigte Hedwig.

Larissa, die inzwischen erkannt hatte, worauf Hedwig hinauswollte, zuckte nur mit den Achseln. Ihr Blick wanderte hinüber zu Holger, der, da die Musik gerade eine kurze Pause zwischen zwei Liedern eingelegt hatte, ebenfalls zu ihr herüberblickte. Ihr Herz vollführte einen Salto, als auf seinen Lippen ein warmes Lächeln erschien und er kurz die Hand hob. Im gleichen Moment winkte Anna ihm zu und gleich darauf auch Hedwig, wenn auch übertrieben heftig.

Da Larissa die Situation zu albern wurde, erhob sie sich. »Entschuldigen Sie mich bitte, ich glaube, es ist mir hier im Zelt doch zu laut nach dem gestrigen Abend. Ich werde noch ein bisschen spazieren gehen und dann zu meiner Arbeit zurückkehren.«

»Ach nein!« Jessica sprang ebenfalls auf und hielt sie am Arm fest. »Wir sind doch gerade erst angekommen. Bleib doch noch.«

»Tut mir leid, die Musik ist mir wirklich zu laut«, log Larissa. »Aber ganz lieben Dank für die Einladung, auch an euch.« Sie nickte Erika und Jochen mit einem, wie sie hoffte, herzlichen Lächeln zu. »Wir sehen uns dann irgendwann später.« Sanft machte sie sich von Jessica los, hob noch einmal zum Abschied die Hand und machte sich auf den Weg zum Zeltausgang.

»Warte doch mal!« Jessica hatte sich an ihre Fersen geheftet. »Lass dich bitte nicht von Hedwigs Gequatsche irritieren. Ich weiß nicht genau, was sie sich jetzt schon wieder ausgedacht hat, aber wenn Holger etwas von Anna wollen würde, dann wüsste ich das.«

»Schon gut.« Larissa winkte betont lässig ab. »Ich bin einfach heute Morgen noch nicht richtig fit. Frische Luft wird mir bestimmt guttun. Geh du nur wieder zu deiner Familie zurück und genieß den Frühschoppen.« Damit ließ sie Jessica stehen und ging mit entschlossenen Schritten in Richtung Kirmesplatz.

* * *

Natürlich hatte Holger bereits bemerkt, dass Larissa in Gesellschaft seiner Schwester das Festzelt betreten hatte. Erfreut beobachtete er, wie sie sich zu seiner Familie an den Tisch setzte und gleich von allen herzlich begrüßt wurde. Ein bisschen wunderte es ihn, dass Hedwig offenbar so überfreundlich auf sie einredete, doch er konnte sich nicht weiter damit befassen, da er sich auf die Noten konzentrieren musste.

Als wenig später zwischen zwei Liedern eine kurze Pause entstand, warf er erneut einen Blick zum Tisch, und dieses ihm inzwischen schon fast vertraute Schwingen und Vibrieren in ihm meldete sich, als er bemerkte, dass Larissa genau in diesem Moment zu ihm herübersah. Er schenkte ihr ein liebevolles Lächeln und winkte kurz, bevor er rasch das Notenblatt wechseln musste. Zu seiner Verwunderung bemerkte er, als er gleich darauf wieder zu ihr hinübersah, dass sie sich erhoben hatte und offenbar im Begriff war zu gehen. In ihm breitete sich ein ungutes Gefühl aus, doch er konnte nicht reagieren, da in diesem Moment der Dirigent das Signal zum Einsatz gab. Während er spielte, beobachtete er aus den Augenwinkeln besorgt, wie nun auch Jessica aufsprang und Larissa zunächst zurückhalten zu wollen schien, ihr dann aber stattdessen hinterherlief. Er fluchte innerlich und hätte am liebsten sein Saxofon von sich geworfen. Er hatte Larissas Miene nicht genau sehen können, befürchtete jedoch, dass ihr plötzlicher Aufbruch etwas mit Hedwigs überaus guter Laune zu tun hatte, denn seine Großcousine redete nun fröhlich auf Anna ein.

Es dauerte nicht sehr lange, bis Jessica an den Tisch der Familie zurückkehrte. Sie sagte etwas zu Hedwig, die daraufhin jedoch nur lachend abwinkte und Anna traulich das Handgelenk tätschelte. Sein Unwohlsein verstärkte sich, als in diesem Moment Jessica mit grimmiger Miene zu ihm herüberblickte und ihm mit einer knappen, aber energischen Kopfbewegung signalisierte, dass er dringend zu ihr kommen sollte.

Es fiel ihm schwer, sich auf die restlichen Strophen des Musikstücks zu konzentrieren. In dem Moment, als der letzte Ton verklungen war, stellte er sein Saxofon in die dafür vorgesehene Halterung und stand auf. Berthold warf ihm einen befremdeten Blick zu, doch Holger hob nur beschwichtigend und abwehrend zugleich die Hand und eilte hinüber zu seiner Schwester.

Jessica stürzte sich geradezu auf ihn. »Sag mal, was ist das mit dir und Anna? Hab ich da irgendetwas verpasst?«

Irritiert starrte er sie an. »Mit Anna und mir? Was soll da sein?« Dann begriff er und warf Hedwig einen argwöhnischen Blick zu. »Was ist hier vorgefallen?«

Jessica stieß ein Fauchen aus. »Anscheinend ist Hedwig der Meinung, dass du und Anna mehr oder weniger kurz vor dem Traualtar steht.« Sie warf Anna einen verärgerten Blick zu. *»Nicht wahr, Anna?«* Absichtlich äffte sie Hedwigs Tonfall nach.

»Aber nein!« Bestürzt hob Anna die Hände. »Das stimmt doch nicht. Wir haben nur darüber gesprochen, dass Holger und ich nachher noch etwas miteinander unternehmen wollen. Ist Frau Weiß deshalb gegangen? Ich wusste nicht …« Ein fragender Blick traf Hedwig. »Ist sie eifersüchtig?«

»Aber nein!«, wehrte Hedwig ab. »Wie käme sie denn dazu? Sie hat gesagt, dass ihr die Musik zu laut sei, und das ist doch nur verständlich, nachdem sie gestern Abend schon so lange hier war. Sie hat ja selber gesagt, dass sie solche Feste nicht gewohnt ist.«

»So ein Quatsch!« Jessica funkelte Hedwig empört an. »Als wir von zu Hause losgegangen sind, war sie noch fröhlich und fit. Warum sollte sie jetzt auf einmal müde geworden sein? Ihr habt sie mit eurem Gerede über Anna und Holger verjagt.«

»Das lag bestimmt nicht in unserer Absicht«, verteidigte Hedwig sich. »Wir haben uns doch nur ganz allgemein darüber unterhalten, wie schön es ist, dass Anna und Holger so viel miteinander gemein haben und dass sie so gut zusammenpassen …«

»Sag mal, geht's noch?« Holger hätte Hedwig am liebsten durchgeschüttelt, doch seine gute Erziehung verbot es ihm. Verbal machte er seinem Ärger allerdings nun deutlich Luft. »Wie kommst du eigentlich dazu, mich mit Anna verkuppeln zu wollen?« Er fuhr zu Anna herum. »Und was ist in dich gefahren, dass du da auch noch mitmachst? Bin ich hier im falschen Film, oder was?« Er atmete einmal tief durch, um sich zu beruhigen. »Um das klarzustellen: Ich habe weder zugesagt, heute etwas mit Anna zu unternehmen, noch bin ich an einer Verkupplungsaktion mit ihr interessiert. Ich hatte Larissa gestern Abend eingeladen, heute Vormittag herzukommen, wenn sie Lust hat. Hinterher wollte ich mit ihr noch etwas unternehmen.« Sicherheitshalber wandte er sich erneut direkt an Anna. »Nicht mit dir.« Dann wandte er sich wieder an Hedwig. »War das jetzt klar und deutlich?«

Anna senkte nur verlegen den Blick. Hedwig verschränkte entrüstet die Arme. »Wie kannst du nur so unsensibel mit Anna umspringen? Wir haben doch vorhin noch darüber geredet, dass ihr etwas miteinander unternehmen könnt und wie gut sie zu dir passt und was ihr zusammen alles aus dem Zehnthof machen könntet, wenn ihr euch zusammentut, um ...«

»Hör auf damit, Hedwig!« Erbost fixierte Holger seine Großcousine, sodass sie erschrocken mitten im Satz abbrach. »Ich habe mit keiner Silbe zugestimmt, heute mit Anna etwas zu unternehmen, und noch weniger, mein zukünftiges Leben mit ihr zu verbringen. Wie kommst du überhaupt auf so etwas? Erst kritisierst du Larissa auf offener Straße wegen ihres Berufs, von dem du nicht einmal die leiseste Ahnung hast, und jetzt versuchst du auch noch, einen Keil zwischen uns zu treiben? Wozu soll das, bitte schön, gut sein? Ich weiß nicht, ob es dir schon aufgefallen ist, aber ich bin bereits eine ganze Weile erwachsen und kann selbst entscheiden, mit welcher Frau ich gerne meine Zeit verbringen möchte. Und so nett Anna auch sein mag«, er warf Anna einen scheelen Seitenblick zu, »war sie nie und ist sie nicht die Frau, mit der ich zusammen sein will. Und damit wir uns nicht missverstehen: Sie wird es auch niemals sein.«

»Also, Holger! Das ist ja ...« Hedwig war blass geworden und rang die Hände. »Was ist denn auf einmal ... Ich weiß gar nicht ...«

»Spar dir den Atem«, unterbrach er sie barsch. »Du hast mich schon genau verstanden. Versuch das gefälligst nicht noch einmal, sonst sind wir geschiedene Leute.«

Hedwig verstummte tatsächlich und sank kleinlaut auf der Bank zusammen. Nicht nur am Tisch, sondern auch ringsum waren etliche neugierige Blicke auf sie gerichtet, doch das war Holger im Augenblick herzlich egal. Fahrig strich er sich mit gespreizten Fingern durchs Haar und bemühte sich darum, sich wieder zu fangen.

»Ich schätze, du solltest versuchen, mit Larissa zu reden und die Sache richtigzustellen«, schlug sein Vater vor, ohne eine Miene zu verziehen.

Holger nickte ihm zu. »Wohin ist sie gegangen?«

»Sie wollte einen Spaziergang machen«, antwortete Jessica rasch. »Aber wenn du mich fragst, ist sie geradewegs nach Hause gegangen.«

»Mit etwas Glück erwischst du sie noch.« Seine Mutter deutete mit dem Kinn in Richtung Zeltausgang.

Kurz warf Holger einen Blick in Bertholds Richtung, der in diesem Moment dem Musikverein den Einsatz für ein neues Musikstück gab, dann eilte er hinaus auf den Zeltvorplatz.

Rasch und eingehend blickte er sich um, doch natürlich war von Larissa weit und breit nichts zu sehen. Am liebsten hätte er laut geflucht, stattdessen rannte er hinüber zum Kirmesplatz und sah sich auch dort noch einmal um, lief zwischen den Ständen hin und her. Doch die Wahrscheinlichkeit, Larissa dort zu finden, war natürlich sehr gering. Obwohl es erst kurz vor Mittag war, tummelten sich schon unzählige Menschen auf der Kirmes. Um ihn herum bimmelten und klingelten Fahrgeschäfte, aus den Lautsprechern drang die übliche bunte Mischung aus deutschen Schlagern, Kinderliedern beim Kinderkarussell, aktuellen

Popsongs und Techno-Beats. Es würde nichts bringen, weiter nach ihr zu suchen.

Für einen Moment erwog er, seine Sachen einfach im Zelt zu lassen und mit dem Auto zum Hof seiner Eltern zu fahren, um mit Larissa zu reden, doch vielleicht war es besser, damit bis nach dem Auftritt des Musikvereins zu warten. Er konnte nicht mit Sicherheit wissen, dass sie auf direktem Wege zu ihrer Ferienwohnung zurückgekehrt war. Da sie zu Fuß unterwegs war, bestand die Möglichkeit, dass sie tatsächlich erst einen Spaziergang machte. Es war sinnlos, die Straßen von Rodderbach und der Umgebung nach ihr abzusuchen.

Verärgert über diese verfahrene Situation und Hedwigs Dreistigkeit, kehrte er ins Zelt zurück. Auf die fragenden Blicke seiner Eltern und Jessica hin zuckte er nur mit den Achseln und setzte sich zurück auf seinem Platz beim Musikverein. Er konnte sehen, dass Jessica erneut aufgebracht auf Hedwig einredete, bis Erika beschwichtigend die Hände hob und offenbar dafür sorgte, dass das Thema gewechselt wurde. Er konnte nur hoffen, dass es richtig gewesen war, Larissa nicht doch zu suchen. Ganz wohl fühlte er sich bei seiner Entscheidung nicht.

* * *

Larissa ärgerte sich über sich selbst. Warum war sie einfach gegangen? Sie hätte dieser Hedwig und auch dieser Anna klar und deutlich ins Gesicht sagen können, dass sie für den Nachmittag mit Holger verabredet war. Stattdessen hatte sie sich lieber aus der Affäre gezogen, so wie sie es früher oft getan hatte, wenn Felix sie mit ihren von ihm so wahrgenommenen Unzulänglichkeiten konfrontiert hatte. Es war schon reichlich frech von Hedwig, ihr weismachen zu wollen, dass Holger ein ernsthaftes Interesse an dieser Anna hegte. Natürlich glaubte sie ihr kein Wort, auch wenn Anna offenbar ebenfalls der Ansicht war, dass sie und Holger Rodderbachs nächstes Traumpaar waren. Sie konnte sich einfach nicht vorstellen, dass er unter solchen Voraussetzungen am Abend zuvor nicht nur mit ihr getanzt, sondern sie auch geküsst hätte.

Zuvor schon hatte er ihr deutlich gesagt, dass er sie näher kennenlernen wollte. Er wirkte auf sie nicht wie ein Mann, der solche Dinge wahllos zu mehreren Frauen gleichzeitig sagte, und auch was Jessica bisher über ihn erzählt hatte, ließ nicht darauf schließen, dass er ein rücksichtsloser Frauenheld war. Natürlich hatten die Spitzen, die Hedwig abgeschossen hatte, bei Larissa gezündet. Holger und Anna hatten vergleichbare familiäre Voraussetzungen, waren sich in vielem ähnlich, hatten vermutlich auch gleiche Wertvorstellungen und so weiter und so fort. Dies waren alles Aspekte, von denen Larissa noch nicht wusste, ob sie auch auf Holger und sie zutreffen würden. Nicht umsonst hegte sie nach wie vor Zweifel, ob sie ihrem Bauchgefühl trauen durfte, wenn es um ihn ging. Dazu hatte sie zu viel Angst, den gleichen Fehler wie bei Felix zu machen. Doch die mehr als eindeutigen Versuche Hedwigs, einen Keil zwischen sie zu treiben, waren dann doch etwas zu viel des Guten. Ganz so leicht ließ sie sich nicht ins Bockshorn jagen.

Da sie nicht die geringste Lust verspürte, zu ihrer Ferienwohnung zurückzukehren, und noch viel weniger, sich ihrer Arbeit zu widmen, immerhin war Wochenende, überquerte sie den Kirmesplatz und steuerte direkt auf das Riesenrad zu. Sie hatte Glück, dass die Schlange an der Kasse nicht allzu lang war, erstand eine Karte und setzte sich zusammen mit einer jungen dreiköpfigen Familie in eine Gondel. Gerade als sie zum zweiten Mal den höchsten Punkt erreicht hatten, entdeckte sie unten auf dem Kirmesplatz Holger, der sich suchend umsah. Ihr Herz schlug ein paar Takte schneller, und ein warmes Gefühl breitete sich in ihrer Magengrube aus.

Kapitel 13

Holger atmete auf, als endlich das letzte Musikstück gespielt war. Am liebsten wäre er sofort aufgesprungen, doch er musste warten, bis Berthold sich beim Publikum für dessen Aufmerksamkeit bedankt hatte und sie den üblichen Applaus über sich hatten ergehen lassen.

»Ich nehme an, du hilfst heute nicht beim Abbauen?« Neben ihm war Philipp aufgetaucht, der sein Saxofon bereits im Instrumentenkoffer verstaut hatte.

»Nein, diesmal nicht.« Entschlossen schüttelte Holger den Kopf. »Ich habe noch was vor.«

»Ich weiß.« Philipp warf einen nicht sonderlich freundlichen Blick in Hedwigs Richtung. »Was in aller Welt hat sie getan?«

»Hedwig?« Holger verdrehte die Augen. »Wonach hat es denn ausgesehen?«

»Irgendetwas mit Anna Carnott.«

»Wenn es nach Hedwig geht, sind wir offenbar schon so gut wie verlobt.«

Philipp prustete. »Du und Anna? Wie kommt Hedwig denn auf das schmale Brett?«

»Das musst du sie selbst fragen.« Holger packte ebenfalls sein Saxofon in den Instrumentenkasten und seine Noten in die Tasche. »Auf jeden Fall hat sie es geschafft, Larissa mit ihrem Gegurr über Anna und mich und unsere ach so vielen Gemeinsamkeiten von hier zu vertreiben.«

»Warum hast du sie nicht aufgehalten? Du bist doch vorhin hinter ihr hergelaufen. War sie schon weg?«

Mit sich selbst unzufrieden, nickte Holger dumpf. »Was hätte ich denn tun sollen? Ganz Rodderbach nach ihr absuchen?«

»Zum Beispiel.« Philipp warf ihm einen beredten Blick zu. »Ich hätte das getan.«

»Kann sein, dass es besser gewesen wäre. Ob ich sie gefunden hätte, steht auf einem anderen Blatt.« Noch verärgerter über sich selbst, erhob Holger sich. »Dass Hedwig aber auch ausgerechnet jetzt mit diesem Mumpitz anfangen musste! Und dann noch auf diese Art und Weise! Als wüsste sie genau, dass sie damit Larissas wunden Punkt trifft.«

»Was für einen wunden Punkt?« Fragend hob Philipp die Augenbrauen. »Ich nehme an, dass keine Frau besonders erpicht darauf ist, eine angebliche Verlobte in spe vorgeführt zu bekommen, wenn sie gerade anfängt, einen Mann kennenzulernen.«

»Natürlich nicht«, stimmte Holger missmutig zu. »Wesentlich schlimmer wird die Sache dadurch, dass Hedwig offenbar mit Fleiß darauf herumgehackt hat, dass Anna und ich angeblich so wahnsinnig viele Gemeinsamkeiten haben, zusammen zur Schule gegangen sind und so weiter. Mit anderen Worten, dass wir aus derselben Welt stammen.«

Die Furchen auf Philipps Stirn vertieften sich. »Was für eine Welt denn?«

»Rodderbach«, knurrte Holger. »Dorf, Bauernhof, all das.«

»Im Gegensatz zu?«

»Großstadt, Bankierstochter, Schriftstellerin. Künstlerin. Anderer Erfahrungshorizont, kein üblicher Beruf, keine regulären Arbeitszeiten, wie du und ich sie kennen. Du kennst doch Hedwig.«

»Himmelherrgott noch mal!« Entgeistert starrte Philipp ihn an. »Wo hast du denn reguläre Arbeitszeiten?«

»Sie hat Anna und mich praktisch als Seelenverwandte dargestellt. Offenbar hat so was in der Art dazu geführt, dass Larissa sich von ihrem Mann hat scheiden lassen.«

»Weil sie Seelenverwandte waren?«

»Nein, genau das Gegenteil.« Holger verdrehte verärgert die Augen. »Wenn ich sie richtig verstanden habe, dann hat er ihr permanent vorgehalten, ihm auf der Tasche zu liegen und sich, anstatt richtig zu arbeiten, auf die faule Haut zu legen.«

»Ist das dein Ernst?« Ungläubig schüttelte Philipp den Kopf. »Dann kann sie ja wohl nur froh sein, diesen Vollpfosten los zu sein.«

»Das ist sie auch, und verständlicherweise will sie den gleichen Fehler nicht noch einmal begehen.«

Philipp schoss einen weiteren unfreundlichen Blick in Hedwigs Richtung ab. »Das war dann wohl ein Volltreffer.« Plötzlich hellte sich seine Miene auf. »Oder vielleicht doch nicht.«

»Was meinst du?«

Mit dem Kinn wies Philipp in Richtung des Zelteingangs.

Holger folgte dem Blick seines Zwillingsbruders, und sein Herz machte einen angenehmen Satz, als er zwischen

Eingang und Garderobe Larissa stehen sah. Sie lächelte, als ihre Blicke sich trafen, woraufhin sein Magen versuchte, einen Salto zu schlagen. Hastig griff er nach seiner Tasche und dem Instrumentenkoffer. »Ich muss los.«

Philipp lachte. »Schon klar.«

* * *

Larissas Herz schlug schneller, als ihr Blick auf den von Holger traf und er gleich darauf mit großen Schritten auf sie zueilte. Anstatt sich erneut zu Jessicas Familie an den Tisch zu setzen, hatte sie sich die Zeit bis zum Ende des Konzerts mit einem Spaziergang vertrieben. Das war natürlich feige, denn immerhin hätte sie Hedwig und Anna auch offen die Stirn bieten können, aber vermutlich war es besser, sich die Stimmung davon nicht vermiesen zu lassen. Die beiden Frauen hatten, genau wie Jessica und ihre Eltern, sehr wohl bemerkt, dass sie zurückgekehrt war, doch da Holger sie nun fast erreicht hatte, hielten sie sich zurück. Der Blick jedoch, der sie aus Hedwigs Richtung traf, war alles andere als freundlich.

»Larissa.« Kaum hatte Holger sie erreicht, als er auch schon seine Tasche und den Instrumentenkoffer neben sich abstellte und sie für alle Anwesenden gut sichtbar zu sich heranzog. »Darf ich?«

Verwundert runzelte sie die Stirn. »Darfst du was?«

»Das hier.« Er neigte sich zu ihr herab und berührte mit seinen Lippen ganz sachte die ihren. Sogleich zog er sich wieder zurück und blickte ihr fragend in die Augen. »Alles okay?«

Bei der federleichten Berührung waren die Schmetterlinge in ihrem Bauch aufgestoben und flatterten nun wie betrunken im Kreis um ihr Herz herum. »Alles okay. Du hättest mir vorhin nicht nachlaufen müssen.«

Nun war es an ihm, irritiert die Stirn in Falten zu ziehen. »Das hast du gesehen?«

»Ich saß auf dem Riesenrad.«

Für einen Moment stutzte er, dann breitete sich ein Lächeln auf seinen Lippen aus, dass jedoch so schnell schwand, wie es erschienen war. »Ich fürchte, ich muss mit Hedwig das eine oder andere ernste Wort reden. Ich dachte schon …«

»Dass sie mich verjagt hätte?«

»So etwas in der Art.«

Nachdenklich blickte Larissa zum Tisch seiner Familie hinüber, wo alle eifrig so taten, als würden sie nicht zu ihnen herüberblicken. »Beinahe hätte sie es geschafft.«

»Zwischen Anna und mir ist nichts, war nie etwas, und wird auch ganz sicher niemals etwas sein.«

»Das dachte ich mir schon.« Sie rieb sich über die Oberarme, weil es sie trotz der angenehm warmen Temperaturen plötzlich fröstelte. »Genau solche Komplikationen wollte ich eigentlich für alle Zukunft vermeiden.«

»Es tut mir leid, Larissa.« Hilflos hob Holger Schultern und Hände. »Ich wäre im Leben nicht darauf gekommen, dass Hedwig versuchen könnte, mich zu verkuppeln. Schon gar nicht jetzt und auf diese plumpe Art und Weise. Sie liegt mir immer mal wieder mit dieser oder jener Frau in den Ohren, aber so etwas wie heute hat sie sich noch nie geleistet. Du kannst sicher sein, dass ich dafür sorgen werde, dass sich so etwas nicht noch einmal wiederholt.«

»Wie willst du das denn verhindern?« Da sie in der vergangenen Stunde ausreichend Zeit gehabt hatte nachzudenken, schüttelte sie nun energisch den Kopf. »Das kannst du doch gar nicht. Du kannst Menschen nicht vorschreiben, was sie denken, sagen oder tun sollen. Das Einzige, was du kontrollieren kannst, ist die Art und Weise, wie du darauf reagierst. Ich bin es leid, mich durch die Augen anderer Menschen zu betrachten und mich für das, was ich bin oder wie ich bin, rechtfertigen zu müssen.«

»Larissa …«

»Ich kann und will mich nicht mit Menschen umgeben, die nicht akzeptieren können, was ich bin … und wie ich bin.«

»Hör mal …«, setzte Holger erneut an, doch sie sprach einfach weiter.

»Ich kann diesen Spießrutenlauf nicht mehr ertragen. Ich war kurz davor, darüber krank zu werden. Deshalb habe ich mir geschworen, zukünftig mein Leben nur noch nach meinen eigenen Regeln zu leben und dass ich mich dafür von niemandem jemals mehr kleinreden lassen werde. Von diesen Regeln werde ich nicht einen Millimeter abweichen.«

»Larissa …« Er schluckte hart. »Ich würde nie …«

»Was ich allerdings will«, fuhr sie unbeirrt fort und fühlte sich sowohl leicht und frei dabei als auch verschreckt und panisch. »Was ich unbedingt will«, wiederholte sie und nahm allen Mut zusammen, um ihm direkt in die Augen zu blicken, »ist, dich näher kennenzulernen. Ich möchte gerne Zeit mit dir verbringen, um herauszufinden, ob ich meinem Bauchgefühl trauen kann.« Die Schmetterlinge in ihrem Inneren flogen Loopings, während sie abwartete, wie Holger reagieren würde.

Sie hielt die Luft an, als ein Lächeln in seine Augen trat und er mit der rechten Hand sachte ihre Wange berührte. »Was genau sagt dir dein Bauchgefühl denn?«

Die Nervosität kehrte zurück, und sie schluckte hektisch. »Du meinst abgesehen davon, dass ich mir nicht sicher bin, ob ich überhaupt schon für irgendetwas in der Art bereit bin?«

Das Lächeln wanderte von seinen Augen bis zu seinen Lippen. »In welcher Art?« Sein Blick zuckte kurz hinab zu ihrer Halsschlagader, und sie wusste, dass er sehen konnte, wie heftig ihr Pulsschlag sich gebärdete.

Sie versuchte, tief durchzuatmen, was gar nicht so einfach war, da ihr das Herz bis in die Kehle hinauf pochte. »In jeder Art, die nicht rein platonisch ist. In gewisser Weise hatte Felix nämlich sogar recht. Ich weiß nicht viel von der Welt da draußen, habe keinerlei Erfahrungen mit … so etwas.« Verlegen hob sie die Schulter. »Ich fürchte, ich muss erst herausfinden, wie das alles funktioniert und ob das, was wir gestern angefangen haben, für mich … und uns … richtig ist.«

Sanft zog er sie noch näher zu sich heran und legte seine Arme locker um ihre Hüften. »Was hältst du davon, wenn wir es gemeinsam herausfinden?«

Sie legte ihrerseits die Arme um seine Mitte. »Das ist in etwa das, was mein Bauchgefühl mir gesagt hat.«

»In dem Fall«, er näherte sich ganz langsam wieder ihrem Gesicht, »sollten wir unbedingt auf dein Bauchgefühl hören, finde ich.« Im nächsten Augenblick lagen seine Lippen wieder auf ihren, diesmal jedoch mit etwas mehr Nachdruck.

Ein Stich durchzuckte sie, der sich zu diesem eigentümlich sinnlichen Ziehen ausweitete, das bis tief in ihr Innerstes hineinreichte. Sie kam ihm entgegen und erwiderte den Kuss, zuckte jedoch zusammen, als Anna Carnott mit großen Schritten an ihr vorüberrauschte und das Zelt verließ. Im nächsten Augenblick tauchte Hedwig direkt neben ihnen auf. Ihre Miene drückte all ihren Ärger aus. »Also wirklich, Holger! War das nötig? Musstest du Anna so grob und unsensibel abkanzeln? Und zu allem Überfluss jetzt auch noch das!« Anklagend deutete sie zwischen ihm und Larissa hin und her. »Ich bitte dich, ihr seid doch keine unreifen Teenager mehr.«

Obwohl Larissa zurückgeschreckt war und damit den Kuss unterbrochen hatte, hielt Holger sie weiterhin mit den Armen umfangen und wandte seiner Großcousine nur sehr langsam das Gesicht zu. »Ich bin unsensibel, ja?« Ein drohender Unterton war deutlich aus seiner Stimme herauszuhören.

Hedwig schien etwas antworten zu wollen, kniff dann jedoch nur erbost die Augen zusammen, bedachte sie beide mit einem strafenden Blick, machte auf dem Absatz kehrt und ging, ohne sich noch einmal umzusehen, zurück zum Tisch.

Unsicher, wie sie sich verhalten sollte, sah Larissa ihr nach und begegnete dabei Jessicas Blick. Die Freundin lächelte grimmig und hob den Daumen.

»Was hältst du davon, wenn wir den Schauplatz wechseln?« Holger bückte sich und nahm Tasche und Instrumentenkoffer. »Ich schätze, wir haben der Gemeinde Rodderbach jetzt genug Gesprächsstoff für die nächsten vierzehn Tage geliefert. Hast du Hunger? Wir könnten uns drüben auf dem Festplatz etwas zu essen und zu trinken besorgen und uns ein gemütliches Plätzchen suchen, an dem wir nicht Gefahr laufen, zum Inhalt von Hannes nächstem Blogartikel zu werden.« Während er sprach, deutete er mit dem Kinn unauffällig in Richtung seiner Tante, die gerade dabei war, mit ihrem Handy Fotos von den Gästen im Zelt zu machen. Zwar tat sie sehr geschäftig und so, als sei sie gerade auf ganz andere Motive konzentriert, doch Larissa wurde den Verdacht nicht los, dass ihr Kuss gerade ebenfalls verewigt worden war.

»Gute Idee«, stimmte sie deshalb rasch zu und verließ an seiner Seite das Festzelt.

* * *

»Man soll sich ja eigentlich nicht selbst loben, aber die Idee, hier ein Picknick abzuhalten, war eine meiner besten seit Langem.« Mit an den Knöcheln überkreuzten Beinen saß Holger auf dem Boden an der östlichen Außenmauer des Klosters und ließ seinen Blick zufrieden über den Klosterinnenhof wandern. Die Sonne warf ihre wärmenden Strahlen über die jahrhundertealten Gebäude und über die Bäume und Sträucher, die sich in allen möglichen und unmöglichen Ecken ausgebreitet hatten. »Man ist hier sicher vor der Welt versteckt. Ein geniales Konzept.«

»So manche Nonne, die hinter diesen hohen Klostermauern eingesperrt war, hat das vermutlich etwas anders gesehen«, erwiderte Larissa nachdenklich. Sie saß in etwa der gleichen Position wie Holger neben ihm am Boden. Zwischen ihnen stand eine stabile Papiertüte, in der sie zwei Spießbraten-Brötchen, zwei Portionen Pommes, zwei dicke belgische Waffeln mit Puderzucker und zwei Flaschen Limonade hergebracht hatten. Vom Essen war inzwischen nicht mehr allzu viel übrig, und sie fühlte sich träge, gesättigt, zufrieden. Mit Muße ließ sie ihren Blick ebenfalls über das Klostergelände schweifen. »Klöster mögen Orte der Gelehrsamkeit gewesen sein, vermutlich auch für viele Frauen ein sicherer Hort, in dem sie einigermaßen unbehelligt von weltlichen Problemen leben konnten, aber viele von ihnen haben dieses Leben nicht freiwillig gewählt und hätten es wohl auch niemals getan. Heute wirkt dieses Kloster romantisch und verwunschen, möglicherweise tat es das vor Jahrhunderten auch schon. Aber wenn man genau hinhört, dann vernimmt man im Flüstern der Zeit die Stimmen von so manchem tragischen Schicksal.«

Holger riss seinen Blick vom Innenhof los und musterte sie überrascht. »Das klang jetzt aber überaus poetisch. Das Flüstern der Zeit? Stimmen des Schicksals?«

Mit einem leisen Lächeln lehnte Larissa ihren Kopf gegen die raue Bruchsteinmauer in ihrem Rücken. »Ich merke gerade, das wären beides hervorragende Untertitel für die historische Reihe, meinst du nicht?«

»Jetzt ist es schon eine ganze Reihe? Ich dachte, es sollte nur ein einzelner Roman über Rodderbach werden.«

»Ich habe bereits so viel Material gesammelt und so viele Ideen, dass ich das alles unmöglich in nur einen Roman packen kann. Der würde dann bestimmt weit über tausend

Seiten umfassen.« Gedankenverloren ließ sie ihre Fingerspitzen über das unebene Kopfsteinpflaster streichen, auf dem sie saßen. Dabei stieß sie auf einen angenehm glatten, kühlen Stein und nahm ihn in die Hand. »Vielleicht mache ich eine Trilogie daraus. Auf diese Weise könnte ich auch noch viel mehr Figuren und ihre Geschichten in die Gesamthandlung einbauen. Das Ganze würde noch deutlich komplexer.«

»Kannst du das denn so einfach machen?« In Holgers Miene waren Neugier und Interesse zu erkennen. »So einfach das Konzept ändern oder vielmehr erweitern?«

»Wenn ich gute Argumente habe, dann ja. Im Augenblick habe ich zwar nur einen Vertrag für den ursprünglichen Roman, aber ich denke, ich werde demnächst einmal mit meiner Agentin darüber sprechen.« Sinnierend blickte sie in das grüne Blätterdach des Walnussbaums hinauf, der seine Äste ausladend über ihnen ausbreitete und damit verhinderte, dass die Sonne mit ihren inzwischen recht kraftvollen Strahlen sie von ihrem Sitzplatz vertrieb. »Ich weiß aber, was du meinst.« Sie bewegte ihre Füße ein wenig hin und her. »Mit der Flucht vor der Welt, meine ich. Obwohl das Kloster so nah am Marktplatz liegt, dringen alle Geräusche der Kirmes nur gedämpft herein. Vermutlich liegt das an den hohen, meterdicken Mauern, die den gesamten Komplex umgeben. Ich staune, dass hier im Augenblick nicht mehr los ist. Immerhin lässt sich das Tor ja ganz einfach öffnen.«

»Nein, lässt es sich eigentlich nicht.« Auf ihr überraschtes Stirnrunzeln hin grinste Holger schief. »Meistens ist es mit einem Vorhängeschloss verriegelt. Ich habe heute Vormittag Isabella gebeten, mir heute Nachmittag aufzuschließen.«

»Soso.« Schmunzelnd drehte sie den Kopf in seine Richtung und begegnete seinem warmen Blick. »Dann hattest du dieses Picknick also von Anfang an geplant.«

»Ich hatte es als eine Möglichkeit in Betracht gezogen, den Nachmittag mit dir zu verbringen«, gab er zu. »Wenn du keine Lust gehabt hättest, dann wären wir eben woandershin gegangen oder gefahren. Ich dachte nur, dass dir ein paar Stunden an einer unserer historischen Sehenswürdigkeiten bestimmt gefallen würden.«

»Da hast du mich ausgesprochen gut eingeschätzt.« Sie merkte auf, als Holger die Tüte zwischen ihnen anhob und zur Seite stellte. »Was nun?«

»Früher war das Tor übrigens nicht immer verschlossen«, sprach er weiter, ohne auf ihre Frage einzugehen. »Als ich noch zur Schule ging, war dies ein sehr beliebter Treffpunkt für die Jugendlichen des Ortes. Wir haben uns gerne spätnachmittags oder abends hier getroffen und … Nun ja.« In seinen Augen funkelte es vielsagend. »Es war ein beliebter Ort, um herumzuknutschen.«

»Ach.« Prompt meldeten sich die Schmetterlinge in ihrem Bauch zum Dienst. »War das so?«

»Mhm.« Beiläufig rückte Holger näher an sie heran. »Aber nicht, dass du glaubst, ich hätte dich jetzt nur aus diesem Grund hierhergebracht.«

Ihr Puls beschleunigte sich. »Das hast du also nicht?«

»Nein.« Er rückte noch etwas näher und legte ihr seinen Arm um die Schultern. »Oder sagen wir mal so: Ich habe dich nicht *nur* aus diesem Grund hierhergebracht.«

Seine Nähe alarmierte sie auf vielfältige Weise, dennoch – oder gerade deswegen – lehnte sie sich gegen ihn. »Nicht nur«, murmelte sie, »aber auch?«

»So in etwa«, raunte er zurück. »Natürlich nur, wenn du damit einverstanden bist.«

Sie gluckste. »Mit dir hier herumzuknutschen?«

»Wenn du das so dahersagst, klingt es irgendwie profan und unromantisch.«

Mit einem amüsierten Lächeln ließ sie es zu, dass er mit der freien Hand nach ihrer griff. Seine Finger begannen, mit den ihren zu spielen. Die zärtlichen Berührungen riefen höchst eigentümliche und angenehme Empfindungen in ihr wach. »Du bist also mehr so der romantische Typ?«

Als er begann, mit dem Daumen federleicht über ihre Handfläche zu streicheln, beschleunigte sich ihr Puls noch einmal und dieses ihr mittlerweile bekannte sinnliche Ziehen breitete sich in ihr aus. Ohne sie anzusehen, den Blick wieder auf den Innenhof gerichtet, antwortete er: »Das klingt, als würde es dich überraschen.«

Einen Moment lang dachte sie über seine Worte nach, oder versuchte es zumindest, denn die Empfindungen, die von der Hand in ihren Körper ausstrahlten, machten es ihr nicht leicht, sich zu konzentrieren. »Ein bisschen überrascht es mich schon«, gab sie zu. »Ich hätte bei einem Mann wie dir eher mit einer etwas abgeklärteren Sicht auf die Welt gerechnet.«

»Einem Mann wie mir?« Nun sah er sie doch an. »Als was für eine Art von Mann hättest du mich denn eingeschätzt?«

Das fragte sie sich auch gerade. »Ich weiß es nicht«, gab

sie zögernd zu. »Du leitest einen Betrieb, in dem Land-, Bau- und Gartenmaschinen gewartet und repariert werden. In deiner Freizeit bastelst du gerne an alten Traktoren. Du … Entschuldige, dass das jetzt so klischeehaft klingt, aber du bist auf einem Bauernhof aufgewachsen. All das bringe ich normalerweise nicht mit einem Mann zusammen, der viel Sinn für Romantik besitzt.«

Diesmal ließ er sich ihre Worte durch den Kopf gehen, bevor er antwortete. »Was ich tue und wo ich aufgewachsen bin, besagt nichts darüber, was ich denke oder fühle. Für eine Autorin scheinst du ziemlich fest in Schwarz-Weiß-Denken verhaftet zu sein.«

»Ich weiß.« Seufzend lehnte sie ihren Kopf gegen seine Schulter. »Dabei versuche ich in meinen Romanen immer, solche Stereotype oder Klischees zu vermeiden, wo es nur geht.« Nachdenklich hielt sie inne. »Wahrscheinlich kann ich mir einfach nicht vorstellen, dass es die komplexen, vielschichtigen Charaktere, die ich mir für meine Romane ausdenke, auch im wahren Leben geben könnte. Als Autorin idealisierte ich ja hin und wieder auch Charakterzüge oder Verhaltensweisen, die wir grundsätzlich als wünschenswert ansehen, die uns aber in der Realität oftmals an den Menschen zu fehlen scheinen. Nimm zum Beispiel die männlichen Hauptfiguren in meinen romantischen Thrillern. Die können fast alle kochen, waschen und bügeln ihre Klamotten selbst, wissen nicht nur, wie ein Staubsauger funktioniert, sondern benutzen ihn auch und leben Gleichberechtigung ganz selbstverständlich in allen Lebensbereichen. Natürlich variiere ich den Grad ihrer individuellen Fähigkeiten von Geschichte zu Geschichte, je nachdem, welchen Stellenwert sie einnehmen oder welches Konfliktpotenzial sie in sich bergen sollen. Damit sind sie aber den durchschnittlichen Männern in der Realität immer noch einen halben bis einen ganzen Schritt voraus.«

»Autsch.« Holger zuckte übertrieben zusammen. »Also gehst du davon aus, dass es solche Exemplare, wie du sie gerade beschrieben hast, in der Realität nicht gibt.«

»Ja. Nein!« Sie richtete sich wieder auf. »Ich behaupte nicht, dass es sie überhaupt nicht gibt, sondern dass sie in dieser vollumfänglichen Emanzipiertheit immer noch eher die Ausnahme bilden. Das soll aber nicht bedeuten, dass ich glaube, die meisten Männer würden emanzipierte Frauen nicht respektieren oder nicht bereit sein, ihren Anteil am Haushalt beizusteuern oder so etwas. Ich erschaffe mit der Selbstverständlichkeit, in der die männlichen Figuren in meinen Romanen diese Dinge tun, ein idealisiertes Bild oder besser gesagt ein Idealbild.«

»Einen Mustermann also«, schloss Holger.

»Wenn du so willst.« Zustimmend nickte sie. »Oder auch ein neues Stereotyp, eben ein neues Ideal, das hoffentlich eines schönen Tages nicht mehr nur ein Ideal sein wird, sondern tatsächlich die Realität.«

Holger schwieg eine ganze Weile, spielte jedoch weiterhin zärtlich mit ihrer Hand. Ohne sie anzusehen, ergriff er schließlich doch wieder das Wort. »Wenn du jemanden wie mich in einen deiner Romane einbauen würdest, dann würde dieser idealisierte Holger all diese Eigenschaften besitzen, ganz gleich, ob er auf einem Bauernhof aufgewachsen ist oder woanders?«

»Zumindest alle, die für die Handlung relevant wären«,

bestätigte sie. »Ob er auch eine romantische Ader hätte, weiß ich nicht. Das hinge wohl vom Gesamtplot ab.« Sie schmunzelte. »Nicht jeder Mann, ob nun im Roman oder in der Realität, muss romantisch veranlagt sein.«

»Aber er dürfte es. Bloß, dass du nicht glaubst, dass ich so sein könnte.«

Sie hob die Schultern. »Das habe ich nicht gesagt. Anscheinend hast du ja eine romantische Ader. Dass ich damit nicht gerechnet habe, liegt wahrscheinlich am Zynismus, den ich mir in den vergangenen Jahren zugelegt habe.«

»War dein Ex-Mann ein Romantiker?«

»Ja. In gewisser Weise schon.« Sie rutschte hin und her, unschlüssig, ob sie jetzt Nähe oder Abstand brauchte. Schließlich entschloss sie sich für die Nähe und legte ihren Kopf an Holgers Schulter. »Als wir noch ganz jung waren, hat er mir oft witzige Geschenke gebracht oder Blumen oder mir romantische Nachrichten hinterlassen. Manchmal auf dem Handy, manchmal auch einfach nur auf einem Zettel, den er so platziert hat, dass ich ihn zufällig finden musste. Auch später noch, als es schwieriger wurde zwischen uns, hat er mich ab und zu noch mit romantischen Gesten überrascht oder mit einer Einladung zum Candle-Light-Dinner oder zu einem romantischen Wochenende in einem Wellnesshotel. Es ist nur so …« Es fiel ihr nicht leicht, diese Dinge aussprechen. »Mit der Zeit habe ich immer mehr den Eindruck gewonnen, dass er diese Dinge nicht getan hat, um mir eine Freude zu machen oder um mir Anerkennung zu zollen, sondern weil er dachte, das müsse so sein, damit er seinen Freunden und seinen Kollegen berichten konnte, wie sehr er mich verwöhnt, obwohl ich es doch eigentlich gar nicht verdient hatte.«

Ruckartig richtete Holger sich auf und umfasste ihre Hand fester. »Warum solltest du das nicht verdient haben?«

»Weil ich …« Sie seufzte. »Ich tat nichts in seinen Augen Anerkennenswertes. Ich arbeitete mich nicht krumm und bucklig, so wie es eine Frau seiner Meinung nach tun sollte, um ihren Mann, ihre Familie zu unterstützen.«

»Krumm und bucklig?«

Sie winkte ab. »Sinnbildlich gesprochen. Unterm Strich hat immer er sich krummgelegt und versucht, uns und ganz besonders mir alles zu ermöglichen und mir obendrein noch zu erlauben, meine Zeit mit einem nutzlosen Hobby zu verplempern. Dass ich genauso wie er die Hälfte der Miet- und Nebenkosten getragen habe, den größten Teil zum Kauf unseres neuen Autos beigesteuert habe und auch den einen oder anderen Urlaub komplett aus meinen Einnahmen finanziert habe, galt dabei nichts.«

»Mit anderen Worten: Er ist ein Vollpfosten – das sind übrigens Philipps Worte – und ein narzisstisches Arschloch.« Sanft begann er erneut, mit ihren Fingern zu spielen. »Das, was du da beschreibst, sind in meinen Augen keine romantischen Gesten, sondern so etwas wie ein Zwischending aus Erpressung und seelischer Folter. Zumindest so, wie er sie offenbar angewendet hat. In meinen Augen hast du jede ehrliche romantische Geste verdient, ganz ohne Wenn und Aber. Auch dieses Picknick heute, falls du dich das fragen solltest. Der einzige eigennützige Aspekt, den ich dabei freimütig in den Ring werfe, ist der Wunsch, dir ein Lächeln zu entlocken …« Er streifte mit seinen Lippen ihrer

Schläfe. »Und mit etwas Glück den einen oder anderen Kuss. Fallstricke gibt es bei mir nicht.«

Sein warmer Atem auf ihrer Haut verursachte ihr eine Gänsehaut. »Fallstricke?«

Zärtlich wanderten seine Lippen weiter ihre Wange hinab bis zu ihrer Kinnlinie. »Ich habe den Eindruck gewonnen, dass du ständig nach ihnen Ausschau hältst.«

Atemlos schluckte sie gegen ihren beschleunigten Herzschlag an. »Wahrscheinlich tue ich das wirklich. Vor allem, wenn etwas zu gut erscheint, um wahr zu sein. Du weißt schon …« Sie sog unwillkürlich die Luft ein, als seine Lippen ihren Mundwinkel erreichten. »Die Diskrepanz zwischen Fantasie und realer Welt.«

Er hielt inne, verharrte bewegungslos mit seinem Mund an ihrem Mundwinkel. Als sein Blick den ihren auffing, verspürte sie wieder diesen heftigen Stich, der in das sehnliche Ziehen überging. »Und was wäre«, raunte er, »wenn ich behaupten würde, dass die Realität jede Fantasie bei Weitem übertreffen kann, im positiven Sinne wohlgemerkt, wenn man nur wagt, sie zuzulassen?«

»Ich denke …« Sie rang nach Atem, als er begann, an ihrer Unterlippe zu knabbern und mit der Zungenspitze forschend über ihren Mundwinkel zu tasten.

»Du denkst?«, hakte er rau nach.

»Ich glaube …«

»Ja?«

»Ich kann nicht mehr denken.«

»Ein ausgezeichneter Anfang.« Zärtlich und gleichzeitig hungrig küsste er sie.

Das anfangs noch sanfte Ziehen weitete sich zu einem

Brennen aus. Unzählige köstliche und zugleich schmerzliche Stiche durchzuckten sie und ließen sie nach Atem ringen.

Sogleich tastete sich seine Zungenspitze weiter vor, suchte nach der ihren. Mehr Stiche quälten sie auf die denkbar süßeste Art und vernebelten ihr die Sinne. Sie drehte sich in seinen Armen, hatte plötzlich das Bedürfnis, ihre Hand an seine Wange zu legen, etwas, was sie noch nie getan hatte – nicht bei ihm, nicht bei Felix. Es fühlte sich so richtig, so echt an, als er unter der sanften Berührung erschauerte. Er hob seinerseits beide Hände, ließ sie in ihr Haar gleiten, neigte ihren Kopf nach hinten, um den Kuss noch zu vertiefen.

Hitze loderte zwischen ihnen auf. Woher der Impuls kam – oder der Mut –, wusste sie nicht, doch sie drehte sich noch weiter, kam auf die Knie und setzte sich schließlich rittlings auf seinen Schoß. Fahrig tastete er nach der Papiertüte mit den leeren Papptellern darin und zerrte sie zu sich heran, um sie unter ihr rechtes Knie zu schieben, weil er offenbar ahnte, dass das harte Kopfsteinpflaster unbequem sein würde. Sie spürte es jedoch kaum, sondern war zu sehr in diesem Moment gefangen, in diesem Kuss.

Sie umfing nun sein Gesicht mit beiden Händen, genoss diese völlig neue Erfahrung und die Empfindungen, die damit einhergingen. Seine Finger griffen erneut in ihr Haar, seine Lippen plünderten die ihren. Jedes Mal, wenn ihre Zungen einander berührten, einander umtanzten, war es, als würden Stromstöße durch sie hindurchzucken.

Schon wanderten seine Hände über ihren Nacken und ihren Rücken hinab bis zu den Hüften und blieben dort schwer liegen. Seine Lippen verließen ihren Mund, strichen über ihr Kinn, ihre Kehle und stoppten in ihrer Halsbeuge. Als seine Zunge dort über ihre Haut strich, stieß sie unwillkürlich einen erschrockenen Laut aus. Heiße, wilde Empfindungen durchrieselten sie und verwandelten das brennende Ziehen in ihrem Inneren in ein ungeduldiges Pulsieren.

Seine Hände auf ihren Hüften wurden noch schwerer, glitten zu ihren Oberschenkeln, dann wieder hinauf zu ihren Hüften und schließlich unter den dünnen Stoff ihrer weißen Bluse. Sie erschauerte, eine Gänsehaut breitete sich überall dort aus, wo seine warmen, von der Arbeit schwieligen Fingerspitzen über ihre Haut strichen.

Sein Atem ging schwerer, strich heißer über ihre Halsbeuge, ihre Kehle, bis er sie erneut hungrig küsste.

Instinktiv presste sie sich noch fester an ihn, drängte ihr Becken gegen seines und spürte dabei überdeutlich, wie er auf sie reagierte. Das Pulsieren verstärkte sich, wurde drängender. Sie war sich ganz sicher, so etwas noch niemals zuvor erlebt zu haben.

Erschrocken über sich selbst unterbrach sie den Kuss und versuchte, wieder zu Atem zu kommen.

»Hey.« Forschend suchte Holger ihren Blick und versetzte ihr damit noch einmal einen heftigen Stich. Seine Augen waren von Natur aus dunkelbraun, wirkten nun aber geradezu schwarz durch die stark erweiterten Pupillen. Für einen Moment meinte sie, sich darin zu spiegeln.

Ein eigentümlicher Schock durchzuckte sie, eine Erkenntnis, die sie nicht einordnen konnte oder vielleicht auch einfach noch nicht einordnen wollte. Seine Hände zogen sich von ihrer nackten Haut zurück, sorgsam strich er ihre Bluse glatt. »Stimmt etwas nicht? Ging das zu schnell?«

»Nein.« Sie schluckte. »Ich weiß nicht. Nein«, entschied sie sich schließlich. »Ich bin nur, glaube ich, nicht vorbereitet auf … das hier.«

Der besorgte Ausdruck auf seinem Gesicht verwandelte sich in ein zärtliches Lächeln. »Ich, ehrlich gesagt, auch nicht. Aber dafür haben wir die Sache doch schon ganz gut hinbekommen, findest du nicht auch?«

Ein Glucksen stieg in ihr auf. »Hinbekommen?«

»Mhm.« Locker schlang er seine Arme wieder um ihre Mitte. »So gut sogar, dass wir jetzt noch eine ganze Weile hier sitzen bleiben sollten.« Um sicherzugehen, dass sie verstand, was er meinte, hob er sein Becken ganz leicht an, damit sie noch einmal spürte, wie sehr ihn der Kuss erregt hatte.

Prompt meldete sich auch das Pulsieren in ihrer Körpermitte wieder, doch sie bemühte sich, es sich nicht allzu sehr anmerken zu lassen. Wer wusste schon, was dann geschehen könnte?

»Ich habe nichts dagegen, noch ein Weilchen hierzubleiben«, antwortete sie betont heiter. »Es ist sehr schön hier.«

»Wunderschön.« Sein Blick war fest auf ihr Gesicht gerichtet. »Da stimme ich dir zu.«

Ihr Herz schlug höher. »Ich könnte mich wieder neben dich setzen, wenn das der Sache zuträglich sein sollte.«

Ein schalkhaftes Lächeln trat in seine Augen. »Wage es ja nicht!«

Kapitel 14

»… wird mein Roman voraussichtlich im kommenden Frühjahr erscheinen, und vielleicht ergibt sich dann noch einmal eine Lesung hier in Rodderbach.« Larissa warf Hanne, die im Publikum in der ersten Reihe saß, ein Lächeln zu. »Ihre Bürgermeisterin, Frau Mahler, hat mir bereits versprochen, dass wir diesbezüglich in Kontakt bleiben werden. Nun möchte ich mich ganz herzlich bei Ihnen für Ihre Aufmerksamkeit und Ihre spannenden Fragen bedanken und Ihnen einen guten Nachhauseweg und einen angenehmen Abend wünschen. Wer noch ein signiertes Exemplar eines meiner Bücher haben möchte, darf sich gerne noch eines von dem wunderhübschen Büchertisch der Buchhandlung Schnabel schnappen.« Diesmal lächelte sie dem grauhaarigen Buchhändler liebenswürdig zu. »Ich verspreche, ich gehe hier nicht weg, bevor ich nicht alles signiert habe, was Sie gerne signiert haben möchten.«

Mit diesem letzten Satz erntete Larissa noch einmal allgemeines Gelächter, das in begeisterten Applaus überging. Hier und da blitzte es, als einige Gäste Fotos von ihr schossen. Hanne erhob sich und kam zu ihr auf das Podium, um ebenfalls noch ein paar Abschiedsworte an das Publikum zu richten und sich für die Aufmerksamkeit zu bedanken. Sie überreichte Larissa einen bunten Frühlingsblumenstrauß und ein kleines Präsentkörbchen mit Schokoladenprodukten aus der örtlichen Confiserie. Wieder gab es Applaus.

Nachdem schließlich der offizielle Teil beendet war, sammelte Larissa die einzelnen Blätter ihres Lesemanuskripts ein, sortierte sie und legte sie in den Hefter zurück. Mit dem Verlauf des Abends war sie überaus zufrieden. Wie bereits erwartet, hatte die Aussicht darauf, die Autorin eines zukünftigen Romans über Rodderbach zu erleben, die hiesigen Einwohner zahlreich in die Stadthalle gelockt, und das, obwohl von dem Buch nach wie vor noch nicht ein Wort geschrieben war. Im Publikum hatte sie neben Hanne, den Mahlers, den Deckers und Martin Schmittbauer auch einige andere, ihr inzwischen bekannte Gesichter entdeckt. Sogar Hedwig war gekommen und klatschte nun eifrig.

Während sich sowohl beim Büchertisch als auch vor ihrem Lesepult längere Schlangen bildeten und sie begann, die gekauften oder bereits von den Gästen mitgebrachten Bücher zu signieren, sann sie darüber nach, wie ungewöhnlich es sich anfühlte, vor einem Publikum zu lesen, das zumindest zu einem Teil aus Menschen bestand, die sie persönlich kannte und mochte. So etwas war bisher eher selten vorgekommen, höchstens ihre Eltern und ihr Bruder oder hin und wieder einmal eine oder zwei Kolleginnen waren schon mal im Publikum gewesen. Selbst wenn sie in Hannover gelesen hatte, war kaum einmal ein vertrautes Gesicht unter den Gästen aufgetaucht. Die meisten ihrer Freunde und Bekannten stammten aus dem gemeinsamen Freundeskreis mit Felix und zeigten kein größeres Interesse an ihren Büchern.

Hier in Rodderbach war das ganz anders. In den vergangenen fünf Wochen hatte sie bereits so viele Bekanntschaften – und sogar Freundschaften! – geschlossen, dass sie sich beinahe vorstellen konnte, wie es wäre, wenn sie dauerhaft hier wohnen würde. Selbstverständlich gab es auch in diesem Ort Menschen, die ihrem Beruf skeptisch gegenüberstanden, doch alles in allem war sie in Rodderbach so freundlich aufgenommen worden, dass sie sich fast heimisch fühlte.

Ein wenig beunruhigte sie dieses Empfinden, denn immerhin war nach wie vor Hannover ihr Zuhause – die Stadt, in der sie aufgewachsen war und ihr gesamtes bisheriges Leben verbracht hatte. Die Stadt, in der ihre Eltern lebten.

Sie schob diese Gedanken rigoros beiseite, um sich ganz auf ihre eigentliche Aufgabe zu konzentrieren. Nun stand nämlich Hedwig vor ihr und hielt ihr ein Exemplar ihres aktuellen Romans unter die Nase.

»Das war ja ganz nett, Ihre Lesung. Ich lese zwar normalerweise nicht viel, das habe ich Ihnen ja bereits erzählt, aber wenn ich schon mal hier bin, dann möchte ich natürlich auch ein signiertes Buch haben. Wird ja möglicherweise eines Tages richtig was wert sein, wenn Sie mal berühmt sind.«

»Möchten Sie es auf Ihren Namen signiert haben?«, fragte Larissa, ohne auf den Seitenhieb der älteren Frau einzugehen.

»Meinen Namen?« Überrascht hob Hedwig den Kopf.

»Für Hedwig?«

»Ach, ja, machen Sie mal. Das ist ja nett.«

Larissa signierte das Buch und gab es Hedwig zurück. »Vielleicht schaffen Sie es ja doch einmal, irgendwann in das Buch hineinzusehen. Dann dürfen Sie mir hinterher gerne erzählen, wie es Ihnen gefallen hat.«

»Hach ja, mal schauen. Wie gesagt, ich lese ja nicht viel.«

»Fröher häste ävver vill jeläse«, ertönte hinter ihr Rieke Mahlers Stimme. Die alte Dame trat neben Hedwig und hielt Larissa gleich drei Bücher zum Signieren hin. »De janze Naach unterm Plümmo, dat weeß ich noch jenau.«

Hedwig räusperte sich und sah Rieke irritiert von der Seite an. »Ach, Tante Rieke, du weißt doch, wie das ist. Die Zeiten ändern sich. Früher gab es ja nichts anderes, da konnte man doch nur lesen. Aber inzwischen habe ich so viele andere Dinge zu tun, dass ich gar nicht mehr dazu komme.«

»Fürn joodes Booch is immer Zigg.« Mehr hatte Rieke dazu nicht zu sagen. Stattdessen wandte sie sich an Larissa. »Joot jemaach!« Sie lächelte ihr verschwörerisch zu und wechselte aus dem breiten Dialekt in verständlicheres Hochdeutsch. »Das war eine richtig schöne Lesung, Larissa. Wirklich spannend, was du so über die Entstehung deiner Bücher erzählt hast«, fuhr sie eifrig fort, während Larissa weiter signierte. »Und der ganze Vortrag ohne Kärtchen oder Manuskript! Das muss dir erst mal jemand nachmachen. Da habe ich schon ganz andere Veranstaltungen erlebt.« Nun drehte sie sich doch wieder zu Hedwig um. »Da steckt bestimmt jede Menge Übung und Vorbereitung drin. Nicht wahr, Hedwig? Findest du nicht auch?«

»Na ja, sicher.« Hedwig nickte vage. »Das war schon ganz interessant.«

»Nun überschlag dich bloß nicht mit Lobesworten!« Rieke kicherte. »Hedwig, Hedwig, wann genau hast du eigentlich diesen fürchterlichen Besenstiel verschluckt? Mach dich mal ein bisschen locker und gesteh dieser jungen Frau ihren unbestrittenen Erfolg zu.«

Befremdet verzog Hedwig die Lippen. »Das tue ich doch. Ich habe ihr gesagt, dass es interessant war, und sogar ein Buch von ihr gekauft. Jetzt muss ich aber los, es ist schon spät. Frau Weiß.« Sie nickte Larissa knapp zu. »Rieke.« Damit drehte sie sich auf dem Absatz um und ging davon.

»Mach dir nichts daraus.« Rieke hatte Hedwig mit einem mitleidigen Blick hinterhergesehen, lächelte Larissa nun aber wieder herzlich zu. »Ich weiß nicht, was bei Hedwig schiefgelaufen ist. Sie ist bei uns im Haus aufgewachsen, weil ihre Eltern beide früh gestorben sind.« Kurz huschte ein Schatten über ihre Miene. »Anfangs war es schwer für sie, aber sie hat sich schnell eingelebt und war ein so aufgewecktes, wissbegieriges Mädchen und als junge Frau kein Kind von Traurigkeit. Aber dann, irgendwann, war es aus unerfindlichen Gründen vorbei mit der Lebensfreude. Versteh mich nicht falsch, sie ist immer noch ein liebenswürdiger, hilfsbereiter Mensch, aber ihre Welt ist leider ganz bedauerlich in sich zusammengeschrumpft. Tja, nun, man muss sie wohl nehmen, wie sie ist.« Mit einem Glucksen trat sie beiseite. »Aber hier rede und rede und rede ich und halte den ganzen Verkehr auf. Dabei wollte ich dir nur sagen, wie gut mir der heutige Abend gefallen hat. Bei der nächsten Lesung bin ich auf jeden Fall wieder dabei. Vergiss auch bitte nicht, mich wegen der Schullesungen anzurufen. Da machen wir auf jeden Fall noch was aus.« Sie schnappte sich ihre Bücher, warf Larissa noch einen fröhlichen Blick zu und zog von dannen.

Da insgesamt knapp neunzig Personen zur Lesung gekommen waren und mehr als die Hälfte einen Signierwunsch hatte, dauerte es noch fast eine halbe Stunde, bis

Larissa den Stift niederlegen konnte und alle noch verbliebenen Fragen der Gäste beantwortet hatte. Dabei bemerkte sie, dass Holger sich von der zweiten Reihe, von der aus er die Lesung verfolgt hatte, in die letzte Stuhlreihe zurückgezogen hatte und auf sie zu warten schien. Allein der Gedanke ließ ihr Herz für einen Moment höherschlagen. Sie hatten in den vergangenen beiden Wochen insgesamt nur drei Abende miteinander verbracht. Jedes Mal waren sie zum Essen ausgegangen und einmal hatten sie hinterher auch noch das Kino in Koblenz besucht. Was aber viel wichtiger war: Sie hatten viel miteinander geredet – über alles und nichts. Zweimal sogar bis in die frühen Morgenstunden hinein. Einfach nur nebeneinander in seinem Auto hatten sie gesessen und geredet.

Nun gut, ganz ausschließlich beim Reden war es natürlich nicht geblieben, aber wesentlich viel mehr als leidenschaftliche Küsse hatten sie bisher noch nicht ausgetauscht. Larissa war sich nicht sicher, ob sie schon für mehr bereit war, und Holger schien sie zu nichts drängen zu wollen. Dennoch stand dieses Thema natürlich mittlerweile wie ein weißer Elefant mitten im Raum, nur dass sie nicht die geringste Ahnung hatte, was richtig war und was falsch. In dieser Hinsicht kam sie sich fast wie ein unerfahrener Teenager vor.

Endlich war der letzte Gast gegangen, und sie erhob sich, um ihre mitgebrachten Materialien in dem altmodischen Truhenkoffer zu verstauen, mit dem sie stets auf Lesereise ging. Prompt tauchten neben ihr Hanne und der Buchhändler auf.

»Wunderbar, meine Liebe, ganz, ganz wunderbar!«

Hanne umarmte sie spontan. »So eine interessante Lesung hatten wir schon lange nicht mehr hier im Ort. Ich habe schon ganz viele Ideen für die Veranstaltung nächstes Jahr gesammelt. Das wird dann geradezu bombastisch.« Sie lachte. »Aber jetzt machen wir alle erst einmal Feierabend. Du hast für heute genug gearbeitet und ich will mich ganz eigennützig mit deinem aktuellen Roman in meine Badewanne zurückziehen.« Sie wandte sich an den Buchhändler. »Gottfried, es war mir wie immer ein Vergnügen, mit dir zusammen eine Veranstaltung zu planen. Ich hoffe, du warst mit dem Bücherverkauf zufrieden?«

»Unbedingt.« Gottfried Schnabel, ein Mann von etwa sechzig Jahren, nickte eifrig. Dabei rutschte ihm seine Brille bis auf die Nasenspitze, und er schob sie eilig wieder an ihren Platz zurück. »Glücklicherweise habe ich auch von den älteren Titeln ein paar mehr bestellt. Mit ganz so vielen Gästen bei der kurzen Voranmeldezeit hatte ich gar nicht gerechnet.« Er bedacht Larissa mit einem liebenswürdigen Lächeln. »Von jedem Ihrer Bücher habe ich noch zwischen fünf und zehn Stück übrig. Die habe ich jetzt allerdings schon zurück in die Kiste gepackt. Wäre es möglich, dass Sie in den nächsten Tagen in die Buchhandlung kommen und sie alle signieren? Dann dekoriere ich einen Extratisch dafür. Das wird bestimmt noch ein paar Kundinnen oder Kunden freuen, die heute nicht hier sein konnten. Ein signiertes Buch ist doch immer etwas Besonderes.«

»Das mache ich sehr gerne.« Larissa klappte den Koffer zu und hob ihn auf das Lesepult. »Wann würde es Ihnen denn passen?«

»Jederzeit.« Der Buchhändler breitete vage die Arme aus.

»Kommen Sie einfach herein, wann Sie Zeit und Lust haben. Meine Buchhandlung ist an sechs Tagen in der Woche geöffnet. Vielen Dank für die Lesung und ich hoffe, wir sehen uns noch das eine oder andere Mal, solange Sie hier in Rodderbach sind.«

Sie schütteten einander die Hände. Inzwischen hatte sich der Saal vollständig geleert; auch Holger schien verschwunden zu sein. Larissa runzelte verwundert die Stirn, als sie den Platz, auf dem er eben noch gesessen hatte, verlassen vorfand, doch im nächsten Augenblick spürte sie zwei warme Hände, die sich sanft auf ihre Schultern legten.

»Na, fertig?« Seine Stimme vibrierte dunkel und warm an ihrem Ohr und verursachte ihr eine Gänsehaut.

Nur ganz leicht drehte sie den Kopf. »Ja, fertig. Du hättest nicht bis zum bitteren Ende hier ausharren müssen.«

»Machst du Witze? Warum hätte ich denn gehen sollen, bevor ich das hier tun konnte?« Während er sprach, drehte er sie zu sich herum, zog sie in seine Arme und küsste sie.

Eine kleine, aber aufregende Schockwelle durchtoste sie. »Das ist natürlich ein gutes Argument«, entgegnete sie lächelnd.

»Nicht wahr?« Zärtlich strich Holger ihr eine Haarsträhne hinters Ohr. »Sind deine Lesungen immer so?«

»Was meinst du mit *so*?« Überrascht hob sie die Augenbrauen. »So lang?«

»So spannend und informativ.« Er küsste sie noch einmal ganz kurz. »Ich fand, die Zeit ist nur so verflogen. Eigentlich müsstest du mit dem Programm an dreihundertfünfundsechzig Tagen im Jahr ausgebucht sein.«

»Gott bewahre!« Sie lachte auf. »Dann käme ich ja zu

nichts anderem mehr. Wann soll ich denn dann noch meine Bücher schreiben? Aber es freut mich, dass du dich gut unterhalten gefühlt hast.«

»Ich würde sagen, das ist die Untertreibung des Jahres.« Er schlang seine Arme fester um sie und brachte seinen Mund wieder ganz dicht an ihr Ohr. »Du machst das großartig. Ich bin stolz auf dich.«

Sein warmer Atem streifte ihre Haut, und plötzlich hatte sie einen Kloß im Hals. Sie wollte etwas sagen, brachte jedoch keinen Ton heraus. Angestrengt schluckte sie.

»Stimmt etwas nicht?« Besorgt sah er ihr die Augen. »Hey!« Erschrocken umfasste er ihre Wange. »Weinst du etwa?«

»Nein.« Sie blinzelte, blinzelte und blinzelte noch einmal gegen das plötzliche Brennen in ihren Augen an. »Gar nicht.«

Dennoch konnte sie nicht verhindern, dass ihr eine einzelne Träne über die Wange rollte. Außer ihren Eltern und möglicherweise ihrem jüngeren Bruder hatte ihr noch niemals jemand gesagt, er sei stolz auf sie. *Noch nie*!

Hastig machte sie sich von Holger los und wollte nach ihrem Koffer greifen. Doch Holger kam ihr zuvor.

»Lass mich das Ding tragen.«

»Der Koffer ist doch überhaupt nicht schwer«, protestierte sie mit schwankender Stimme.

»Trotzdem.« Sein forschender Blick verursachte ihr erneut eine Gänsehaut. »Ich bringe ihn zu deinem Auto.«

Da es albern gewesen wäre, ihn davon abzuhalten, schnappte Larissa sich ihren Blumenstrauß und das Geschenkkörbchen und folgte ihm zum Ausgang. Dort verabschiedete sie sich von Hanne und dem Buchhändler, bevor sie zu ihrem Auto eilte, neben dem Holger bereits den Koffer abgestellt hatte. Ehe sie auch nur dazu kam, die Fernbedienung für den Wagen zu betätigen, hatte Holger sie erneut in seine Arme gezogen. »Jetzt noch einmal zum Mitschreiben«, raunte er. »Was ist los?«

»Gar nichts.« Zum Glück hatte sie sich mittlerweile einigermaßen gefangen. »Du überraschst mich nur immer wieder.«

»Womit?« Seine Miene drückte eine derartige Verblüffung aus, dass ihr ganz warm ums Herz wurde.

»Mit … allem«, gab sie schließlich zu. »An so etwas bin ich einfach nicht gewöhnt.«

»So etwas?« Noch immer schien er nicht zu begreifen, was ihre Tränen ausgelöst haben mochte.

»Ist schon gut. Wir müssen kein Drama daraus machen.«

Stirnrunzelnd musterte er sie. »Was ich gesagt habe, war mein voller Ernst.«

»Ich weiß.« Nun wollte ihr die Stimme doch wieder nicht ganz gehorchen.

»Ich bin wirklich stolz auf dich.«

Sie schluckte, schluckte noch einmal. »Wenn du das noch häufiger wiederholst, muss ich wirklich heulen.«

Für einen Moment starrte er sie nur sprachlos an, dann stieß er etwas aus, das Ähnlichkeit mit einem Fluch hatte, und presste gleich darauf seine Lippen auf ihre. Energisch und mit so viel Nachdruck, dass ihr ganz heiß und schwindlig davon wurde.

Hilflos sog sie den Atem ein, hielt sich an seinen Schultern fest, um nicht zu schwanken. Ihr Puls schraubte sich in ungeahnte Höhen.

»Ich möchte nicht, dass du weinst«, murmelte er gegen ihre Lippen. »Schon gar nicht wegen so etwas.«

»Das weiß ich doch.« Eine Welle der Verlegenheit durchspülte sie. »Ich bin nur einfach nicht daran gewöhnt …«

»Ich sehe schon«, unterbrach er sie, »da wird sich einiges ändern müssen.« Er suchte ihren Blick. »Ich weiß, es ist schon ein bisschen spät, aber ich würde dich gerne zum Essen einladen.«

»Zum Essen?« Überrascht merkte sie auf. »Es ist schon nach zehn.«

»Deshalb ist es auch nur so etwas wie ein später Snack.« Forschend ruhte sein Blick auf ihrem Gesicht. »Bei mir zu Hause.«

Diese vier Worte schwebten für einige Sekunden zwischen ihnen, während sie versuchte herauszufinden, wie sie darauf reagieren sollte.

»Zu früh?« Seine Stimme durchschnitt die Stille.

»Ich weiß es nicht«, gab sie ihm die einzige ehrliche Antwort. Noch einmal lauschte sie in sich hinein. Dann lächelte sie. »Ein bisschen Hunger hätte ich aber noch. Also ist wohl gegen einen kleinen Snack nichts einzuwenden.«

Ein leises Lächeln erschien auf seinen Lippen, gleichzeitig ein schalkhaftes Funkeln in seinen Augen. »Auf die Gefahr, dass ich die Romantik des Augenblicks zerstöre, aber ich bin zu Fuß hier. Würdest du mich mitnehmen?«

Sie grinste. »Steig ein.«

* * *

»Fühl dich bitte ganz wie zu Hause«, bat Holger, nachdem er Larissa beim Eintreten in sein Haus den Vortritt gelassen hatte. »Das Essen ist in einer Viertelstunde fertig.« Während er sprach, eilte er bereits in die Küche und riss den Kühlschrank auf, in dem er das Backblech mit den selbst gemachten, Handteller großen Minipizzen verstaut hatte. Er war beileibe kein Meisterkoch und ernährte sich meistens, wenn er sich nicht gerade bei seiner Mutter einschlich, von den wenigen einfachen Gerichten, die er sich bei ihr während seiner Kindheit und Jugend abgeschaut hatte. Die Minipizzen mit selbst angesetztem Vollkornhefeteig waren jedoch seine höchst eigene Kreation und hatten bisher noch auf jeder Party Lob eingeheimst. Deshalb hatte er sich entschieden, sie für den heutigen Abend zuzubereiten. Natürlich wollte er Larissa beeindrucken, jedoch nicht gleich übertreiben. Außerdem war es tatsächlich schon spät, und ein größeres, schwereres Essen wäre um diese Zeit nicht mehr angebracht gewesen.

Aus den Augenwinkeln nahm er wahr, dass Larissa sich, nachdem sie ihre Handtasche in der Diele an die Garderobe gehängt hatte, noch einmal in seinem großen Wohn- und Esszimmer umsah und dann auf der Couch niederließ. Nur einen Augenblick später erhob sie sich jedoch wieder und ging ins Gästebad.

Rasch deckte Holger den Küchentisch, vergaß sogar die Papierservietten nicht, öffnete eine Flasche Weißwein von der Ahr und stellte sicherheitshalber noch eine Flasche Mineralwasser dazu. Es dauerte nicht lange, bis Larissa zurückkam. Diesmal ging sie nicht hinüber ins Wohnzimmer, sondern gesellte sich zu ihm in die Küche.

»Darf ich dir eine Frage stellen?«

Da der Tisch so weit fertig war, trat er auf sie zu. »Was für eine Frage?«

»Warum sind die Fliesen in deinem Gästebad rosa und cremeweiß?« Um ihre Mundwinkel zuckte es. »Versteh mich nicht falsch, mir gefällt das, aber ich kenne nicht viele Männer, denen bei dieser Farbzusammenstellung nicht übel wird.«

»Hellrosa, Eierschale mit Akzenten in Altrosa und Mint«, zählte er grinsend auf. »Die Kombination hat mir im Katalog ganz gut gefallen, und man hat mir im Fliesenfachgeschäft versichert, diese Farben würden sich beruhigend und positiv auf das Befinden meiner Besucher auswirken.«

Aus dem Zucken um Larissas Mundwinkel wurde ein Schmunzeln. »Auf das Befinden deiner weiblichen Besucher?«

»Was du wieder denkst!« Lachend zupfte er an einer ihrer weichen blonden Haarsträhnen. »Nein, auf Besucher und Besucherinnen generell. Wenn du mir nicht glaubst, kannst du gerne bei Fliesen und Steine Michaelis drüben im Gewerbegebiet nachfragen. Die junge Frau Michaelis wird dir alles bestätigen. Nimm dich aber vor der alten Frau Michaelis in Acht, denn die hält dir sonst unter Umständen einen zweistündigen Vortrag über Farbtheorie und ihre Auswirkungen auf die menschliche Psyche. Sie hat irgendwann vor ein paar Jahren mal so einen Fernstudiengang belegt und bemüht sich nun, ihre dort erworbenen Kenntnisse an sämtliche Kundinnen und Kunden weiterzugeben.« Neugierig musterte er sie. »Dir gefallen die Farben aber?«

»Ja, sehr.« Sie lachte. »Jetzt, wo du es sagst, fühle ich

mich auch tatsächlich wunderbar positiv beeinflusst und entspannt.«

»Ist das so?« Mutig zog er sie zu sich heran und schlang die Arme um ihre Mitte. »Dann bin ich ja beruhigt, dass die Farbzusammenstellung ihren Dienst getan hat.« Da er schon seit Stunden das Bedürfnis hatte, ihr nahe zu sein, genoss er das Gefühl ihres Körpers so dicht an seinem. »Ich bin mir nicht sicher, ob ich nicht versuchen sollte, diese Tiefenentspannung in etwas Spannenderes umzuwandeln.«

»In etwas Spannenderes?«, echote sie und klang durchaus nicht abgeneigt.

Prompt schlug sein Herz schneller. Er war sich nicht sicher gewesen, ob es schon angebracht war, Larissa in doch recht eindeutiger Weise zu sich nach Hause einzuladen. Die vergangenen beiden Wochen hatte er sehr genossen, wenn sie auch beide wegen ihrer anspruchsvollen Jobs weniger Zeit für Treffen gehabt hatten, als er sich gewünscht hätte. Doch es war nun einmal Erntezeit und er stand beinahe rund um die Uhr auf Abruf. Larissa hatte sehr verständnisvoll darauf reagiert, und natürlich wusste er, dass sie selbst viel um die Ohren hatte. Etliches von dem, was sie tat, um ein Buch zu entwickeln oder auch Werbung dafür zu machen, war ihm nach wie vor fremd, doch er fand es spannend, ihr zuzuhören, wenn sie ihm davon erzählte, was alles notwendig war, um einen Roman erfolgreich zu machen, und wie viel Glück am Ende trotzdem noch dazu gehörte. Er fand es unglaublich mutig von ihr, sich in einem Metier mit so vielen Unwägbarkeiten zu bewegen und sogar zu behaupten. In seinen Augen war sie eine der stärksten Frauen, die er kannte, und er war wirklich stolz auf sie.

Anders konnte er das Gefühl, das ihn während der heutigen Lesung überkommen hatte, nicht bezeichnen. Sie hatte ihn beeindruckt, wie sie dort vorne vor dem Publikum gestanden – oder beim Lesen auch gesessen – und mit so viel Leidenschaft und Esprit von ihren Büchern und ihrer Arbeit erzählt hatte. Keine Sekunde war es langweilig geworden, und er hatte einiges erfahren, was ihm vorher nicht bewusst gewesen war. Zum Beispiel war ihm vollends klar geworden, dass sie beileibe nicht von Natur aus so distanziert und zurückhaltend war, wie es seit ihrer Ankunft in Rodderbach oft den Anschein gehabt hatte. Zwar hatte er in den letzten Tagen bereits mehrmals Gelegenheit gehabt, einen Blick hinter diese Fassade zu werfen, aber erst heute war ihm so richtig bewusst geworden, wie viel Temperament tatsächlich in ihr steckte.

»Mir würden da schon so einige spannende Dinge einfallen«, antwortete er schließlich auf ihre Gegenfrage. »Wenn ich allerdings über das Ziel hinausschießen sollte, musst du mir das sagen.« Versuchsweise näherte er sein Gesicht ganz langsam dem ihren und sog überrascht die Luft ein, als sie ihm, ohne zu zögern, entgegenkam, ihn küsste und die Arme um seinen Nacken schlang. Sein Körper reagierte unwillkürlich und brutal auf die erste Berührung ihrer Zungen, und er wusste, dass sie dies spüren konnte. Da er nicht riskieren wollte, sie doch noch in die Flucht zu schlagen, nahm er all seine Beherrschung zusammen, um die Sache nicht auf der Stelle weiterzutreiben – viel, viel weiter.

Der Kurzzeitmesser an seinem Ofen kam ihm zu Hilfe, indem er ein schrilles Piepsen ausstieß, das, wie er wusste, erst nach einer Minute enden würde, wenn er ihm nicht

Einhalt gebot. Widerstrebend gab er sie frei und deutete zum Tisch. »Essen ist fertig. Nimm bitte Platz.«

»Was ist es denn?«, wollte sie wissen und schnüffelte neugierig. »Das riecht lecker.«

»Nichts Großes, wie versprochen.« Rasch öffnete er den Ofen und verfrachtete die Minipizzen auf eine Servierplatte. »Ich war irgendwann diese Dinger aus dem Supermarkt leid, weil es da immer nur die üblichen langweiligen Geschmacksrichtungen gibt. Ich mag aber ganz gerne Abwechslung auf meiner Pizza, ob nun mini oder normal groß. Darüber hinaus schmecken die Dinger mit Vollkornhefeteig viel besser.« Er platzierte die Servierplatte auf dem Küchentisch und setzte sich Larissa schräg gegenüber. »Außerdem kann man sie, wenn man möchte, mit der Hand essen, ohne dass man Gefahr läuft, dass der Käse übers Kinn in den Kragen tropft.« Grinsend griff er nach der Weinflasche. »Möchtest du?«

»Gerne.« Sie sah aufmerksam zu, als er erst ihr, dann sich selbst von dem Weißwein einschenkte. »Du hast das Essen also schon vorbereitet, obwohl du gar nicht wusstest, ob ich noch mit hierherkommen würde?«

»Ich war mir nicht sicher, ob ich dich überhaupt heute noch zu etwas einladen sollte«, gab er zu. »Deshalb habe ich auch vorher nichts gesagt. Immerhin ist es ja tatsächlich schon recht spät, und wenn du meine Einladung abgelehnt hättest, wäre ich auch nicht böse gewesen. Du hast mir ja schon erzählt, wie anstrengend Lesungen für dich sein können und wie viel Vorbereitung sie bedürfen. Also habe ich mir einen Plan A und einen Plan B zurechtgelegt. Zu Plan A gehörte dieser kleine abendliche Snack in deiner Gesellschaft.«

»Und zu Plan B?« Vorsichtig nahm sie sich eine der Minipizzen und legte sie auf ihren Teller.

»Vorsicht, heiß!«, warnte er lächelnd. »Plan B wäre gewesen, dich zu küssen, dann alleine nach Hause zu gehen und das komplette Blech zu verspeisen.«

Larissa prustete und hätte beinahe ihre Pizza fallen gelassen. »Das ganze Blech?«

»Das wäre ein fürchterliches Frustfressen gewesen«, bestätigte er. »Aber man kann das gute Essen ja nicht einfach so verderben lassen.«

»Das ist verrückt!«

»Kann schon sein.« Er nahm sich ebenfalls eine Minipizza. »Aber was tut ein frustrierter Mann nicht alles, um sich von seinem Leid abzulenken?«

Es entstand eine kurze Pause, in der sie beide aßen.

»Das ist wahnsinnig lecker.« Larissa nickte anerkennend. »Sind das Krabben? Das Rezept musst du mir unbedingt verraten.«

»Und damit meinen klitzekleinen Vorteil aufgeben?« Holger tat, als müsse er darüber eingehend nachdenken. »Das kann ich selbst verständlich nur tun, wenn ich fürstlich dafür entlohnt werde.«

Lächelnd nahm Larissa sich eine weitere Minipizza. »Wie würde denn dieser fürstliche Lohn im Einzelnen aussehen?«

Wieder tat er, als müsse er erst überlegen. »Wenn du mich so fragst, dann gäbe es so einige interessante Bezahlmethoden, die mir spontan einfallen würden.«

»Tatsächlich?«

»Allerdings.« Er zwinkerte ihr zu. »Da ich aber ein Gentleman bin und nicht gleich mit der Tür ins Haus fallen möchte, tausche ich auch gerne gegen eins deiner besten Rezepte.«

Verblüfft starrte Larissa ihn an. »Du möchtest ein Rezept von mir haben?«

»Natürlich nur für den Fall, dass du tatsächlich kochen oder backen kannst.« Er grinste schalkhaft. »Andernfalls lasse ich besser die Finger davon.«

»Für den Hausgebrauch kochen kann ich und backen macht mir sogar richtig Spaß. Allerdings schaffe ich das meistens nur in der Weihnachtszeit.« Sie biss in die zweite Minipizza und verdrehte genießerisch die Augen. »Ich weiß nicht, ob die Plätzchenrezepte, die ich über die Jahre aus Backzeitschriften zusammengesammelt habe, hier mithalten können.«

»Gibt es denn etwas, das dir ganz besonders gut gelingt?«

»Lebkuchen-Brownies mit Mandeln und Haselnüssen.« Sie kicherte. »Nicht ganz passend für die aktuelle Jahreszeit, oder?«

»Vollkommen egal.« Er winkte grinsend ab. »Die nächste Weihnachtszeit kommt bestimmt. Also würdest du dein Rezept gegen meins eintauschen?«

Neugierig musterte sie ihn. »Bist du ganz sicher, dass du Rezepte tauschen willst?«

»Was ich sage, meine ich auch so. Stolperfallen und doppelte Böden wirst du bei mir vergeblich suchen.« Er griff über den Tisch nach ihrer linken Hand. »Du hattest etwas anderes erwartet, nicht wahr? Womöglich, weil ich vorhin meinen leicht frustrierten sexuellen Zustand angedeutet habe?«

Ihre Hand zuckte in der seinen. »Bist du das denn? Frustriert?«

Sicherheitshalber verflocht er seine Finger mit den ihren, damit sie nicht auf die Idee kommen konnte, die Flucht zu ergreifen. »Nicht mehr oder weniger als jeder gesunde Mann, dessen Angebetete zum Greifen nah ist, jedoch noch etwas Zeit braucht. Das ist etwas, womit ich leben kann. Ich möchte nicht, dass du dich zu irgendetwas gedrängt fühlst.«

»Auch nicht nach diesem wunderbaren Abendessen? Snack«, korrigierte sie sich rasch. »Ich könnte mir schon vorstellen, dass du …«

»Dass ich mir gewisse Hoffnungen mache, wie der Abend weitergehen könnte?« Nun umschloss er ihre Hand auch noch mit seiner Rechten. »Es wäre wohl reichlich ungewöhnlich, wenn dieser Gedanke mir nicht durch den Kopf spuken würde. Du musst dich trotzdem zu nichts verpflichtet fühlen und nichts tun, wozu du nicht bereit bist. Denn das würde der Sache doch ganz schnell und nachhaltig den Spaß verderben, findest du nicht?«

»Den Spaß …« Nachdenklich blickte sie auf ihre Hand, die von seinen beiden umschlossen wurde. Ihre Finger zuckten, doch sie entzog sich ihm nicht. »Was ist das mit uns … für dich?«

Obwohl er erwartet hatte, dass sie diese Frage früher oder später stellen würde, traf sie ihn doch unvorbereitet. Deshalb musste er zunächst für einen Moment seine Gedanken sortieren. Das sanfte Vibrieren und Schwingen dieser neuen Saite in ihm machte es ihm dabei nicht leicht, die richtigen Worte zu finden. »Ich mag dich … sehr«, formulierte er schließlich vorsichtig. »Ich könnte auch andere Worte dafür benutzen, aber ich weiß nicht, ob du sie jetzt schon von mir hören willst.« Wieder spürte er, wie ihre Finger zuckten. »Du faszinierst mich auf ganz vielen verschiedenen Ebenen. Ich möchte gerne so viel Zeit wie nur irgend möglich mit dir verbringen, um alle diese Ebenen und Facetten an dir näher kennenzulernen.« Er lächelte vielsagend. »Außerdem hätte ich dich gerne in meinem Bett. Der Ehrlichkeit halber muss ich das offen zugeben.« Er versuchte, ihren Blick aufzufangen, was gar nicht so leicht war, da sie ganz offensichtlich durch seine Worte verlegen geworden war. Auch die Nervosität, von der sie zu Beginn ihrer Bekanntschaft so oft ergriffen worden war, schien sich zurückzumelden. »Das fasst es für den Moment recht akkurat zusammen. Und was ist mit dir? Was ist das hier mit uns für dich?«

Nun entzog sie ihm doch ihre Hand, erhob sich hastig und ging bis zur Anrichte. Angestrengt blickte sie durch das Küchenfenster hinaus in die hereinbrechende Dunkelheit. »Ich mag dich auch … sehr.« Ihre Stimme klang gepresst und sie hatte die Schultern hochgezogen. »Ich würde gerne andere Worte dafür benutzen, eindeutige Worte, aber das kann ich nicht – noch nicht. Ich weiß nicht, ob ich es überhaupt können werde. Die Sache ist die … Ich traue mir selbst nicht mehr. Mein Bauchgefühl sagt das eine, mein Kopf das andere, und mein Herz …« Er hörte, wie sie ein- und wieder ausatmete, so als müsse sie gegen etwas ankämpfen – Panik womöglich? Der Gedanke weckte seine Besorgnis, deshalb erhob er sich ebenfalls und trat ein paar Schritte auf sie zu, bis er gerade so dicht hinter ihr stand, dass sich ihre Körper nicht berührten.

»Hab keine Angst, Larissa. Wie gesagt, ich werde dich nicht unter Druck setzen.«

»Du hast aber das Recht auf eine Antwort.« Sie stützte sich auf der Anrichte auf, und er konnte sehen, wie fest sie sich an den Rand der Arbeitsplatte krallte, denn ihre Fingerknöchel traten weiß unter der Haut hervor.

»Larissa …« Er wollte sie berühren, traute sich jedoch nicht.

»Nein, lass mich bitte ausreden.« Noch einmal atmete sie tief durch, wandte ihm aber weiterhin den Rücken zu. »Das hier ist alles neu für mich. Hinter mir liegt eine über zehnjährige Beziehung und Ehe, die nicht nur nicht gut ausgegangen ist, sondern mich auch viel Kraft und den Großteil meines Selbstbewusstseins gekostet hat. Es war die einzige Beziehung, die ich jemals hatte, und das Wichtigste, was ich daraus gelernt habe, ist, dass ich so etwas nicht noch einmal kann und will. Das klingt jetzt bestimmt furchtbar ungerecht dir gegenüber, aber mein Kopf versucht praktisch ununterbrochen, Gründe zu finden, die gegen uns beide sprechen. Mein Bauchgefühl wiederum versucht mich davon zu überzeugen, dass du ein ganz anderer Mensch bist als Felix. Natürlich bist du das! Ich darf und will euch beide überhaupt nicht miteinander vergleichen. Ich würde so gerne auf mein Bauchgefühl hören und mich einfach hineinstürzen, einfach darauf vertrauen, dass schon alles gut wird.« Sie hielt für einen Moment inne. »Das Problem mit meinem Bauchgefühl ist, dass es mich schon einmal getrogen hat. Ich war damals noch sehr jung und hätte es vielleicht gar nicht besser wissen können, aber nun sitzt mir einfach die Angst im Nacken, dass ich mich generell nicht auf mein Bauchgefühl verlassen sollte. Deshalb sitze ich nun in der Zwickmühle. Ich weiß nicht, ob es einfacher wäre, wenn du mir gesagt hättest, dass das mit uns für dich nur ein Abenteuer ist, ein netter Flirt, etwas Unverbindliches. Eventuell hätte ich dann allen Mut zusammengenommen, um mich zum ersten Mal in meinem Leben auch auf etwas Lockeres, Unverbindliches einzulassen. Dabei weiß ich genau, dass ich das im Grunde gar nicht will. Ich bin einfach nicht der Typ für lockere Affären.«

»Das weiß ich.« Nun traute er sich doch, sie an den Schultern zu berühren. Sanft streichelte er mit den Daumen über ihre Schulterblätter. Sie zuckte zusammen, schien sich dann jedoch ein ganz klein wenig zu entspannen, als er begann, ihre Schulter- und Nackenpartie zärtlich zu massieren. Er wusste nicht, wie er ihr sonst vermitteln sollte, dass sie sich bei ihm sicher und geborgen fühlen durfte. Worte, dass ahnte er, würden dazu nicht ausreichen. »Ich hatte in meinem Leben schon die eine oder andere lockere Affäre«, gab er zu. »Das ist so lange spaßig, wie beide Beteiligten sich über den Status der Affäre einig sind. Es ist aber nichts, was ich zu meiner Lebensphilosophie erklären würde. Ich wusste immer, dass mir früher oder später eine Frau begegnen würde, die alles verändern würde.« Diesmal hielt er kurz inne, um sich zu sammeln. Er war es nicht gewohnt, so offen über seine Gefühle zu sprechen, aber er wusste, dass es nicht anders ging, wenn er das Vertrauen dieser besonderen Frau erringen wollte. »Als ich dich zum ersten Mal gesehen habe – in der Werkstatt …« Er ließ nicht nach, sie zu massieren, obwohl er merkte, dass sie sich bei seinen Worten wieder etwas versteift hatte. »Nein, keine Angst, ich komme dir jetzt nicht mit so etwas wie Liebe auf den ersten Blick. Selbst wenn es das gewesen wäre, ist es nicht das, was ich sagen will. Aber wenn es dich beruhigt: Es war nicht Liebe auf den ersten Blick, wohl aber Interesse auf den ersten Blick. Du hast ein bisschen verloren gewirkt, ein bisschen auf der Suche, kommt das in etwa hin?«

»Ziemlich genau sogar.«

»Siehst du, und das hat mich neugierig gemacht. Mir war aber von Anfang an klar, dass du keine Frau für ein Abenteuer bist. Das sieht man dir auf den ersten Blick an. Woran genau, kann ich dir nicht einmal sagen. Es ist einfach so. Deshalb bin ich weder erschrocken noch enttäuscht, dass etwas Derartiges für dich nicht infrage kommt. Mir ist nur allzu klar, dass ich alle Karten auf den Tisch legen muss, inklusive der Herzkarte, wenn es um dich geht. Ich werde aber mit den wirklich erschreckenden Worten noch warten, bis wir uns auf derselben Seite dieser Geschichte befinden.« Er beugte sich etwas vor und brachte den Mund ganz dicht an ihr Ohr. »Ich hoffe«, flüsterte er, »für diese eloquente Metapher heimse ich ein paar Extra punkte bei dir ein.«

Wie er gehofft hatte, zuckten ihre Schultern bei diesen Worten leicht und er konnte einen unterdrückten Lacher erahnen. Auch wenn er sie gerne geküsst hätte, richtete er sich wieder auf und fuhr mit dem Massieren fort. »Dein Kopf führt also gerade einen unschönen Krieg mit deinem Bauch«, fasste er zusammen, was sie zu erklären versucht hatte, und bemühte sich dabei um einen heiter-gleichmütigen Ton, damit das Gespräch für sie beide nicht zu fordernd wurde. »Du hast mir allerdings noch nicht verraten, was dein Herz zu dieser ganzen verworrenen Angelegenheit zu sagen hat.«

»Mein Herz …« Endlich ließ sie die Kante der Arbeitsplatte los, jedoch nur, um sich über die Augen zu reiben. »Das ist ja das Schlimme. Es bringt mich völlig durcheinander.« Sie drehte sich zu ihm um, blickte zu ihm auf – und versetzte seinem Herzen einen schmerzlich-schönen Stich. In ihren Augen glaubte er zu lesen, was sie nicht auszusprechen wagte. »Ich kann dir nichts versprechen«, flüsterte sie. »Ich bin einfach nicht … Ich weiß nicht …«

»Schon gut.« Vorsichtig legte er seine Arme um ihre Mitte und zog sie an sich.

Sie schluckte heftig, als ihre Blicke miteinander verschmolzen. Dann reckte sie sich ihm entgegen und küsste ihn.

Eine heiße Welle der Zärtlichkeit durchflutete ihn, gepaart mit schmerzlicher Sehnsucht. Diese Gefühle waren gänzlich neu für ihn, und er hatte immer geglaubt, dass sie ihn mehr erschrecken, mehr ängstigen würden. Doch das taten sie nicht. Als Larissa ihre Lippen einladend öffnete, tastete er hungrig nach ihrer Zunge und erschauerte unter der einem Stromstoß ähnlichen Empfindung, als er sie fand.

In diesem Moment begann sein Handy zu klingeln.

Am liebsten hätte Holger geflucht. Der Klingelton, *Thunderstruck* von AC/DC, zeigte an, dass der Anrufer sein Bruder Thorben war. Nur äußerst widerstrebend löste er sich von Larissa und fischte das Smartphone aus seiner Gesäßtasche. »Entschuldige bitte.«

»Ist schon okay.« Sie lächelte etwas atemlos und ihre Wangen waren entzückend gerötet. Am liebsten hätte er sie sofort wieder geküsst.

»Wehe, wenn das kein Notfall ist«, sagte er anstelle eines Grußes zu seinem Bruder.

»Störe ich? Mist«, kam es von Thorben. »Oder hast du schon geschlafen?«

»Ganz sicher nicht«, knurrte Holger. »Was gibt es denn?«

»Zu meiner Ehrenrettung wirklich einen Notfall. Ich war eben noch mal auf meiner letzten Runde durch den Stall und habe routinemäßig auch Kühlkammer und Melkanlage kontrolliert. Dabei ist mir aufgefallen, dass mehrere Keilriemen an der Melkanlage praktisch am seidenen Faden hängen. Sobald ich sie morgen einschalte, fliegen sie mir um die Ohren. Kannst du da was machen? Ach, verflucht, du *musst* da was machen! Hundert Kühe kann ich morgen ohne die Melkanlage nicht melken. Außerdem müssen wir herausfinden, warum die Riemen in diesem Zustand sind. Du hast sie schließlich erst vor drei Monaten getauscht.«

»Verdammt.« Frustriert fuhr Holger sich mit gespreizten Fingern durchs Haar. »Okay …« Er warf Larissa einen Blick zu, der sowohl sein Bedauern ausdrückte als auch eine Entschuldigung enthielt. »Ich bin gleich da. Aber Thorben? Dafür schuldest du mir was.« Damit unterbrach er die Verbindung und zog Larissa rasch wieder an sich. »Es gibt ein Problem in Thorbens Stall, da muss ich leider sofort hin. Andernfalls kann er morgen früh die Kühe nicht melken.«

»Ach du liebe Zeit!« Erschrocken hob Larissa den Kopf. »Ist etwas Größeres kaputtgegangen?«

»Nicht gerade etwas Größeres, aber einige Keilriemen der Melkanlage. Im Grunde ist es ein Glücksfall, dass er das jetzt noch bemerkt hat und nicht erst morgen früh. Glücklicherweise habe ich die Ersatzteile bei mir in Betrieb, aber die Reparatur wird ein Weilchen dauern. Außerdem müssen wir auf Fehlersuche gehen, denn so ein plötzlicher Verschleiß ist nicht gerade gewöhnlich.« Weil er das Bedürfnis hatte, legte er ihr seine Hand an die Wange. »Tut mir wirklich leid. Wenn sie auch ein wenig anders aussehen als bei dir, aber mein Job hat auch so einige Herausforderungen auf Lager. Dazu gehört auch, dass ich für meine Kunden praktisch rund um die Uhr erreichbar bin und auf Abruf stehe. Solche Unterbrechungen in meinem Privatleben sind also keine Seltenheit. In den Sommermonaten ist es besonders heftig, weil während der Erntezeit sehr oft Gerätschaften kaputtgehen. Defekte Melkanlagen sind allerdings vergleichsweise selten. Trotzdem sollte ich dich fairerweise darauf hinweisen, worauf du dich einlässt, wenn du dich …« Er lächelte verhalten. »Na ja, wenn du dich dazu entscheiden solltest, dich auf uns einzulassen.«

Larissa nickte nur, lächelte dabei jedoch immer noch leicht. »Ich kann dir wohl kaum zum Vorwurf machen, dass du deinen Job mit Herzblut machst, schließlich tue ich das auch und verlange Akzeptanz. Also sollte ich jetzt wohl …« Sie zögerte, sah sich in der Küche um. »Du musst zuerst in deine Werkstatt, oder? Dann werde ich am besten jetzt nach Hause fahren. Also … in meine Ferienwohnung. Ich kann Thorben ausrichten, dass du schon auf dem Weg bist.«

»Das könntest du tun«, bestätigte Holger. Ihm war gerade eine Idee gekommen und die ließ sich nicht mehr abschütteln, deshalb sprach er sie einfach aus: »Du könntest aber auch ganz einfach hierbleiben.«

»Hierbleiben?« Verblüfft sah sie ihn an.

»Ohne irgendwelche Verpflichtungen oder Fallstricke.« Er küsste ihre Nasenspitze. »Einfach nur so. Ich würde gerne herausfinden, wie es ist, nach Hause zu kommen und zu wissen, dass du da bist. Du musst auch nicht wach bleiben und auf mich warten. Ich dachte nur …« Er zuckte mit den Achseln. »Lass es uns doch einfach mal ausprobieren. Wenn du willst.«

Auf ihrer Miene zeichnete sich eine Mischung aus Skepsis und Faszination ab. »Du möchtest, dass ich bei dir schlafe, in deinem Bett? Aber …«

»Aber ohne mit mir zu schlafen.« Zärtlich strich er ihr das Haar hinters Ohr. Zu seiner Freude spürte er, wie sie bei der Berührung erschauerte. »Ich weiß nicht, ob ich dir versprechen kann, dass es zu einhundert Prozent platonisch wird, aber wir tun nichts, was wir nicht beide wollen. Und wenn wir nur schlafen, dann schlafen wir eben nur.« Er zwinkerte ihr zu. »Aber zusammen.« Abwartend musterte er sie. »Was sagst du dazu?«

Larissa war anzusehen, dass es in ihr arbeitete, doch dann nickte sie überraschend schnell. »Ich habe allerdings weder Kleidung zum Wechseln noch eine Zahnbürste mitgebracht.«

»Eine Zahnbürste findest du in dem schmalen hohen Schrank im Bad, und was die Sachen zum Wechseln angeht …« Er grinste schief. »Nein, schon gut, ich sage jetzt nicht, welche Bilder mir mein von Hormonen vernebeltes

Gehirn vorgaukelt. Du findest in meinem Schrank einen Haufen T-Shirts, die es zum Schlafen ganz sicher tun. Such dir einfach eines aus.«

»Also gut.« Sie nickte zustimmend. »Ich muss morgen ziemlich früh los, weil meine Eltern zu Besuch kommen. Wie ich die beiden kenne, fahren sie schon in aller Herrgottsfrühe los, um noch vor dem Mittag da zu sein.«

»Das kriegen wir schon hin«, versprach er und spürte zugleich dem warmen Glücksgefühl nach, das ihn beim Gedanken daran ergriff, dass sie sich auf das Experiment eingelassen hatte. »Also, dann …« Nur widerstrebend gab er sie frei.

»Lass Thorben nicht zu lange warten.«

Er grinste. »Besser ist das. Ich muss mich nur schnell umziehen. Fühl dich hier im Haus einfach wie zu Hause.« Er machte eine ausholende Handbewegung, dann eilte er die Treppe hinauf ins Bad, wo er am Nachmittag seine Arbeitsklamotten zurückgelassen hatte.

Kapitel 15

»Du meine Güte, ist das schön hier!« Mit weit ausgebreiteten Armen drehte sich Evelyne Weiß mitten auf dem Rodderbacher Marktplatz einmal um die eigene Achse. »Da haben wir uns ja wirklich das allerbeste Wetter ausgesucht, um dich zu besuchen. Ich kann gar nicht glauben, dass ich noch nie hier gewesen bin. Dabei habe ich doch mal für eine kurze Zeit gar nicht so weit von hier weg gewohnt. Da ist mir definitiv etwas entgangen.« Sie wandte sich an ihren Mann. »*Uns* ist etwas entgangen, findest du nicht auch?«

»Ganz eindeutig«, stimmte Volker Weiß ihr zu und wies auf die steinernen Bänke und um den Marktbrunnen. »Wollen wir uns einen Augenblick setzen?«

»Ja, unbedingt!« Enthusiastisch hakte Evelyne sich bei Larissa unter. »Da hast du dir ja ein bezauberndes Fleckchen Erde für deine Recherchen ausgesucht. War es hier im Mittelalter auch schon so idyllisch?«

»Wahrscheinlich schon.« Lachend ließ Larissa sich von ihrer Mutter bis zu den Bänken ziehen und setzte sich neben sie. Ihr Vater ließ sich auf ihrer anderen Seite nieder. »Ob die Einwohner auch damals schon alles so schön mit bunten Blumen bepflanzt haben, weiß ich zwar nicht, aber alles, was ich bisher über Rodderbach in Erfahrung bringen konnte, spricht dafür, dass man hier auch schon im Mittelalter ganz gut leben konnte. Die Nähe zu verschiedenen Handelsstraßen war mit Sicherheit ein Vorteil.«

»Ich bin ja schon so gespannt auf dein neues Buch!« Evelyne ergriff Larissas Hand und drückte sie fest. »Wie weit bist du denn inzwischen mit deinen Recherchen gekommen? Liegst du gut in der Zeit? Neulich hast du ja am Telefon erzählt, dass du jetzt auch noch parallel an dem neuen Thriller-Manuskript schreibst. Hoffentlich übernimmst du dich mit den vielen Projekten nicht.«

»Ich passe schon auf mich auf«, versprach Larissa. »Die Arbeit an dem neuen Thriller geht mir im Augenblick ganz gut von der Hand. Was meine Recherche angeht, muss ich jetzt erst einmal alle Materialien, die ich bisher zusammengetragen habe, sortieren und in Ruhe studieren. Ich hätte nicht gedacht, dass es so viele wissenschaftliche Arbeiten über die Geschichte dieses Ortes gibt. Jessica hat mir eine ganze Liste mit Literatur gegeben, die ich jetzt nach und nach abarbeite.«

»Jessica ist die Tochter der Leute, bei denen du die Ferienwohnung gemietet hast, nicht wahr?«, mischte ihr Stiefvater sich in das Gespräch. »Du hast schon ein paarmal sehr nett über sie gesprochen.«

»Wir haben uns angefreundet«, bestätigte Larissa. »Sie ist unheimlich nett und kennt sich außerdem in der Rodderbacher Historie aus wie in ihrer Westentasche, weil sie für die Tourist-Info arbeitet und nebenher Stadtführungen anbietet. Etwas Besseres hätte mir wohl kaum passieren können. Allein, was sie mir bei der Führung durch die Burg alles erzählt hat! Am liebsten hätte ich das auf Tonband oder Video aufgenommen. Wenn ihr Lust habt, können wir morgen Vormittag mal zur Burg hinaufgehen, dann probiere ich an euch aus, ob ich mir all die spannenden Details gemerkt habe.«

»Das ist eine wunderbare Idee«, stimmte ihre Mutter zu. »Überhaupt sollten wir unbedingt auch eine kleine Wanderung durch die Umgebung einplanen. Ich erinnere mich noch von früher daran, wie schön die Eifellandschaft ist. Wie schade, dass wir nur bis morgen Nachmittag bleiben können. Leider haben wir kommende Woche jede Menge Verpflichtungen. Aber vielleicht lässt es sich einrichten, dass wir im Juli noch mal herkommen, dann aber für eine ganze Woche. Ob Frau Mahler, Erika«, korrigierte sie sich lächelnd, »dann wohl noch ein Zimmer für uns frei haben wird? Wahrscheinlich eher nicht, oder? Bestimmt ist sie über den Sommer ausgebucht. Aber wir finden schon was. Zur Not leihen wir uns ein Wohnmobil. Oder, Volker?«

»Wenn alle Stricke reißen.« Er schmunzelte. »Dann komme ich ja doch endlich mal zu dem Campingurlaub, den wir schon seit Jahren planen und nie umsetzen.«

»Das wäre wirklich schön.« Larissa lächelte ihrem Vater, dann ihrer Mutter zu. »Eventuell kann ich im Juli auch ein paar Tage freinehmen. Wenn ich jetzt ganz fleißig bin, schaffe ich das bestimmt.«

»Als ob du nicht ständig fleißig wärst!« Spielerisch gab ihre Mutter ihr einen Klaps gegen den Arm. »Aber das mit dem Urlaub im Juli halten wir mal fest. Ich werde Erika nachher fragen, ob sie ein Zimmer frei hat, und falls nicht, überlegen wir uns das mit dem Wohnmobil. Du weißt ja, dass dein Vater sich schon immer mal eins kaufen wollte, aber ich denke, wir probieren das erst einmal mit einem geliehenen Exemplar aus, um herauszufinden, ob das überhaupt etwas für uns ist. Sonst haben wir am Ende so ein teures Ding hinterm Haus stehen und nutzen es nie.« Mit einem wohligen Seufzen legte sie den Kopf in den Nacken und schloss für einen Moment die Augen. »Ist das schön!«

»Ach, hallo Frau Weiß!« Lisbeth Adams ging mit einem vergitterten Katzenkorb unter dem Arm an ihnen vorüber und hob zum Gruß die freie Hand. »Na, lassen Sie es sich ein bisschen in der Sonne gut gehen? Ich musste leider gerade mit unserer Katze zum Tierarzt, weil sie sich irgendwo, wahrscheinlich an einem Stacheldraht, das Ohr verletzt hat. Das hat geblutet, sage ich Ihnen! Ganz, ganz schlimm. Mein armes kleines Kitty-Schätzchen. Zum Glück hat unser Tierarzt, Dr. Brauer, heute Notdienst. Andernfalls hätten wir bis in die Tierklinik nach Mayen fahren müssen. Aber jetzt geht es Kitty schon wieder ganz gut. Sie ist noch ein bisschen beduselt vor der Spritze, die sie bekommen hat, und zu Hause muss ich ihr so einen fürchterlich hässlichen Kragen anziehen, damit sie sich nicht kratzt. Aber Dr. Brauer hat gesagt, die Wunde heilt bestimmt ganz rasch wieder.«

»Guten Tag, Lisbeth.« Larissa lächelte der Frau aus der Bäckerei mitfühlend zu. »Das mit Ihrer Katze tut mir leid. Wie schön, dass der Tierarzt ihr so schnell helfen konnte. Wer steht denn jetzt für Sie im Laden?« Sie wandte sich an ihre Eltern. »Papa, Mama, das ist Lisbeth Adams aus der gleichnamigen Bäckerei dort vorne.« Sie wies in die Richtung, in der sich der Laden befand. »Dort gibt es die besten Croissants und Schweineohren in Rodderbach.«

»Oh, vielen Dank!« Lisbeth strahlte sie geschmeichelt an. »Also haben Sie gerade Besuch von Ihren Eltern, wie schön!« Sie nickte Volker und Evelyne freundlich zu. »Dann will ich Sie auch gar nicht länger aufhalten. Immerhin muss ich meine Kitty nach Hause bringen. Meine älteste Tochter Andrea hilft im Augenblick im Laden aus. Eigentlich hätte sie nur die Frühschicht gehabt, deshalb sehe ich jetzt zu, dass ich sie wieder ablöse.« Sie hob noch einmal kurz zum Abschied die Hand. »Also, machen Sie's gut, bis bald.« Winkend eilte sie weiter.

»Eine nette Person.« Evelyne blickte Lisbeth für einen Augenblick aufmerksam hinterher, dann tätschelte sie Larissas Arm. »Du scheinst ja schon ein paar Leute in Rodderbach kennengelernt zu haben.«

Larissa nickte. »Das bleibt in so einer kleinen Stadt nicht aus. Es ist ein bisschen gewöhnungsbedürftig, dass hier fast jeder jeden kennt, aber ich finde es gar nicht so schlecht. Hier lebt man nicht so anonym wie in einer Großstadt. Wenn ich bedenke, wie lange es gedauert hat, bis ich die Namen aller unserer Nachbarinnen und Nachbarn in Erfahrung gebracht hatte, nachdem Felix und ich in unserer Wohnung eingezogen waren …« Sie winkte ab. »In dem Haus, in dem ich jetzt wohne, kenne ich bisher gerade mal die Hausmeisterin, Frau Fröse, und den älteren Herrn von nebenan, Herrn Baumeister, dabei wohne ich schon seit einem halben Jahr dort. Hier kommt man viel schneller mit den Menschen ins Gespräch.«

»Das mag wohl sein.« Volker nickte. Seine Lippen umspielte ein Schmunzeln. »Anscheinend bleibt es dann auch nicht immer nur bei Gesprächen.«

Verblüfft hob Larissa den Kopf. »Was meinst du damit?«

Volker griff in die Innentasche seines dunkelblauen Freizeitjacketts, zog sein Smartphone hervor, öffnete den Browser und hielt Larissa Augenblicke später das Display unter die Nase.

»Volker!« Evelyne lachte auf. »Bring unsere Tochter doch nicht in Verlegenheit!«

»Wenn das etwas sein sollte, das sie in Verlegenheit bringt, dann hätte sie sich nicht in aller Öffentlichkeit fotografieren lassen sollen.« Volker neigte den Kopf zur Seite und musterte Larissa aufmerksam. »Dürfen wir erfahren, wer der junge Mann ist, mit dem du dich offensichtlich ganz hervorragend verstehst?«

Beinahe hätte Larissa sich verschluckt. Ihr Vater hatte den Rodderbach-Blog geöffnet und dort eine Bildergalerie angeklickt, in der Hanne Fotos von der Pfingstkirmes zusammengestellt hatte. Darunter waren auch Schnappschüsse vom Samstagabend, als sie eng mit Holger getanzt hatte, und von den Küssen, die sie am Sonntagvormittag ausgetauscht hatten. Sie schluckte. »Oh, das, äh …«

»Gibt es einen Grund, weshalb du uns diese spezielle Bekanntschaft bisher verschwiegen hast?« Volker hatte eine andere Galerie aufgerufen, die Bilder von der gestrigen Lesung enthielt – und wieder waren auch Larissa und Holger in eindeutiger Umarmung zu sehen.

»Hanne!« Larissa griff sich an den Kopf, nicht sicher, ob sie lachen oder stöhnen sollte.

»Wer ist Hanne?«, hakte ihre Mutter nach.

»Die Bürgermeisterin.« Larissa seufzte. »Ich wusste nicht, dass sie auch schon Fotos von gestern Abend veröffentlicht hat.«

Auf Volkers Gesicht erschien ein besorgter Ausdruck. »Hat sie diese Fotos etwa alle ohne deine Erlaubnis ins Internet gestellt? Du weißt, dass das verboten ist. Dazu muss sie vorher deine Erlaubnis einholen.«

»Was?« Irritiert schüttelte Larissa den Kopf. »Nein, das hat sie selbstverständlich nicht getan. Ich habe ihr die Erlaubnis gegeben, Fotos von mir – und von uns – zu veröffentlichen.« Verlegen knabberte sie an ihrer Unterlippe. »Ich hatte nur nicht damit gerechnet, dass ihr euch in diesem Blog umschauen könntet.«

»Wir waren nun einmal neugierig auf den Ort, den du dir für deine lange Rechercheeise ausgesucht hast.« Ihre Mutter legte ihr sanft eine Hand auf die Schulter. »Natürlich waren wir überrascht, als wir diese Fotos entdeckt haben. Ich schließe mich der Frage deines Vaters an: Warum hast du uns nichts von diesem Mann erzählt?«

Verunsichert ließ sich Larissa gegen die Rückenlehne der Bank sinken. »Ich weiß auch nicht. Es ist alles noch ziemlich neu, und ich war mir nicht sicher, was genau ich euch erzählen soll.«

»Nun ja, ein sinnvoller Anfang wäre vielleicht sein Name«, schlug Volker vor.

»Er heißt Holger Mahler und ist Jessicas älterer Bruder.«

»Der Landwirt?« Interessiert beugte Volker sich vor. »Unsere Wirtin, Erika Mahler, erzählte etwas davon, dass ihr Sohn den Hof übernehmen wird.«

»Nein, das ist Thorben, der älteste Sohn.« Larissa lachte. »Es gibt insgesamt vier Geschwister. Holger hat noch einen Zwillingsbruder namens Philipp. Er betreibt eine Anwaltskanzlei hier in Rodderbach.«

»Oho!« Volker merkte auf. »Ein Anwalt in der Familie kann nie schaden. Und was macht nun dein Holger beruflich?«

»Er ist Land- und Baumaschinenmechatroniker und

führt einen eigenen Betrieb hier im Gewerbegebiet mit mehreren Angestellten.« Larissa räusperte sich. »Aber er ist doch nicht *mein* Holger!« Sie schluckte krampfhaft, weil ihr Herz sich gerade wie wild gebärdete. Nervös zupfte sie an ihrem Haar herum. »Oder …«

»Oder vielleicht doch?«, half ihre Mutter sanft nach. »Für mich sieht das jedenfalls ganz so aus.« Sie nahm ihrem Mann das Smartphone aus der Hand und blätterte noch einmal durch die Fotos, auf denen Holger und Larissa zu sehen waren.

»Ja, vielleicht.« Larissa suchte nach den richtigen Worten, um das Chaos in ihrem Herzen zu beschreiben. »Es ist … Wir sind … Wir gehen noch nicht lange miteinander aus. Ich möchte nichts überstürzen oder falsch machen. Nach allem, was gewesen ist …«

Ihre Mutter warf Volker einen beredten Blick zu, der Larissa nicht entging. »Das ist verständlich, mein Schatz. Ist denn Holger damit einverstanden, dass du dir Zeit lassen willst?«

»Ja, selbstverständlich!«

Volker hüstelte. »Als selbstverständlich würde ich das nicht bezeichnen. Ich könnte mir vorstellen, dass es genügend Männer gibt, denen es keinen Spaß macht, im Schatten eines Ex-Mannes zu stehen.«

Erschrocken fuhr Larissa zu ihm herum. »Papa! Holger steht doch nicht in Felix' Schatten! Es ist nur … Ich will einfach keinen Fehler machen.«

»Hast du ihm das gesagt?« Nun legte ihre Mutter ihr einen Arm um die Schultern.

»Ja.«

»Und davon lässt er sich nicht abschrecken?«

»Nein.« Larissa schluckte. »Nein, er ist sehr … geduldig.«

»Ein ausgezeichneter Charakterzug«, befand Volker mit einem Brummen in der Stimme. »Und was hält er von deinem Beruf?«

Larissa dachte über die Frage kurz nach. »Er hat nichts dagegen einzuwenden.«

»Und weiter?« Zwischen Volkers Augenbrauen entstand eine Falte.

»Volker!«, mischte Evelyne sich erneut warnend ein. »Nun lass das Kind doch!«

»Weshalb denn?« Missbilligend verzog er die Lippen. »Darum geht es doch wohl im Kern der Sache, oder etwa nicht? Larissa hat selbst gesagt, dass sie keinen Fehler begehen will. Nach dem Desaster mit Felix bin ich der Ansicht, dass sie damit vollkommen recht hat. Also ist es doch nur legitim, wenn ich in Erfahrung bringen will, ob sie auf dem Weg ist, einen solchen Fehler zu begehen oder nicht. Also?« Mit einem auffordernden Blick wandte er sich wieder Larissa zu. »Hat er einfach nur nichts dagegen oder lässt er dich sein, wie du bist?« Die Falte zwischen seinen Augen vertiefte sich noch. »Ohne Einschränkungen.«

»Er engt mich nicht ein«, antwortete Larissa zögernd und musste prompt schlucken, als sie an den vergangenen Abend dachte. Prompt schwankte ihre Stimme ein wenig, als sie fortfuhr: »Er hat gesagt, dass er stolz auf mich ist.«

»Oh, Larissa!« Gerührt nahm ihre Mutter sie in den Arm. »Wie wunderbar.«

»Also, wunderbar …«, wandte Volker skeptisch ein, wurde jedoch sogleich von seiner Frau unterbrochen.

»Ja, wunderbar!« Evelyne streichelte sachte über Larissas Kopf, während sie weitersprach: »Hast du gehört, was sie gesagt hat? Ihr neuer Freund ist stolz auf sie.«

»Das habe ich sehr wohl verstanden.« Volker rieb sich übers Kinn. »Ich meine ja nur …«

»Hast du in all den Jahren ein einziges Mal gehört, dass Felix so etwas gesagt hätte?« Evelyne küsste Larissa auf die Schläfe. »Allein das lässt mich schon erkennen, dass dieser Holger ein ganz anderes Kaliber Mann ist. Mehr muss ich für den Anfang gar nicht wissen.« Sie suchte Larissas Blick. »Lernen wir ihn vielleicht bald mal kennen?«

Wieder wusste Larissa nicht, ob sie lachen oder doch lieber fluchen sollte. »Erika hat uns für heute Abend zum Essen eingeladen. Zum Familienessen«, konkretisierte sie.

»Und bei einem Familienessen ist gewöhnlich die ganze Familie anwesend«, schloss Evelyne lächelnd. »Das ist aber nett!«

»Äh, ja, nett.« Larissa hüstelte, dann gluckste sie. »Ich sollte sicherheitshalber hinzufügen, dass Familienessen bei den Mahlers schon mal ein bisschen chaotischer ausfallen können.«

»Vollkommen egal«, befand Volker, »solange es ein positives Chaos ist.« Erneut neigte er den Kopf ein wenig zur Seite und musterte Larissa mit einem schalkhaften Funkeln in den Augen. »Na, war das jetzt so schwierig?«

Verlegen biss Larissa sich auf die Unterlippe. »Einfach aber auch nicht.«

»Hey, Larissa!«, ertönte in diesem Augenblick eine Männerstimme, dicht gefolgt von einer zweiten.

»Franz-Josef! Nun warte doch mal. Du siehst doch, dass sie sich gerade unterhält.«

Überrascht sah Larissa sich um und entdeckte Franz-Josef und seinen Bruder Martin, die aus der Eifeltorgasse her auf sie zukamen. Franz-Josef eilte seinem jüngeren Bruder in großen Schritten voraus und blieb dicht vor ihr stehen. »Tag, Larissa!« Wie immer streckte er ihr die rechte Hand hin, und als sie sie ergriff, schüttelte er sie kräftig, jedoch höchstens eine Sekunde lang. »Wie geht's dir?«

»Sehr gut, und dir?« Sie lächelte ihm und danach auch Martin zu, der inzwischen aufgeholt hatte. »Hallo Martin.«

»Guten Tag, Larissa.« Martin legte seinem Bruder eine Hand schwer auf die Schulter. »Entschuldige bitte den Überfall. Immer wenn Franz-Josef dich sieht, ist er kaum noch zu halten.« Sanft klopfte er seinem Bruder nun auf die Schulter. »Ich wünschte, er wäre genauso eifrig dabei, wenn es darum geht, in der Fahrzeughalle aufzuräumen.«

»Hey«, protestierte Franz-Josef. »Ich räume immer auf, wenn du es mir sagst.« Er grinste Larissa breit an. »Mir geht's sehr gut. Ich und Martin … Nee! *Der Esel nennt sich selbst immer zuerst*, sagt die Mutter, und ich bin kein Esel. Also Martin und ich gehen heute zusammen einkaufen, weil die Mutter morgen Geburtstag hat. Da holen wir ihr Blumen und ein Geschenk. Wir wissen aber noch nicht so genau was, deshalb müssen wir jetzt ein paar Läden abklappern. Martin hat gesagt, deine Lesung gestern war richtig gut.« Abwartend sah er sie an.

»Sie hat mir sehr viel Spaß gemacht.« Larissa nickte Franz-Josef zu. »Es freut mich sehr, dass sie dir gefallen hat, Martin.«

Martin lächelte ihr zu. »Ich fand den Abend sehr interessant und spannend. Du kannst sehr gut vorlesen, da hat man die verschiedenen Personen sofort vor Augen.«

»Ich bin nicht hingegangen.« Franz-Josef zuckte mit den Achseln. »Ich lese ja keine Bücher und so, und das wäre mir wahrscheinlich zu anstrengend geworden. Martin hat zwar gesagt, dass ich mitkommen kann, aber ich habe lieber der Mutter Gesellschaft geleistet. Sie wollte eigentlich auch zu der Lesung gehen, aber dann war sie doch wieder ziemlich müde wegen ihrem schwachen Herzen. Da bin ich dann bei ihr geblieben und wir haben *Mensch ärgere dich nicht* gespielt.«

»Das war aber lieb von dir«, befand Larissa. »Sie hat sich bestimmt sehr gefreut, dass sie den Abend nicht alleine verbringen musste. Geht es ihr denn heute schon wieder besser?«

»Weitgehend«, antwortete Martin anstelle seines Bruders. »Der Wetterwechsel in den letzten Tagen hat ihr zu schaffen gemacht. Jetzt ist es wieder warm und trocken, dann fühlt sie sich automatisch besser. Es darf nur nicht zu heiß werden, das bekommt ihr wieder nicht.« Er seufzte, lächelte dann aber. »Das Wichtigste ist, dass sie sich nicht unterkriegen lässt. Sie sagt immer, sie macht das Beste aus dem, was der Herrgott ihr auferlegt hat.«

»Das ist eine sehr gute und tapfere Einstellung«, warf Evelyne ein.

Martin neigte zustimmend den Kopf. »Tapfer ist unsere Mutter allemal.«

»Entschuldigt, ich habe euch noch gar nicht vorgestellt«, wechselte Larissa das Thema. »Das sind Franz-Josef und Martin Schmittbauer. Martin betreibt ein Lohnunternehmen für die Landwirte hier in der Gegend, und sein Bruder hilft ihm tatkräftig. Das ist doch so, nicht wahr?« Fragend blickte sie zwischen den beiden Männern hin und her.

Martin nickte. »So ist es.«

»Zweimal in der Woche arbeite ich auch in der Behindertenwerkstatt in Mayen. Da fahre ich extra mit dem Bus hin«, ergänzte Franz-Josef. »Seid ihr also die Eltern von Larissa?«

»Ja, das sind meine Eltern«, bestätigte Larissa rasch. »Evelyne und Volker Weiß.«

»Freut mich.« Martin schüttelte ihren beiden Eltern die Hände.

»Tag. Ich bin der Franz-Josef.« Auch Franz-Josef schüttelte in seiner typischen minimalistischen Art erst ihrer Mutter, dann ihrem Stiefvater die Hand und wandte sich ohne Übergang wieder an Larissa. »Hast du schon das mit der Katze von der Lisbeth gehört? Die musste zum Tierarzt, weil ihr Ohr verletzt ist. Wir waren gerade eben in der Bäckerei, und da hat die Andrea erzählt, dass die Kitty zum Tierarzt musste. Die Lisbeth ist mit ihr hin.«

»Ja, das habe ich gehört«, bestätigte Larissa. »Lisbeth ist eben mit Kitty hier vorbeigekommen. Es geht der Katze anscheinend schon wieder viel besser.«

»Das ist gut!« Franz-Josefs Miene hellte sich auf. »Ist immer schlimm, wenn man zum Tierarzt muss. Wir haben auch Katzen, und die mögen das überhaupt nicht. Aber manchmal muss das ja sein, wenn sie krank sind oder geimpft werden müssen oder so. Gut, dass es der Kitty jetzt wieder gut geht.« Er wandte sich Martin zu. »Wir müssen jetzt mal langsam weiter, sonst kriegen wir am Ende kein Geschenk mehr für die Mutter.«

»Da hast du auffallend recht. Außerdem wollen wir Larissa und ihre Eltern nicht ewig aufhalten, oder?« Er nickte erst Larissa, dann ihren Eltern noch einmal freundlich zu. »Wir machen uns dann mal wieder auf den Weg. Ich wünsche Ihnen noch einen schönen Aufenthalt in Rodderbach.«

»Danke sehr.« Mit einem heiteren Lächeln wandte Evelyne sich an Larissa, nachdem die beiden Männer weitergegangen waren. »Sind die Leute hier alle so nett? Sieht ja so aus, als hättest du tatsächlich schon so einige Bekanntschaften geschlossen.«

»Alle wahrscheinlich nicht.« Larissa erhob sich. »Es gibt bestimmt einige, die nicht ganz so begeistert von mir sind.« Automatisch dachte sie an Hedwig. Da sie ihre Eltern damit jedoch nicht belasten wollte, winkte sie rasch ab. »Die wird es wohl überall geben. Was haltet ihr davon, wenn ich euch weiter den Ort zeige? Ihr habt noch längst nicht alles gesehen.« Sie deutete in Richtung des Klosters. »Zum Beispiel könnte ich euch den Haupthandlungsort meines Romans vorstellen. Meistens ist das Tor zum Kloster abgeschlossen, aber ich könnte mal fragen …«

»Larissa!«, durchschnitt eine weibliche Stimme ihre Worte. »So ein Zufall, dass ich dich gerade durchs Fenster gesehen habe.« Wie der sprichwörtliche Wirbelwind kam Isabella auf sie zugerannt und umarmte sie übermütig. »Ich wollte dich gerade anrufen. Es ist nämlich so, dass

Erika meiner Mutter erzählt hat, dass sie dich und deine Eltern heute Abend zum Essen eingeladen hat. Daraufhin meinte Mama, sie soll sich nicht so viel Arbeit machen und euch stattdessen einpacken und zu uns bringen. Na, was meinst du? Ist das nicht eine tolle Idee?« Mit viel Elan wandte sie sich Larissas Eltern zu. »Entschuldigung, ich bin mal wieder unhöflich. Sie sind bestimmt Larissas Eltern. Willkommen in Rodderbach. Ich bin Isabella Decker, und meiner Familie gehört der Rodderbacher Hof dort drüben.« Sie deutete auf den Gasthof und wandte sich gleich darauf schon wieder an Larissa. »Ich bin noch gar nicht dazu gekommen, dir zu sagen, wie gut mir deine Lesung gestern gefallen hat. Du hattest mir neulich ja schon alle meine Bücher von dir signiert, deshalb habe ich mich nicht extra nach dem offiziellen Teil noch einmal angestellt. Die Schlange war sowieso schon lang genug.« Sie breitete sie Arme aus. »Wie auch immer, die Lesung war einfach super, das finden meine Eltern übrigens auch. Und deshalb kamen sie wohl auf die Idee, euch für heute Abend einzuladen. Erika ist damit einverstanden und will der ganzen Familie Bescheid sagen. Wir haben acht Uhr ausgemacht, das müsste ausreichen, damit sie im Stall alles fertig haben. Falls nicht, fahre ich persönlich rüber und mache Thorben ein bisschen Feuer unter dem Hintern.«

»Bist du sicher, dass das eine gute Idee ist?« Larissa lachte. »Ich meine, dich mit Thorben anzulegen. Das mit dem Essen bei euch finde ich großartig. Wenn ihr einverstanden seid«, sie sah ihre Eltern fragend an, die daraufhin sogleich nickten, »dann sind wir gerne um acht Uhr da.«

»Perfekt!« Isabella strahlte. »Und was Thorben angeht, überlass das ruhig mir. Ich bin bisher noch immer mit ihm fertiggeworden.«

»Okay, wie du meinst.« Larissa ging vorsichtshalber nicht weiter darauf ein, weil sie inzwischen wusste, wie schnell Isabellas Temperament hochkochen konnte.

»Dann ist alles klar. Bis später dann und viel Spaß noch bei allem, was ihr heute noch unternehmt.« Isabella wirbelte fröhlich winkend davon.

»Tja.« Larissa hob erheitert die Hände. »So schnell können sich Pläne ändern.«

Kapitel 16

»Hach, mein lieber Schatz, es war so schön, dich wiederzusehen.« Liebevoll umarmte Evelyne Larissa und küsste sie auf beide Wangen. »Ich wünschte wirklich, wir hätten mehr Zeit mitgebracht, aber das holen wir alles im Juli nach, versprochen!« Sie trat einen halben Schritt zurück, ohne jedoch Larissa loszulassen. »Schade nur, dass wir deinen Holger nun doch nicht kennenlernen durften. So ärgerlich, dass er beruflich verhindert ist. Und das auch noch an einem Wochenende!«

»Ich weiß.« Bedauernd verzog Larissa die Lippen. »Er war praktisch schon auf dem Weg, als Martins Anruf kam. Glaubt bitte nicht, dass er sich um das Kennenlernen herumdrücken wollte oder so etwas. Es ist nur so, dass er gerade in den Sommermonaten mehr oder weniger rund um die Uhr im Einsatz ist. Er hat zwar einige Angestellte, die, falls nötig, auch im Schichtbetrieb eingesetzt werden, aber er muss selbst auch überall mit anpacken. Die Landwirte und Bauunternehmer und auch die Lohnunternehmer wie Martin verlassen sich darauf, dass sie ihn zu jeder Zeit erreichen können, wenn bei ihnen eine Maschine oder ein Traktor streikt. Heute Morgen hat er mir noch eine Nachricht geschickt, dass er nach der Sache bei Martin jetzt auch noch zu einem Milchbetrieb in Wimweiler gerufen worden ist, bei dem die komplette Elektronik ausgefallen ist. Wahrscheinlich ist er dort bis zum späten Abend beschäftigt.«

»Das ist wahrscheinlich sowohl Fluch als auch Segen in seinem Metier.« Volker trat neben sie und umarmte sie nun ebenfalls. »Einerseits dürfte er ganz gut an diesen Serviceleistungen verdienen, andererseits leidet natürlich das Privatleben immens darunter, wenn man ständig auf Abruf steht.« Forschend blickte er ihr in die Augen. »Ist das etwas, womit du zurechtkommst?«

»Das weiß ich noch nicht«, gab Larissa ehrlich zu. »Wahrscheinlich schon. Immerhin verlange ich umgekehrt ja auch, dass er meine Arbeitszeiten und meine Arbeitsweise akzeptiert. Da kann ich wohl kaum mit zweierlei Maß messen.«

»Wohl wahr«, stimmte Volker nachdenklich zu. »Die Hauptsache ist wohl, dass ihr euch versteht.«

»Und dass er sie glücklich macht«, fügte Evelyne lächelnd hinzu und küsste Larissa noch einmal auf die Schläfe. »Auf weniger solltest du dich nämlich nicht einlassen. Aber das weißt du ja.« Energisch wandte sie sich zum Auto um. »Nun aber los mit uns! Ich hasse lange Abschiedsszenen. In diesem Fall sind sie überdies vollkommen unnötig, denn wir werden uns in einigen Wochen ja schon wiedersehen, und telefonieren werden wir zwischendurch auch, nicht wahr, mein Schatz?«

»Selbstverständlich!« Larissa nickte eifrig. »Ich melde mich dieser Tage bei euch.«

»Tu das unbedingt.« Volker drückte sie noch einmal kurz an sich, dann gab er sie frei und setzte sich auf den Beifahrersitz »Lass es dir gut gehen, Larissa.«

»Gute Fahrt!«, rief Larissa ihren Eltern noch hinterher und winkte, bis sie durch die Hofeinfahrt gefahren und um die Ecke verschwunden waren.

Beinahe eine Minute lang blieb sie noch an derselben Stelle stehen, bevor sie sich umdrehte und in ihre Ferienwohnung zurückkehrte. Dort warf sie sich rücklings aufs Bett und blickte zur weißen Zimmerdecke hinauf. Sie hatte das Wochenende mit ihren Eltern sehr genossen und dabei erst erkannt, wie sehr sie ihr gefehlt hatten. Normalerweise besuchten sie einander mindestens einmal in der Woche gegenseitig, und diesen persönlichen Kontakt hatte sie in der Zeit, die sie nun schon hier verbracht hatte, sehr vermisst.

Wahrscheinlich lag es auch einfach daran, dass sie die schwierige Zeit ohne die Nähe zu ihren Eltern nicht überstanden hätte. Die bedingungslose Unterstützung, die sie von ihren Eltern und ihrem Bruder hatte erfahren dürfen, hatte sie als Familie zusammengeschweißt. Der direkten Nähe zu den drei Menschen, die ihr am nächsten standen, hatte sie sich mit ihrer Entscheidung, für drei Monate nach Rodderbach zu gehen, selbst beraubt. Vielleicht war das einerseits ganz sinnvoll, denn sie musste endlich wieder lernen, auf eigenen Füßen zu stehen. Andererseits war es natürlich schmerzhaft, diese ersten Schritte alleine zu tun.

Das gemeinsame Essen am gestrigen Abend mit den Familien Mahler und Decker war überaus angenehm verlaufen. Besonders mit Erika und Jochen hatten sich ihre Eltern gleich sehr gut verstanden, und das, obwohl sie auf den ersten Blick aus so unterschiedlichen Welten zu kommen schienen. Aber auch die übrigen Anwesenden hatten sich – ausnahmsweise, wie Heidi lachend festgestellt hatte – von ihrer allerbesten Seite gezeigt. Selbst Isabella und Thorben waren nach einer anfänglich aufgeflammten Diskussion über Isabellas Berufswahl erstaunlich friedlich geblieben. Zwar argwöhnte Larissa, dass in dieser Sache von beiden Seiten noch längst nicht das letzte Wort gesprochen war, aber sie hielt sich an den Ratschlag der übrigen Mahler-Geschwister, sich tunlichst aus der Angelegenheit herauszuhalten, um nicht versehentlich von einem Querschläger getroffen zu werden.

Holgers Anruf eine knappe Viertelstunde vor Beginn des gemeinsamen Essens, bei dem er ihr mitgeteilt hatte, dass er nicht kommen konnte, hatte sie selbstverständlich enttäuscht. Zugleich aber, das gab sie inzwischen zumindest sich selbst gegenüber zu, war sie auch ein kleines bisschen erleichtert gewesen. Sie hatte ihren Eltern aus gutem Grund noch nichts von ihm erzählt und sich unter Druck gesetzt gefühlt, als Erika sie zu dem Familienessen eingeladen hatte. Natürlich war das nicht Erikas Absicht gewesen, aber dennoch hatte ihre Einladung dieses Gefühl bei Larissa hervorgerufen.

Sie ärgerte sich, dass sie so wenig Selbstbewusstsein besaß und noch viel weniger wusste, was sie wollte oder fühlte. Oder wusste sie es in Wahrheit ganz genau, traute sich nur einfach nach wie vor selbst nicht?

Ihr Blick fiel auf das große Lebkuchenherz, dass Holger ihr auf der Pfingstkirmes gekauft hatte. Im ersten Augenblick war sie erschrocken gewesen, als er sie zu dem Stand mit den Herzen gezogen hatte. Nicht nur hatte ihr noch niemals jemand ein Lebkuchenherz geschenkt, sondern sie hatte sich ein bisschen davor gefürchtet, welchen Spruch er sich für sie aussuchen würde.

Das Lebkuchenherz hatte sie an einem Bilderhaken an

der Wand über der Kommode aufgehängt. *Träume nicht dein Leben, sondern lebe deinen Traum* war darauf zu lesen. Warum überwältigte es sie so sehr, dass er ausgerechnet diesen Spruch gewählt hatte? Kannte er sie nach der kurzen Zeit wirklich schon so gut?

Je länger sie das Herz ansah, desto schwerer fiel ihr das Atmen, weil sich in ihrer Kehle ein Kloß bildete. Warum in aller Welt stand sie sich nur ständig selbst im Weg? Was hatte sie zu verlieren, wenn sie mal etwas lockerließ? Nicht jede kleine Entscheidung, die sie traf, musste sich gleich lebensverändernd auswirken. Und doch hatte sie das Gefühl, dass genau dies der Fall war, und das erschreckte sie zutiefst.

Sie stieß einen verärgerten Laut aus und drehte sich auf die Seite. Wahrscheinlich war es am besten, wenn sie sich etwas ausruhte und sich später noch einmal an die Lektüre der Recherchebücher machte, die sich neben ihrem Bett zu einem schiefen Turm stapelten. Das war bestimmt sinnvoller, als über ihre diversen Unzulänglichkeiten nachzugrübeln.

Sie hatte gerade demonstrativ die Augen geschlossen, als ein Signalton an ihrem Handy ihr mitteilte, dass sie eine Textnachricht erhalten hatte.

Holger: Bin noch immer in Wimweiler. Hier müssen mehrere Steuerelemente ausgetauscht werden, und weil die erst in zehn Tagen geliefert werden können, muss ich hier ein Workaround basteln. Tut mir wirklich leid, dass das Treffen mit deinen Eltern nicht geklappt hat. Hattet ihr eine schöne Zeit? Und hat meine Family sich anständig betragen?

Larissa drehte sich wieder auf den Rücken und stopfte sich ihr Kopfkissen unter den Kopf.

Larissa: Ja, eine sehr schöne Zeit. Deine Familie hat sich vorbildlich betragen, keine Sorge. :-) Meine Eltern hätten dich natürlich gerne kennengelernt … Sie haben Fotos von uns auf der Rodderbach-Website entdeckt.

Holger: Oookay.

Das Emoticon mit dem Äffchen, das sich die Augen zuhält, folgte.

Holger: Dann kann ich mir vorstellen, dass sie mich kennenlernen wollen.

Larissa: Sie wollen im Juli für eine ganze Woche mit dem Wohnmobil herkommen.

Holger: Das klingt ein bisschen wie eine Warnung.

Holger: Waren sie nicht sehr erfreut über dich und mich?

Larissa: Sie sind nur neugierig. Immerhin bist du der erste Mann, mit dem ich mich treffe, seit ich geschieden bin. Es könnte sein, dass mein Vater dir ziemlich heftig auf den Zahn fühlen will.

Larissa: Du hast also noch eine Weile in Wimweiler zu tun?

Holger: Bis heute Abend auf jeden Fall. Ich schätze, ich werde so gegen halb neun oder neun zu Hause sein. Meinst du, wir können uns morgen Abend sehen? Oder musst du arbeiten?

Larissa: Müsste ich eigentlich, ja. Aber wenn ich die Arbeit heute Abend mache, dann hätte ich morgen Zeit.

Holger: Darf ich dich gegen sieben abholen?

Larissa lächelte.

Larissa: Du darfst.

Als Antwort schickte Holger ihr ein grinsendes Emoticon nebst einem Daumen hoch.

Larissa wartete noch einen Atemzug, doch als keine weitere Nachricht kam, legte sie ihr Smartphone zur Seite und warf noch einmal einen Blick auf das Lebkuchenherz. Was war nur mit ihr los? Sie hatte sich doch nun mit Holger für den nächsten Abend verabredet. Müsste sie jetzt nicht eigentlich glücklich sein? Stattdessen nagte ein ungewohntes, verzehrende Gefühl tief in ihrem Inneren, von dem sie sich nicht traute, es zu identifizieren.

Das erneute Piepsen ihres Handys ließ sie zusammenschrecken. Sie wusste nicht recht, warum ihre Hände plötzlich zitterten und ihr Blutdruck samt Puls in schwindelerregende Höhen schnellte. Vorsichtig, als könnte es beißen, nahm sie ihr Smartphone wieder in die Hand und öffnete die Kurznachrichten-App.

Holger: Ich vermisse dich.

Larissas Herz setzte für einen Schlag aus, dann machte es einen Satz, als wolle es ihr geradewegs aus der Brust springen. Erschrocken ließ sie das Smartphone auf ihren Bauch fallen. Sie schluckte, versuchte zu atmen, brachte beides irgendwie durcheinander und hustete. Hastig riss sie das Smartphone wieder an sich und starrte auf diesen einen Satz, diese drei Worte.

Ich vermisse dich.

Als hätte es sie nun tatsächlich gebissen, warf sie ihr Smartphone auf den Nachttisch, rollte sich mitsamt ihrer Decke und dem Kissen zusammen … und weinte.

Kapitel 17

Holger atmete erleichtert auf, als er mit seinem Wagen vor der Zufahrt zu seinem Anwesen anhielt. Das Wochenende war lang und anstrengend gewesen – und überaus ärgerlich. Gleich zwei Hilferufe von Landwirten hintereinander hatten dafür gesorgt, dass er seine Freizeit hatte opfern müssen. Das war ein bisschen zu viel des Guten gewesen. Ausgerechnet dieses Wochenende hätte er gerne frei gehabt. Er hoffte sehr, dass Larissa nicht den Eindruck gewonnen hatte, er wolle sich vor der Bekanntschaft mit ihren Eltern drücken. Während er das Tor öffnete und seinen Wagen in den Hof fuhr, überlegte er, wie er die Sache wiedergutmachen könnte. Sie hatte geschrieben, dass ihre Eltern im Juli eine ganze Woche nach Rodderbach kommen wollten. Auch wenn es normalerweise nicht seine Art war, würde er sich im Zweifelsfall für genau diese Woche Urlaub nehmen. Das würde seinen Mitarbeitern zwar nicht gefallen, aber darauf konnte er keine Rücksicht nehmen. Zumindest nicht, wenn ihm die Beziehung mit Larissa ernst war.

Und das war sie, ganz eindeutig, viel ernster sogar, als er noch vor wenigen Wochen geahnt hätte. Warum ausgerechnet diese Frau ihn derart in ihren Bann zog, konnte er sich nicht einmal erklären. Sie hatte sich einfach in sein Herz hineingeschlichen und dort eingenistet.

Er schloss das Tor wieder und beeilte sich, ins Haus zu kommen. Was er jetzt brauchte, war definitiv ein kaltes Bier und eine Dusche.

Irritiert runzelte er die Stirn, als er feststellte, dass die Haustür nicht verschlossen war. Hatte er in der Eile heute früh etwa vergessen abzuschließen? Nein, ausgeschlossen! Er erinnerte sich noch genau daran, wie er den Schlüssel im Schloss gedreht hatte.

Sehr vorsichtig stieß er die Haustür auf und trat ein. Das Erste, was er wahrnahm, war ein geradezu unanständig köstlicher Duft, der aus der Küche zu ihm herüberwehte. Unwillkürlich lief ihm das Wasser im Mund zusammen. Nun hörte er auch ein leises Klirren und Klappern von Tellern und Besteck. Von Neugier erfasst, ging er bis zur Küchentür und warf einen Blick um das Türblatt herum.

»Guten Abend, Holger. Ich hoffe, du hast nichts dagegen, dass ich praktisch bei dir eingebrochen bin. Hast du Hunger?« Larissa stand dort an der Anrichte und vermischte gerade einen bunten Salat mit dem Dressing. Sie trug dreiviertellange hautenge Jeans, die ihre Figur aufs Interessanteste betonten, ein dunkelrosa T-Shirt – und seine Grillschürze! Die schwarze mit den roten und orangefarbenen Flammen auf der Vorderseite. Ein heißer Stich durchfuhr ihn quer durch sämtliche Eingeweide bis hinab in die Lendengegend. Mit nur drei Schritten war er bei ihr, drehte sie zu sich herum und drängte sie gegen die Anrichte. Vor Schreck stieß sie einen kleinen Schrei aus und ließ das Salatbesteck fallen, das klirrend auf dem Fußboden landete. Er achtete jedoch nicht einmal darauf, sondern griff mit beiden Händen in ihr weiches Haar und presste seinen Mund auf ihren.

Ein unartikulierter Laut entrang sich ihrer Kehle, sie versuchte Luft zu holen, gab ihm damit jedoch nur Gelegenheit, seine Zunge auf die Suche nach der ihren zu schicken.

Gierig nahm er sich, was er im Augenblick noch dringender zu brauchen schien als Luft zum Atmen. Sie war hier, in seinem Haus, in seiner Küche. Und sie hatte gekocht!

Sein Körper reagierte brutal auf das wilde Spiel ihrer Zungen. Schon ließ er von ihren Haaren ab und seine Hände hinab bis zu ihren Hüften wandern. Dort griff er zu, genoss die sinnlichen Empfindungen, die das in ihm hervorrief, und wollte mehr. Er gab ihren Mund frei, jedoch nur, um mit seinen Lippen und Zähnen eine Spur über ihr Kinn hinab bis in ihre Halsbeuge zu ziehen. Sie stieß ein kaum unterdrücktes Stöhnen aus, als er sich dort lustvoll festsaugte und zugleich ihren rechten Oberschenkel hochzog, sein Becken enger gegen ihres drängte. Nadelfeine Stiche wechselten sich mit messerscharfer Gier ab und ließen sein Blut beinahe überschäumen.

»Holger!« Larissa Stimme klang gepresst, atemlos, wohl weil er ihr kaum die Möglichkeit gab, nach Atem zu ringen.

»Noch nicht«, grollte er und verschloss erneut ihren Mund mit seinem, suchte und fand ihre Zunge, drängte ihren Körper noch fester gegen die Anrichte und ließ sie an seiner Erregung teilhaben. Er wollte sie, am liebsten gleich hier, gleich jetzt.

Das Piepsen des Kurzzeitmessers versetzte seiner überschäumenden Libido zumindest so weit einen Dämpfer, dass er wieder einen klaren Gedanken fassen konnte. Mit einem unterdrückten Fluch tastete er nach dem Unruhestifter und schaltete ihn aus, dann hob er Larissa auf die Arbeitsplatte und drängte sich zwischen ihre Schenkel. Sie waren beide außer Atem und brauchten einen Moment, um sich wieder zu fangen. Schließlich schaffte er es sogar zu grinsen, wenn auch reichlich schief. »Guten Abend, Larissa. Waren wir nicht eigentlich erst für morgen Abend verabredet?«

Sie lächelte verhalten und ihre geröteten Wangen hätten ihn beinahe schon wieder dazu verleitet, sie zu küssen. »Ja, waren wir, eigentlich. Dann dachte ich mir aber, du könntest Hunger haben, wenn du nach dem langen Tag nach Hause kommst. Und da du am Freitag so nett warst, mir einen Snack zu zaubern, dachte ich mir, ich erwidere den Gefallen heute. Wenn du allerdings keinen Hunger haben solltest, oder ich wieder gehen soll …«

»Untersteh dich, dich von hier wegzurühren.« Sicherheitshalber umschlang er ihre Mitte mit beiden Armen.

»Okay.« Ihr Lächeln vertiefte sich ein wenig. »Würdest du dann bitte den Ofen ausschalten, damit die Lasagne nicht verkokelt?«

Wieder tastete er blindlings am Ofen herum, bis er den Knopf gefunden hatte, mit dem man die Temperatur ausschaltete. »Verrätst du mir jetzt auch noch, wie du hier hereingekommen bist?«

Larissa gluckste, dann hüstelte sie. »Ich habe Jessica angerufen und gefragt, ob sie einen Schlüssel für das Haus hat. Als ich ihr gesagt habe, was ich vorhabe, war sie nur allzu bereit, ihn mir zu leihen.«

»Du hast ihr also gesagt, was du vorhast?«

»Ja, natürlich. Ich habe ihr gesagt, dass ich gerne etwas für dich kochen möchte. Sie fand die Idee super.«

»Kochen, ja?« Seine Stimme verfing sich in seiner Kehle, und noch war seine Erregung nicht wieder abgeklungen, sodass er kurz davor war, erneut über sie herzufallen.

»Ja, kochen.« Verlegen biss sie sich auf die Unterlippe. »Ich konnte ja schlecht sagen, dass ich … Dass wir …«

»Dass wir was?« Er konnte nicht widerstehen und begann, an ihrem Kinn zu knabbern. Sogleich spürte er, wie sie erschauerte.

»Dass wir …«

»Ja?«

Sie schluckte und zog im nächsten Moment scharf den Atem ein, als er mit Zunge und Zähnen an ihrer Kehle hinabstrich. »Ich … kann nicht … denken, wenn du das tust.«

»Tatsächlich?« Ihr Geständnis hatte verheerende Auswirkungen auf seinen Hormonhaushalt. »Gut.« Tief sog er ihren warmen, weiblichen Duft ein. »Sehr gut.«

»Du bist mir also nicht böse?«

Widerstrebend ließ er von der wunderbar zarten Haut in ihrer Halsbeuge ab und suchte ihren Blick. »Weswegen?« Er grinste. »Weil du dich wie eine typische Rodderbacherin verhalten hast?«

Verblüfft starrte sie ihn an. »Habe ich das denn?«

Zärtlich umfasste er ihr Gesicht mit beiden Händen. »Darauf kannst du wetten. Ich will gar nicht wissen, wie viele Hausschlüssel unserer Einwohnerinnen und Einwohner bei Nachbarn, Freunden, Verwandten und Geliebten kursieren.« Er schielte erst zum Ofen, dann zum gedeckten Küchentisch. »Ich frage mich allerdings gerade …« Forschend tastete er ihr Gesicht mit Blicken ab, dann seufzte er jedoch bedauernd. »Nein, vergiss es. Ich muss erst einmal aus den dreckigen Klamotten heraus und duschen.« Auch wenn es ihm schwerfiel, ließ er sie los und trat erst einen, dann noch einen Schritt zurück. »Dauert nur zehn

Minuten.« Bevor er es sich noch einmal anders überlegen konnte, machte er auf dem Absatz kehrt und sah zu, dass er hinauf in sein Badezimmer kam.

* * *

Für eine kurze Weile blieb Larissa noch auf der Anrichte sitzen und versuchte, Herzschlag und Gefühle wieder unter Kontrolle zu bringen. Mit dieser stürmischen Reaktion hatte sie nicht gerechnet. Dass er nun praktisch die Flucht ergriffen hatte, war möglicherweise klug, doch ihren Hormonen gefiel diese Entscheidung ganz und gar nicht. Selbst ihr Verstand war nicht gänzlich damit einverstanden, obwohl ein Teil von ihr so vernünftig sein wollte, den ursprünglichen Plan umzusetzen und die Lasagne aus dem Ofen zu holen. Sie hatte die Entscheidung, heute Abend herzukommen, ganz bewusst getroffen und war auch weitgehend mit sich selbst darüber im Reinen, was den weiteren Verlauf des Abends anbelangte. Nun jedoch war sie sich nicht mehr so sicher, ob dieser Plan wirklich richtig gewesen war.

Nach kurzem innerem Kampf sprang sie von der Arbeitsplatte herunter, schnappte sich zwei Topfhandschuhe, holte die Lasagne aus dem Ofen, damit sie nicht durch die Restwärme doch noch verbrutzelte, und stellte sie mitten auf den Küchentisch. Danach streifte sie die Schürze ab, rieb sich mit den Handflächen über ihre glühenden Wangen und begab sich mit heftig pochendem Herzen ins Obergeschoss.

In seinem Schlafzimmer angekommen, verließ sie für einen kurzen Augenblick die Courage. Sie erinnerte sich noch allzu genau an die Nacht von Freitag auf Samstag. Es war ein eigenartiges Gefühl gewesen, sich allein in das Bett eines Mannes zu legen, den sie erst seit einigen Wochen kannte. Kissen und Decke hatten frisch nach Waschpulver, zugleich aber auch intensiv nach seinem Deo gerochen, und zunächst hatte sie gedacht, diese Mischung würde sie stundenlang wachhalten. Sie war jedoch überraschend schnell eingeschlafen und erst wieder erwacht, als er mehr als drei Stunden später vom Hof seiner Eltern zurückgekehrt war. Da sie nicht gewusst hatte, wie sie sich verhalten sollte, hatte sie sich zunächst schlafend gestellt, auch wenn das vielleicht kindisch gewesen war.

Holger hatte sich denn auch ganz leise verhalten, war ins Bad geschlichen und schließlich, nur mit Shorts und T-Shirt bekleidet, vorsichtig zu ihr unter die Decke gekrochen. Es war so seltsam gewesen, seinen warmen Körper nah an ihrem zu spüren, seinen Atem zu hören. Er hatte sie nicht bedrängt, sondern nur seinen Arm um sie gelegt und ihr so lange Küsse auf die Schulter und ihr Ohr gehaucht, bis sie die Schlafscharade nicht mehr hatte aufrechterhalten können. Selbstverständlich hatte sie gespürt, dass er erregt gewesen war, ganz ähnlich wie sie selbst. Sie hatte sich in seinen Armen drehen, sich ihm zuwenden wollen, doch er hatte sie daran gehindert, ihr zärtlich eine gute Nacht gewünscht und war zu ihrer Überraschung nur wenig später eingeschlafen.

Etwas Vergleichbares hatte sie noch niemals erlebt. Wie auch? Vor Felix war sie mit niemand sonst zusammen gewesen, und Felix wäre selbst in seiner durchaus liebevollen und fürsorglichen Anfangsphase nicht auf die Idee gekommen, eine solche Gelegenheit ungenutzt verstreichen zu lassen. In dieser Hinsicht hatte sie stets gewusst, was sie zu erwarten hatte und worauf sie sich einstellen konnte. Bei Holger, so argwöhnte sie inzwischen, war das ganz und gar nicht der Fall. Dieser Mann steckte voller Überraschungen.

Am folgenden Morgen hatte er ihr einen guten Morgen gewünscht und sie zärtlich geküsst, war jedoch mit keinem Wort auf die gemeinsam verbrachte Nacht eingegangen. Einerseits war sie dankbar dafür gewesen, doch andererseits merkte sie nun, dass sie wieder nervös wurde, weil sie nicht genau wusste, wie sie sein Verhalten einordnen sollte. Das Einzige, was sie mit Sicherheit wusste, war, dass sie heute Nacht ein Risiko eingehen wollte – es sogar musste, wenn sie sich endlich Gewissheit darüber verschaffen wollte, was sie empfand und bereit war zuzulassen.

Das Bett war ordentlich gemacht, die Bettwäsche immer noch dieselbe. Warum hätte er sie auch wechseln sollen? Immerhin schien er das erst kürzlich getan zu haben, andernfalls wäre der frische Waschpulverduft längst verflogen. Für einen Moment blieb ihr Blick an dem rotgrauen Karomuster hängen. Eine seltsame Empfindung flog sie an, als ihr bewusst wurde, dass sie genau diese Bettwäsche vor einiger Zeit in einem Weltbild-Katalog gesehen hatte. Warum ihr das erst jetzt einfiel, war ihr schleierhaft. Sie erinnerte sich jedoch sehr genau, dass sie kurz davor gewesen war, sich diese Bettwäsche ebenfalls zu bestellen. Die eigentümliche Empfindung weitete sich in ihr aus und verursachte ihr eine Gänsehaut, die sich noch verstärkte, als das Rauschen der Dusche, das aus dem Bad gedrungen war, abbrach.

Schlagartig überwog wieder ihre Nervosität; sie wusste nicht, wohin mit sich. Um sich nicht komplett lächerlich zu machen, indem sie in seinem Schlafzimmer auf und ab tigerte, ließ sie sich am Fußende des Bettes nieder und versuchte sich an ein paar Atemübungen, um sich zu beruhigen.

Es dauerte nur wenige Minuten, bis Holger in der Schlafzimmertür erschien. Sein Anblick veranlasste Larissas Innerstes dazu, sich vollständig zu verknoten. Er trug lediglich kurze, enge Shorts und bearbeitete sein feuchtes dunkles Haar gerade mit einem Handtuch. Als er sie erblickte, ließ er das Handtuch wie in Zeitlupe sinken. In seine Augen war ein überraschter Ausdruck getreten, auf seinen Lippen erschien gleich darauf ein derart liebevolles Lächeln, dass der Knoten in ihrem Inneren zu einem heißen Ball anschwoll.

Achtlos warf er das Handtuch zu Boden, ordnete sein Haar halbherzig mit den Fingern und trat langsam auf sie zu.

Sicherheitshalber erhob sie sich rasch, denn aus ihrer sitzenden Position heraus hatte sie hauptsächlich seinen muskulösen Bauch und den breiten Brustkorb mit den kurzen dunklen Härchen vor Augen, was ihrem Blutdruck nicht eben gut bekam.

Dicht vor ihr blieb er stehen. »Waren wir nicht eigentlich in der Küche zum Essen verabredet?«

»Das war der ursprüngliche Plan.« Sie schluckte vergeblich gegen ihre Aufregung an. »Ich dachte nur … Aber falls du großen Hunger hast, können wir natürlich auch …«

»Großen Hunger habe ich tatsächlich«, unterbrach er sie mit dieser tiefen, rauen Stimme, die augenblicklich eine Gänsehaut über den Körper jagte. »Allerdings nicht zwangsläufig auf Lasagne.« Er grinste schief. »Versteh mich nicht falsch, nichts gegen deine Kochkünste. Wenn man mir allerdings die Wahl ließe, dann würde ich ganz gerne mit einer Vorspeise beginnen.« Sanft umfasste er ihre Hüften und zog sie zu sich heran. Wieder erschauerte sie, denn sein so gut wie unbekleideter Körper strahlte nicht nur Hitze ab, sondern vermutlich auch tonnenweise Pheromone. Anders waren die heißen und kalten Schauer, die sie erfassten, und das wilde Herzklopfen nicht zu erklären und auch nicht das heiße Prickeln, das sich in ihrem Inneren ausbreitete. Alle Härchen an ihrem Körper richteten sich auf, als er sich ganz, ganz langsam ihrem Mund näherte. Dicht vor ihren Lippen hielt er jedoch inne, seinen Blick forschend auf ihre Augen gerichtet. »Bist du dir ganz sicher?«

Sie schluckte, ein wenig zu hektisch, dann noch einmal, schließlich nickte sie. Ihr »Ja« ging bereits in seinem zärtlichen Kuss unter, der sich rasch – sehr rasch – in einen leidenschaftlichen Taumel verwandelte. Holger schlang seine Arme fest um ihren Körper, ließ seine Hände über ihren Rücken hinauf bis in ihren Nacken und in ihr Haar gleiten, gleich darauf wieder hinab zu ihren Hüften. Seine Lippen nahmen sich, nein, plünderten von den ihren alles, was sie vorfanden, und noch einiges mehr. Schon strich seine Zunge über ihre Unterlippe, ertastete die ihre, begann einen zugleich trägen und leidenschaftlichen Tanz. Das Prickeln in ihrem Inneren verstärkte sich und wandelte sich in ein sinnliches Pulsieren.

Im ersten Impuls hatte sie sich an seinen Schultern festgehalten, fühlte die glatte warme Haut über den festen Muskeln. Doch je länger der Kuss andauerte, desto größer wurde ihr Wunsch, mehr von ihm zu spüren. Deshalb ließ sie die Hände über seine Oberarme hinabgleiten, dann über seine Seiten und seine Brust wieder hinauf. Er erschauerte, und zu ihrer Faszination bemerkte sie, dass sich seine Brustwarzen unter ihren Handflächen aufrichteten und zusammenzogen. Zugleich gingen auch seine Hände auf Wanderschaft über ihren Körper, schoben sich unter den dünnen Stoff ihres Shirts. Als sie die rauen Schwielen an seinen Handflächen auf ihrer Haut spürte, stieß sie unwillkürlich einen erstickten Laut aus, der irgendwo zwischen Stöhnen und Schnurren lag. Sie erschrak über sich selbst, denn sie hatte nicht gewusst, dass sie überhaupt zu solchen Geräuschen fähig war. Die Empfindungen, die er in ihr auslöste, waren jedoch so köstlich, dass sie ihr geradezu die Sinne vernebelten. Bereitwillig hob sie die Arme, als er ihr Shirt hochschob und es ihr auszog. Nur einen Augenblick später landete es irgendwo hinter ihm in der Nähe des Handtuchs auf dem Boden. Ihr BH folgte nur einen Atemzug später.

Wieder überraschte er sie, indem er einen halben Schritt zurücktrat und sie mit dunklen, begehrlichen Blicken betrachtete. Ehe sie sich jedoch fragen konnte, was er wohl über ihren Körper denken mochte, zog er sie wieder in seine Arme. Warme Haut traf auf warme Haut, Lippen auf Lippen. Seine Hände umfassten gerade so fest ihren Po, dass das Pulsieren in ihrem Inneren sich wieder verstärkte.

»Das reicht mir noch nicht«, raunte er und ließ seine Hände unter den Bund ihrer Jeans gleiten. »Noch lange nicht.« Das Vibrieren seiner Stimme strich zusammen mit seinem warmen Atem den Weg entlang, den seine Lippen über ihr Kinn und ihren Hals hinab bis in ihre Halsbeuge nahmen. Im nächsten Moment spürte sie auch noch seine Zunge, die über ihre Haut streifte. Tausende winzige heiße Nadelstiche durchzuckten sie und zum allerersten Mal in ihrem Leben hatte sie das Bedürfnis, ihren Kopf in den Nacken zu legen, ihm ihre Kehle regelrecht darzubieten und alles, was er womöglich sonst noch von ihr haben wollte.

Er hatte sich nicht rasiert, deshalb kratzte sein Dreitagebart rau und köstlich über die Haut über und an ihren Brüsten, als er seine Lippen weiter abwärts wandern ließ. Beinahe hätte sie einen erschrockenen Schrei ausgestoßen, als sich seine Lippen um ihre rechte Brustwarze schlossen, sie unsagbar zärtlich einsaugten, er mit der Zunge um die aufgerichtete Spitze kreiste.

Ein messerscharfer Stich durchzuckte sie von dort aus bis hinab in ihren Schoß. Das Pulsieren war plötzlich überall – sogar in ihren Finger- und Zehenspitzen. Seine Hände verließen die Haut unter dem Bund ihrer Jeans und strichen ebenfalls nach oben bis ganz nah an ihre Brüste heran. Sie erschauerte heftig und konnte nicht verhindern, dass sich ihr ein weiteres Stöhnen entrang.

Plötzlich hielt Holger inne. »Larissa? Ist alles in Ordnung? Ich weiß, meine Hände sind ziemlich rau von der Arbeit …«

Bevor er auf den Gedanken kommen konnte, von ihr abzulassen, umfasste sie hastig seine Hände und führte sie sanft, aber bestimmt erneut über die Haut an ihrem Bauch, an ihren Rippen, bis hinauf zu den Brüsten.

Sein Blick, eben noch besorgt auf ihr Gesicht gerichtet, verdunkelte sich schlagartig. Zärtlich und begehrlich zugleich umfasste er ihre Brüste, hob sie ganz leicht an. »So?«

Er senkte für einen Moment wieder seinen Mund auf die aufgerichtete Spitze, reizte sie mit Lippen und Zunge, dann sah er ihr wieder in die Augen.

Sie nickte nur, unfähig, ein Wort hervorzubringen.

»Okay.« Lächelnd begann er erneut, ihren Körper zu streicheln. »Aber du musst mir sagen, wenn dir etwas unangenehm ist. Ich weiß, dass diese Schwielen«, er schüttelte seine rechte Hand, »wie Sandpapier sein können.«

»Nein«, brachte sie nun doch hervor. »Sie sind genau richtig. Hör bitte nicht auf.«

»Das hatte ich auch so schnell nicht vor.« Allerdings ließ er nun seine Hände wieder zu ihren Hüften hinabwandern und machte sich an Knopf und Reißverschluss ihrer Jeans zu schaffen. Hastig zog sie ihre Sandalen aus und half ihm, das hautenge Kleidungsstück abzustreifen. Als sie gleich darauf nur noch mit ihrem Slip bekleidet auf ihn zu und in seine Umarmung trat, ließ ihre Nervosität endlich ganz von ihr ab. Bewundernd wanderten ihre Augen an seinem muskulösen Körper entlang, dann ließ sie ihre Fingerspitzen den Blicken folgen und schließlich sogar mutig ihre Lippen.

Sein gesamter Körper spannte sich an, sein Atem ging flacher, schneller. Neugierig strich sie mit der Zungenspitze über die harten Brustwarzen und vernahm sein raues Stöhnen. Seine Hände umfingen erneut ihren Po, kneteten ihn sanft und zugleich besitzergreifend. Mit Nachdruck zog er ihr Becken dicht an seines heran, sodass sie seine Erektion mehr als deutlich spürte.

Wovor hatte sie eigentlich Angst gehabt? Dieser Gedanke taumelte herrenlos durch ihr Bewusstsein. Das hier war echt. Es war genau richtig, genau jetzt, genau hier und genau so.

Von Neugier getrieben, tastete sie nach der harten Erhebung unter dem Stoff seiner Shorts, und prompt spannte Holger sich noch mehr an, griffen seine Hände noch fester zu. Wieder stöhnte er, als sie ihn zu streicheln begann, erst noch über den Stoff hinweg, doch dann half sie ihm rasch, sich von dem Kleidungsstück zu befreien. Er drängte sie zum Bett und ließ sich neben ihr darauf gleiten. Sie kam allerdings nicht dazu, die Forschungsreise ihrer Hände fortzusetzen, denn er küsste sie wieder, ließ seine Hand über ihren Körper wandern bis hinab zu ihren Schenkeln. Als sie sie mutig ein wenig öffnete, strichen seine Fingerspitzen an der Innenseite ihres Oberschenkels wieder hinauf, bis sie den Rand ihres Slips berührten. Federleicht streichelten sie darüber, tasteten am Rand entlang und schoben sich schließlich ein wenig unter den Stoff.

Das beständige Pulsieren in ihrem Inneren steigerte sich zu einem sehnsüchtigen Pochen. Bereitwillig half sie ihm, den Slip auszuziehen, und spürte einen Augenblick später erneut seinen Finger und – Himmel! – seine Zunge. Hin und her gerissen zwischen Erregung und plötzlicher Scheu spannte sie sich ein wenig an. Dieser Art Zärtlichkeiten hatte sie sich in den letzten Jahren zumeist verweigert, weil sie sie eher als unangenehm und überflüssig denn als erregend empfunden hatte.

Holger schien zu spüren, dass sich etwas verändert hatte, denn er hob den Kopf und suchte ihren Blick. »Ist alles in Ordnung, Larissa?« Er hauchte einen Kuss unterhalb ihres Bauchnabels. Dann noch einen ein Stückchen tiefer.

Gleichzeitig tauchte er überaus zärtlich mit seiner Fingerspitze in sie ein, streichelte bis zu ihrer empfindlichen Knospe, umkreiste sie ganz zart. »Magst du das hier nicht?«

Sie schluckte hektisch; ihr Becken zuckte unwillkürlich, weil wieder diese nadelfeinen Stiche sie durchzuckten. Diesmal allerdings hauptsächlich in ihrer Körpermitte. »Ich … Doch, also … Es ist nur … Ich weiß nicht, ob …«

»Und das hier?« Sachte, beinahe kaum spürbar, begann er, sie mit der Zunge zu reizen. Die Stiche verwandelte sich in brennende Wellen, die brennenden Wellen in ein wildes, tosendes Ziehen. Hilflos krallte sie sich in der Bettdecke fest, auf der sie lagen. Ihr Becken zuckte, kreiste in dem Rhythmus, den er ihr vorgab. So etwas hatte sie überhaupt noch nie erlebt, das war anders, so sehr anders als das, was sie mit Felix erlebt hatte. Der Gedanke kam und verflüchtigte sich sogleich wieder.

* * *

Holger beobachtete jede winzige Reaktion Larissas sehr genau. Das half ihm dabei, seine eigene Erregung im Zaum zu halten, denn andernfalls wäre er womöglich einfach über sie hergefallen. Er hatte sehr wohl bemerkt, dass sie für einen Augenblick zurückgeschreckt war. Wahrscheinlich hatte es mit irgendwelchen Erfahrungen zu tun, die sie früher gemacht hatte. Er wollte jedoch verdammt sein, wenn er diesen Erinnerungen Raum verschaffte und ihnen erlaubte, dieses unglaubliche Erlebnis zu stören. Er wollte diese Frau, wollte sie ganz allein für sich. Er wollte, dass dieses erste Mal für sie beide unvergesslich wurde.

Bei ihrer unwillkürlichen, ungekünstelten Reaktion, als er sie mit Fingern und Zunge zu reizen, zu erregen begann, pumpte sein Blut in dumpfen harten Stößen durch seinen Körper. Seine eigene Erregung quälte ihn ebenso sehr wie die ihre. Sein Gehirn konnte nur noch einen einzigen Gedanken denken: Er wollte sie. Jetzt!

Er hasste es geradezu, von ihr ablassen zu müssen, um die oberste Schublade seines Nachttischs aufzureißen und das Päckchen Kondome daraus hervorzuziehen, das er neulich in einem Anflug vager Vorfreude gekauft hatte. Zwar hatte er noch ein älteres angebrochenes Päckchen besessen, doch aus irgendeinem unerfindlichen Grund hatte er es entsorgt, obwohl das Verfallsdatum noch nicht erreicht war. Das hier mit Larissa war etwas Neues, also war es auch ein neues Päckchen Kondome wert.

Es dauerte ihm fast schon zu lange, die Packung zu öffnen und sich das Präservativ überzustreifen. Dann jedoch, als er sich Larissa wieder näherte, sie betrachtete, sie küsste, war es plötzlich, als habe er alle Zeit der Welt. Seine Erregung pochte nach wie vor schmerzlich in seinem Unterleib, doch er wollte nichts übereilen, sondern ganz bei ihr sein, ihr die Sicherheit geben, nach der sie sich nach allem, was er inzwischen von ihr wusste, zutiefst sehnte.

Wo er eben noch begierig geplündert hatte, ließ er nun seine Lippen zärtlicher über ihren Mund wandern und seine Zunge die ihre mehr necken als herausfordern. Er freute sich über den überraschten Ausdruck in ihren Augen und wusste, er hatte sie nun genau da, wo er sie haben wollte: ganz bei sich, ganz auf ihn konzentriert. Vorsichtig und entschlossen zugleich schob er sich über sie, kam zwischen ihren gespreizten Schenkeln zu liegen. Wieder küsste er sie, heiß, innig, tief. »Bereit?«, raunte er ganz dicht an ihrem Ohr und ließ dabei seinen Atem absichtlich über ihre Haut streifen. Als er den Kopf wieder hob und ihr in die Augen blickte, nickte sie schweigend. Mit einem zärtlichen Lächeln küsste er sie erneut und schob sich gleichzeitig sanft, aber bestimmt in sie hinein.

Für einen Moment waren die feuchtwarmen, pulsierenden Empfindungen beinahe zu viel für ihn. Eine Art Sternenregen rieselte vor seinen Augen nieder; qualvoll-sinnliche Lust durchtoste ihn. Ganz selbstverständlich tastete er nach ihren Händen, zog sie hoch, bis sie links und rechts neben ihrem Kopf lagen, und verflocht ihre Finger miteinander. Dann begann er sich langsam in ihr zu bewegen.

* * *

Das Pulsen und Pochen in ihrer Mitte wurde beinahe unerträglich, als sie spürte, wie er in sie vordrang, sie ausfüllte. Ihr Herzschlag beschleunigte sich, die Muskeln in ihrem Inneren begannen zu vibrieren und zogen sich wie von selbst immer wieder um ihn zusammen, als er sich erst träge, dann allmählich energischer bewegte. So fest sie konnte, umklammerte sie seine Finger, und als er sie wieder küsste, kam sie ihm begierig entgegen.

Ihr heißer Atem vermischte sich miteinander, sein raues Stöhnen ging in das ihre über und ihres in das seine. Druck baute sich in ihr auf, Lust vermischte sich mit dem Bedürfnis nach Erlösung. Ein eigenartiger, nie gekannter Schwindel ergriff sie und vertrieb alle zusammenhängenden Gedanken aus ihrem Kopf. Sie wollte die Augen schließen, konnte es jedoch nicht. Ihr Blick war mit dem seinen fest verwoben, Blut rauschte in ihren Ohren, ein beständiges heißes Ziehen ergriff ihren Unterleib und ein warmes, sehnsüchtiges Schwingen und Vibrieren ihr Herz, als sie hörte, wie Holger leise und ganz nah an ihrem Mund ihren Namen aussprach.

Unzählige unglaubliche Empfindungen wogten durch sie hindurch. Das war zu viel und doch nicht genug. Mehr! Sie wollte viel, viel mehr davon und hielt es zugleich kaum aus.

Holger schien ihr Bedürfnis zu verstehen, denn die träge, intensive Vereinigung wandelte sich in einen wilden Rausch, in ungezügelte, tiefe Stöße, gierige Küsse und einen leidenschaftlichen Tanz ihrer Zungen. Keuchen mischte sich mit Stöhnen, gemurmelte Worte mit unbekannten Lauten der Lust.

Noch ehe Larissa wusste, wie ihr geschah, durchstach der Höhepunkt sie scharf wie ein Messer – beinahe schmerzhaft. Erschrocken, entsetzt fast, ergab sie sich den Schockwellen, die sie fluteten.

Holger spannte sich an, stieß wieder und wieder in sie, trieb sie unbarmherzig weiter, bis auch er sich mit einem lauten Keuchen in den Höhepunkt ergab.

* * *

Es dauerte eine Weile, bis sie beide wieder zu Atem kamen. Larissa hatte sich nie zuvor so schwer und zugleich so leicht gefühlt. Das Gewicht von Holgers Körper lastete auf ihr, und sie spürte seinen warmen Atem an ihrer Halsbeuge, dort, wo er sein Gesicht vergraben hatte. Erst nach und nach fanden sich ihre Gedanken in einer logischen Reihenfolge ein, sodass sie wieder wahrnahm, wo sie sich befand. Das soeben Geschehene hatte ihre Gefühle endgültig ins Chaos gestürzt. In den Cocktail an Glückshormonen, der ihr System flutete, mischten sich Erstaunen, Faszination, aber auch ein Anflug von Furcht. Das hier war mehr gewesen, als sie erwartet hatte, mehr als ihr ängstliches Herz ertragen konnte. Zugleich wollte sie nicht eine Sekunde dieses Erlebnisses und dieser Empfindungen je wieder hergeben, denn zum ersten Mal nach vielen Jahren fühlte sie sich lebendig, als sie selbst und nicht als jemand, die sie nach dem Willen anderer sein sollte.

Doch was nun? Was sollte sie mit dieser Erkenntnis anfangen und was mit dem warmen, sich beständig in ihrem Herzen ausdehnenden, zehrenden Gefühl der Sehnsucht nach genau diesem Zustand? War sie schon bereit dazu? Konnte sie dieses Risiko eingehen? Wie würde es jetzt weitergehen?

Als hätte er gespürt, dass sie mit ihren Gedanken und Ängsten wieder im Hier und Jetzt gelandet war, hob Holger vorsichtig den Kopf und lehnte seine Stirn gegen ihre, sodass sich ihre Blicke unausweichlich nah waren. »Was geht nun schon wieder in deinem Kopf vor?« Ein Schmunzeln umspielte seine Lippen. »Wenn ich mich nicht gerade so zufrieden wie ein Stein fühlen würde, könnte ich auf die Idee kommen, mir Gedanken zu machen, ob die Sache vielleicht ein klein wenig zu schnell ging.«

»Zufrieden wie ein Stein?« Unwillkürlich musste Larissa lachen. »Woher weißt du, dass Steine zufrieden sind?«

In seinen Augen funkelte es amüsiert. »Das weiß ich

nicht, aber ich fühle mich gerade schwer wie ein Felsblock, zugleich aber so gut wie noch nie. Da liegt die Folgerung nahe, dass Felsblöcke – und Steine – in ihrer Schwere ein unglaublich zufriedenes Leben führen müssen.« Er veränderte ein wenig die Position, sodass sie leichter atmen konnte, und strich ihr zärtlich eine Haarsträhne aus der Stirn. »Du hast aber meine Frage noch nicht beantwortet.«

»Ich weiß. Das liegt wohl daran, dass ich mir noch nicht ganz sicher bin, was ich denke.« Sie hob die rechte Hand und zog mit den Fingerspitzen ganz sachte die Linien seines Gesichts nach. »Ich kann dich aber beruhigen: Es ging nicht zu schnell. Es war, glaube ich, genau richtig so.«

»Das glaubst du also?«

»Ich bin mir sogar ziemlich sicher.« Sie lächelte verschmitzt. »Immerhin sollte dies deinen Worten nach erst die Vorspeise sein, nicht wahr?«

»Stimmt auffallend.« Sein Mund senkte sich auf ihren, diesmal nicht in hitziger Leidenschaft, sondern so sanft und zärtlich, dass sich ihr Herz erneut warm ausdehnte, sich öffnete, ihn einließ. Das schmerzliche Ziehen, das dabei entstand und bis tief in ihre Magengrube reichte, war erneut beängstigend – beängstigend schön.

»Glaubst du«, murmelte er gegen ihre Lippen, »dass die Lasagne auch kalt noch essbar ist?«

Sie gluckste. »Wir könnten sie auch noch einmal kurz aufwärmen.«

»Das sollten wir vielleicht tun.« Holger rückte noch ein wenig mehr zur Seite und setzte sich auf, um das Kondom zu entfernen. »Ich entsorge das hier nur mal eben. Treffen wir uns gleich in der Küche?« Auf dem Weg zur Tür schnappte er sich seine Shorts und verschwand in Richtung Badezimmer, ohne auf ihre Antwort zu warten.

Larissa setzte sich ebenfalls auf, rutschte zum Bettrand und erhob sich. Sie musste aufhören, sich verrückt machen. Besser – und schöner! – war es bestimmt, heute einfach nur den Moment zu genießen und glücklich zu sein. Da Holger ihr bereits am Freitagabend die Erlaubnis erteilt hatte, sich an seinen T-Shirts zu bedienen, trat sie an seinen Schrank, öffnete ihn und suchte sich ein graues Shirt aus. Sie hatte es gerade über den Kopf gezogen, als Holger, immer noch vollkommen unbekleidet, wieder in der Schlafzimmertür erschien.

»Auf der anderen Seite«, befand er und war mit wenigen Schritten dicht bei ihr und zog sie an sich, bis ihr Rücken seine Brust berührte, »würde ich gerne erst noch einen Nachschlag von dieser unwiderstehlichen Vorspeise nehmen.«

Ihr wurde warm, und als sie seine Lippen und das köstliche Kratzen seines Dreitagebarts in ihrer Halsbeuge spürte, erschauerte sie wohlig. »Du möchtest eine zweite Vorspeise?« Sie drehte sich in seinen Armen um und schlang die Arme um seinen Nacken.

»Unbedingt«, raunte er und begann, an ihrem Ohrläppchen zu knabbern. »An diese spezielle Vorspeise könnte ich mich nämlich durchaus gewöhnen, sogar als Hauptgericht.« Schon glitten seine Hände unter das weite T-Shirt, das ihr bis zu den Oberschenkeln reichte, und schoben es hoch. Gleich darauf landete es auf dem Fußboden – und blieb dort für eine geraume Weile liegen.

Kapitel 18

»Was soll das heißen, sie ist abgereist?« Entgeistert starrte Holger seine Mutter an. Er war, nachdem er am Nachmittag während eines Arbeitseinsatzes in einem etwas weiter entfernten Dorf eine äußerst verstörende Nachricht von Larissa erhalten hatte, sofort nach Feierabend zum Hof seiner Eltern gefahren. »Wie kann sie abgereist sein? Wir waren doch … Wir hatten …« Er fasste sich an den Kopf. »Das kann doch wohl nicht wahr sein!«

»Es tut mir leid, Holger.« Hilflos berührte Erika ihn am Arm. »Ich weiß auch nicht mehr, denn ich war gar nicht hier, als sie abgefahren ist. Dein Vater hat erzählt, dass er gesehen hat, wie sie Taschen und Koffer in ihr Auto gepackt hat und dann ohne sich zu verabschieden abgefahren ist. Das war so gegen zwei Uhr heute Nachmittag. Er konnte leider gar nichts tun, weil er gerade drüben beim Silo auf dem Schlepper saß. Er ist zwar noch in den Hof gelaufen, aber da war sie schon weg.«

»Aber … Verdammt!« Fahrig strich Holger sich durchs Haar.

Besorgt drückte seine Mutter nun seinen Arm. »Habt ihr euch gestritten?«

»Nein, verflucht noch mal!« Er entzog sich ihr mit einem Ruck und begann, in der Küche auf- und abzustreifen wie ein gefangenes Tier. »Ganz im Gegenteil. Sie war … Wir haben gestern …« Er räusperte sich. »Sie hat gestern bei mir übernachtet. Es war alles in bester Ordnung. Zumindest dachte ich das.«

»Komm, Holger, setz dich erst einmal.« Mit einer beschwichtigenden Geste deutete seine Mutter auf den Küchentisch. »Es bringt nichts, wenn du die Nerven verlierst. Du sagst, ihr habt euch nicht gestritten. Es muss aber doch wohl einen Grund dafür geben, dass sie so mir nichts, dir nichts Reißaus nimmt. Denn genauso sieht es für mich aus. Hat sie irgendwas gesagt … Oder du, was zu dieser Kurzschlusshandlung geführt haben könnte?«

»Nein, überhaupt nicht. Ich sagte doch, es war alles in Ordnung …« Holger ließ sich schwer auf einen Stuhl fallen. Plötzlich beschlich ihn ein ungutes Gefühl. Hastig zog er sein Smartphone aus der Hosentasche und öffnete die Kurznachrichten, die ihn am Nachmittag kurz hintereinander erreicht hatten.

Larissa: Lieber Holger, es tut mir sehr leid, aber ich kann unsere Verabredung heute Abend nicht einhalten. Was du heute Morgen gesagt hast, nimmt mir gerade die Luft zum Atmen. Das halte ich nicht aus. Ich will dir nicht wehtun, deshalb muss ich erst herausfinden, was mit mir los ist, bevor ich entscheiden kann, was richtig ist und was falsch. Sei mir bitte nicht böse.

Larissa: Quatsch, natürlich wirst du böse sein! Du hast jedes Recht dazu. Es ist nur so: Wenn ich jetzt nicht handle, werde ich nie Gewissheit haben. Larissa.

Verzweifelt hielt Holger seiner Mutter das Smartphone hin. »Das hat sie mir geschrieben. Wenn ich gekonnt hätte, wäre ich sofort hergekommen, aber ich musste erst diesen drecksverfluchten Job erledigen. Und jetzt ist sie weg.«

»Holger, mäßige dich! Solche Flüche sind in diesem Haus tabu, das weißt du ganz genau.« Erikas Stimme klang streng, doch ihre Miene drückte Mitgefühl aus. Sie ließ sich auf der Eckbank nieder und studierte die Nachricht sehr eingehend. Zunächst runzelte sie die Stirn, dann schürzte sie die Lippen, und schließlich hob sie den Kopf wieder und musterte ihn forschend. »Hieraus geht hervor, dass du offenbar doch irgendetwas gesagt haben musst, was sie erschreckt oder verängstigt hat. Vielleicht ist es dir gar nicht bewusst gewesen. Manchmal liegt der Teufel ja im Detail.«

»Verfl...ixt noch mal!« Gerade noch konnte Holger einen weiteren deftigen Fluch unterdrücken. »Ich habe nichts gesagt, womit ich sie hätte verschrecken können – oder wollen. Ich habe ...« Resigniert rieb er sich mit beiden Händen übers Gesicht. »Ich habe ihr nur einen Vorschlag gemacht. Sie hat gesagt, dass sie darüber nachdenkt. Ich hätte nicht gedacht, dass sie ...« Mit einem verzweifelten Laut warf er den Kopf in den Nacken, blickte zur Decke. Hilflos ballte er die Hände zu Fäusten. »Das hat sie vertrieben! Es war zu viel für sie und sie hat die Reißleine gezogen. Ich hätte es wissen müssen. Ich hätte es – verdammt noch mal! – wissen müssen. Sie war ... ist noch nicht so weit.«

»Immer mit der Ruhe, mein Schatz.« Beschwichtigend legte seine Mutter ihm erneut eine Hand auf den Arm und drückte ihn leicht. »Was war das denn für ein Vorschlag?«

Langsam richtete Holger sich wieder auf. »Es war einfach so eine Idee, weißt du. Sie ist mir heute Nacht irgendwann gekommen. Wir haben bisher noch nicht darüber gesprochen, wie das mit uns weitergehen könnte, wenn ihre Recherchereise beendet ist und sie nach Hannover zurückkehrt. Ich wollte auch gar nicht so mit der Tür ins Haus fallen. Wie gesagt, die Idee kam mir heute früh sehr plausibel vor. Larissa hat ja auch gesagt, dass sie es sich überlegen will. So eine verdammte Sch…«

»Holger!«

»Sie ist so unglaublich gut darin, sich zu verstellen und in ihr Schneckenhaus zurückzuziehen! Man merkt es oft erst, wenn einem die Tür praktisch vor den Kopf knallt.« Er seufzte. »Das wollte ich nicht.«

Erika legte das Smartphone sorgsam auf den Küchentisch. »Du hast immer noch nicht gesagt, was genau das für ein Vorschlag war. Welche Idee kann sie so erschreckt haben?«

Weil er nicht wusste, wohin mit seinen Händen, fuhr er sich erneut durchs Haar. »Ich habe ihr vorgeschlagen, den ehemaligen großen Stall auf meinem Anwesen für sie umzubauen, damit sie jederzeit, wenn sie möchte, nach Rodderbach kommen kann und ein Dach über dem Kopf hat und einen Platz zum Arbeiten. Das Gebäude eignet sich perfekt, um darin einen großen Arbeitsraum einzurichten und sogar, wenn sie möchte, so etwas wie eine Bibliothek. Sie hat mir neulich mal erzählt, wie viele Bücher sie besitzt und dass sie in ihrer Wohnung in Hannover kaum Platz dafür hat. Ihr Ex wollte die Bücher wohl am liebsten überhaupt nicht sehen, deshalb hatte sie sie, als sie noch mit ihm zusammen war, überwiegend in Kisten aufbewahrt. Teilweise sogar im Keller! Das muss man sich mal vorstellen. Ich bin ja nun nicht gerade ein Bücherwurm, aber selbst mir ist klar, dass Bücher in Regale oder Schränke gehören und nicht in Kisten und schon gar nicht in ein dunkles Kellerabteil. Erst recht nicht, wenn die Frau, die ich …« Er schluckte. »Wenn Larissa sie tagtäglich für ihre Arbeit braucht. Wie auch immer.« Er seufzte erneut. »Man könnte sogar ein Badezimmer einbauen, eine Sitzecke mit Schlafcouch, alles Mögliche! Der Platz ist doch da, und ich dachte, es würde ihr vielleicht auch gefallen, die Möglichkeit zu haben, in so einem historischen Gebäude zu arbeiten. Klar, es wäre ein bisschen Planungskrieg mit der Denkmalschutzbehörde vonnöten, aber das kriege ich schon hin.« Er schüttelte den Kopf. »Wir würden das hinkriegen.«

Seine Mutter drückte erneut sanft seinen Arm. »Das ist eine wundervolle Idee. Ich war mir ja nicht ganz sicher, wie ernst das mit euch beiden ist, hatte mir allerdings schon gedacht, dass es zumindest von deiner Seite aus ziemlich tief geht. Immerhin kenne ich dich sehr gut und wusste schon immer, dass nur die richtige Frau auftauchen muss, um dich im Handumdrehen sesshaft zu machen.« Sie schenkte ihm ein warmes mütterliches Lächeln. »Larissa ist diese Frau, nicht wahr?«

»Es ging alles ziemlich schnell. Hältst du das für verrückt?«

Immer noch lächelnd, schüttelte seine Mutter den Kopf. »Die Liebe fragt nicht nach Raum und Zeit. Manchmal braucht sie ein halbes Leben, um zu erblühen, und manchmal auch nur ein paar Wochen. Wir Menschen haben da, fürchte ich, nicht allzu viel mitzureden. Wir müssen es vielmehr nehmen, wie es kommt.« Sie wurde wieder ernst. »Was hat Larissa an dieser Idee so furchtbar erschreckt, dass sie Hals über Kopf abgereist ist? Sie hat ja nicht einmal mir oder Jochen Bescheid gegeben. Den Mietvertrag für die Ferienwohnung hat sie auch nicht gekündigt, obwohl sie das natürlich auch später noch tun kann.«

»Sie hat Angst.« Ratlos blickte Holger auf die Tischplatte. »Schlicht und ergreifend Angst, dass das mit uns so werden – oder enden – könnte wie mit Felix.«

»Ist das ihr Ex-Mann? Was in aller Welt ist zwischen den beiden vorgefallen?«

Nur langsam hob Holger den Kopf wieder. »Ich habe nicht das Recht, darüber zu reden. Ich kann dir nur so viel sagen: Er war oder vielmehr ist ein narzisstisches, egoistisches Arschloch. Er hat sie so weit gebracht, zu glauben, dass sie sich in ein Gefängnis begibt, wenn sie … Wenn sie …« Er schluckte hart.

»Das arme Mädchen.« Nun war es an Erika, abgrundtief zu seufzen. »Ist es nicht furchtbar, was Menschen Menschen antun können? Sogar Menschen, die einander so nahstehen? Die einander lieben?«

Holger stieß ein sarkastisches Schnauben aus. »Was auch immer dieser Typ sich eingebildet haben mag, aber geliebt hat er sie ganz sicher nicht. Zumindest nicht so, wie sie es verdient hätte. Er wollte etwas aus ihr machen, was sie nicht ist, weil er das, was sie tut, für minderwertig hält oder was auch immer. Damit hat er ihr nach und nach das Selbstvertrauen geraubt, den Glauben an sich selbst.«

»Und daran, dass die Liebe auch ganz anders sein kann«, schloss Erika betrübt. »Wenn ich das gewusst hätte … Ich weiß nicht, ob ich etwas hätte ausrichten können, aber ich hätte es ganz bestimmt versucht. Sie ist so eine liebenswerte und kluge junge Frau – und bewundernswert! Was sie in ihrem Alter schon alles erreicht hat! Darauf muss man doch stolz sein! Etwas anderes gibt es doch gar nicht.« Sie zögerte. »Ob sie womöglich zu ihren Eltern gefahren ist? Ich hatte den Eindruck, dass sie ihnen sehr nahesteht und dass die beiden alles für sie tun würden. Ob man versuchen sollte, mit ihnen Kontakt aufzunehmen?«

Nachdenklich schüttelte Holger den Kopf. »Ich weiß nicht, ob das gut wäre. Für mich klingt die Nachricht, die sie mir geschrieben hat, so, als wolle sie nicht, dass sich jemand einmischt. Auch ich nicht.«

»Willst du denn einfach hier herumsitzen und nichts tun?« Empört starrte seine Mutter ihn an. »Wenn du sie liebst, musst du doch um sie kämpfen!«

In einem Anflug von Zorn sprang Holger auf und tigerte erneut rastlos in der Küche auf und ab. »Ich würde mich am liebsten sofort ins Auto setzen und ihr nachfahren, Mama. Glaub nicht, dass ich nicht innerlich schon auf dem Sprung bin. Ich fürchte nur, dass ich damit alles noch schlimmer machen würde. Wenn ich jetzt versuche, sie zurückzuholen, fühlte sich womöglich noch mehr eingeengt und unter Druck gesetzt. Das ist etwas, was ich ihr nicht antun möchte.« Mitten in der Küche blieb er stehen, schloss die Augen, ballte erneut die Hände. »Und doch habe ich es getan, wenn auch unabsichtlich. Ich habe sie unter Druck gesetzt, ohne es überhaupt zu bemerken.« Als er seine Augen wieder öffnete, brannten Tränen darin, die er jedoch energisch wegblinzelte. »Ich weiß nicht, was ich jetzt tun soll. Ich weiß nur, es darf nichts sein, was ihr Vertrauen in mich zerstört.«

Seine Mutter stand ebenfalls auf und nahm ihn in den Arm. »Wann ist mein wunderbarer Sohn eigentlich so erwachsen geworden?«

* * *

Kurz vor der Autobahnabfahrt lenkte sie ihren Wagen auf einen Rastplatz, auf dem kein anderes Auto parkte. Ihr war übel, und je länger sie fuhr, desto schlimmer wurde es. Sie war erschöpft von der langen Fahrt, müde von dem inneren Kampf, den sie seit Stunden mit sich ausfocht. Sie wollte gar nicht hier sein! Was hatte sie sich nur dabei gedacht, so Hals über Kopf aufzubrechen?

Warum in drei Teufels Namen hatte sie nicht auf ihr Bauchgefühl gehört, sondern auf ihre Angst? Jetzt saß sie hier in ihrem Auto auf einem Rastplatz kurz vor dem Ziel und hätte sich am liebsten übergeben.

Sie war ein Feigling. Sie hatte ihre Heimat verlassen und Menschen, die ihr viel bedeuteten, um sich zu einem Ort zu begeben, der für ihr Gefühl auf einem anderen Stern, in einer anderen Welt lag.

Warum tat sie das? Mit einem Mal kam es ihr so vor, als würde sie über sich selbst schweben und sich beobachten, wie sie hinter dem Steuer ihres Wagens saß und durch die Windschutzscheibe starrte, hinter der alles durch den Regen verschwamm. Es regnete schon seit ihrem Aufbruch, fast so, als wolle das Wetter ihren Gemütszustand widerspiegeln.

Sie war dumm, sie war feige und ihr Herz schmerzte auf diese unerträgliche Weise, die nur einen Schluss zuließ: Es war gebrochen. Warum nur fügte sie sich selbst solche Schmerzen zu? Warum hörte sie nicht auf ihr Bauchgefühl – auf ihr Herz? Würde sie diesen beiden Ratgebern folgen, dann gäbe es nur eins für sie zu tun: nach Hause zurückkehren. Auf der Stelle.

Wenn sie noch einen Funken Verstand besaß, dann würde sie ihrer Angst die Stirn bieten und, indem sie das Richtige tat – und das Verrückte! –, dem Teufelskreis entfliehen, in dem sie sich seit Wochen, nein, Monaten befand.

Sie würde neu anfangen.

Doch eines musste sie zuvor noch erledigen, auch wenn es ihr zutiefst widerstrebte, den Weg, den sie eingeschlagen hatte, bis zu seinem Ziel fortzusetzen.

Sie atmete tief durch, ließ den Motor wieder an und fuhr weiter.

* * *

»Mama.« Larissa fiel ihrer Mutter, die vor ihrer Wohnungstür auf sie wartete, um den Hals und begann zu weinen.

»Ach, Larissa-Kind.« Evelyne Weiß drückte sie fest an sich und streichelte ihr sanft übers Haar. »Ist schon gut. Es wird alles wieder gut.« Nach einigen Augenblicken löste sie sich vorsichtig von Larissa. »Lass uns doch erst einmal hineingehen. Dann erzählst du mir, was los ist. Ich habe mir schon bei unserem Besuch in Rodderbach gedacht, dass irgendetwas nicht ganz stimmt. Du schienst so glücklich zu sein, aber zugleich …« Seufzend brach sie ab und wartete, bis Larissa die Wohnungstür aufgeschlossen hatte. Erst als sie hinter ihnen ins Schloss fiel, sprach sie weiter. »Wenn du willst, kann ich Papa auch dazuholen. Er hat zwar noch in der Bank zu tun, aber wenn ich ihm Bescheid gebe, dass wir ihn brauchen, ist er in spätestens einer Stunde hier.«

»Nein.« Vergeblich wischte Larissa sich mit dem Handrücken über die Augen, konnte jedoch nicht verhindern, dass die Tränen weiter über ihre Wangen rannen. »Es reicht schon, dass ich dich von deinen Pflichten abhalte. Ich bin so bescheuert! Warum kann ich nicht einfach mal etwas richtig machen, ohne im Drama zu versinken?«

»Na, na.« Fürsorglich führte Evelyne sie zur Couch im Wohnzimmer »Setz dich erst einmal und atme tief durch. Hast du irgendetwas zu essen oder zu trinken im Haus? Vermutlich nicht, oder? Ich habe ein bisschen was ins Auto gepackt. Wenn du möchtest, hole ich es schnell herauf.«

»Nein, bitte, lass.« Larissa schüttelte heftig den Kopf. »Ich will gar nicht so lange hierbleiben. Ich hätte gar nicht herkommen dürfen. Ich sage doch, ich bin total bescheuert!«

»Larissa.« In Evelynes Stimme schlich sich ein mütterlich-strenger Unterton. »Sprich nicht so über dich selbst, das tut nicht gut. Du bist alles andere als bescheuert. Dass du hergekommen bist, hatte doch sicherlich einen guten Grund. Auch wenn dir dieser Grund jetzt als nichtig erscheint, war er das doch wohl nicht, als du von Rodderbach losgefahren bist, oder?«

»Ja … Nein.« Hilflos hob Larissa die Hände und ließ sie gleich wieder sinken. »Ich glaubte wirklich, ich müsste das tun. Ich habe plötzlich keine Luft mehr bekommen und dachte, das sei, weil alles zu viel für mich ist.«

»Was ist zu viel für dich?« Ihre Mutter nahm ihre Hand und nötigte sie dazu, sich zu setzen. »Die Geschichte mit Holger? Hat er …« Sie räusperte sich. »Hat er irgendetwas gesagt … oder getan …?«

»Ja, nein, ach, verdammt! Ich rede schon total wirr.« Verzweifelt rieb Larissa sich übers Gesicht. »Ich hatte euch doch den neuen Zehnthof gezeigt, in dem er wohnt.«

»Ein wunderschönes Anwesen, aber für eine Person ziemlich groß.«

»Er hat vorgeschlagen, eines der Nebengebäude umzubauen.« Sie schluckte. »Für mich. Als Arbeitsraum und Bibliothek und mit Bad und gemütlicher Sitzecke und all so was. Damit ich, wenn ich ihn besuche, immer einen Ort habe, an den ich mich zurückziehen und an dem ich ungestört arbeiten kann.« Sie brachte die Worte kaum heraus, so weh tat ihr der Kloß, der in ihrer Kehle feststeckte. »Stell dir das mal vor! Ich dachte, ich höre nicht richtig. Wir kennen uns doch erst seit ein paar Wochen.«

Evelyne musterte sie aufmerksam. »Es scheint ihm ja sehr ernst mit euch zu sein, wenn er dir solch einen Vorschlag macht. Also war dir das zu viel Druck? Möchtest du dich so früh noch nicht so sehr festlegen? Nach allem, was du mit Felix erlebt hast, ist es dein gutes Recht, solche Dinge so langsam anzugehen, wie du willst. Wenn du noch nicht bereit für eine neue feste Bindung bist, dann …«

»Nein, Mama, so ist es gar nicht. Ich habe ihm gesagt, dass ich darüber nachdenke, heute Morgen, bevor ich zurück in meine Ferienwohnung gegangen bin.« Verlegen blickte sie auf ihre Hände, die sie im Schoß gefaltet hatte. »Es war … Wir hatten …«

»Eine schöne Nacht miteinander?« Als Larissa erschrocken den Kopf hob, lächelte ihre Mutter. »Mein liebes Kind, ich bin erst zweiundfünfzig und nicht gerade von gestern. Hast du geglaubt, ich wüsste nicht, dass du mit Holger nicht nur Händchen halten würdest? Selbst Papa ist das vollkommen bewusst, auch wenn er diese Dinge gerne vorsichtshalber ausblendet, soweit es geht. Väter sind in dieser Hinsicht oft ein bisschen empfindlich. Aber zurück zum Thema. Du bist nach Hause gegangen, und ich nehme an, dort hat dich dann so etwas wie eine Panikattacke überrumpelt?«

Verzagt hob Larissa die Schultern. »Anscheinend. Aber nicht, weil das alles zu viel oder zu früh gewesen wäre. Das dachte ich zuerst, deshalb habe ich Holger eine entsprechende Textnachricht geschickt, wahllos Klamotten in meine Taschen und Koffer gestopft und bin abgehauen. Ich habe nicht mehr atmen können und gedacht, ich werde verrückt.« Sie erhob sich und ging zum Fenster, durch das sie hinunter auf die regennasse Straße mit den geparkten Autos und geradeaus auf ein weiteres graues Mehrfamilienhaus blicken konnte. Hinter sich hörte sie, wie ihre Mutter ebenfalls aufstand und auf sie zukam.

»Was war es denn dann, das dich so verängstigt hat?«

Larissa schloss für einen Moment die Augen, doch das half gegen das Gefühlschaos in ihrem Inneren nicht im Mindesten. Abrupt drehte sie sich zu ihrer Mutter um. »Ich bin hier in Hannover zu Hause! Oder nicht?«

Ihre Mutter erwiderte ihren Blick sehr ruhig. »Sag du es mir.«

»Ich bin hier aufgewachsen! Mein ganzes Leben habe ich

in Hannover verbracht. Hier ist alles, was ich kenne, alles, was wichtig war – wichtig ist!« Wieder schluckte sie hart. »Du und Papa und Peter … Ihr lebt hier, nicht in Rodderbach. Was soll ich denn jetzt machen?« Genauso unvermittelt wie zuvor drehte sie sich wieder zum Fenster und starrte hinaus. »Mir ist übel geworden. Je weiter ich mich von Rodderbach entfernt habe, um nach Hause zu fahren, desto schlimmer wurde es. Zwischendurch musste ich sogar ein paarmal anhalten, weil ich dachte, ich müsste mich übergeben. Ich wollte nicht zurück nach Hause.«

»Ach, mein liebes Kind.« Evelyne trat neben sie und legte ihr zärtlich einen Arm um die Schultern. »Und da quälst du dich tatsächlich den ganzen Weg bis hierher? Warum bist du nicht einfach umgekehrt?«

»Das konnte ich nicht! Ich musste doch sicher sein, dass ich nicht den Verstand verloren habe. Ich musste nach Hause zurückkehren, aber es war so schwer.«

»Weil es nicht mehr dein Zuhause ist.« Sanft drehte ihre Mutter sie zu sich herum und nahm sie in die Arme. »Das wusste ich schon längst.«

Verblüfft sah Larissa sie an. »Was wusstest du?«

»Dass Rodderbach jetzt dein Zuhause ist.« Wehmütig und liebevoll zugleich lächelte ihre Mutter sie an. »Ich habe es dir gleich angesehen, als du uns die Stadt gezeigt hast. Als du so unbeschwert und selbstverständlich mit den Leuten dort geredet hast und weil sie dich ganz natürlich in ihre Mitte aufgenommen haben, so als würdest du schon immer dort hingehören.« Sie hielt einen Moment inne, streichelte Larissa über die Schultern. »Du gehörst wirklich dorthin. Rodderbach ist jetzt dein Zuhause. Es dürfte müßig sein, sich mit der Frage zu quälen, warum dein Herz so entschieden hat. Manche Dinge im Leben passieren einfach, da sind wir machtlos. Ob es nun ein Ort ist, in den du dich verliebst, oder ein Mensch: Zu Hause ist immer dort, wo sich dein Herz heimisch fühlt.«

Wieder brannten Tränen in Larissas Augen und ließen sich nicht zurückhalten. »Aber ihr seid hier! Ich kann doch nicht von hier weggehen und euch zurücklassen!«

»Und wie du kannst!« Energisch führte ihre Mutter sie zurück zur Couch. »Setz dich. Und jetzt hörst du mir mal ganz genau zu: Du bist hier aufgewachsen und hast Hannover eine lange Zeit als deine Heimat angesehen. Wenn nun aber die Zeit gekommen ist, dein Herz für eine neue Heimat zu öffnen, dann quäl dich bitte nicht mit einem schlechten Gewissen. Dein Vater und ich und genauso dein Bruder sind innerhalb weniger Stunden in Rodderbach, wann immer wir wollen oder wann immer du uns bei dir haben möchtest. Umgekehrt steht unser Haus dir jederzeit offen. Es gibt Telefone, es gibt Skype und Zoom und E-Mails und weiß der Himmel, was sich die Technik in Zukunft noch alles ausdenken wird. Eine Entfernung ist immer nur so groß, wie wir ihr erlauben zu sein. Rodderbach ist nicht aus der Welt und Hannover ebenfalls nicht. Es würde mir das Herz brechen, wenn du womöglich wegen eines falsch verstandenen Pflichtgefühls nicht deinem Herzen folgen würdest. Nein, ich wäre dir sogar außerordentlich böse, wenn du so etwas tätest.«

Kraftlos ließ Larissa sich gegen die Rückenlehne der Couch sinken. »Ich weiß überhaupt nicht, wie das alles so schnell passieren konnte, wie aus dem Nichts. Als ich zum allerersten Mal durch Rodderbach gelaufen bin, das war ganz früh morgens kurz nach meiner Ankunft, da hatte ich schon so ein eigenartiges Gefühl. So als wäre ich dort fremd, würde aber trotzdem alles kennen – oder wiedererkennen. Ich dachte erst, das sei, weil ich schon so viele historische Altstädte recherchiert habe, aber es muss etwas anderes gewesen sein. Es war irgendwie so, als hätte sich ein Puzzleteil wieder eingefunden, das mir all die Jahre gefehlt hat. Klingt das verrückt?«

»Nein, das klingt wunderschön.« Ihre Mutter lächelte gerührt. »Und dennoch hast du die Anstrengung auf dich genommen, den ganzen Weg bis hierher zu fahren, obwohl du wusstest, dass es dir Schmerzen zufügen würde. Und Holger vielleicht auch? Wie hast du ihm deinen Aufbruch erklärt?«

Beschämt schlug Larissa die Hände vors Gesicht. »Nicht besonders gut, fürchte ich. Ich war vollkommen verwirrt. Ich hatte scheußliche Angst, denn was ist, wenn ich mir das alles nur einbilde? Wenn meine Hormone oder irgendwelche fehlgeleiteten Gefühle dazu geführt haben, dass ich mir einbilde, in Rodderbach zu Hause zu sein? Immerhin ist Holger der erste Mann, mit dem ich seit Felix … zusammen gewesen bin. Sei doch mal ehrlich, Mama. Wenn das so in einem Roman geschrieben stünde, würde ich bestimmt sagen, das ist unglaubwürdig, kitschig und an den Haaren herbeigezogen. So etwas gibt es doch in der Realität nicht, oder? Dass ich wegen einer Recherche nach Rodderbach fahre, dort rein zufällig den perfekten Mann treffe, der auch noch findet, dass ich die perfekte Frau für ihn bin … Einfach so, kurz nach meiner Scheidung und ohne, dass ich zwischendurch Gelegenheit gehabt hätte, das sogenannte wahre Leben kennenzulernen.«

»Larissa!« Ihre Mutter lachte leise. »Ob du es glaubst oder nicht, das *ist* das wahre Leben. Glaubst du nicht, ich hätte, als ich Volker kennengelernt habe, nicht genau dasselbe gedacht? Ich kam mir vor wie in so einer kitschigen Hollywood-Romanze. Ich meine, wo passiert denn so was? Die mittellose, alleinerziehende Kellnerin schüttet dem reichen Bankierssohn versehentlich den Kaffee über den Anzug und ist ein knappes Jahr später glücklich mit ihm verheiratet. Ich will nicht behaupten, dass ich mich anfangs nicht dagegen gesträubt hätte.« Wieder lachte sie. »Aber das Ergebnis bleibt dasselbe. Ob es nun Zufall ist, Schicksal, das Universum oder Gott – ganz gleich, wer oder was unsere Geschicke lenkt oder nicht lenkt, wir müssen das Beste daraus machen, und wenn unser Leben dadurch hin und wieder unglaubwürdig oder zu einer Hollywood-Romanze wird, ist das immer noch besser, als es gar nicht erst zu leben.«

Die Worte ihrer Mutter lösten bei Larissa eine Gänsehaut aus, weil sie sich daran erinnerte, dass Hanne ihr an jenem Tag auf der Fuchshöhe etwas ganz Ähnliches gesagt hatte. Damals war es um Wünsche gegangen, und nun schien es, als sei einer ihrer Wünsche, von dem sie nicht einmal gewusst hatte, dass sie ihn so innig hegte, in Erfüllung gegangen.

»Hab keine Angst«, fuhr ihre Mutter mit sanfter Stimme fort. »Wenn Rodderbach dein neues Zuhause sein soll, dann wird sich alles entsprechend fügen.«

Nachdenklich knabberte Larissa an ihrer Unterlippe. »Und was ist, wenn ich mich irre?«

»Dann kannst du deinen Kurs immer noch jederzeit korrigieren. Das Leben ist schließlich keine Einbahnstraße. Du kannst vorausgehen, zurückkehren und in jede Richtung abbiegen, die du für richtig hältst.«

»Du glaubst nicht, dass ich einen Fehler mache, wenn ich zurückkehre und … dort bleibe?«

Ihre Mutter dachte einen langen Augenblick über die Frage nach, bevor sie antwortete: »Du traust dir selbst nicht, oder? Das ist die Krux mit den Fehlern, die wir in der Vergangenheit gemacht haben. Sie pfuschen uns häufig in unsere Gegenwart. Ich weiß nicht, ob es dir dabei hilft, deiner Entscheidungskraft zu trauen, aber stell dir doch nur einmal für eine Minute vor, dass es Holger nicht gäbe und auch überhaupt keinen vergleichbaren Mann wie ihn; dass du nur nach Rodderbach gekommen wärst, deine Recherchen durchgeführt hättest, dich mit den Menschen dort angefreundet und dann dein Buch geschrieben hättest. – Würdest du dann jetzt auch hier sitzen und die gleichen Gefühle haben? Wärst du dann immer noch lieber dort als hier? Wo wäre dann dein Herz, wo dein Zuhause?«

Larissa schluckte, schluckte noch einmal und brach wieder in Tränen aus. Hilflos warf sie sich ihrer Mutter in die Arme und schluchzte gegen ihre Schulter. »Danke, Mama«, schniefte sie. Dann löste sich von ihr und sprang auf. »Ich glaube, ich muss los.«

»Das glaube ich auch.« Lächelnd erhob sich auch ihre Mutter. »Ich fürchte nur, dass es schon reichlich spät ist. Du hast schon eine lange, anstrengende Autofahrt hinter dir. So sehr ich verstehe, dass du wieder nach Hause willst, als deine Mutter lege ich dir dringend nahe, dich erst ein paar Stunden auszuruhen. Wenn du nicht hier in der Wohnung bleiben willst, kannst du gerne eine Nacht bei uns verbringen. Es wäre mir wirklich lieber, wenn du dich frisch und ausgeschlafen auf den Weg zurück machen würdest.«

Zögernd nickte Larissa. Natürlich hatte ihre Mutter recht. Sie war erschöpft, sie brauchte Schlaf.

»Außerdem hat der Wetterbericht für morgen wieder besseres Wetter vorausgesagt«, fügte ihre Mutter mit einem Lächeln hinzu. »Auch für Rodderbach. Ich habe nämlich jetzt in der Wetter-App auf meinem Handy Rodderbach mit eingestellt, damit ich immer weiß, wie das Wetter bei dir ist.«

Um nicht noch einmal in Tränen auszubrechen, sprang Larissa entschlossen auf. »Also gut, ich fahre erst morgen früh zurück. Würdest du mir in der Zwischenzeit helfen, ein paar Sachen einzupacken? Besonders meine Computeranlage brauche ich ganz dringend. Die habe ich schon seit Wochen schmerzlich vermisst. Aber auch ein paar andere Sachen möchte ich gerne mitnehmen. Bücher vor allem.«

»Selbst verständlich helfe ich dir dabei.« Ihre Mutter zückte ihr Smartphone. »Ich rufe nur rasch Papa an und sage ihm Bescheid, was wir vorhaben, dann legen wir los.«

Kapitel 19

Beinahe hätte Holger sich den Finger geklemmt, als er aus seinem Wagen ausstieg, den er direkt neben Larissas auf dem Hof seiner Eltern geparkt hatte, und die Fahrertür ins Schloss warf. Mit großen Schritten stürmte er die Stufen zur weit offen stehenden Haustür hinauf und steuerte umgehend die Küche an. »Wo ist sie?«

Seine Eltern, die am Küchentisch saßen und sich gerade einträchtig über einen Zeitungsartikel beugten, hoben gleichzeitig den Kopf. Sein Vater deutete einladend auf die Eckbank, doch Holger schüttelte nur den Kopf. »Ist sie oben in ihrer Wohnung?«

»Wir wissen nicht, wo sie ist.« Jochen hob bedauernd die Schultern. »Oben jedenfalls nicht. Sie hat vorhin das Auto im Hof abgestellt und ist dann zu Fuß irgendwohin gegangen. Sie hat nicht mit uns gesprochen und war auch nicht im Haus. Zumindest nicht, dass wir es bemerkt hätten.«

»Ich war die ganze Zeit hier in der Küche«, fügte seine Mutter hinzu. »Ich hätte gesehen oder gehört, wenn sie hereingekommen wäre. Hat sie sich denn nicht bei dir gemeldet? Ich dachte, ihr hättet vielleicht miteinander geredet.«

»Nicht ein Wort«, knurrte Holger. »Nur das hier.« Er zog sein Smartphone hervor, öffnete die Kurznachrichten-App und hielt ihnen die alles andere als aussagekräftige Nachricht unter die Nase, die Larissa ihm am Morgen geschickt hatte.

Larissa: Es tut mir leid. Ich muss dir wohl einiges erklären. Du darfst mir ruhig weiterhin böse sein.

Irritiert runzelte Jochen die Stirn. »Für eine Schriftstellerin drückte sich nicht gerade verständlich aus.«

Auch Erika warf einen Blick auf die Nachricht, dann schmunzelte sie. »Immerhin ist sie zurückgekommen. Wahrscheinlich will sie die ausführlichen Erklärungen lieber persönlich erledigen.« Aufmerksam musterte sie Holger. »Und? Bist du ihr böse?«

Bedächtig schob Holger sein Smartphone zurück in die Gesäßtasche seiner Jeans. »Das weiß ich, ehrlich gesagt, noch nicht. Es hängt wohl davon ab, was sie mir zu sagen hat.«

»Dann solltest du allmählich herausfinden, was das ist.« Jochen bedachte ihn mit einem vielsagenden Blick. »Worauf wartest du noch?«

»Ich weiß nicht einmal, wo ich sie suchen soll.«

»Sie ist nicht in den Ort gegangen, andernfalls hätte ich inzwischen davon erfahren«, erklärte Erika. »Ich habe mich mit Jessica, Philipp, Hanne, Oma Rieke und Heldi kurzgeschlossen. Wenn Larissa irgendwo in Rodderbach aufgetaucht wäre, hätten sie mich das wissen lassen. Wenn sie also nicht in den Ort gegangen und auch nicht bei dir zu Hause aufgetaucht ist, dann grenzt das die Suche zumindest ein bisschen ein. Ich würde es mal mit den Wanderwegen in der näheren Umgebung versuchen. Oder auch drüben bei der Burg. Soweit ich mich erinnere, sitzt sie ganz gerne schon mal auf der Bank am Weg, der zur Burg hinaufführt.«

»Da bin ich vorhin vorbeigekommen«, entgegnete Holger rasch. »Dort ist sie nicht.«

»Tja.« Bedächtig faltete sein Vater die Hände auf dem Tisch. »Entweder du setzt dich jetzt zu uns und wartest, bis sie wieder hier aufschlägt, oder du machst dich auf die Suche nach ihr. Und keine Sorge, albern wirst du dir so oder so vorkommen. Das haben solche Angelegenheiten nun mal an sich.«

Erika prustete. »Nun zank den armen Jungen doch nicht auch noch! Du siehst doch, dass er ganz durch den Wind ist. Geh schon, Holger, du wirst sie schon finden. Zumindest, wenn sie gefunden werden will.«

Da er offenbar von seinen Eltern nichts Hilfreiches mehr zu erwarten hatte, machte Holger auf dem Absatz kehrt und ging zurück in den Hof. Es war bereits später Nachmittag, und von irgendwo her drangen die Stimmen von Thorben und Isabella an sein Ohr, die sich mal wieder ordentlich zu zoffen schienen. Worum es diesmal ging, konnte er auf die Entfernung nicht heraushören, achtete jedoch auch nicht weiter darauf, sondern lief zum Hoftor und blickte sich unschlüssig um.

Wohin könnte Larissa gegangen sein? Warum war sie überhaupt zurückgekehrt und hatte ihm diese seltsame Nachricht geschickt? Wollte sie ihm nun doch ihre Entscheidung, Rodderbach zu verlassen, persönlich erklären? Oder steckte etwas anderes dahinter? Er hatte gesehen, dass ihr Auto bis unters Dach mit Koffern und Kisten vollgepackt war. Auch auf dem Beifahrersitz stapelte sich Gepäck. Waren das alles die Sachen, die sie von hier mitgenommen und nun wieder mitgebracht hatte? Warum hatte sie sie nicht in ihrer Wohnung in Hannover gelassen? Die einzige Antwort, die es darauf zu geben schien, wagte er vorerst nicht zu Ende zu denken. Erst musste er sie finden und verdammt noch mal herausfinden, was passiert war.

Unschlüssig wandte er sich nach links und ging zügig den asphaltierten Weg entlang, der zwischen den Wiesen und Feldern hindurch in Richtung Wald führte. Soweit das Auge reichte, konnte er sie hier nirgendwo entdecken, und das machte ihn nervös. Wenn sie also nicht in den Ort gegangen war, dann gab es eigentlich nur die Möglichkeit, dass sie sich für den Wald entschieden hatte. Ein wenig albern kam er sich tatsächlich vor, als er seine Schritte weiter beschleunigte. War es wirklich sinnvoll, ihr hinterherzurennen? Hatte er sich nicht eigentlich dazu entschieden, sie in Ruhe zu lassen und abzuwarten, ob sie von sich aus zu ihm kommen würde? Die Vernunft sagte ihm, dass dies eine sinnvolle Entscheidung war. Sein Bauch wehrte sich jedoch dagegen, und sein Herz hatte sich sowieso schon entschieden. Ganz gleich, was dabei herauskommen würde, er wollte die Sache jetzt klären, nicht irgendwann später.

Es waren nur wenige Hundert Meter bis zum Waldrand, und als er ihn erreicht hatte, bildete er sich ein, irgendwo weiter hinten zwischen den Bäumen etwas Rotes aufblitzen zu sehen. Ermutigt beschleunigte er seine Schritte noch etwas mehr, bis er Larissa tatsächlich hinter einer Biegung am Wegesrand erblickte. Sie kniete dort vornübergebeugt – Himmel, war ihr etwas passiert? Der Gedanke löste Entsetzen in ihm aus und einen schmerzhaften Stich. Jetzt rannte er.

Je näher er kam, desto besser konnte er erkennen, dass

sie offenbar doch nicht verletzt zu sein schien, sondern dabei war, etwas zu fotografieren oder zu filmen. Sie hielt ihr Smartphone ganz still in der Hand und blickte sehr konzentriert auf einen bestimmten Punkt am Boden. Dennoch schien sie ganz genau zu wissen, wer sich ihr genähert hatte, denn als er ein paar Schritte hinter ihr stehen blieb, hob sie ganz langsam die linke Hand und bedeutete ihm zurückzubleiben. Gleich darauf legte sie den Zeigefinger an die Lippen. Er konnte sehen, dass sie ein ums andere Foto schoss. Erst als der Schmetterling aufstieg und davonflatterte, erkannte Holger, was wohl das Fotomodell gewesen war. Vorsichtig machte er einen Schritt auf sie zu. »Larissa?«

»Er war es!« Ihre Stimme klang eigenartig belegt. »Derselbe Monarch, den ich bei meiner ersten Wanderung gesehen habe.« Sie sprach, ohne sich zu erheben oder sich zu ihm umzudrehen. »Ich habe ihn gleich wiedererkannt, weil er eine kleine Verletzung am oberen rechten Flügel hat. Da fehlt ein Eckchen.« Nun klang ihre Stimme nicht nur belegt, sondern auch hohl, so als würde sie mit den Tränen kämpfen.

Sein Herz zog sich schmerzhaft zusammen, doch noch ehe er auf ihre Worte reagieren konnte, sprach sie bereits weiter: »Ich habe damals schon Fotos von ihm gemacht und jetzt noch einmal. Es geht ihm immer noch gut. Schau!« Sie deutete auf den orangefarbenen Schmetterling, der nun wieder näher geflattert war, diesmal sogar in Gesellschaft eines zweiten Monarchs. Die beiden flatterten leicht und unbeschwert durch das von warmem Sonnenlicht und kühlendem Schatten gemusterte Unterholz, stiegen gemeinsam auf, ließen sich wieder fallen, umtanzten einander. »Es geht ihm gut«, wiederholte Larissa mit zittriger Stimme, und er konnte hören, wie sie schluckte. »Und er hat eine Partnerin – oder einen Partner. Dass er einen verletzten Flügel hat, macht ihm gar nichts aus. Er lebt trotzdem weiter und es scheint, als wäre er dabei sehr glücklich.« Nun endlich drehte sie sich zu ihm um und versetzte seinem Herzen mit ihrem Lächeln einen schmerzhaft schönen Stich. Gleichzeitig bildete sich in seiner Magengrube ein heißer Knoten, denn Tränen rannen ihr über die Wangen. »Das möchte ich auch.« Sie blickte den beiden bunten Insekten hinterher. »Ich würde gerne so sein wie der Schmetterling und trotz Verletzungen aus der Vergangenheit weiterleben. Richtig leben, meine ich, und glücklich sein.«

Bedächtig trat er auf sie zu, bis er dicht vor ihr stand. »Also bist du abgehauen, weil du hier nicht glücklich sein kannst?«

»Nein.« Ihre Tränen versiegten allmählich. »Ich bin abgehauen, weil ich nach Hause musste.«

»Und warum bist du dann wieder hier?«

Sie senkte ganz kurz den Blick, hob ihn dann jedoch wieder und blickte ihm geradewegs in die Augen. »Weil ich ein bisschen verpeilt bin, schätze ich. Du darfst es auch schlichtweg bescheuert nennen. Ich dachte, ich müsste nach Hause fahren, um mir dort darüber klarzuwerden, was ich wirklich will und was richtig ist und was falsch. Du weißt schon, dieser elende Kampf zwischen meinem Bauch und meinem Kopf. Dabei hätte ich nur auf mein Herz hören müssen. Schon auf dem Hinweg wusste ich nämlich, dass ich gar nicht auf dem Weg nach Hause war.«

Überrascht merkte er auf. »Sondern?«

»Ich war auf dem Weg in mein altes Leben, nach Hannover.« Vorsichtig, fast schon schüchtern ergriff sie seine Hände. »Zu Hause, das hat mir dieser fürchterliche Kurztrip klargemacht, bin ich dort aber nicht mehr. Zu Hause bin ich jetzt hier, in Rodderbach. Wenn ich ehrlich zu mir gewesen wäre und nicht so viel Angst gehabt hätte, wäre mir das schon am allerersten Morgen hier klargeworden.« Um ihre Mundwinkel zuckte es. »Schon bevor ich dich überhaupt kennengelernt hatte. Mein Bauchgefühl hat es mir gesagt, und mein Herz wahrscheinlich auch, aber beiden habe ich ja dummerweise so lange nicht getraut. Als du mir gestern Morgen diesen Vorschlag mit dem Arbeitsraum und der Bibliothek gemacht hast, da bin ich ein bisschen in Panik geraten.«

»Larissa.« Verzweifelt suchte er nach den richtigen Worten. »Ich wollte dich nicht unter Druck setzen oder zu etwas bewegen, wozu du noch nicht bereit bist.«

»Das hast du gar nicht. Ich dachte es erst, weil es so naheliegend war.« Für einen kurzen Augenblick hielt sie inne, weil erneut die beiden Schmetterlinge um sie herumtanzten. Lächelnd folgte sie ihnen mit Blicken, sah ihm jedoch gleich wieder in die Augen. »Das war es aber gar nicht, was mich so erschreckt hat. Ich bin panisch geworden, weil alles plötzlich so einfach aussah, so problemlos. Ich bin nicht daran gewöhnt, dass für mich etwas so selbstverständlich funktioniert. Und schon gar nicht hätte ich mir vorstellen können, dass sich hier unverhofft alle meine Träume erfüllen würden.« Sie schluckte, und ihre Stimme wurde leiser. »Träume, die ich mir gar nicht mehr erlaubt habe zu träumen, weil sie so kitschig-schön sind, dass es schon fast an ein Wunder grenzt, wenn sie sich mal eben so erfüllen. Ganz abgesehen davon, dass ich als Autorin solchem Kitsch und wundersamen schicksalhaften Fügungen normalerweise tunlichst aus dem Weg gehe. Es ist zu unrealistisch, verstehst du? Wenn ich das in einem Buch schreiben würde, gäbe es garantiert unzählige Menschen, die das ganz fürchterlich unglaubwürdig finden würden. Wenn mein Leben also in einem Roman schon kitschig und unglaubwürdig wäre, wie kann es dann sein, dass es in der Wirklichkeit sehr wohl so läuft?«

»So kitschig?« Sanft zog er sie näher zu sich heran, bis ihre Körper sich berührten.

»So perfekt.« Sie atmete unstet ein und wieder aus. »Das ist es nämlich, und genau das hat mich ein bisschen aus der Bahn geworfen. Bist du mir sehr böse?«

* * *

Atemlos wartete sie auf Holgers Antwort. Er ließ sich Zeit damit, sah sie nur lange, schweigend an. Als er schließlich doch das Wort ergriff, war seine Stimme dunkel und rau. »Du hast mir einen ganz schönen Schrecken eingejagt. Diese Textnachricht, die du mir gestern geschickt hast …«

»Ich weiß.« Betroffen senkte sie den Kopf. »Ich war in Panik und konnte nicht mehr klar denken.«

»Ich hätte beinahe mit meinem Schweißgerät den Trecker in Brand gesetzt, an dem ich gerade gearbeitet habe.«

»Oh.« Sie wusste nicht recht, was sie darauf erwidern sollte. Das Kichern, das in ihr aufstieg, war ganz sicher nicht die richtige Reaktion.

»Lachst du etwa?« Zwischen seinen Augen entstand eine Falte.

»Nein.« Verzweifelt presste sie die Lippen aufeinander.

»Das ist nicht lustig! Mein Kunde hätte mir ganz schön was erzählt, wenn ich seinen Hunderttausend-Euro-Trecker abgefackelt hätte.«

»Mhm.« Sie konnte nicht verhindern, dass ihr ein Glucksen entfuhr. »Tut mir wirklich leid.«

»Ich war wirklich erschrocken, Larissa.« Sein dunkler, eindringlicher Tonfall ließ sie wieder ernst werden. »Ich dachte, ich hätte dich mit diesem unbedachten Vorschlag vertrieben.« Er ließ ihre Hände los und umfasste stattdessen sanft, aber bestimmt ihre Schultern. »Ich dachte, ich hätte dich verloren.«

»Ich weiß.« Verzweifelt überlegte sie, was sie sagen sollte. »Ich fürchte, ich habe mich in letzter Zeit zu einer regelrechten Drama-Queen entwickelt. Dabei hasse ich so etwas normalerweise. Ich wollte dir nicht wehtun. Aber ich habe es getan, und jetzt weiß ich nicht, wie ich es wiedergutmachen soll. Du hast alles Recht, sauer auf mich zu sein.«

Zu ihrer Überraschung zog er sie fest in seine Arme und vergrub sein Gesicht in ihrem Haar. »Ja, verflucht, ich war sauer, aber nicht auf dich, sondern auf mich«, murmelte er dumpf. »Ich wollte alles richtig machen und dachte, ich hätte mit einem einzigen unbedachten Satz alles zerstört.« Er stieß ein trockenes Lachen aus. »Ob du eine Drama-Queen bist, weiß ich nicht. Auf jeden Fall bist du eine ziemlich komplizierte Frau.«

»Das kann ich wohl nicht leugnen«, stimmte sie zu. »Aber es gibt etwas an mir, das überhaupt nicht kompliziert ist.«

»Und das wäre?« Er lehnte sich klein wenig zurück, um ihr ins Gesicht sehen zu können.

»Ich finde die Idee mit dem Arbeitsraum und der Bibliothek einfach wundervoll.«

»Ach ja?« Argwöhnisch runzelte er die Stirn. »Höre ich da ein Aber heraus?«

Sie lächelte vielsagend. »Siehst du? Überhaupt nicht kompliziert. Du hast mich sofort durchschaut. Es gibt wirklich ein Aber, und es lautet: Ich will diese Räume nicht bloß nutzen, wenn ich in Rodderbach zu Besuch bin. Ich will sie jeden Tag nutzen von jetzt an bis …« Sie lachte auf. »Klingt bis in alle Ewigkeit doch zu kitschig?«

Ihr wurde ganz warm, als sie das Leuchten in seinem Blick wahrnahm. Er hob seine Hände an ihre Wangen und umfasste sie zärtlich. »Nicht, wenn es ernst gemeint ist.«

Sie schluckte gegen die Enge in ihrer Kehle an, die von einem Kloß verursacht wurde. »Ich weiß sogar schon, was das Erste sein wird, das ich dort schreiben will. Und wenn ich mich mit meinem Laptop mitten in den noch leeren Stall auf den Boden setzen muss.«

»Und was wäre das?« Seine Lippen näherten sich ganz langsam den ihren.

Ihr Herzschlag beschleunigte sich erwartungsvoll. Sie reckte sich ein wenig und schlang die Arme um seinen Hals. »Ein Blogartikel. Ich will ihn auf meiner Website veröffentlichen, aber gleichzeitig auch im Rodderbach-Blog. Hanne wird bestimmt begeistert darüber sein.«

Er war ihr nun so nah, dass sein warmer Atem über ihr Gesicht strich. »Wovon wird dieser Blogartikel handeln?«

Sie spürte dem warmen Vibrieren in ihrem Inneren nach. »Von einem Schmetterling mit verletztem Flügel.«

Für einen langen Moment schwieg er, bevor er grinste. »Auf dem Boden sitzen brauchst du beim Schreiben aber nicht. Ich kann dir einen Tisch in den alten Stall stellen, so fürs Erste.«

»Hast du denn einen übrig?«

»Zur Not lassen wir Heinz einen zusammenzimmern.«

»Glaubst du, das schafft er bis morgen?«

»Bis morgen?« Er stutzte. »Ist es so eilig?«

»Da ist noch so eine Sache, die du über mich wissen solltest. Die Autorin in mir hat zuweilen sehr spontane Ideen. Wenn mich so eine Idee überkommt, ganz gleich zu welcher Tages- oder Nachtzeit, dann muss ich sie sofort aufschreiben. Das kann auch schon mal mitten während einer gänzlich anderen Tätigkeit passieren.« Sie zwinkerte ihm zu. »So ähnlich, wie wenn ganz plötzlich dein Handy klingelt, weil es bei deinem Bruder oder Martin oder bei einem anderen Kunden einen Notfall wegen eines kaputten Treckers oder Baggers oder einer defekten Melkanlage gibt.«

Er grinste ebenfalls. »Das klingt, wenn man beides zusammennimmt, ein bisschen chaotisch.«

»Das könnte es durchaus werden. Chaotisch und kompliziert. Hältst du das aus?«

»Mit links. Und du?«

»Dito.« Sie reckte sich ihm ein ganz klein wenig entgegen, bis ihre Lippen sich berührten, zog sich jedoch gleich wieder zurück. »Und da wäre noch etwas.«

Er lachte. »Einfach oder kompliziert?«

»Furchtbar einfach.« Sie küsste ihn erneut ganz kurz, ganz leicht. »Ich liebe dich.«

Für einen Moment schien er verblüfft zu sein, fast schon erschrocken. Im nächsten Augenblick lagen seine Lippen fest auf ihren; seine Finger glitten in ihr Haar und seine Zunge strich Einlass suchend über ihre Unterlippe, und als ihre Zungen sich berührten, wandelte sich das sanfte Vibrieren in ihrem Inneren augenblicklich in heißes, sehnsüchtiges Verlangen. »Ich liebe dich auch«, raunte er atemlos. Dann lachte er auf. »Verdammt, warum stehen wir hier eigentlich mitten im Wald herum? Komm mit!« Er fasste sie bei der Hand und zog sie energisch mit sich.

»Was hast du denn jetzt vor?« Lachend eilte sie neben ihm her.

Der dunkle Blick, den er ihr zuwarf, ließ ihren Puls erheblich ansteigen. »Was glaubst du denn? Ich bringe dich nach Hause.«

Epilog

10 Monate später

Liebevoll streichelte Larissa über den Einband des über hundert Jahre alten Buches, das sie online in einem Antiquariat entdeckt und sich für einen hohen dreistelligen Betrag geleistet hatte. Es handelte sich um die wissenschaftliche Abhandlung eines Historikers aus dem neunzehnten Jahrhundert, der sich eingehend mit der Geschichte der Burg und des Klosters in Rodderbach beschäftigt hatte. Ihr historischer Roman würde in wenigen Monaten erscheinen, und schon jetzt wusste sie, dass es eine Fortsetzung geben würde. Sie hoffte, in diesem uralten Buch, das sie rein zufällig bei ihren Recherchen entdeckt hatte, ein paar spannende Details für den zweiten Band zu finden.

Vorsichtig schlug sie den Band auf, strich mit den Fingerspitzen über die vergilbten Seiten und stöhnte innerlich, weil es garantiert anstrengend werden würde, die altdeutsche Schrifttype zu lesen. Doch solche Unannehmlichkeiten nahm sie gerne auf sich, wenn sie sicher war, einen historischen Schatz vor sich zu haben. Neugierig überflog sie das Inhaltsverzeichnis, blätterte ein wenig vor und zurück und vertiefte sich schließlich in ein Kapitel über das Kloster Rodderbach im Dreißigjährigen Krieg. Nach ein paar Seiten sprang sie von ihrem großen Schreibtisch auf, der mitten in ihrem neuen Arbeitsraum stand, sodass sie sowohl einen Blick auf die Tür als auch durch die seitlichen Fenster in den Garten hatte. Zu ihrer Rechten befand sich eine Trockenbauwand mit einem breiten Durchgang samt Schiebetür, die das Arbeitszimmer von ihrer Bibliothek trennte. Die Schiebetür war verschlossen, da sie noch nicht dazu gekommen war, alle ihre Bücher aus den Kartons auszupacken und in die Regale einzuordnen. Diese Arbeit würde sie erst angehen, wenn sie ihren aktuellen Thriller fertiggestellt hatte.

Das Arbeitszimmer war hingegen bereits vollständig eingerichtet und ganz auf ihre Bedürfnisse abgestimmt. Deshalb nahm sie nun das Buch vom Schreibtisch und ging damit hinüber zu der gemütlichen weißen Couch mit den rot-weiß karierten Kissen, um es sich dort für die weitere Lektüre bequem zu machen. Es dauerte nicht lange, bis sich Lilli, die grau getigerte Katze, die sie von Oma Rieke geschenkt bekommen hatte, zu ihr gesellte und es sich auf ihren Füßen bequem machte. Lächelnd kraulte sie Lilli ein bisschen mit den Zehen, weil sie wusste, dass die Katze das gerne mochte, dann versenkte sie sich wieder in die Geschichte des Klosters im siebzehnten Jahrhundert.

Je mehr sie las, desto unruhiger wurde sie. Ihr Herz pochte schneller, eine Gänsehaut breitete sich über ihren Rücken aus. Als sie am Ende des Artikels angekommen war, begann sie sicherheitshalber gleich noch einmal von vorne. Eine seltsame Aufregung ergriff sie, und als sie die Abhandlung ein zweites Mal bis zum Ende durchgelesen hatte, tastete sie nach ihrem Smartphone, fand es nicht in ihrer Hosentasche und sah sich suchend um. Es lag mitten auf dem Schreibtisch. Hastig sprang sie auf, was Lilli dazu veranlasste, unwillig zu maunzen.

»Entschuldige bitte, meine Süße.« Sie schnappte sich ihr Handy, rief ihre Kontaktliste auf, wählte Jessicas Nummer und wartete ungeduldig, bis die Freundin sich meldete.

»Hallo Larissa. Da hast du aber Glück, dass du mich erwischst. Ich muss gleich zu einer Sitzung im Rathaus. Hanne hat sich ein paar neue Sachen für unsere Touristen ausgedacht und will sie jetzt allen Beteiligten in den entsprechenden Ressorts vorstellen. Da hätte ich dann mein Handy auf lautlos geschaltet.« Sie lachte. »Wieso rufst du überhaupt um diese Zeit an? Müsstest du nicht eigentlich auch arbeiten?«

»Das tue ich gerade.« Larissa kehrte zur Couch zurück und zog das Buch auf ihren Schoß. »Sag mal, weißt du etwas über geheime Wandverstecke im Kloster?«

»Wandverstecke? Nein, nie davon gehört. Wie kommst du jetzt darauf?«

»Ich lese gerade eine alte wissenschaftliche Abhandlung über das Kloster, und der Historiker, der sie geschrieben hat, erwähnt darin solche Verstecke, in denen die Nonnen während des Dreißigjährigen Krieges wertvolle Schriften und sonstige Habseligkeiten vor Plünderern versteckt haben. Sogar das Altarsilber aus der Kirche soll zeitweise dort verborgen worden sein.«

»Das ist mir vollkommen neu.« Jessicas Stimme war zu entnehmen, dass ihre Neugier geweckt war. »Willst du so ein Versteck in deinem nächsten Roman einbauen? Das klingt spannend. Ich könnte mal fragen, ob wir die Erlaubnis erhalten, die Innenräume des Klosters noch einmal zu betreten. Du weißt ja, dass wir dafür eine spezielle Genehmigung brauchen, weil die Stadt kein Risiko eingehen will, dass sich jemand verletzt.«

Larissa nickte, obwohl Jessica das nicht sehen konnte. »Ich glaube, wir sollten unbedingt nach diesen Verstecken suchen.« Sie zögerte. »Könnte es nicht sein, dass Isabellas Großeltern oder Urgroßeltern so ein Versteck entdeckt und im Zweiten Weltkrieg benutzt haben?«

»Heiliger Bimbam!« Jessica schnaufte. »Glaubst du, wir finden dort die Besitzurkunden der Deckers?«

»Ich weiß es nicht«, gab Larissa zu. »Aber es könnte ja immerhin sein. So ein uraltes Versteck, von dem sonst niemand weiß, wäre doch ideal. Was im Dreißigjährigen Krieg funktioniert hat, könnte seinen Zweck auch im Zweiten Weltkrieg erfüllt haben.« Sie blickte noch einmal auf das Buch auf ihrem Schoß und spürte in sich hinein. Dann nickte sie noch einmal entschlossen. »Mein Bauchgefühl sagt mir, dass wir nach diesen Wandverstecken suchen müssen.«

Liebe Leserin, lieber Leser!

Vielen Dank, dass Sie sich die Zeit genommen haben, sich auf die Reise in das idyllische Eifelstädtchen Rodderbach zu begeben. Bitte versuchen Sie nun aber nicht, es auf der Landkarte zu finden, denn es ist ganz und gar meiner Fantasie entsprungen, ebenso wie all die liebenswerten, schrulligen oder auch kauzigen Einwohnerinnen und Einwohner.

»Wie schade!«, denken Sie jetzt? Sie hätten gerne einen Ausflug dorthin gemacht und sich alles persönlich angesehen, in der Bäckerei Adams ein Schweineohr und ein paar Croissants gekauft, danach die Burg besichtigt, das alte Kloster und vielleicht sogar eine Wanderung zur Fuchshöhe in Angriff genommen? Falls dem so sein sollte, bedanke ich mich herzlich für das Kompliment, denn dann habe ich mit dieser Geschichte alles richtig gemacht.

Es gibt aber trotzdem eine Möglichkeit, etwas mehr von Rodderbach zu sehen und zu erfahren und ganz nebenbei auch mit den Einwohnern und Einwohnerinnen in Kontakt zu bleiben. Zumindest so lange, bis der nächste Band dieser Reihe erscheinen wird, aber gerne auch darüber hinaus.

Ja, genau, Sie haben richtig gelesen, es soll nicht bei diesem einen Buch über Rodderbach bleiben. Die nächste Geschichte befindet sich bereits in Planung, also in meinem Kopf, und wartet nur darauf, von mir niedergeschrieben zu werden. Selbstverständlich wird es wieder romantisch, prickelnd und leidenschaftlich zugehen, aber mehr verrate ich an dieser Stelle nicht.

Da es naturgemäß ein Weilchen dauert, bis so eine Fortsetzung geschrieben und veröffentlicht ist, habe ich auf meiner Website, genauer gesagt in meinem dort angeschlossenen Blog eine eigene Rubrik geschaffen, in der sich alles um Rodderbach dreht. Dort finden Sie zukünftig den neuesten Klatsch und Tratsch aus dem Ort, Hintergrundinformationen zu den Figuren, Fotos aus der schönen Eifel und sogar Videos.

Und das ist noch nicht alles! Wie Sie ja nun wissen, ist der Bürgermeisterin, Hanne Mahler, sehr daran gelegen, dass die Einwohnerinnen und Einwohner von Rodderbach sich aktiv an der Gestaltung der Rodderbach-Website beteiligen. Deshalb wird dieses Blogprojekt sich kontinuierlich weiterentwickeln und vielleicht sogar noch erweitert werden. Fest steht, dass es dort bald schon Blogartikel von Larissa, Isabella, Heidi, Erika, Hanne und vielen, vielen anderen Rodderbacherinnen und Rodderbachern geben wird. Sogar ein Foodblog mit tollen Rezepten ist entstanden, den keine Geringere als Isabella Decker ins Leben gerufen hat.

Nicht zu vergessen: Das Blogprojekt Rodderbach hat 2021 sogar ein Projektstipendium des Landes Rheinland-Pfalz im Rahmen des Förderprogramms *IM FOKUS – 6 Punkte* für die Kultur erhalten.

Die Rodderbach-Website finden Sie ganz einfach, wenn Sie folgende Adresse aufrufen: www.rodderbach.de

Übrigens: Dort können Sie sogar Larissas Blogartikel über den Schmetterling mit dem verletzten Flügel lesen …

Selbstverständlich sind Sie ebenfalls herzlich willkommen, sich an der Website der Gemeinde Rodderbach zu beteiligen, mir E-Mails und Kommentare zu hinterlassen und mir zu erzählen, wie Ihnen mein Roman gefallen hat oder auch alles andere, was Sie im Blog vorfinden. Haben Sie Ideen oder Vorschläge? Immer her damit! Ich werde alles an die entsprechenden Stellen im Rodderbacher Stadtrat weiterleiten oder, falls ich selbst für die Umsetzung zuständig bin, alle Anregungen sammeln und versuchen, sie in die Tat umzusetzen, soweit das möglich ist.

Herzlichst,
Petra Schier im Dezember 2022